머스코카 별장의
시체상자

머스코카 별장의
시체상자

데버러 버더시 레비슨 지음 · 김희주 옮김

의문의 상자, 토막 난 시체
이유를 알 수 없는 증오와 광기를 대면한 한 가족의 실화 소설

옥당

한 가족이 50년의 시차를 두고 실제로 겪은 두 사건 이야기다. 용기와 사랑, 미덕 가득한 이야기다. 헝가리 대학살 생존자들의 이야기, 전제 정권에서 탈출한 이야기, 야만과 살인의 이야기도 듣는다. 기록과 기억 사이를 오가는 이 책은 손에서 내려놓기가 어렵다.

— 이마누엘 미프수드 (시인, 유럽연합문학상 수상자)

저자의 부모는 홀로코스트의 참상에서 탈출해 캐나다 머스코카의 조용한 별장지대에 둥지를 튼다. 하지만 그들의 안식처에서 정체 모를 상자가 발견되며 그들의 삶에 파문이 인다. 매끄러운 문체와 질감 있게 표현된 심오한 감정, 인간적인 목소리가 한데 모여 결코 잊을 수 없는 연대기를 만들었다. 실제 범죄를 다룬 뛰어난 작품이다.

— K. J. 하우 (베스트셀러 작가, 스릴러페스트 상임이사)

이 책은 살인사건의 공포와 대량 학살의 공포를 하나로 연결한다. 토론토 북부의 깊은 숲은 한때 어린 소녀에게 천국과 같은 곳이었다. 이곳에 살인 사건이 발생한다. 사건의 배경에는 홀로코스트 생존자들이 나치와 소련 공산주의, 이웃의 위협까지 극복하고 살아남은 처절한 삶이 깔려 있다. 그들이 자신들이 겪은 일을 다음 세대는 경험하지 않게 하려고 얼마나 애썼는지도 알 수 있다. 이 책은 역사적 가치와 대중적 재미를 겸비한 꼭 읽어야 할 책이다.

— 론 윈터 (작가)

저자는 이야기를 한 겹 한 겹 벗기며 우리를 중요한 미스터리 속으로 이끈다. 깊은 숲속에 지어진 가족 별장의 건축 이야기부터 여름마다 그곳을 찾는 사람들 이야기, 그리고 시신으로 발견된 한 인간의 비극적인 인생사까지, 저자는 이 모든 요소의 상호관계를 신중하게 결합한다.
과거와 현재를 자유롭게 넘나들며 살인사건의 충격을 홀로코스트의 공포와 연결한다. 한 마디로, 신문 르포기사만큼 유익하고 일기장만큼 은밀한 책이다. 반드시 읽고 싶게 하는 책이다.

– 척 미셸(시인이자 극작가)

저자는 실제 삶의 공포를 정확하게 포착했다. 레비슨 가족은 믿었던 사람에 의해 경찰 수사에 휘말린다. 이야기는 좀처럼 듣지 못한 관점을 취한다. 생존 이야기를 통해 뼛속까지 시린 사실을 전달한다.

– 데이비 앨런(형사)

저자는 가족이 겪은 이야기로 독자의 심금을 울린다. 책을 통해 우리에게 아주 중요한 메시지를 전달하는 한편 독자가 넋을 잃고 꼼짝없이 자리에 앉아 있게 만드는 타고난 이야기꾼이다.
홀로코스트의 마지막 생존자들이 세상을 뜨며 '기억'이 사라지는 시점에 다음 세대가 읽어야 할 귀중한 이야기를 전한다.

– 알 트레이델 (교육자)

차례

프롤로그

어둠, 사방을 둘러싼 끝없는 어둠.

그녀는 그 어둠 속을 떠돌았다. 옴짝달싹하기 어려웠고 곁에는 아무도 없었다. 축축한 자궁 속에 갇혀 있었다.

그때까지의 삶, 짤랑짤랑 웃음소리가 들리고 변화무쌍하며 빙빙 도는 세상, 끝없이 펼쳐지는 공간이 지나갔다. 이제 끝났다. 뼛속까지 파고드는 태양과 발에 닿는 온기.

기억이 꽃처럼 피어오르고 오므라들었다. 어루만지는 손. 중얼거리는 목소리. 생명을 낳는 고통과 생명을 끝내는 고통. 풀 내음. 빵 냄새, 피비린내. 그녀는 헬리콥터를 타고 솟아올랐다. 나선형으로 하늘보다 더 높이 치솟았다가 수년 동안 엘리베이터 통로로 추락했다.

춥고 컴컴한 정적 속에서 기다렸다. 눈은 뜨고 있었지만 보이지 않았다.

끝이 없을 것 같던 정적이 드디어 끝났다. 미끈거리는 벽이 사방에서 그녀를 둘러싸고 물결치기 시작했다. 그녀는 우주 속에서 뒤집히고 또 뒤집혔다.

그런 다음….

눈꺼풀을 들어 올리는 손.

그러자 거기에 빛이 있었다.

제1부

사건

살인

악몽 같았다. 오빠가 전화로 전한 이야기는.

우리 가족이 호텔 방에 들어선 지 채 몇 분도 지나지 않았을 때 전화벨이 울렸다. 짐으로 엉망진창이 된 방에서 휴대폰을 찾는 데만도 한참이 걸렸다. 간이주방 조리대 위에서 항공기 탑승권과 선글라스, 야구모자 사이에 파묻힌 전화기를 간신히 찾아 들었다.

"잠깐만요. 잘 안 들려요."

나는 한 손으로 게토레이 음료수병들을 냉장고에 집어넣으며 전화기에 대고 소리쳤다. 아이들은 주방이 한가운데에 있는 넓은 거실에서 TV가 잘 보이는 자리에 앉으려고 승강이를 벌였다. 접이식 소파나 간이침대를 차지하려고 서로 밀치며 야단법석이었다.

"맙소사, 누가 에어컨 온도 좀 올려줄래? 방이 북극 같다."

돌아보니 아들 녀석 둘은 당장이라도 베개 싸움을 벌일 태세였다. 곧이어 둘이 길길이 악을 쓸 게 뻔하다. 열네 살 된 제이크는 여덟 살배기 동생 코비에게 져주는 법이 없었다. 다행히 제이크보다 세 살 위인 큰딸 조던이 제이크의 베개를 낚아채며 상황을 정리했다. 그제야 낯익은 전화번호를 확인했다.

"아, 피터 오빠."

방 안이 시끄러워 말소리가 잘 들리지는 않았지만 왠지 긴장한 목소리였다. 살짝 불안한 생각이 들었다.

"어머니 아버지는 별일 없으시지?"

전화기 너머 오빠에게 소리치듯 말했다.

여든이 넘은 부모님은 점점 기력이 쇠하며 건강이 나빠지고 있었다. 두 분은 수백 킬로미터 떨어진 토론토에 사셨고, 나는 늘 최악의 경우를 상상했다.

"잘 지내셔."

오빠의 목소리가 평소 같지 않았다. 나는 조용한 발코니로 나가려고 묵직한 커튼을 젖히고 유리문의 빗장을 풀었다. 차양이 드리우고 커다란 나무 탁자와 의자가 놓인 베란다는 방 안과는 다른 세상이었다. 밝고 포근하고 조용했다.

"이제 잘 들려. 오빠, 어떻게 지내?"

"잘 지내."

전과 똑같이 대답한 오빠는 잠시 뜸을 들였다.

"너희는 어때? 플로리다는 언제 가니?"

주위를 둘러보았다. 등을 기대고 누울 만한 안락의자들이 야외 발코니에 줄지어 늘어서 있었다. 나는 문을 열고 발코니로 걸어갔다. 앞이 탁 트인 멕시코만의 멋진 바다 풍광이 눈에 들어왔다.

"여기 플로리다야! 조금 전에 호텔 방에 들어왔어. 지금 바다 구경하는 중이고. 오빠는 일해?"

나는 오빠가 근무 중이어서 긴장한 목소리일 거라고 짐작했다. 의

14

사인 오빠는 몇 시간씩 환자를 진료하고 밤늦게까지 일하느라 기진맥진한 경우가 많았다. 아니나 다를까, 오빠는 지금도 진료 대기 중인 환자가 늘어서 있다고 대답했다.

"오빠가 더위에 질색하는 건 잘 알지만, 며칠만이라도 병원에서 나와 여기서 좀 쉬면 좋을 것 같아. 온통 신경이 곤두선 목소리야. 오빠, 마지막으로 바다 수영한 게 언제야?"

발코니에서 햇볕을 쬐며 오빠에게 여행 이야기를 늘어놓다 보니 불안했던 마음도 조금씩 사라졌다.

피터는 이번에도 뜸을 들이다 대답했다.

"마지막으로 바다에 간 때? 우리 가족이 너희 집에 들른 작년 가을이지 싶다."

"아! 그건 그냥 해협이지."

내가 말한 해협은 롱아일랜드 사운드였다. 롱아일랜드 사운드는 롱아일랜드 북쪽 해안과 웨스트체스터와 코네티컷 남쪽 해안에 둘러싸인 욕조처럼 생긴 해협으로 담수와 해수가 섞여 잿빛으로 소용돌이치는 곳이다. 집에서 해협을 따라 차로 한 시간을 달려 로드아일랜드 외곽에 도착하니 놀랍고 낯익은 풍경이 펼쳐졌다. 먼바다로 물결치는 드넓은 대서양은 민트 젤리를 끝없이 깔아놓은 듯했고 해안을 따라 군데군데 들어선 어촌들은 예스러웠고, 바람과 파도에 풍화된 마을의 나무 잔교들은 바다를 가리키는 주름진 손가락 같았다. 바로 그 풍경 덕분에 나는 한결 수월하게 미국에 정착할 수 있었다.

나는 이주에 대해 상반된 감정을 품고 있었다. 일반적으로 토론토 사람들은 이주에 익숙하지 않았다. 토론토에서 태어난 사람들은 대체로 가까운 대학에 진학하고 근교에 정착한다. 나도 그런 삶을 꿈꿨다. 부모님도 비슷한 생각을 하고 계셨을 것이다. 그래서 나는 이주를 결심하고는 죄의식마저 느꼈다. 우리 부모님도 이민자였다. 1956년 캐나다에 도착할 당시 두 분은 분명히 그곳에서 온 가족이 영원히 함께 살 것으로 생각했을 것이다. 그런데 사위와 딸이 손주 둘을 데리고 떠난다고 하니 부모님은 가족의 절반을 잃는 기분이었을 것이다.

친정집 식탁에 모두 둘러앉아 우리가 이사한다는 이야기를 꺼내며 나는 울음을 터트리고 말았다. 어머니는 천천히 고개를 끄덕이더니 말했다.

"어쩌든지 네 가족을 위한 최선을 선택해야지."

아버지는 조용히 자리에서 일어나 밖으로 나갔다. 하지만 눈가에 촉촉이 맺힌 이슬을 나는 보고야 말았다.

남편 회사 트랜스 럭스에서 제안한 자리가 워낙 좋았고, 회사가 우리 가족을 미국으로 보내려고 뭐든 할 태세여서 나는 으쓱한 기분이 들기도 한 터였다. 1990년대 중반만 해도 토론토는 그런 좋은 자리로 직장을 옮기기가 쉽지 않았다. 그만큼 경제 상황이 좋지 않았다. 게다가 당시에는 나도 하던 일(홍보 관련)을 접고 이제 막 기어 다니던 조던과 갓난쟁이 제이크를 온종일 돌보며 전업주부로 지내고 있었다. 결국 우리 부부는 회사의 제안을 받아들였다. '로빈슨 가족'(스위스 작가 요한 다피트 비스의 작품으로 로빈슨 가족이 무인도를 개척하며 삶을 펼쳐나가는 모험담)이 되어보기로 한 것이다. 당시에는 1년간 집을 떠나 모험을 즐긴 뒤 다시 고향으로 돌아올 작정이었다. 딱 1년만.

회사에서 포장이사 팀을 보냈고 나는 그들이 살림살이를 상자에 넣어 해외 이주용 이삿짐 트럭에 싣는 것을 구경하기만 했다.

남편은 뉴욕 시내, 아니면 시내에서 가능한 한 더 가까운 곳에 살고 싶어 했다. 매달 3주간 월스트리트로 출근하고, 마지막 1주일만 본사가 있는 코네티컷주 노워크로 출근할 예정이었기 때문이다. 남편에게는 뉴욕이 마법의 나라 오즈나 다름없었다. 맹렬한 속도, 어마어마한 사업 기회, 무한한 오락거리, 머리가 어지러울 정도로 다양한 인종 등 아드레날린 중독자인 남편을 유혹하는 온갖 매력이 넘치는 도시였다.

나는 맨해튼 생활에 흥미가 없었다. 당시 토론토도 그에 못지않게 북적거리는 대도시였지만 왠지 뉴욕은 더럽고 위험하다는 생각이 들었다. 내가 원한 것은 생활 공간의 확장이지 축소가 아니었다. 교통체증이나 주차 전쟁은 끔찍이 싫었다. 유모차가 편히 드나들 수 있는 현관과 맑은 공기, 우리 아이들이 맘껏 뛰어놀 넓은 잔디밭을 원할 뿐이었다. 우리는 뉴욕시 북쪽으로 점점 더 범위를 넓혀 허치슨 리버파크웨이를 따라 코네티컷의 풍광 좋은 메리트 파크웨이까지 이동하며 집을 찾아다녔다. 뉴욕시에서 멀어지며 고속도로 출구 표지판의 숫자가 올라갈수록 부동산 가격은 점점 더 내려갔다.

마침내 부동산 중개인이 우리를 트럼블 마을로 데려갔다. 중개인은 내 남편 크레이그가 열렬한 스포츠 팬일 것으로 짐작한 모양이었다. 그녀는 트럼블의 야구경기장인 유니티필드 앞에 차를 세웠다. 그 순간 구름을 벗어난 태양이 찬란한 햇빛을 내리쏟으며 경기장 입구에 걸린 현수막을 밝게 비추었다. 현수막에는 "1989년 리틀 야구 리그 세계 챔피언의 고향 트럼블에 오신 것을 환영합니다"라고 적혀 있었다. 남편은 침을 질질 흘렸다. 그의 귓가에 천사들의 합창

소리가 울려 퍼지는 것 같았다. 나는 속으로 생각했다.

'그래, 이제 끝났어. 여기가 우리 집이야.'

1996년 내가 남편, 아이들과 함께 처음 코네티컷에 도착했을 때 새로 사귄 이웃들이 아이들에게 "캐치볼 잡자"라고 하는 소리가 종종 들렸다. 그 말이 내 머릿속을 맴돌았다. '잡자'는 단어는 기회를 잡거나 파리를 잡을 때 쓰는 말인데, 하는 생각이 들었다. 우리 아버지는 스키를 타러 갈 때 "활강 잡자"라고 말한 적이 없었다. 아무튼 코네티컷주 페어필드 주민들은 잘 가꾼 넓은 잔디밭에서 캐치볼 잡기만 하는 것 같았다.

우리는 참나무들이 높이 솟은 4,000㎡의 평지에 들어선 집을 찾아냈다. 오래되긴 했으나 집도 크고 방도 모두 널찍했다. 남편은 토론토라면 어림도 없는 큰 집이라고 감탄했고, 나도 건물 뼈대가 튼튼하다고 맞장구를 쳤다. 애초 계획대로 12개월을 거주한 다음 캐나다로 돌아가기 전에 몇 군데만 현대식으로 손보아 팔면 차익도 충분히 남길 수 있을 것 같았다. 이디시어Yiddish language(중부 및 동부 유럽 출신 유대인이 사용하는 언어)로 '바세트bashert' 즉, '운명으로 정해진 집'이라는 느낌이 들었다.

마을도 작지만 안전해 보였다. 현관문을 열어두어도, 차 문을 잠그지 않아도, 아이들끼리 밖에서 뛰어놀게 두어도 아무 탈이 없을 동네였다. 유대인이든 아니든 상관없이 월요일 밤마다 주민들이 회당에 모여 빙고 게임을 하는 마을이었다. 우리 부부는 부동산 매매 계약서에 서명했다.

따뜻하고 친절한 동네에 자리 잡아 많은 친구를 사귀고 학교와 직장, 가정 등에서 편안한 일상을 꾸리다 보니 우리가 애초에 계획한 1년이 2년, 5년으로 늘었고, 다시 10년으로 늘었다. 2010년으로 우리 가족이 미국에 산 지 어언 14년이 되었다.

그사이 나는 다재다능한 트럼불 사람으로 변모했다. 미니밴에 아이들을 태워 등하교 시키고, 또래 아이들이 부모와 함께 우리 집에 모여 놀거나 밤샘 파티를 하고 운동 후 수영장 파티를 즐기게 해주는 등 교외에 거주하는 전형적인 중산층 극성 엄마가 되었다. 그러면서 언드미디어Earned media(블로그를 비롯한 개인 소셜 미디어를 통해 홍보 메시지를 전달하는 방식)를 활용해 뉴잉글랜드 전역의 다양한 고객을 상대로 홍보 활동을 벌이는 홍보전문가로 일했고, 코네티컷주의 유력 인사들을 인터뷰하는 지역신문 기자로도 활동했다. 그뿐 아니라 각종 위원회에서 위원으로 활동하고, 크고 작은 행사에 참여해 기금도 모금하고, 이런저런 수업에 참석해 학부모 일일교사로 자원 봉사하기도 했다.

내가 남편을 따라 '외국인 체류자'에서 '미국 시민'으로 신분이 바뀐 건 2005년 4월 8일이었다. 우리 부부는 복수 시민권 취득을 간절히 원했다. 선거에서 투표권도 행사하고, 우리 아이들도 미국인에게 주어지는 기회를 누릴 수 있게 되길 바랐다. 외국인으로 머물고 싶지 않았다. 소속감이 필요했다. 그래서 나는 미합중국 국기 앞에서 충성을 맹세하고 미국 국가 '성조기여 영원하라'도 외웠으며 온갖 음식을 장만해 추수감사절도 지냈다. 캐나다에서 살 때는 유대인으로서 전혀 신경도 쓰지 않던 명절이다.

그리고 비록 내가 의도한 바는 아니지만, 점차 캐나다 어투를 버리기 시작했다. 'aboot' 대신 'about', 'Mummy' 대신 'Mommy', 'pop' 대신 'soda'라는 단어를 사용했고, 군것질거리를 사려는 아이들이 'pocketbook'을 찾을 때도 그게 지갑을 달라는 말인 줄 알아들었다. 솜사탕을 살 때도 'candy floss' 대신 'cotton candy'라는 단어를 사용했고, 초콜릿 바도 'chocolate bar'가 아니라 'candy bar'라고 불렀다. 운동화는 'Runners'가 아니라 'Sneakers', 서류철은 'Duotang'이 아니라 'Folder'였으며, 홈통은 'Eaves troughs' 대신 'Gutters', 음식물 분쇄기는 'Garburator' 대신 'Garbage disposal'이라고 말했다. 균질 우유를 살 때도 캐나다식으로 '호모 우유homo milk'라는 말이 튀어나오지 않도록 조심했고, 우유를 봉지 단위가 아닌 병 단위로 구매하는 일에도 이내 익숙해졌다. 캐나다의 환율이나 국회의원 이름도 챙기지 않았고, 여전히 고국이라고 부르는 곳을 방문할 때마다 캐나다산 식료품으로 잔뜩 배를 채우던 일도 그만두었다. 그리고 미국인, 셋째 아이를 출산했다.

내가 유대인이라는 자각도 전보다 더 커졌다. 유대인은 우리 부모님이 나를 동화시키려고 애를 쓰면 쓸수록 한사코 거부했던 내 페르소나의 한 측면이다. 어쩌면 결혼과 출산이 내게 자극을 주고 공동체 정신을 향한 동경이 나를 그쪽으로 계속 몰아왔는지도 모른다. 이유야 어찌 되었든 나는 유대인으로 나를 인정하게 되었다. 그리고 옷방에서 이 옷 저 옷 수도 없이 입어보고 벗어버리다가 어떤 옷 하나를 입고 지퍼를 올렸는데 마침내 완벽히 들어맞는 경우처럼 유대교는 나에게 딱 맞는 옷이었다.

그리고 야구도 받아들였다. 수년간 유니티 구장 관중석을 뻔질나게 드나든 끝에 야구 경기를 이해하게 되었다. 1루로 달리는 주자에게 "슬라이드!"라고 외치거나, 더그아웃을 '페널티박스'라고 부르던 시절에 비하면 괄목상대할 만큼 발전했다. 야구 규칙을 읊고, 야구 용어를 입에 올리고, 경기를 읽게 되었다. 타자에게 "한 방 날려!"라고 외치거나 투수에게 "좋아, 스트라이크 세 개로 끝내버려!"라고 소리칠 정도가 되었다. 야구가 어쩌니저쩌니 말하는 것이 이제는 전혀 어색하지 않다. 야구는 내가 배운 또 하나의 언어였다.

그날 오후 남편과 내가 세 아이와 함께 포트마이어스에 온 것은 제이크의 야구팀 때문이었다. 제이크의 팀 '익스플로전'이 엘리트 고교야구대회에 참가해 국내 최강의 팀들과 맞붙게 된 것이다. 처음에는 나도 뉴잉글랜드의 우리 집 주변, 푸른 나뭇잎이 근사하게 우거진 그늘을 벗어날 마음이 없었다. 집 근처 숲은 내가 어린 시절을 보낸 캐나다의 그 숲처럼 시원한 그늘을 드리우며 어서 오라고 손짓했다. 플로리다의 7월은 생각만으로도 끔찍할 것 같았다. 뜨겁고 습하고 끈적거리는, 그야말로 내가 제일 싫어하는 날씨일 것이다.

그러나 막상 플로리다에 도착하니 남편과 아이들은 무척 신이 났다. 나도 그 순간 발코니에서 불어오는 미풍에 몸을 맡기니 들뜨는 기분이었다. 1년에 서너 번 있는 방학이면 우리 가족은 어김없이 토론토 고향 집을 찾아갔다. 토론토에 비하면 모처럼 한 번 유람을 떠나 온 남쪽은 전혀 다른 곳이었다.

바다에서 헤엄을 치고, 해변에서 햇볕도 쬐고, 아이들을 데리고 포트마이어스 시내로 나가 아이스크림도 사주고, 서핑용품점도 들러봐야겠다. 조던은 밀짚모자를 써 볼 테고, 제이크와 코비는 상어 이빨이 달린 목걸이를 사달라고 조를 테지. 모두 행복한 시간을 보낼 거야.

나는 근사하게 휴가를 보낼 계획이었다.

"오빠도 며칠 짬 내서 내려와. 기분전환에 도움이 될 거야. 호텔도 근사해."

오빠를 종용한 나는 난간에 몸을 기댄 채 살랑살랑 잎을 흔드는 야자수 너머로 시선을 옮겼다. 잘게 부서지는 파도는 수정처럼 투명했고, 석양을 받아 반짝반짝 빛이 났다. 갈매기들은 하늘을 맴돌았고, 보트와 배들은 수평선을 가르며 떠다녔다. 파스텔 색상의 파라솔들은 해변을 물방울 문양으로 수놓았고, 아이들은 플라스틱 삽으로 모래를 파헤쳐 조개를 캤다. 나는 고개를 들어 얼굴로 햇볕을 받았다.

"일이 좀 생겼어."

전화기 너머에서 자리에 앉으라는 오빠의 목소리가 들렸다. 나는 등받이 안락의자 끝에 천천히 걸터앉았다.

피터 오빠의 목소리가 무겁게 가라앉았다.

다시 불안감이 엄습하며 온몸이 바늘에 찔리듯 따끔거렸다.

"무슨 일이야?"

"별장에서 살인사건이 발생했어."

2

별장 짓기

"살인사건… 커다란 나무상자… 악취… 시체…"

호텔 발코니의 긴 안락의자에 반쯤 드러누운 채 나는 오빠의 말에 집중하려 했다. 하지만 머릿속은 온통 하얗고 생각나는 건 '별장'뿐이었다.

별장. 이 두 음절의 단어가 내 감각에 새겨진 기억을 강력하게 분출시켰다. 엄마의 품처럼 부드럽게 나를 품어주던 비단결 같은 호수. 잔교 위에 누우면 하늘을 가린 푸른 나뭇잎들 사이로 어른거리며 따뜻하게 몸을 덥혀주던 햇볕. 쌀쌀한 아침, 내 조그마한 노란 도끼로 불쏘시개를 쪼개 지핀 장작 난로의 불길. 계피와 설탕 가루를 뿌려 구워낸 어머니의 자두 경단 냄새. 통통거리는 모터보트 소리. 턴테이블 위 음반이 돌아가며 흘러나오던 클래식 음률. 맨발에 닿던 장판의 시원한 감촉과 따뜻한 흙의 기억.

내 유년 시절은 별장 말고는 별다른 것이 없었다. 우리 가족이 토론토에서 북쪽으로 두 시간 떨어진 온타리오 청정지역 머스코카에 스위스 오두막 스타일로 지은 작은 호숫가 집, 바로 그 별장이 내 유

23

년을 대변한다. 나의 별장에는 나무상자나 고약한 악취, 시체 따위는 존재하지 않았다.

'살인사건'

이 단어는 그때까지 나와 아주 먼 과거, 동떨어진 세계에서나 통용되는 말이었다. 부모님 시대의 단어이지, 내 시대의 단어가 아니었다. 그 단어는 단정하게 정돈된 현재나 소소하고 아담한 생활이라는 문맥에서는 절대 존재할 수 없는 말이었다. 우리집 마당에서 공룡 화석이 나왔다고 해도 그만큼 충격적이지는 않았을 것이다.

내 아버지 피슈터 버더시와 어머니 베러 버더시는 1956년 귀중품을 몽땅 챙겨 헝가리에서 캐나다로 이주했다. 귀중품이라야 세 살 먹은 아들 피터와 아버지의 가죽 코트가 전부였다. 하지만 부모님은 캐나다에서 15년 사는 동안 기반을 잡았다. 아버지는 토론토에서 육촌형이 운영하는 길드 전기 회사에 취직했고, 어머니는 시내에 있는 심프슨스 백화점에서 엘리베이터 안내원으로 근무했다. 허리띠를 졸라맨 덕에 중산층이 모여 사는 동네에 작고 튼실한 벽돌집을 마련했고, 주말마다 도시를 탈출해 훗날 '별장촌'으로 불리게 된 곳으로 향하던 도시민 대열에 합류했다.

내가 여섯 살이 될 때까지는 우리 가족도 헝가리 유대인 가족 공동체 사람들과 토론토 외곽 휴양지에서 휴가를 보냈다. 그들과 함께 있으면 한 식구처럼 편했다. 헝가리어라는 같은 언어를 사용하고, 함께 헝가리 음식을 먹고, 모두 헝가리식으로 옷을 입었으며, 비관적인 인생관도 공유했다. 그들과 함께 있을 때 나는 소속감을 느꼈다.

그렇게 몇 년 스패로 호숫가 휴양지에서 휴가를 보내자 몇몇 가족이 개인 별장을 마련하기 시작했다. 대여섯 집은 스패로 호수를 벗어나지 않았다. 이들은 호수 건너 휴양지 맞은편 물가에 A자형 별장을 일렬로 나란히 지었다. 오릴리아의 카우치칭 호수로 내려간 가족도 두세 집 있었다. 물살이 거칠고 냉랭하지만 시내에서 가깝고 물가가 편평하다는 이유로 심코 호수에 별장을 마련한 이들도 많았다. 나머지 다른 집들은 동쪽으로 더 멀리 피터버러로 향했다.

우리 부모님은 가장 친한 로트허우세르 가족, 플레이시먼 가족과 서로 헤어지지 말자고 약속했다. 물론 어른들이 나하고 상의한 것은 아니지만 나는 어른들의 대화에 귀를 기울였다. 스패로 호는 너무 질퍽거리고, 카우치칭 호는 너무 크고, 심코 호는 너무 붐비고, 피터버러는 너무 멀어서 제외되었다. 어른들이 찾는 것은 사람 손이 닿지 않은 낙원이었다.

내가 여섯 살 때였다. 당시 열일곱 살이던 피터 오빠가 여름 캠프 지도 교사로 나가 집에 없던 날이었다. 아버지는 택시 운전사나 쓸 법한 체크 모자를 쓰고, 어머니는 보온병에 커피를 채우고 차에서 먹을 카이저 롤빵에 볼로냐소시지를 넣은 샌드위치를 준비했다. 차를 타고 시내를 급히 빠져나오며 부모님은 우리 가족이 쉴 여름 별장터를 보러 가는 길이라고 설명했다. 차창 밖으로 고개를 돌리니 빠르게 스치는 풍경이 눈에 들어왔다. 벼룩시장과 옥수수밭, 오래된 주유소, 딸기 직판장 등이 지나갔다. '배리 경주장'이라는 간판과 그 너머에서 진짜 경주용 자동차들이 타원형 트랙을 씽씽 달리는 모습이 보이자 흥분한 게처럼 내 가슴 속에서 거품이 보글보글 끓어올랐다. 그 몇 년 전에 피터 오빠가 생일 선물로 받은 자동차경주 전동장난감이 떠올랐기 때문이었다. 검은색 플라스틱 부품을 딱딱 끼워 맞추면 8자 모양의 트랙이 완성되고, 전기 스위치를 켜면 자동차들이 금속 홈을 따라 달리는 장난감이었다. 오빠가 인심을 쓴 덕분에 나도 한두 번 그 장난감을 가지고 같이 논 적이 있었다. 진짜 경주장 근처에 별장을 지으려고 하나?

"거의 다 왔어?"

의자에서 엉덩이를 들썩이며 내가 물었다.

아버지는 늘 하던 대로 대답했다.

"쾨페시Köpés."

침 뱉으면 닿을 거리라는 말이었다. 시내로 시력 측정을 하러 가건, 스키장에 가건, 마이애미 바닷가에 가건, 1m가 남았건, 10㎞가 남았건, 1,000㎞가 남았건, 어디를 가건 남은 거리는 늘 '쾨페시'였다. 아버지는 차창을 내리고 시범을 보이곤 했다. 침 뱉기 선수였다. 국도를 최고 속도로 달리며 바람이 아무리 거세게 들이쳐도 아버지는 걸쭉한 침을 옆 차선으로 능숙하게 뱉어냈다.

그로부터 45분 뒤 우리는 그라벤허스트 시로 빠지는 출구를 통해 국도를 벗어났다. 꼭 폐교처럼 보이는 집들이 듬성듬성 눈에 띄었고 황량한 들판 가운데 작은 건물들만 몇 채 보였다. 계속 차를 타고 가자 건물이 점점 더 많아지더니 이내 길 양쪽으로 들어선 멋진 상점들이 나타났다. 아버지는 자동차의 속도를 낮춰 거의 기다시피 운전했고 어머니는 도로표지판과 번지수를 살폈다.

레스토랑 앞에서 차가 멈췄다. 창문 아래에 있는 상자마다 빨간 제라늄이 자라고, 진갈색 나무판에 하얀색 페인트로 '슬론스'라는 상호를 비스듬히 적은 레스토랑이었다. 창문에 안내판이 걸려 있었다. 당시 나는 헝가리어를 읽는 법은 이미 알고 있었지만 영어는 그해부터 배우기 시작했기에 안내판을 소리 내 읽었다.

"슬론스는 블루베리 파이가 유명합니다."

레스토랑에서 식사하는 일이 거의 없는데, 그날은 왠지 부모님이 모험을 즐기려는 것처럼 보였고, 어느새 우리는 칸막이 좌석에 앉아 달콤하고 부드럽고 끈적거리는 커다란 디저트를 먹고 있었다. 디저트를 다 먹은 다음 우리는 서로를 쳐다보고 웃음을 터트렸다. 입술과 혀가 온통 진보라색으로 물들어 있었다.

길을 따라 몇 집 아래로 걸어간 우리는 한 사무실로 들어갔고, 반짝거리는 커다란 치아 위로 콧수염이 덥수룩한 남자가 부모님과 악수를 했다. 어머니는 어른들끼리 할 이야기가 있으니 방해하지 말고 조용히 기다리라고 내게 일렀다. 나는 어른들이 탁자에 앉아 이야기를 나누는 사이 좁은 사무실을 어슬렁거리며 벽에 걸린 사진과 그림들을 구경했다.

남자는 한참 동안 이야기를 늘어놓았다. '백만장자 거리'라는 단어가 몇 차례 나왔고, 부동산 가치와 골프장, 테니스장 등에 관한 설명이 이어졌다. 어머니와 아버지는 조용히 듣기만 했다. 두 눈을 가늘게 뜨고 공손하게 고개를 끄덕이는 모습이 마치 캐나다 고위 공무원의 설명에 귀를 기울이는 것 같았다. 유치원 개방 행사 때 우리 선생님 모습 같기도 하고, 진료실에서 환자 진료기록부를 건네는 간호사 같기도 하고, 총천연색 깃발이 나부끼는 포드 자동차 대리점의 영업사원 같기도 했다.

콧수염 남자는 인디언식 이름이 붙은 이곳, 머스코카에서 여름휴가를 보낸 유명인이 아주 많다고 자랑했다. 어니스트 헤밍웨이와 캐럴 롬바드, H.G. 웰스가 이곳에서 여름을 났다는 사실은 나중에 알게 되었다. 콧수염 남자의 입에서 '영화배우'라는 말이 튀어나오는 순간, 나는 그 틈에 끼어들어 어머니의 포동포동한 무릎에 기대고 남자의 이야기에 귀를 기울였다.

남자가 말할 때마다 덥수룩한 콧수염이 실룩거렸다. 그는 그 지역에서 1,600개에 달하는 호수 중 하나를 선택할 수 있으며, 거의 모든 호수 주변에 팔려고 내놓은 땅이 있다고 설명했다. 그러면서 가장 큰 호수 세 개, 조지프호와 머스코카호, 루소호의 이야기를 많이 했다.

중개인 남자가 탁자 위에 지도를 활짝 펼쳤다.

"스티브, 베로니카. 물론 선택은 두 분이 하시는 거지만, 저 같으면 가장 큰 호수 세 개 주변을 벗어나지 않겠습니다."

그는 우리 부모님을 영어식 이름으로 불렀다. 우체부가 우리집 현관 투입구로 밀어 넣는 우편물에 적힌 이름 말이다. 헝가리 친구들은 우리 부모님을 그 이름으로 부르지 않았다. 중개인이 활짝 미소를 지으며 양 손가락 끝을 모아 첨탑 모양을 만들었다. 새끼손가락에 낀 커다란 금반지가 머리 위 전등 불빛을 받아 번쩍번쩍 빛났다. 부모님은 서로 쳐다보았다.

"우리가 찾는 곳은 작고 조용한 곳인데…."

아버지가 탐탁지 않아 했다.

"사람도 너무 많지 않고."

그러자 어머니가 맞장구쳤다.

"너무 멋지지 않아도 되고."

역시 우리 부모님은 호락호락한 사람들이 아니었다.

중개인이 이마를 찡그렸다. 그리고 마침내 검지 끝으로 지도를 두드렸다.

"여기, 이 호수요. 브레이스브리지 시내에서 30분 정도 떨어진 곳입니다. 상세 지도를 보여드리죠."

그가 서류 캐비닛을 뒤지더니 타원형 호수가 그려진 지도 한 장을 들고 돌아왔다. 조금 전에 먹은 블루베리 파이 조각 모양으로 점선이 그어져 있었다.

우리를 차에 태우고 달리던 부동산 중개인이 국도를 벗어나 울퉁불퉁한 길로 들어서더니 이내 어두컴컴하고 조용한 숲 한가운데로 우리를 데려갔다. 그처럼 울창한 숲에 들어가 본 적이 없었던 나는 언젠가 침대에서 읽었던 헝가리 시에 나오는 새끼 사슴을 보게 되는 건 아닐까 싶어 자동차 창문에 바싹 얼굴을 붙였다. 중년 여인이 다리가 부러진 사슴을 발견하고는 치료해주며 돌본다는 내용의 시였다. 아버지는 앞자리 조수석에 탔고, 어머니는 나와 함께 뒷자리에 앉아 있었다. 갈수록 점점 더 깊어지는 숲이 우리를 보호하듯 둘러쌌다. 뒤를 돌아보니 차 뒤에서 서로 얽히는 나뭇가지들이 마치 우리를 보듬어 안는 손가락 같았다.

당시 고작 여섯 살이었지만, 나는 우리 부모님이 사람 손이 닿지 않은 그 땅을 계약할 줄 알았다. 부모님은 이 땅에 뿌리를 내리고, 바닥부터 시작해 오롯이 자신들만의 무언가를 건설하고 싶어 하셨다. 자신들을 위해, 그리고 나를 위해. 평화롭고 안전한 장소에 씨를 뿌리고 잘 가꿔서 멋진 미래를 맞이하고 싶으셨을 것이다.

길가에 야생화가 지천으로 핀 흙길을 천천히 달리던 자동차가 멈추고, 우리는 차에서 내렸다. 양손을 바지 주머니에 깊숙이 찔러 넣은 아버지가 우듬지(나무의 맨 꼭대기 줄기) 쪽으로 고개를 들었다. 아버지의 시선을 따라가니 길옆에 늘어선 키 큰 나무들 사이로 늘어진 전선이 눈에 들어왔다.

"전깃줄이구나."

아버지가 미소 지으며 말했다. 아버지 내면의 전기 기술자가 만족한 것 같았다. 어머니와 나는 손을 꼭 붙잡고 부동산 중개인을 뒤따라 숲을 헤치며 경사면을 내려갔다. 이리저리 꼬인 나무뿌리에 걸려 넘어지기도 하고, 낮게 드리운 나뭇가지를 만나면 몸을 숙여 간신히 통과하면서. 나뭇잎 사이로 언뜻언뜻 파란 하늘이 얼굴을 보였다 사라지곤 했다. 마침내 가파른 내리막길 끝에 도착했을 때 잔뜩 햇빛을 머금은 채 반짝이는 호수가 모습을 드러냈다. 호수의 잔물결이 중개인이 낀 금반지처럼 반짝거렸다.

어머니가 하얀 샌들을 벗어 던지고 바지를 무릎 위로 걷어 올리더니 어른거리는 돌을 하나씩 밟으며 호수로 들어갔다. 조심조심하며 갈 수 있는 데까지 멀리 간 어머니가 우리를 돌아보며 소리쳤다.

"여이 데 요! 너지온 푸허(Jaj de jó! Nagyon puha)."

헝가리말로 '아, 너무 좋아! 너무 부드러워'라는 뜻이었다. 나도 무릎을 꿇고 앉아 호수에 손을 담갔다. 따뜻했다. 게다가 물은 숨어 있는 은빛 조개와 가라앉은 나뭇잎과 자갈이 모두 보일 정도로 맑았다.

"동쪽으로 호숫가가 60미터나 이어지죠."

중개인이 두 팔을 한껏 펼치며 너스레를 떨었다. 중개인 뒤에 서 있던 나는 중앙에 크리스마스트리 나무가 자라는 섬을 헤아렸다. 둘, 아니 셋이었다.

"1만 제곱미터의 땅입니다. 옆에 붙어 있는 땅도 팔려고 내놓은 땅이고, 도로 밑으로도 친구분들이 구매할 수 있는 땅이 여러 필지가 있습니다."

어머니가 샌들을 도로 신었다. 어머니와 아버지는 제자리에서 천천히 돌며, 소나무와 웅장한 단풍나무, 저 멀리 호수 너머로 이어진 날씬한 자작나무 수풀을 눈에 담았다. 그리고 아주 오랫동안 서로 눈을 맞추었다. 그리고 마침내 아버지가 중개인을 향해 돌아섰다.

"얼만가요?"

"6,500달러입니다."

중개인이 대답했다.

"횡재죠! 이 근처에서 제일가는 땅입니다. 작년 여름에도 어떤 신사분이 이 북쪽에 붙은 필지를 세 개나 매입했다니까요. 다른 사람이 채가기 전에 얼른 잡는 게 좋아요."

나는 우리 집의 재산이 얼마나 되는지 정확히 알지 못했지만, 많지 않다는 것은 알고 있었다. 그래도 나는 부모님이 그 땅을 낚아채길 소망했다. 그리고 내 소망은 이루어졌다.

그해 겨울 부모님은 너지머머에게 돈을 빌렸다. 키 152㎝에 몸무게 43㎏으로 성격이 활달한 너지머머, 그러니까 우리 외할머니는 상반신과 하반신이 어울리지 않았다. 엉덩이 위쪽을 보면 조그만 할머니는 머리가 백발이고 파란 눈은 춤을 추는 듯하며 감미롭고 경쾌한 고음의 목소리로 늘 노래를 흥얼거렸다. 대체로 할머니가 제일 좋아하는 베토벤의 '엘리제를 위하여'였다.

"디 다 디 다 디 다 디 다 덤."

구겨진 종이처럼 주름이 자글자글한 손으로 대바늘이나 코바늘을 놀려 뜨개질을 하고, 귀에는 작은 진주 귀걸이, 목에는 귀걸이에 맞춰 머리처럼 하얗게 빛나는 목걸이를 둘렀다. 하지만 할머니는 일종의 만성암으로 발과 다리가 퉁퉁 부어올라 몹시 더운 날에도 발목 위까지 끈을 묶는 무거운 베이지색 부츠를 신었다. 너무 무거워 걷기도 힘든 부츠는 머저로르삭Magyarország 즉, 마자르인의 땅 헝가리에서 신던 것처럼 볼품없는 유럽 스타일이었다.

1899년에 태어난 할머니는 아주 많은 것을 보았고 아주 많은 것을 잃었지만, 밝은 미소는 여전했다. 언젠가 금요일에 배서스트가에 있는 할머니의 작은 아파트에 모여 함께 저녁을 먹을 때였다. 자수 식탁보를 덮은 접이식 식탁에 앉아 코초냐시 헐kocsonyás hal을 먹었다. 생선을 고아 젤리처럼 엉기게 만든 요리로 내가 질색하던 음식이었다. 나는 송어 냄새가 폴폴 나는 젤리를 골라 접시 가장자리로 밀어낸 다음 어른들의 이야기에 귀를 기울였다. 포크 가득 음식을 떠먹던 어머니가 하얗고 긴 생선 뼈를 입에서 발라내면서 새로 산 땅에 별장을 지을 거라고 할머니에게 설명했다. 그 이야기에 할머니가 득달같이 일어섰다. 재봉용 마네킹이 있는 곳을 지나 재봉틀 쪽으로 절뚝거리며 가더니 실꾸리와 단추, 공단 안감 등 재봉할 때 필요한 물건을 담아둔 커다란 쿠키 깡통을 꺼냈다. 그 속에서 두툼한 종이봉투를 꺼낸 할머니가 밝은 미소를 지으며 건넸다. 부모님은 자리에서 일어나 할머니를 껴안았다.

"빌리는 거예요."

부모님이 말했다.

"금방 갚을게요."

얼마 지나지 않아 우리 부모님은 퍼시픽 프리퍼브리케이티드 홈스에서 설계 제작한 퍼시픽 조립주택을 구매했다. 어느 모로 보나 작고 단순한 모델이었지만, 내게는 성이나 다름없었다. 내 여덟 살 생일을 얼마 앞둔 봄, 몇 주의 공사 끝에 별장이 모양을 갖추기 시작했다. 나는 대개 할머니와 함께 토론토에 남았지만, 어머니 아버지를 따라 머스코카에 내려간 적도 두세 번 있었다. 인부들이 체인 기계톱을 들거나, 불도저와 주황색 굴착기를 몰고 새로 산 우리 땅을 벌떼처럼 누비고 다니며 나무를 자르고 숲에 길을 냈다. 체인 기계톱이 내는 굉음보다 나무가 잘려 쓰러지는 소리가 더 컸다.

나무들이 잘려 나가는 모습을 보고 내가 놀라자 부모님은 가능한 한 많은 나무를 베지 않고 지킬 것이라고 나를 안심시켰다. 부모님은 진입로, 햇빛이 드는 너른 잔디밭을 만들고 정화조를 묻을 자리, 별장이 들어설 자리만큼만 나무를 베었다. 호수 조망을 가로막을 뿐만 아니라 낮은 가지와 덤불이 우거져 모기에게 이상적인 서식처를 제공하는 들쭉날쭉한 소나무 몇 그루도 뽑아냈다. 그러면서 우리 가족이 제일 좋아하는 것이니 날씬한 자작나무 수풀은 절대 건드리지 말라고 인부들에게 당부했다.

우리 별장터 북쪽으로 나뭇잎이 점점 더 우거진 세 필지를 매입했다는 이웃 신사의 별장터와는 자연스럽게 분리되었고, 남쪽의 작은 공터를 사이에 두고 로트허우세르 가족의 별장이 나란히 들어섰다. 부모님과 가장 친한 레슐리 로트허우세르와 두시 로트허우세르 부부도 우리 옆 땅에 별장을 짓고 있었다. 한편 게오르게 플레이시먼과 리너 플레이시먼 부부는 호숫가 저 아래 인상적으로 돌출한 기반암과 사랑에 빠져서 도로 맨 끝에 있는 땅을 매입했다.

나는 플로리다 호텔 발코니 그 자리에서 내가 방금 들은 이야기를 로트허우세르 가족과 플레이시먼 가족이 듣는다면 어떤 반응을 보일지 궁금했다. 저 위 별장에서 무언가 으스스하고 감당하기 어려운 일이 발생했다는 소식 말이다. 우리 별장의 미래설계도에 없던 일이었다. 그들도 나처럼 섬뜩할 것이라는 생각이 들었다.

퍼시픽 조립주택은 기초공사부터 조립, 지붕 마감까지 모든 공정을 처리했다. 인부들은 능숙했다. 같은 작업을 이미 백 번도 넘게 해봤다며 아버지를 안심시켰다. 언어 장벽에서 비롯된 결과일 수도 있고 전쟁을 겪은 결과일 수도 있지만, 아버지는 다른 사람, 특히 권위 있는 위치에 있는 사람들에게 지나치게 공손한 경향이 있었다. 그러면서 아버지는 말없이 건물 이곳저곳을 살피며 혹시 날림으로 시공하는 데는 없는지 확인했다. 인부들이 본래 그 자리에 있던 크고 평평한 기반암을 따라 시멘트를 부어 가며 기초공사를 할 때도 감독했고, 인부들이 목재에 선 하나라도 그으려 들면 재고 또 잰 후에 허락했다. 귀밑머리가 하얗게 센 아버지는 귀에 연필을 꽂고 다니며 설계도를 확인하고 또 확인했다. 작업반장이 아무 문제 없이 다 잘되고 있다고 안심시켜도 아버지는 1mm 혹은 2mm가 틀렸다며 자신이 계산한 자료를 작업반장에게 디밀곤 했다. 그러자 인부들도 아버지에게 점점 더 공손한 태도로 이야기하고, 공사와 관련해 아버지의 의견이나 조언을 구하기 시작했다. 아버지는 이참에 영구히 버틸 집을 짓겠다고 어머니에게 약속했다.

인부들은 망치를 두드리고 톱질을 하고 드릴로 구멍을 뚫어, 침실세 칸, 욕조와 샤워기, 변기, 세면대를 모두 설치한 욕실 한 칸, L자 형태의 거실 겸 식당, 주방을 갖춘 77㎡의 A자형 주택을 빠르게 조립했다. 내가 평소 헝가리어로 '사니 바치Bácsi(헝가리어로 아저씨)'라고 부르는, 아버지 친구 샌더 아저씨가 몇 차례 현장을 찾아와 배관 작업을 거들었다. 목수인 게자 바치도 수납장 제작과 목공 작업을 도왔고, 전기 가설은 아버지가 직접 다 했다. 피터 오빠도 여름 캠프가 쉬는 날 게자 아저씨를 거들어 옹이투성이 얇은 소나무 판자를 붙였다. 그리고 여름이 끝날 무렵 어른들이 삼나무 외벽에 클리어 래커를 여러 번 칠하자 나무 벽은 오렌지빛 진갈색이 되었다.

어른들은 내가 일을 거드는 걸 한사코 말렸다. 부모님은 혹시라도 내가 다칠까 봐 불안한 모양이었다. 나이도 너무 어리고 더구나 조심성이 없다며 거들지 못하게 했다. 그래서 나는 멀찍이 떨어진 곳에서 어른들이 일하는 모습을 지켜볼 수밖에 없었다.

외벽에 칠한 래커가 마르는 동안, 아버지와 오빠는 별장 정면 2.5m 높이의 기둥 위에 발코니를 세우기 시작했다. 나는 호수보다 높이 자리한 그 발코니에 서서 밖을 내다보며 내가 나무 꼭대기 공중에 매달린 성에 사는 요정이라고 상상했다.

아버지는 페인트 붓들을 테레빈유에 담가 씻은 뒤 조심스럽게 비닐에 쌌다. 그러고는 연장들과 함께 계단 뒤 작은 창고에 가지런히 정리했다. 그 창고. 별장 아래, 계단 뒤에 있던 비좁고 작은 창고.

그사이 어머니는 안에서 찬장에 접시를 집어넣고, 튼튼한 프리지데어 냉장고에 음식을 채우고, 옷장에 옷들을 정리했다. 전기와 상수도를 가설한 덕분에 전등이 켜지고, 수도와 욕실을 사용할 수 있었으며 목욕도 할 수 있었다. 배가 불룩하게 튀어나온 검은색 난로는 거실 한 귀퉁이에 웅크리고 앉아 공기를 따뜻하게 덥혔고, 자그마한 주방에서는 양배추 삶는 냄새와 고기 냄새, 사워크림 냄새가 솔솔 풍겼다. 어머니는 비좁은 주방에 틀어박혀 음식을 만들었다. 양배추 고기말이인 퇼퇴트 카포스터töltöt káposzta를 커다란 솥으로 한가득 조리했고, 작고 하얀 그리즈 곰보츠griz gombóc가 들어간 콩

35

당근 수프를 커다란 접시에 가득 담았다. 밀크림으로 만든 경단인 그리즈 곰보츠를 넣고 걸쭉하게 끓인 수프는 저녁 서너 끼 분량은 됨직했다. 가끔은 내가 가장 좋아하는 디저트도 만들어주었다. 종잇장처럼 얇은 크레이프에 초콜릿을 얹거나 달콤한 크림을 뿌린 코티지 치즈 혹은 살구잼과 으깬 호두를 채워 만든 펄러친터palacsinta, 럼주와 설탕에 조린 밤을 감자 으깨는 도구로 눌러 벌레 모양의 가닥으로 뽑아 쌓은 다음 생크림을 뿌린 게스테네퓌레gesztenyepüré.

비가 내리는 날이면 나는 몇 시간씩 침대에서 뒹굴며 그림도 그리고, 바비인형도 갖고 놀고, 수도 놓고, 도서관에서 빌려온 《빨간 머리 앤》도 읽었다. 고작해야 빨래방에 가거나 장을 보는 게 전부였지만 어쩌다 브레이스브리지 시내에 나가면 무척 즐거웠다. 나는 금박으로 장식한 채 시내 이쪽 끝에서 저쪽 끝으로 승객을 실어 나르는 고풍스러운 전차를 구경할 생각에 마음이 설레었다. 매니토바가를 운행한 전차는 머스코카 강의 폭포를 가로질러 놓인, 브레이스브리지의 상징 같은 철교부터 빨래방과 KFC 매장이 있는 언덕 꼭대기까지 이어진 중심 도로를 따라 달렸다.

전차는 '샐리앤'이라고도 불리던 구세군 건물과 거대한 바지 모형을 지나갔다. 맥캔스 백화점 정문 앞 인도에 세워진 바지 모형은 키가 나보다 족히 서너 배는 더 컸다. 전차 선로 바로 옆에는 빨간 벽돌로 지은 법원도 있었다. 시민들의 일상적인 업무나 가끔 있는 주차 분쟁 외에 달리 처리할 사안이 많지 않던 법원은 실내는 어둑어둑했고, 창문은 경계의 눈빛을 번득였다.

이것들, 이 모든 것이 피터 오빠가 "별장… 별장 아래에서…"라고 이야기했을 때 내 머릿속에 떠오른 것이다.

야외 발코니로 나오는 문이 열리며 남편이 고개를 내밀었다.

"여보. 애들이 수영하겠다는데 내가 데리고 갈까?"

고개만 끄덕인 나는 전화기를 귀에 댄 채 남편을 뒤따라 안으로 들어갔다. 꼼꼼하게 쌌던 가방들은 내용물이 모두 쏟아져 나와 침대며 소파 위에 나뒹굴었다. 나는 한 손으로는 전화기를 귀에 댄 채 다른 손으로 쭈글쭈글 주름진 리넨 시프트 원피스를 집어 들었다.

남편이 비치백을 어깨에 걸치고 나섰다.

"누구랑 그렇게 오래 통화해?"

아이들에게 걸어가던 남편이 물었다.

나는 입 모양으로만 대답했다.

"피터 오빠."

"별일 없대?"

나는 다시 말없이 고개만 끄덕였고, 결국 남편은 어깨를 으쓱한 뒤 밖으로 나갔다. 달리 남편이 이해하도록 대답할 방법이 무엇이 있었겠는가? 피터 오빠의 이야기에 충격을 받은 나는 아무 말도 하지 못했다. 홀로 호텔 방 침대에 앉아 오빠의 이야기를 말없이 듣기만 했다. 아이들이 켜 둔 TV가 거실에서 시끄럽게 쿵쾅거렸지만 내 귀에는 들리지 않았다.

"경찰이 조사 중이야."

오빠의 목소리가 무거웠다.

"다음 주말에는 내가 브레이스브리지 경찰서에 들러야 할 것 같다."

경찰서? 나는 브레이스브리지에 경찰서가 있는지도 몰랐다.

3

알리고 싶지 않은

오빠와 전화를 끊자마자 아이들이 수영장에서 돌아왔다. 그 바람에 남편과 의논하는 것은 고사하고 혼자 생각을 정리할 겨를도 없었다. 남편은 무슨 일이 있느냐고 계속 물었지만, 나는 나중에 우리끼리 있을 때 말해주겠다고만 대답했다.

저녁을 먹은 뒤 우리는 시내 구경을 나갔다. 아이들은 폴짝폴짝 뛰며 멀찌감치 앞서 걸었고, 남편과 나는 손을 꼭 잡고 천천히 함께 걸었다.

잠시 뒤 참다못한 남편이 미간을 좁히며 물었다.

"그런데 무슨 일이야?"

야외 카페와 바 근처를 지나자 후텁지근한 공기가 숨통을 막았다. 나는 뭐라 말해야 할지 궁리했다. 저만치 앞선 제이크는 잔디밭 경계석을 디디며 한가로이 거닐었고, 형 따라쟁이 코비는 기우뚱기우뚱 균형을 잡으며 형이 디딘 돌담 위를 쫓아다니고 있었다. 조던은 발목 근처에서 풍성하게 부풀어 오른 주름치마를 입고 코비 곁에 바싹 붙어 걸었다. 머리 위에선 색색의 조명과 휘영청 밝은 달빛이 도로를 환히 비추었다.

"피터 오빠 말이 별장에 일이 생겼대."

마침내 나는 들은 이야기를 더듬더듬 털어놓았다. 말하는 동안 이미지들이 계속 떠올랐다.

"뭔가를 발견했대. 음…. 상자를 하나 찾아냈다는 것 같아. 그러니까 장작을 쌓아둔 곳 아래에서. 상자를 열자, 어…. 끔찍한 냄새가 났는데, 그게… 그 상자 안에 시체가 있었대."

내 목에서 쏟아져 나온 말이 공간에 매달렸다.

"맙소사."

걸음을 멈춘 남편이 내 손을 놓더니 바다로 눈길을 돌렸다.

"누구래?"

나는 알지 못했다.

"살인범은 잡았대?"

나는 알지 못했다.

"당신은 이제 어떻게 할 거야?"

나는 입술을 깨물었다. 남편이 무슨 말을 하려는지 알고 있었다.

"무슨 말이야?"

"내 말은…."

남편이 미간을 찌푸렸다.

"이제 거길 어떻게 다시 가지?"

나는 그것도 알지 못했다.

미국으로 이주한 후부터 우리는 매년 8월이면 1주일 동안 캐나다에 머물렀다. 우리 가족의 연례행사였다. 아니 그 이상이었다. 나는 그 1주일이 꼭 필요했다. 내 뿌리, 내 유년과 다시 연결되는 그 시간

이. 물론 남편은 별장과 특별한 유대가 있는 건 아니니 이 사건으로
더 싫어질 수도 있을 것이다. 그가 생각하기에 별장은 실제보다 미
화된 야영지에 불과했다. 그러니 별다른 매력을 느끼지 못했고, 선
택권이 있다면 차라리 시내의 호텔을 선택할 것이다. 메리어트 호텔
을 더 좋아할 남자니까. 그런데 나는 내 뿌리와도 같은 그 별장을 버
릴 수 있을까?

"모르겠어."

웅얼거리듯 대답했지만, 심장이 갈라지는 느낌이었다. 내 삶을 예
전 모습 그대로 지키고 싶었는데, '발견', '살인사건' 이 단어들이 내
예전의 삶을 앗아갔다.

아이들이 냉동 요구르트 가판대 앞에서 우리가 오기를 기다렸다.
남편이 값을 치르고 아이들은 각자 한 컵 가득 냉동 요구르트를 받
아들었다. 근처 벤치에 앉아 아이들이 요구르트를 다 먹을 때까지
기다렸다가 다시 호텔로 향했다. 나는 남편과 나란히 걸었다. 평소
같으면 긴 다리로 성큼성큼 걷는 남편을 따라가느라 종종걸음을 쳤
을 것이다. 하지만 남편은 두 손을 호주머니에 꽂은 채 생각에 잠겨
느릿느릿 걸었다.

잠시 뒤 남편이 입을 열었다.

"장인어른과 장모님도 아셔?"

"응. 오빠가 이야기했어. 두 분이 기겁하셨을 텐데 걱정이야."

"하긴 나도 그런데."

남편도 수긍했다. 나는 남편이 당황하지 않길 바랐다. 내가 무너
져도 아무 일 없도록 남편은 탄탄하고 믿음직스럽게 버텨주길 바랐
다. 남편을 올려다보았다. 토미 바하마 꽃무늬 셔츠에 카고 반바지를

입은 키 크고 튼튼하고 잘생긴 남편을 바라보며 땀에 젖어 축축한 손으로 뽀송뽀송한 그의 손을 잡았다.

우리 부부에게는 불문율이 있었다. 시댁에서 생기는 일은 남편이 책임지고, 친정에서 생기는 일은 내가 해결한다는 무언의 합의였다. 그러니 공식은 간단했다. 우리 별장 + 친정 = 내 문제. 그런데 아이들은? 아이들은 '우리'의 문제였다. 나는 눈물을 훔치고 적어도 한 가지는 결심했다.

'절대로, 무슨 일이 있어도 코비는 모르게 할 거야.'

어린 아들의 천진난만함을 가능한 한 오랫동안 지켜주고 싶었다. 아이의 머릿속에 이 끔찍한 기억을 심어주고 싶지 않았다. 막내를 지키는 것이 절실했다.

남편도 고개를 끄덕였다.

"조던과 제이크는? 그 아이들에게 알릴 생각은 아니지? 그렇지?"

전화 통화 중 오빠가 소셜미디어에 사건이 뜨기 전에 아이들에게 알려야 한다는 말을 꺼내기 전까지는 나도 알릴 생각이 아니었다. 하지만 토론토에도 사건을 알만한 친구가 있을 테고, 조던은 한 시간이 멀다고 페이스북을 확인하는 아이였다.

"피터 오빠는 아이들이 온라인에서 보기 전에 미리 알려야 한다고 생각해. 어쨌든 사촌 형제들에게 이야기를 듣게 되겠지. 아이들에게 말해야 할 것 같아. 내일."

남편은 반대하지 않았다. 하지만 이런 당부도 잊지 않았다.

"그래도 제이크에게는 경기가 끝날 때까지 아무 말도 하지 마."

그날 밤 나는 거의 뜬눈으로 밤을 보냈다. 남편의 숨소리를 들으며 이리 뒤척, 저리 뒤척였다. 밤새도록 남편의 질문을 되뇌었다.

'이제 거길 어떻게 다시 가지?'

◆◆◆◆◆◆◆

별장이 제 모습을 갖추기까지는 채 3개월이 걸리지 않았다. 드디어 퍼시픽 조립주택 건축 인부들이 장비를 챙겨 통카 트럭을 타고 떠나자, 나는 '이제 됐어, 모두 끝났어'라고 생각했다.

틀린 생각이었다. 차가 다닌 길마다 부러진 나뭇가지들이 잔해로 나뒹굴고 진흙탕에 깊은 구덩이가 생겼다. 아버지와 오빠는 잔해를 깨끗이 치우고 땅을 평평하게 메웠다. 그런 다음 아직 사람들의 발길이 닿지 않은 호숫가에서부터 별장까지 구불구불 계단을 놓아 길을 닦기 시작했다. 열여덟 살이 다 된 오빠는 키가 180㎝로 아버지에 버금갔고, 체격도 다부졌다. 눈도 아버지처럼 따뜻한 갈색을 띠고 있었다. 다만 머리카락이 아버지는 부드럽게 물결치는 검은색인데 피터 오빠는 아프리카 흑인들 머리카락처럼 부푸는 오렌지빛 곱슬이었다. 오빠는 시도 때도 없이 헤어드라이어로 머리를 매만졌다. 부자는 비탈을 천천히 오르며 길에 있는 자갈과 나무뿌리를 골라냈다. 오빠는 주근깨가 자글자글한 팔로 도끼를 들어 크게 휘둘렀고, 서너 번 도끼질을 한 다음에는 꼭 뒤를 돌아보았다. 아버지는 입을 꽉 다문 채 고개를 좌우로 갸우뚱거렸다. 그저 그래, 별로라는 의미였다. 아버지는 땀에 젖어 이마로 흘러내린 머리칼을 쓸어올리며 피터 오빠가 못 보고 지나친 나무뿌리를 가리켰다. 오빠가 아버지에게 듣고 싶었던 대답은 '에즈 이겐'이었다. '잘했다'라는 칭찬을 듣고 싶었을 것이다. 어머니였다면 '에즈 이겐'이라고 후하게 칭찬했을 것이다. 하지만 아버지는 후한 법이 없었다.

피곤해서 그러시는 거라고 어머니는 늘 아버지를 두둔했다. 길드 전기에서 견적 책임자로 근무한 아버지는 바짝 긴장하고 냉담한 표정으로 퇴근할 때가 많았다. 견적금액을 산출하는 일은 세심함과 집중력이 필요한, 스트레스가 심한 업무였다. 여기저기에서 몇 원씩만 어긋나도 입찰에서 떨어질 수 있다는 부담감에 아버지는 늘 신경이 곤두서 있었다. 오빠 말로는, 아버지는 그 분야에서 최고로 인정받았다. 최고가 된다는 것은 다른 사람들을 기분 나쁘게 하는 건가 보다, 당시 나는 이렇게 생각했다. 그래도 아버지가 화를 내는 적은 많지 않았다. 우리가 무언가 망가트릴 때만 그랬다. 그럴 때도 들릴락 말락 "젠장"이라고 중얼거렸고, 정말 화가 났을 때만 다 들리게 "젠장"이라고 소리쳤다. 언젠가 한 번은 피터 오빠가 줄곧 '젠장'의 공포 속에서 살고 있다고 내게 털어놓은 적이 있다.

어머니는 어머니대로 뼈 빠지게 일했다. 토론토에서 어머니는 집안일에 파묻혀 살았다. 티끌 하나 없을 정도로 집안을 쓸고 닦았다. 매일 요리하고 빨래하고 설거지하고 청소하고 바느질하고 풀 먹이고 다림질하고, 다른 사람들은 닦을 생각도 못 하는 것까지 찾아내서 닦곤 했다. 식당 가구에 붙은 유리 장식들을 떼어 내 수건 위에 펼쳐 놓고 하나하나 물로 깨끗이 닦았다. 할머니가 코바늘로 뜬 레이스 커튼 밑에 달린 망사 천도 떼어내 손빨래했다. 디펜바키아 잎사귀 하나하나도 반질반질 윤이 나게 닦았고, 머리빗과 헤어 롤러도 틈새까지 샅샅이 닦았으며, 냉동고도 성에를 녹여 내고 솔로 박박 문질러 닦았다. 찬장에서 화병, 조각상, 키뒤시(안식일이나 축제일 밤, 포도주와 빵을 통해서 신을 찬미하는 기도. 기도문의 내용은 축제에 따라서 다르다) 컵, 접시들을 꺼내 하나하나 먼지를 털었다. 섬세한 헝가리산 헤렌드 도자기는 특히 조심해서 다루었다. 어머니는 세균이라면 질색했다. 양치질할 때도 이를 너무 세게 문질러 법랑질이 모두 닳아 없어질 지경이었다.

별장에서도 어머니의 집안일은 계속되었다. 나는 가구를 배치하고 페인트가 마르는 것으로 모든 일이 끝났다고 생각했다. 이 방 저 방을 오가며 특징을 하나하나 살피며 감탄하고, 각 방의 창문으로 내다보이는 풍경을 머릿속에 담았다. 그러면서 마음에 쏙 드는 장소를 찾아냈다. 책을 읽을 때는 발코니, 그림을 그릴 때는 내 방, 훌라후프를 돌릴 때는 정화조 묻힌 자리가 최고였다. 하지만 어머니와 아버지는 나와 함께 이 모든 것을 즐기기는커녕 느긋이 쉬지도 못하셨다.

"수영하러 갈까?"라고 물으면, 어머니는 이마에 흐르는 땀을 소매로 훔치며 "나중에. 창문 닦는 일부터 끝내고."라고 대답했다.

"낚시하는 법 알려줄 수 있어?"라고 물으면, 무거운 흙자루가 실린 손수레를 힘겹게 끌던 아버지는 "지금은 안 돼. 비가 오기 전에 잔디 씨를 뿌려야지."라고 끙끙거리며 대답했다.

창문을 닦고 잔디 씨를 뿌린 다음에도 저녁을 짓고 장작을 패고, 욕실을 박박 문질러 닦고, 잔교를 만들고, 찬장을 정리하고 다락에 단열작업을 하는 일이 이어졌다.

함께 놀자고 날마다 부탁했지만, 부모님은 늘 바빴다. 나는 어머니나 아버지 뒤를 졸졸 따라다니며 칭얼댔다.

"다른 사람이 하면 안 돼?"

"누가 할까? 누가 펌프를 고칠까? 당신 펌프 고치는 법 알아?"

아버지는 어머니에게 묻는 것으로 대답을 갈음했다.

"아빠 그럼 나중에 하면 안 돼?"

그러면 어머니가 대신 나서서 대답하셨다.

"지금 안 하면 못 끝내."

아버지가 어머니와 나에게 대답했다.

"이제 절반쯤 끝났어."

어머니는 "열심히 일해도 자칫하면 전부 허사야."라는 말을 입에 달고 살았다. 그리고 꼭 이렇게 덧붙였다.

"아무튼 현실이 그런걸."

일은 끝이 없는 것 같았고, 나는 모든 것이 정리되기를 바라는 부모님의 마음이 얼마나 절실한지 조금씩 이해하기 시작했다. 캐나다로 이주하기 전까지 부모님의 세상과 그 안의 모든 것은 너무 약해서 언제든 부서지고 망가지고 사라질 위험에 시달렸다. 그래서 부모님은 눈 깜빡할 사이에 소중한 것들이 망가지지 않도록 각별하게 신경을 썼다.

어머니와 아버지는 매일매일 보존하는 일에 몸을 바쳤다. 안식처를 세우려고 열심히 일했으며, 자신들이 세운 것을 안전하게 보호하려고 부단히 노력했다.

불현듯 부모님이 그토록 정성스럽게 세운 평화로운 안식처가 겨우 막대기 하나를 잘못 빼는 바람에 와르르 무너질 수 있다는 생각이 들었다. "다섯, 여섯, 막대기들을 줍자"라는 동요처럼 말이다.

◆◆◆◆◆◆◆

포트마이어스에 도착한 첫날 밤, 내내 천장에서 돌아가는 선풍기 날개를 응시한 채 나는 거센 급류에 휘말린 듯 혼란한 생각의 늪을 허우적거렸다. 처음에는 너무 감정적으로 되어서 실제 무슨 일이 벌어졌는지 논리적인 의문도 갖지 못했다.

당연한 논리를 깔아뭉갤 만큼 겁에 질려 있었을 뿐이다. 상상력이 너무 지나치다고 선생님에게 놀림 받던 시절로 돌아간 듯 생생하고 유치한 공포였다. '살인'이라는 단 한마디가 선정적인 기사, 자극적인 TV 쇼, 내가 처음 본 공포 영화 *13일의 금요일*에 나오는 대학살 장면을 연상시켰다. 당시 사건의 배경이 된 깊은 숲속 야영장은 우리 별장을 떠올리게 했다. 미친 살인마가 머스코카 주변을 몰래 어슬렁거리며 치명적인 무기를 휘두르는 각본이 내 머릿속을 어지럽게 휘저었다. 정확히 어떤 무기인지는 알 수 없었다. 총? 칼? 석궁? 어쨌든 인격이 바뀔 만큼 끔찍한 안면 손상을 감추려는 범인이 스타킹이나 얼굴을 다 가린 방한모, 한니발 렉터의 입마개, 하키 마스크 등으로 위장하고 다니는 모습이 머릿속을 떠나지 않았다. 그 숲속에서 그런 범죄를 저지를 수 있는 사람은 기이하게 생긴 괴물뿐이라는 생각이 들었다. 평범하게 생긴 사람이 그런 짓을 저지를 리 없다. 분명 악마의 모습일 거라고 생각했다.

공포에 뒤이어 의심이 밀려들었다. 어떻게 그런 엄청난 일이 벌어질 수 있을까? 작고 아늑하고 안전한 우리 별장에서 어떻게 그런 일이 생길 수 있을까? 어떻게 우리에게 그런 일이 생길 수 있을까? 부모님과 오빠네 가족, 내 가족은 매일 뉴스에서 보고 듣는 그런 범죄와는 아주 거리가 먼 사람들이고, 그런 범죄는 살벌한 동네나 음침한 도시, 적에게 유린당한 나라의 뒷골목에서나 발생하는 것인데.

우리 가족은 모두 친절하고 상냥한, 선한 사람들이다. 비눗방울처럼 작은 동네에 살며 법을 어기지도 않는다. 운전할 때도 점잖게 양보하고, 낯선 사람에게도 현관문을 열어 주고, 자선 단체에 기부도 한다. 범죄 집단이나 국제적인 간첩 조직에 가담한 적도 없고, 그런 범죄의 빌미가 될 만한 불법행위에 연루된 적도 없다. 그러니 우리는 그런 범죄로부터 안전해야 하지 않을까?

무엇을 생각하든 혼란스러웠다. 오빠에게 전화로 전해 들은 말은 여전히 음절의 연속일 뿐 어떤 의미로도 연결되지 않았다. "상자에서 발견된 시체." 오빠가 말한 상자는 무엇일까? 관 같은 것? 그것을 발견한 사람은? 피터 오빠? 그렇다면 오빠는 왜 "내가 상자에 든 시체를 찾아냈어"라고 하지 않았을까? 오빠가 말을 잘못했을 수도 있고, 그게 아니면 발견한 사람이 누구인지 아직 정확히 모르는 거겠지. 만일 발견한 사람이 가족 중 누구라면 오빠는 왜 그런 말을 하지 않았을까? 그 상자를 발견하고 열어본 사람이 누구든 그 사람은 말로 이루 다 표현할 수 없는 심각한 충격을 받았을 게 분명하다. 정신적 피해를 받았을 수도 있다.

무엇보다 중요한 것은 시체로 발견된 사람의 정체였다. 남자? 여자? 어린이? 노인? 기억이 가물가물한 통화 중에 오빠에게 피해자가 누구냐고 물었지만, 오빠는 대답하지 않았다. 나는 이런저런 생각으로 혼란한 중에도 살해된 사람이 어린애가 아니길, 연약하고 무기력한 노인이 아니길 기도했다. 어린애나 노인의 죽음은 내게 특히 더 큰 공포로 다가올 것이다. 얼핏 피해자가 뭔가 끔찍한 범죄를 저질러 그 죗값으로 죽었을 것이라는 생각이 스쳐 지나갔다. 더 좋은 세상을 만들기 위해 차라리 죽는 게 나을 만큼 잔인한 종신범

말이다. 아동학대, 연쇄 강간, 야만적인 자살 폭탄 테러범처럼, 어쨌든 죽어 마땅한 사람. 순전한 악의 역사에 남을 만한 악행을 저질러 신성한 정의라는 의미에서 살 가치가 없다고 신의 심판을 받은 사람. 피해자가 그런 사람, 소름 끼치게 잔인한 사람이었다고 치자.

하지만 그 사람이 아무 이유 없이 희생된 사람, 무고한 사람이라면? 이 사건, 이 살인사건이 우주의 조화에 따른 뜻밖의 불행에 해당할까? 평범한 사람이 길거리에서 실수로 살인자와 마주친 것일까? 그렇다면 괴물 같은 존재가 저 밖에 있다는 말인데…. 결국 내 생각은 한 바퀴를 빙 돌아 다시 원점으로 돌아왔다. 하지만 그날 밤 나는 안개 같은 혼란과 공포 속에서도 아주 어렴풋이 이 사건이 우발적인 범죄가 아닐 것이라고 짐작했다.

그렇다면 우리 가족과 무슨 관련이 있을까? 암중모색의 시간이 지나자 한층 더 논리적인 질문들이 모이기 시작했다. 누군가 표적이 된 것일까? 왜? 무슨 상황이었기에 이토록 무서운 결과가 빚어졌을까? 보복 운전으로 인한 다툼이 걷잡을 수 없이 커졌을지도 모른다. 아니면 사업상 거래가 틀어졌을 수도 있고, 조직범죄와 연관되었을 수도 있다. 하지만 그런 일이 우리와 무슨 관계일까? 그 사람은 어디에서 살해당했을까? 우리 별장 안에서? 침실? 거실? 별장 밖 숲속? 아니면 호수 아래쪽?

그 장소, 한 생명이 육신을 떠나고 한 영혼이 머물던 곳에서 쫓겨난 바로 그 장소, 그곳이 마루이건 흙이건 호숫가건 아무리 카펫을 덮고 잔디를 심어도, 그곳을 다시는 밟지 못할 것 같았다. 더럽혀진 장소이기 때문이다.

나는 살면서 실제로 폭력을 당한 적이 없었다. 내가 알기로 부모님은 그런 적이 있었다. 하지만 아주 오래전이었다. 시간이라는 촛불이 모두 타서 그 재도 바람에 쓸려간 지 이미 오래전이었다. 이제 부모님은, 우리는 안전했다. 적어도 우리가 생각하기에는 그랬다.

그런데 이제 내 앞에 입을 크게 벌린 시커먼 구덩이가 나타났다. 벼랑 끝에 발가락만 걸친 채 간신히 버티는 기분이었다. 소소하고 평범한 내 삶이 갑자기 멈추고, 벼랑 끝 미지의 구덩이가 무시무시한 아가리를 떡 벌리고 있었다.

◆◆◆◆◆◆◆

익스플로전 팀의 첫 경기는 오전 10시였고, 우리는 9시까지 경기장에 도착해야 했다. 허둥지둥 준비를 하고 호텔 로비에 있는 야외 식당으로 내려가 서둘러 아침을 먹었다. 렌터카 포드 토러스 트렁크에 제이크의 야구 장비, 음료수를 가득 채운 아이스박스, 자외선 차단제와 여분의 글러브, 야구공, 코비가 온종일 갖고 놀 리스큐 히어로 장난감 등이 담긴 가방을 실은 다음, 비좁은 자동차에 올라탔다.

간밤에 잠을 못 자 피곤했지만, 나는 남편이 미리 출력해둔 지도를 보며 핑크 셸 호텔에서 45분 거리에 있는 야구장까지 길을 안내했다. 창밖을 응시하며 쇼핑몰과 관공서, 분기점을 살폈지만, 내 머릿속에서는 오빠가 했던 말이 스노글로브를 흔들면 쏟아지는 눈송이처럼 어지럽게 맴돌았다. 남편과 제이크는 경기 전략과 타순에 관해 이야기했고, 조딘은 라디오에서 흘러나오는 음악에 맞춰 우리 할머니처럼 높고 고운 목소리로 화음을 넣었다. 때맞추어 코비가 거의 다 왔는지 물었다.

나는 습관처럼 아버지가 하던 대로 대답했다.

"쾨페시."

하지만 침을 뱉지는 않았다. 나는 손에 들고 있던 지도를 다시 확인하고 남편에게 길을 안내했다.

"좌회전."

주차장에 차를 대자, 스파이크 운동화를 신은 제이크가 딸깍거리며 야구장으로 뛰어갔고, 다른 사람들도 그 뒤를 따라 바쁘게 움직였다. 나도 그 뒤를 따랐다. 남편과 이야기하고 싶었지만, 야구장에 도착하니 남편은 다른 아빠들과 관중석에 모여 앉아 이야기하느라 정신이 없었다. 대회가 끝날 때까지 남편과 이야기할 시간이 없으면 어쩌지, 걱정이 되었다. 남편은 경기 기록과 전망, 감독의 경기 운영 방식 등에 관한 이야기만 하면서 온종일을 보낼 수 있는 사람이었다. 전날 밤 내가 투하한 폭탄 같은 소식을 포함해 정보를 구분해서 정리하는 남편의 능력이 그저 놀라울 따름이었다. 신바람이 난 남편과 대조적으로 나는 불안했다. 부모님을 생각하면 속이 상했고, 아이들을 생각하면 걱정이 앞섰고, 살인범을 생각하면 겁이 났다. 물론 이런 상황에서 가장 큰 부담을 지게 될 오빠도 걱정이었다.

"어서 와 여보."

관중석으로 올라가 옆자리에 앉자 남편이 활짝 웃는 얼굴로 나를 맞이했다. 남편은 운동 경기를 볼 때면 늘 기분이 좋았다. 다른 학부모들도 내게 손을 흔들었다. 나는 맥없는 인사를 건넸다.

소리를 낮춰 남편에게 말했다.

"조딘에게 알리려고."

남편이 고개를 끄덕였다.

"코비 앞에서는 절대 아무 소리 하지 마."

내가 다시 확인했다.

"이미 그러기로 했잖아."

"맞아."

나는 다리를 꼬고 앉아 발을 까딱거렸다. 남편을 한쪽으로 데려가 이야기하고 싶었다. 물론 그런 주제로 대화를 나누기에는 최악의 시간이라는 것을 아주 잘 알고 있었지만, 참을 수가 없었다.

"조딘에게 이야기를 해야 할까? 당신 생각은 어때?"

남편은 선수들이 몸을 풀고 있는 운동장에 집중했다. 똑바로 앞만 쳐다보았다.

"무엇이든 당신 생각대로 하면 돼."

남편은 정확히 내가 예상한 대로 대답했다. 남편에게 그리고 나자신에게 짜증이 났다.

고개를 돌려 관중석 맨 윗줄에 앉아 있는 조딘을 살폈다. 겁이 나는 와중에도 나도 모르게 미소가 새어 나왔다. 사랑스러운 아이였다. 담청색의 큰 눈과 도톰한 입술, 열일곱 살이지만 이목구비가 아기 때나 다름없이 매력적이었다. 최근 몇 달 사이 광대뼈가 약간 더 도드라지고, 옷차림은 보헤미안 스타일에 가깝게 독특했다. 팔찌, 구슬 장식이 붙은 셔츠, 술 달린 샌들. 로맨틱한 영혼에 어울리는 차림새였다.

조딘 외에도 누나로서 동생을 응원하려고 이번 여행에 따라붙은 여학생이 두 명 더 있었다. 조딘과 서로 잘 아는 사이는 아니었지만, 비슷한 나이였고 함께 이곳에 오게 되어 마냥 좋은 눈치였다. 셋 다 야구모자에 선글라스를 낀 모습이 귀여웠고, 하나같이 손에 핸드폰을 들고 있었다. 캐나다에서 섬뜩한 뉴스를 알리는 문자가 당장이라도 아이들 핸드폰에 도착할 수 있었다. 그 사실을 깨닫자 내 얼굴에서 웃음기가 사라졌다.

잠시 뒤 조딘이 선크림을 가지러 내려오자 나는 이때다 싶었다. 튜브에 든 선크림을 건네며 말을 붙였다.

"조딘, 엄마랑 같이 좀 가자. 한번 둘러보게."

"무슨 일인데?"

조딘은 가느다란 손을 뒤로 뻗어 숱 많은 머리를 한 갈래로 묶은 머리끈을 풀었다.

종합야구장에 마련된 서너 개 구장마다 선수와 학부모들로 북적였다. 우리는 더그아웃 그늘로 들어가 담장에 기대어 섰다.

"조딘, 엄마가 어제 오후에 오랫동안 전화 통화한 거 알지? 피퍼스Peepers(미국 만화의 등장인물 피터 퀸Peter Quinn의 이름) 외삼촌 전화였어."

"할머니 할아버지는 괜찮으셔? 무슨 일 생겼어?"

아이가 걱정이 많은 것도 집안 내력이었다.

"두 분 모두 건강하셔. 할머니 할아버지와는 상관없는 일이야."

단어를 신중하게 고른다고는 했지만, 사실 오빠가 전한 이야기의 공포를 줄일 수 있는 말이 거의 없었다.

"그러면 무슨 일이야?"

"실은, 우리 가족 문제야. 피터 삼촌이 엄마에게 말해준 것처럼 엄마도 너하고 제이크에게는 알리기로 했어. 우리 가족 문제니까."

나는 목을 문지르며 목소리를 가다듬었다.

"페이스북 같은 데 새어 나올 수도 있으니까."

조던은 조바심이 나는지 한쪽 발에서 다른 쪽 발로 체중을 옮겨 실었다.

"도대체 뭐가 새어 나온다는 거야?"

나는 질끈 눈을 감았다.

"음…. 살인사건이 있었어."

"뭐?"

조던이 몸을 돌려 나를 정면으로 쳐다봤다.

"무슨 말이야, 살인사건?"

"별장에서"

나는 힘없이 말을 이었다.

"아니, 실제로 별장에서 사건이 벌어졌는지는 몰라."

"잠깐만 엄마. 무슨 말인지 못 알아듣겠어."

나는 조던이 이해할 수 있도록 잠시 기다렸다. 나 자신도 이해할 시간이 필요했다.

"확실한 것은 누군가 죽었다는 것뿐이야."

"누군데?"

나는 고개를 저었다.

"아직 신원은 확인하지 못했대."

"그런데 살인사건인지 어떻게 알아?"

어떻게? '마음을 굳게 먹어야 한다'고 나는 다시 한번 다짐했다. 신중하게 여과한 사실만 조던에게 전달했다. 피터 삼촌이 전화해서, 시신이 발견되었다는 소식을 알렸다. 시신은 단단하게 못을 박은 상자 안에서 발견되었고, 상자는 우리 별장 아래 좁은 공간에 숨겨져 있었다. 눈에 거의 띄지 않게끔. 아주 우연히 발견되었다. 경찰이 수사 중이다. 죽은 사람이 남자인지 여자인지, 어떻게 살해되었는지도 아직 모른다. 경찰이 지금껏 정보를 공개하지 않기 때문이다. 조던에게 설명을 마친 다음 이렇게 덧붙였다.

"말도 안 된다는 거 알아. 범죄 드라마 로 앤드 오더에나 나올 법한 소리지. 그렇지만 정말 중요한 것은 이 일에 관해 떠들지 않는 거야, 알았지? 피터 삼촌 말로는 경찰이 수사 중이어서 누구에게도 말하면 안 된대."

조던은 어처구니가 없다는 듯 멍한 표정이었다. 나는 조던이 어느 정도 정신을 차릴 때까지 기다렸다가 당부했다.

"제발 부탁인데, 코비가 모르게 해야 해. 코비는 알면 안 돼. 너무 끔찍할 거야. 아직 어리잖니."

팔짱을 끼는 조던은 완전히 얼이 빠진 모습이었다.

"아빠도 알아?"

"응."

"제이크는 어떻게 해?"

"이제 말하려고."

그 순간 근처 관중석에서 환호성이 일었다. 제이크의 경기도 지금쯤 시작했으리라는 생각이 들었다. 나는 조던의 손을 잡고 제이크의 경기가 열리는 야구장으로 다시 돌아갔다.

조던은 감탄할 만한 딸이다. 예쁘고 똑똑하고 주위에 친구도 많고 책임감 있고 스스로 알아서 잘했다. 내가 제이크나 코비와 마찬가지로 조던도 너무 과보호해서 키운 것은 인정하지만, 이제껏 조던이 우리 부부가 제시한 길을 반항하지 않고 잘 따라준 것이 그저 고마울 따름이었다. 그리고 모든 것이 얼마나 쉽게 무너져 내릴 수 있는지 실감했기에 불안했다.

홈플레이트 뒤쪽 관중석으로 돌아가자 여학생 두 명이 조딘에게 어서 오라며 옆으로 당겨 앉아 자리를 내주었다. 나는 우리 딸이 남편에게서 정보 구분하는 능력을 물려받았길 바랐다. 그래서 그 정보를 작은 꾸러미에 깔끔하게 담아 한동안 곁에 치워두길 바랐다. 나는 그럴 수 없었지만. 나와 눈이 마주치자 조딘이 살짝 손을 흔들었다.

'미안해, 너에게 말할 수밖에 없었어.'

나는 마음속으로 딸에게 사과했다.

곁에 앉아 있는 남편에게 딸과 이야기한 내용을 전하고 싶었지만, 남편은 경기에 열중했다. 우리 팀 외야수가 다이빙으로 볼을 잡아내자, 관중석이 우레 같은 박수와 환호성을 지르며 들썩였다.

별장에서도 왁자지껄 소리를 지르곤 했다. 앞뒤로 왔다 갔다, 발코니에서 잔교 쪽으로, 가족 중 누군가가 다른 가족에게 소리를 지르곤 했다. 그럴 때마다 헝가리어 외침이 호숫물에 부딪혀 호수 주변 누구에게나 들리도록 퍼져나갔다.

"피슈터, 홀 버지Pista, Hol vagy?"

어머니가 "스티브, 당신 어디야?"라며 소리쳐 아버지를 찾는 소리.

"지에레 이데 마르Gyere ide már."

아버지가 "지금 가"라고 대답하는 외침.

"데비케흐! 미트 치날스Debbiekeh! Mit csinálsz?"

할머니가 "데비야 아가! 뭐 하니?"라며 나를 크게 부르는 소리.

"테 요 이스텐. 모스트 미 퇴르텐트Te jó isten. Most mi történt?"

어머니가 나에게 "아이고, 또 뭔 일이야?"라고 외치는 소리.

"메그세륄텔Megsérültél?"

아버지도 놀라서 외치는 소리. "다쳤어?"

늘 서로를 확인하고, 걱정하고, 놀랐다.

그리고.

"비쟈즈Vigyázz!"

아버지가 내게 외치는 말.

"비쟈즈!"

어머니도 내게 외치는 말.

"비쟈즈!"

할머니도 내게 외치는 말. 조심해!

"비쟈즈!" 귀가 닳도록 듣고 또 듣는 이 헝가리 단어가 내 주문이 되었다. 부모님은 늘 피터 오빠나 내게 혹시 나쁜 일이라도 생기지 않을까 한 걱정이었다. 사랑하는 사람들이 수도 없이 끔찍한 일을 겪었기 때문이다. 집안일도 시키지 않고, 아무것도 강요하지 않고, 불길한 소식도 전하지 않고, 무슨 일이 있어도 우리를 따뜻하고 배부르고 깨끗하고 행복하게 지키는 일이 어머니에게는 절대적으로 중요한 사명 같았다. 어머니는 자신의 요구보다 우리의 요구를 우선시하고, 인간의 능력으로 할 수 있는 최대한으로 우리가 슬픔이나 비통, 공포, 불편을 겪지 않도록 애쓰셨다. 그런 어머니 때문에 숨이 막힐 것 같은 순간도 있었지만, 당시 어머니에게는 친척들이 사라진 후 사용하지 못한 여분의 사랑이 듬뿍 남아 있었다. 어머니는 그 여분의 사랑을 쏟아낼 곳이 필요했다.

나는 그 '비쟈즈'를 조금 나눠줄 수 있도록 여동생이나 남동생이 하나 더 있다면 어땠을지 늘 궁금했다. 사실상 나는 깨어 있는 모든 순간 눈앞에 위험이 닥친다고 걱정하는 부모의 외동딸이나 다름없이 자랐다.

"변기에 꼭 휴지 깔고 앉아라!"

다른 사람들도 있는 데서 딸이 창피해하건 말건 부모님은 이렇게 소리쳤다. 한 시간이나 수영하는 것은 안 돼, 구명조끼 입어야지, 차에서는 필기하지 마, 연필에 눈 찔릴라, 벌 조심해, 그 개 근처에 얼씬도 하지 마라, 신발 신어라, 유리 밟을라, 잘 때는 반지 꼭 빼라, 그래야 강도에게 손가락 잘릴 일이 없어!

감기에 걸리는 것도 걱정이었다. 겨울이면 집 밖에 잠깐 나갈 때도 꽁꽁 싸매고 나가야만 했다.

"젖은 머리로 나가면 안 돼!"

내가 반 블록 정도라도 길을 내려가면 부모님이 현관에 서서 외치는 말이었다.

"폐렴 걸릴라! 지퍼 끝까지 올리고! 목도리 묶어! 스웨터는 챙겨 입었고? 양말도 두꺼운 것으로 두 겹 신어라! 발 언다. 밖에서는 아무 데나 앉지 마. 궁둥이로 감기 든다."

내가 사춘기가 되자 완전히 새로운 위험들이 등장했고, 어머니는 남몰래 당부하곤 했다.

"비쟈즈, 생리 때는 머리 감지 마라, 머리 벗어진다."

"비쟈즈, 물도 많이 마시지 마라, 살찐다."

"비쟈즈, 무거운 것은 절대 들지 말아라, 나중에 아기 낳을 몸이다."

그리고 나는 엄청나게 창피했지만, 중학교 1학년, 2학년, 3학년 남자애들은 쾌재를 부르던 말이 있었다.

"비쟈즈, 브래지어 차지 마라, 가슴 근육 게을러진다."

그래도 결국 마지못해 어머니는 허드슨 베이 컴퍼니 상점으로 나를 데려갔다. 상점에 들어가자마자 큰 소리로 주문했다.

"우리 딸 첫 브래지어를 사려고요. 뭐라더라? 트레이닝 브라!"

나를 쓱 쳐다본 여자 판매원이 내 팔을 잡아끌었다. 그러고는 고운 핑크빛 연보랏빛 아플리케를 덧대고 앙증맞게 레이스 장식을 한 브래지어가 즐비한 진열대를 그냥 지나쳐 한쪽으로 끌고 갔다. 판매원은 속옷매장 제일 후미진 곳에 숨기듯 세워둔 아크릴 서랍장 앞에서 몸을 숙였다. 다시 허리를 편 판매원이 특대형 끈에 뒤쪽으로 똑딱단추가 여섯 개나 달리고 철재로 보강한 두꺼운 베이지색 기계장치를 건넸다.

지금 생각하니, 나는 그런 경고들을 내 일부로 받아들였을 뿐 아니라 내 아이들에게도 그대로 반복했다. 겨울이면 꽁꽁 싸매고 다니라고 우리 아이들에게 시도 때도 없이 당부했다. 물론 아이들은 내 말을 무시했지만 말이다. 내가 그렇게 사라고 성화를 부린 오리털 파카는 고사하고 반코트를 입고 등교하는 아이도 없다는 핀잔만 들었다.

오후 3~4시에 우리는 다시 비좁은 차에 올라타 핑크 셸 호텔로 돌아갔다. 남편은 운전하는 내내 휘파람을 불었다. 익스플로전 팀이 2게임 연속으로 승리한 때문이었다. 조지아에서 온 팀을 이기고, 버지니아에서 온 팀도 이긴 덕분에 남편과 아들은 기분이 좋았다.

"제이크, 너희들 오늘 정말 잘했다."

나도 아들을 칭찬했다. 수영장에서 쉬며 더위에 뜨겁게 달아오른 몸을 식힐 때였다. 제이크의 팀원들은 물속에서 법석을 떨며 야구장에서 묻혀온 모래를 씻어냈고, 제이크가 간식거리를 찾아 물 밖으로 나왔다. 파라솔 아래 누워있던 내 곁으로 다가온 제이크가 물을 뚝뚝 흘리며 남편의 아디다스 가방을 뒤졌다. 제이크의 어깨 너머로 남편과 코비가 정자 그늘에서 탁구 치는 모습이 보였다. 나는 팔꿈치를 딛고 상체를 일으켰다.

"고마워."

떡 벌어진 어깨에 수건을 걸친 아들이 땅콩을 한입 가득 털어 넣으며 말했다. 곱슬곱슬한 갈색 머리칼은 목에 착 달라붙고, 맑고 푸른 눈은 수영장 소독약 때문에 살짝 충혈된 상태였다. 남편은 자기가 열네 살일 때보다 제이크가 키도 더 크고 날씬하다고 말했지만, 제이크는 깎은 듯한 얼굴에 옅은 눈썹이 제 아버지 판박이였다.

"이런 날씨에 경기하느라 정말 힘들었겠다. 남쪽에서 온 다른 팀들은 더위에 익숙할 텐데 그 팀들이 유리할 것 같구나. 그렇지?"

별장 이야기를 어떻게 꺼내야 할지 난감했다.

"응. 그런데 선글라스 새로 사야 해. 긁혔어."

"그래."

아무 생각 없이 대답이 튀어나왔다. 겉으로 보면 나는 휴양지에 놀러 온 다른 손님과 다르지 않았을 것이다. 가족에게 필요한 게 뭔지 살피고, 가벼운 대화를 나누고, 플로리다의 햇빛을 즐기는 등. 하지만 속으로는 그 이야기를 세 번째 꺼내는 것이 무서웠고, 아들의 반응이 두려웠다.

친구들이 수영장을 벗어나 호텔 정문으로 나가는 것을 본 제이크가 달려갈 태세를 취했다.

"다들 해변으로 가는 것 같아. 이따 봐 엄마."

아들의 팔을 붙잡았다.

"제이크, 잠깐 기다릴래? 엄마가 할 말이 있어."

"알았어, 알았어. 바다에서 조심할게. 상어가 나오는지도 보고."

"그런 말이 아니야."

입술을 깨물었다. 심장이 전처럼 요동치는 느낌이 들었다. 아들에게 피터 삼촌이 어제 전화했다고 말했다. 그리고 별장에서 누군가 죽은 채 발견되었다는 이야기를 전했다.

"농담이야?"

"아니 농담하는 거 아니야."

제이크가 나를 뚫어지게 쳐다보았다. 아이는 눈도 깜박이지 못했다. 나는 제이크가 내 말을 듣고 속상해할 것을 알았다. 평정을 잃을 것도 알았다. 아들의 잘생긴 얼굴을 스치는 감정이 보였다. 경악, 당혹, 혐오.

유치원 시절 파워 레인저스부터 요즘 친구네 집에서 함께 하는 비디오 게임에 이르기까지 나는 제이크가 화면 곳곳에 스며든 가상 폭력을 접하는 게 걱정스러웠다. 그런데 이번에는 다른 문제였다. 실제 폭력이었다. 이번에는 선택권이 없었다.

"미안하다. 너에게 말할 수밖에 없었어. 어쨌든 너도 곧 알게 될 텐데 엄마가 먼저 말하는 게 낫다고 생각했어."

이제 날카로운 질문들을 던지겠거니 예상하며 제이크의 기색을 살폈다. 늘 그랬으니까. 그때 친구 한 명이 부르자 제이크가 벌떡 일어서더니 뛰어갈 자세를 잡았다.

"가도 돼?"

나는 몸을 일으켰다. 아직은 내가 제이크보다 키가 조금 더 크지만, 제이크가 자라는 속도를 보면 머지않아 나보다 키가 더 크겠지 하는 생각이 들었다.

"잠깐만, 엄마가 깜빡하고 말하지 않은 게 있어. 어디 가서 이야기하면 안 돼. 농담 아냐, 제이크. 이 문제를 다른 사람하고 이야기하지 않는 게 아주 중요해. 경찰이 실제 수사를 벌일 예정이기 때문에 우리가 먼저 소문을 내거나 떠들어서 사람들이 트위터나 게시판 등에 그런 내용을 올리면 안 되거든."

"좋아."

나는 눈을 가늘게 뜨고 제이크에게 확인했다.

"'좋아'는 '예, 엄마'라는 말이야? 아니면 엄마 앞에서는 엄마가 원하는 대답을 하고 말소리가 들리지 않을 만큼만 멀어지면 당장 친구들에게 이야기하겠다는 말이야?"

"좋아. 이야기하지 않을게."

"그리고 제이크. 코비에게 말하지 않겠다고 약속해. 코비는 절대 알면 안 돼. 엄마에게 약속해."

"알았어, 알았어."

제이크는 대답하기 무섭게 호텔 정문을 빠져나가 파도를 향해 모래밭을 내달렸다. 다행히 남편과 달리 아이들은 별장에 다시 갈 것인지 아닌지 묻지 않았다. 그거 하나는 다행이었다. 나는 여전히 그 질문에 대한 대답을 찾지 못했기 때문이다.

제이크가 친구들 속으로 사라질 때까지 지켜보았다. 팀원들은 더 그아웃에서 그리고 연습이나 경기가 끝난 후 함께 어울리며 끈끈한

동지애로 뭉쳐 있었다.

제이크나 나머지 우리 두 아이와 달리 나는 팀에 소속된 적도 없었고, 우리 아이들처럼 또래 아이들과 동지애를 느껴본 적이 없었다. 내가 가장 행복했던 시간은 별장 옆 호수에서 혼자 놀 때였다. 모터보트를 타고 근처 섬들을 둘러보거나, 돛단배를 타거나, 카누를 젓거나, 캐나다 사람들이 깡통배라고 부르는 소형 알루미늄 보트를 타고 놀았다. 그중에서도 깡통배를 타고 노를 젓는 시간이 대부분이었다. 깡통배에 올라타 나무로 된 무거운 노를 저어 물살을 헤치고 나가다 보면 팔과 어깨가 뻣뻣해져, 대개 북쪽으로 호수가 돌아 나가는 곳 근처 습지에서 쉬곤 했다. 그 외진 곳이 내가 가장 좋아하는 장소였다. 수생식물이 싯싯 스치는 소리, 수면에 양탄자처럼 깔린 수련잎이 깡통배 바닥을 부드럽게 스치는 소리가 좋았다. 그곳에 도착하면 깡통배를 흔들흔들 아기를 달래는 요람 삼아 빵빵한 오렌지색 구명조끼를 베고 누워 책을 읽었다. 그 배에서 고독을 발견했다. 아무런 제약 없이, 걱정하는 어른도 하나 없이, '비쟈즈'에서 해방된 채 앞자리에 앉아 불타는 석양을 바라보며 배에서 몇 시간을 보냈다. 그렇게 나는 깡통배에서 여름을, 유년 전부를 보냈다.

머스코카는 내 유년의 가장 아름다운 추억이 깃든 곳이었다. 그런데 누군가가 죽었다. 아직 잡히지 않은 살인자가 근처 어딘가에 숨어 있었다. 그 살인자가 내 황홀한 유년의 풍경화를 온통 검은색 크레용으로 뒤덮어 버렸다. 영원히 지워지지 않을 낙서를 휘갈기고 사라졌다.

4

또 다른 살인

나흘 뒤 코네티컷으로 돌아왔다. 현관과 주방 주위에 내던져진 가방들을 바라보고 있자니 남편이 말했다.

"오늘 밤에 치울 생각하지 마. 내일은 일요일이야. 가만히 놔둬."

그리고는 거실에 있는 바로 가더니 드라이 베르무트와 스위트 베르무트 몇 병을 꺼내왔다.

"줄까?"

아, 당연하지.

몇 시간에 걸친 여행을 끝냈으니 술 한잔 생각이 짐 정리해야 한다는 생각보다 달콤했다. 지저분하게 늘어놓는 것이 끔찍이 싫었지만 어쩔 수 없었다. 술을 마시면 잠자리에 들기 전에 긴장이 풀리겠지 하는 기대도 있었다. 며칠 전 호텔 방에서 한밤중에 벌떡 잠을 깬 적이 있었다. 살인자가 내가 아는 사람이면 어쩌지? 갑자기 그 생각이 들었기 때문이다. 여자이건 남자이건, 살인자가 내가 믿었던 사람일 수도 있을까? 그 뒤로 밤에 식은땀을 흘리며 잠을 깬 적이 여러 번이었다.

남편과 나는 술잔 두 개를 챙겨 들고 집 뒤편에 마련된 테라스 탁자에 나가 앉았다. 술잔에 얼음을 넣고 주위를 돌아보았다. 7월 하늘에는 별이 총총했고, 초록이 무성한 정원에는 나무 계단 위 화분에서 시들어가는 제라늄 외에 아무 꽃도 보이지 않았다. 핸드폰 진동이 울리며 문자 메시지가 도착했다.

"내일 바비큐 파티에 오래."

메시지 내용을 남편에게 알려주며 고개를 뒤로 젖혀 하늘을 올려다보았다. 당장은 하늘이 맑지만, 언제 변덕을 부릴지 알 수 없는 것이 코네티컷 날씨였다. 캐나다에서 손님이 오면 나도 이곳 주민들이 하는 말을 그대로 반복하는 경우가 많았다. '코네티컷 날씨가 마음에 들지 않으면 잠깐만 기다려 봐.'라고.

"애들 좀 일찍 재워야겠어."

남편에게 말했다.

"당신은 이번 주 힘들지 않았어? 나는 진이 빠지네."

남편이 손을 뻗어 내 목덜미를 문질렀다. 바짝 긴장하면 뻣뻣하게 굳어 아픈 곳이었다. 남편이 손으로 주물러 근육을 푸는 동안 나는 머리를 숙였다.

"포트마이어스에서 즐거웠어?"

셔츠 안에다 대고 웅얼거리듯 남편에게 물었다.

"그럼. 애들이 좋아했잖아. 제이크도 경기 잘했고 호텔도 멋졌고."

남편이 방 안에 코끼리가 있다는 것을 알기나 하는지 의심스러웠다. 나만 플로리다에서 두세 번 별장 이야기를 꺼냈을 뿐이다. 남편은 그 문제를 한 번도 거론하지 않았다.

"내가 말한 이후 지금까지 당신은 살인사건에 관해 한마디도 하지 않았어. 생각도 하지 않는 것 같은데."

남편이 목덜미에서 손을 떼더니 단호한 어조로 대답했다.

"생각하지 않으려고 노력 중이야. 그러니 당신도 그 이야기를 두 번 다시 꺼내지 않으면 고맙겠어."

"뭐?"

나는 숙이고 있던 고개를 치켜들었다.

"진심이야?"

"더없이. 나도 이미 조딘이나 제이크하고 이야기했어. 당신이 왜 우리에게 그 이야기를 해야만 했는지 나도 이해해. 하지만 나는 이제 우리 가족이 그 이야기를 머리에서 지웠으면 해."

남편이 동반자 역할을 포기하고 살인사건과 그 여파를 모두 내게 맡기려 한다는 생각이 들자 심장이 철렁 내려앉는 기분이 들었다. 나는 남편이 공명판, 더 나아가 나침반이 되어줄 것이라 믿었다. 경찰이 별장 근처 수색을 마쳤다는 이야기를 남편에게 전하고 싶었다. 경찰에게 필요한 단서가 무엇일지, 경찰이 어떤 증거를 수집했을지 남편과 터놓고 이야기하고 싶었다. 경찰이 어떤 사실을 확인했을지 함께 추측해보고 싶었다.

나는 술잔 테두리에 손가락 끝을 대고 빙빙 돌렸다. 그 소식을 듣고 남편도 심적으로 고통을 받은 것은 분명했다.

"그냥 없었던 일로 잊어버리자?"

남편은 그게 모두에게 최선이라고 단호하게 대답했다. 헬멧을 쓰지 않고 자전거를 타거나 늦은 밤까지 파티를 여는 등 무언가 불안한 행동을 하려고 드는 아이들을 제지할 때 나오는 가장의 어조였다. 남편은 이미 결정을 내린 것이다.

원래 나는 남들이 이래라저래라 지시하는 말을 잘 듣지 않는 편이다. 둘 다 고집 센 우리 부부는 의견이 다른 경우가 많았다. 솔직히 말해 말다툼이 잦았지만, 그래도 전반적으로 우리 부부는 꽤 동등한 입장에서 동등한 발언권을 행사한다고 볼 수 있었다. 그런데 이번에는 내가 갈피를 잡지 못했다. 어쩌면 남편의 생각이 더 옳을 수도 있고, 잊는 것이 모두를 위한 최선일지도 모른다는 생각이 들었다. 나만 빼고. '그 사건'은 이미 내 머릿속 깊이 스며들어 온갖 끔찍한 이미지들을 불러왔다. 밤이면 밤마다 상자와 악취, 살인자, 시체 등이 떠올라 잠을 이루지 못했다.

꿀꺽꿀꺽 단숨에 술잔을 비운 남편이 자리에서 일어서더니 안으로 들어갔다. 발코니에 나만 홀로 두고.

예측 가능하고 정돈된 내 삶이 흔들리는 기분이었다. 우리 가족을 단단히 감싸고 있다고 생각한 고치가 풀리고 있었다. 단단한 고치가 벌어지며 '살인'이니 '살인자'니 하는 단어들이, 평생 우리와 마주칠 일은 없으리라고 생각했던 단어들이 튀어나왔다. 그것들은 오래전에 내 부모님을 헝가리에서 캐나다로 몰아낸 단어들이었다. 이제 이것들이 우리를 어디로 몰고 갈까? 나는 남편을 따라 거실로 들어갔다. 남편은 소파에 누워 TV를 보고 있었다.

"음, 어쨌든 나는 8월에 집에 갈 거야. 당신도 갈 거지?"

통제력을 회복하자 말이 쏟아져 나왔다.

남편이 손을 뻗어 술잔을 들었다.

"몇 달 전에 벌써 회사에 8월 첫 주부터 2주간 휴가 신청했는데 왜 안가겠어?"

나는 남편의 대답에 숨겨진 속뜻을 읽었다. 계획대로 토론토의 가족을 방문할 것이다. 토론토에서 별장까지 갈지는 두고 볼 일이다. 이런 뜻이었다.

나는 살인과 관련한 생각을 마음속에 묻은 채, 토론토에 가면 어떤 기분이 들지 상상했다. 적어도 이야기를 나눌 오빠가 있었다. 그리고 두 분이 얼마나 속상했는지에 따라 다르겠지만, 어쩌면 부모님과도 이야기를 나눌 수 있을 것이다. 플로리다에 머물 때 매일 잠깐씩 전화한 것 외에는 아직 부모님과 이야기를 나누지 못했다. 일사병에도 걸리지 않았고, 해파리에 쏘이지도 않았고, 물에 빠진 적도 없다는 등 우리는 아무 문제없으니 걱정하지 마시라고 부모님을 안심시키는 전화였다. '살인'은 휴가지에서 꺼내기에는 너무나 중대한 사안인 것 같았다.

나는 싱크대 위에 술잔을 내려놓고 코비를 찾아서 2층으로 올라갔다. 코비가 잠자리에 들 시간이 이미 지난 다음이었다.

◆◆◆◆◆◆◆

다음 날은 동이 트면서부터 후텁지근하니 더웠다. 침대를 빠져나와 창밖에 잔뜩 몰린 구름을 보고 있자니 남편은 벌써 나와 잔디를 깎고 있었다. 나는 가방들을 모두 펼쳐 내용물을 살피기 시작했다. 핑크 셸 호텔에서 서너 차례 빨래를 했는데도, 식구 다섯이 가방에 담아 놓은 빨래가 한 무더기였다. 물론 빨랫감 대부분은 제이크의 야구복이었다. 가방 하나를 뒤집자 주방 바닥으로 모래가 우수수 쏟아졌다. 빨래 말고도 바닥 청소할 일까지 만들어 버렸다.

꼬깃꼬깃하고 눅눅한 빨랫감을 한 아름 세탁기 앞에 쏟아 놓고 부모님에게 전화를 걸었다. 두 분이 동시에 전화를 받았다.

"안녕하세요. 엄마, 안녕하세요. 아버지."

나는 언제나처럼 잠시 숨을 멈추고 기다리며 두 분 목소리의 기색을 살폈다.

"아가, 안녕. 에데시 엘레템, 칠러고스 에겜, 드러거 디에렉."

부모님은 익숙한 애정 표현을 죽 늘어놓으며 인사했다. '내 달콤한 인생, 별이 총총한 우주, 소중한 아가'라는 말이었다. 누군가의 온 우주가 된다는 것은 참으로 무거운 책임이었다.

"어떻게 지내세요?"

아버지의 대답은 언제나처럼 유쾌했다.

"더 바랄 게 없다."

내 전화가 반가운 듯 따뜻하고 행복한 목소리였다. 한 남자가 살면서 그토록 확연히 달라질 수 있다는 게 얼마나 놀라운지 다시 한번 실감했다. 한때 그렇게도 냉랭하고 무뚝뚝하던 아버지는 내가 아는 가장 온화하고 친절하고 느긋한 부모가 되었다. 어쩌면 무뚝뚝해지기 전 본래의 심성으로 다시 돌아간 것일 수도 있었다. 이 놀라운 변신은 언제 이루어졌을까? 무엇이 이 변신을 촉발했을까? 아버지가 변하기 시작했을 때가 언제이고 어떤 동기로 그랬는지 나는 정확히 아는 바가 없었다. 길드 전기에서 힘든 일을 그만둔 다음부터 성격이 누그러졌을 수도 있고, 재정적으로 안정되어 한결 부드러워졌을 수도 있었다. 맹장 파열이나 경동맥 폐쇄에 놀라서 그런 것일지도 몰랐다. 손주가 생겨서 변했을 수도 있고, 나이가 들면서 자연스럽게 생긴 현상일 수도 있었다. 이유야 어찌 되었건, 나는 아버지가 변한 것이 한없이 고마웠다.

"우린 잘 지낸다."

어머니 대답 뒤로 프라이팬이 땡그랑거리는 소리가 들렸다.

"엊저녁에 외식을 나갔거든. 닭고기 수프를 주문했지."

그리고 어머니의 타박이 이어졌다.

"글쎄 뭘 갖다줬는지 모르겠지만, 닭고기 수프는 아니었다. 냄비 위로 닭이 날아갔는지, 아무튼 닭이 물에 닿지 않은 것은 분명해."

어머니의 타박에 웃음이 났다. 똑같은 타박을 전에도 들은 적이 있었다.

"다른 일은 없고요?"

중대한 문제를 에둘러 꺼냈다. 우리 모두 '다른 일'이 있다는 것을 알고 있었지만, 아직은 차마 내 입으로 그 이야기를 꺼낼 수 없었다.

"별로."

이렇게 대답한 어머니가 단호한 어조로 아버지에게 말했다.

"여보, 나 좀 이야기하게 수화기 내려놔. 뒤에서 TV가 시끄럽게 떠드는 통에 도통 무슨 말인지 들리지도 않아."

아버지가 수화기를 딸깍하고 내려놓았다.

"조금 전에 네 오빠가 전화했었다."

어머니의 목소리가 팽팽해졌다.

무슨 말이 나올지 긴장이 되었다. 내가 무엇보다 견디기 힘든 것은 부모님의 상심과 고통을 마주하는 일이었다.

"그래요? 무슨 이야기 했어요?"

어머니는 경찰이 공식적인 수사를 개시했다는 말을 전했다. 오빠가 경찰에게 별장 열쇠와 함께 증거를 수집하고 실내를 촬영할 권

한을 완전히 일임했다는 이야기도.

"경찰이 별장 안까지 뒤질 줄은 꿈에도 몰랐다."

어머니는 그 생각만으로도 힘이 빠지는 듯했다.

솔직히 말하면 나도 같은 심정이었다. 호텔에서도 밤마다 경찰이 침실에 들어가 서랍을 뒤지고 옷장을 열어보는 장면을 상상하면 속이 매스꺼웠다. 제복을 입은 낯선 사람들이 육중한 장화를 신은 발로 별장을 휘저으며, 부모님의 보물들을 만지고, 성스러운 공간을 침범하는 장면. 그곳에 깃든 추억을 파헤치는 장면을 상상하며 뜬눈으로 밤을 지새웠다.

어머니는 형사가 오빠에게 전화했고, 형사 두 명이 토론토로 와서 오빠네 집 근처에 있는 경찰서에서 오빠를 조사했다는 이야기도 전했다. 오빠 말로는 지루하고 사람을 지치게 만드는, 지극히 딱딱한 면담이었다.

그 말을 듣자 화가 났다.

"오빠를 용의자로 보는 것은 아니죠, 그렇죠?"

폭력 영화도 안 보고, 가족과 함께 정기적으로 안전 훈련을 하는 의사인 우리 오빠를?

우리 부모님은 오빠와 내가 어렸을 때 "남들이 다른 것은 전부 훔쳐 가도 절대 빼앗아갈 수 없는 게 배움이다."라는 말을 입에 달고 사셨고, 오빠는 그 말을 따랐다. 나는 부모님이 바라던 대로 변호사나 클래식 피아노 연주자가 되지 못했지만, 오빠는 의학박사 학위까지 취득하고 알레르기 면역을 전공한 다음 과민증 치료 분야의 국제적인 권위자가 되었다. 아울러 토론토 대학과 세인트 미카엘 병원 두 곳에서 각각 학과장과 과장으로 근무하며 연구실도 운영하고 있었다.

"우리 오빠는 이름보다 이름 뒤에 붙는 직함이 더 길어."

내가 종종 이렇게 농담을 할 정도였다. 그런 우리 오빠를 범인으로? 터무니없는 소리.

"경찰이 분명히 모든 사람을 면담할 거다. 그게 그 사람들 일이니까."

"정말요? 오빠하고 루이즈 새언니는 어른이니까 그렇다 쳐도, 아이들까지요?"

"내 생각으로는 경찰이 올해 들어 지금까지 그곳에 들른 사람을 죄다 만나볼 거야. 이미 네 새언니하고 제이슨, 제이슨 친구를 면담했단다. 형사 말로는 탈리아도 만나겠다는데. 네 오빠가 탈리아는 이제 겨우 열네 살이고 지금 캠프에 가 있으며, 무슨 일이 있어도 보호자가 없는 자리에서는 탈리아를 면담할 수 없다고 경찰에게 일렀다더라. 경찰도 일단은 기다리기로 한 모양이고."

"탈리아도 일 생긴 거 알아요?"

"모르지. 아무튼 우리 생각은 그래. 관련해서, 너는 코비에게 말했니?"

'관련해서'는 어머니가 서명이라도 하듯 거의 모든 대화에 양념처럼 뿌리는 단어였다.

"당연히 안 했죠!"

"그럴 줄 알았다."

이 난리에 관련된 모든 사람 중에서 내가 왜 코비를 보호해야겠다고 느끼는지 그 이유를 이해할 사람은 내 부모뿐일 것이다.

"그런데 네 오빠에게 들으니 조딘과 제이크에게는 이야기할 거라면서?”

“벌써 말했어요.”

“무서워하지?”

“괜찮아요.”

나는 우리 아이들과 관련해 ‘무서워하다’ 같은 단어는 절대 사용하지 않았다. 어머니의 과잉보호가 대를 뛰어넘어 손주들에게까지 이어졌기 때문이다. 나는 짐짓 밝은 목소리로 대답했다.

“아이들은 겨우 일부 내용만 알아요. 애들 아빠도 그렇고. 놀라게 할 필요가 없을 것 같아서요.”

나는 색깔 옷과 흰옷, 일반 섬유와 민감한 섬유로 빨랫감을 구분한 뒤 수영복은 나중에 손세탁하려고 옆으로 치워놓았다. 세탁기에 몸을 기대고 다음 질문을 이어갔다.

“그 일로 엄마와 아버지는 어때요?”

나는 최악의 시나리오에 대비해 마음의 준비를 했다. 최악은 ‘마음 아프지’라는 대답일 것이다. 분노는 내가 감당할 수 있을 것이다. 격노, 혐오, 충격까지도. 하지만 ‘마음 아프지’라는 대답은 감당하지 못할 것 같다. 그저 감정뿐일지라도 누군가 우리 부모님을 아프게 한다? 두 분이 고통을 받는다? 생각만으로도 참을 수 없는 일이다. 절대로.

마음을 아프게 만드는 상황인 것은 분명했다. 최악의 폭력으로 얼룩진 살인사건이기 때문이다. 나는 이미 경찰이 밝혀낸 사실을 오빠에게 들어 알고 있었다. 누군가 상자를 숨기려 한 방법, 뚜껑을 힘들게 비집어 열자 상자에서 풍긴 끔찍한 냄새, 자연적인 원인으로는 설명할 수 없는 시신의 상태 등. 그 공포가 부모님의 별장을 더럽혔다. 두 분이 손수 땀 흘려 짓고 그토록 사랑했던 장소, 두 분이 폭력을 극복하고 쟁취한 승리를 상징했을 유일한 장소를.

"네 아버지 속이 많이 상했단다. 나도 그렇고. 솔직히 말하면, 우리 둘 다 크게 충격받았지. 아무튼, 우리가 어쩌겠니, 현실이 그런 걸."

'저는 이 상황을 증오해요'.

이렇게 속으로 대답하다 불현듯 깨달았다. 눈으로 쳐다보는 것이 아무리 끔찍하다 한들, 나나 내 부모의 고통은 피해자 가족이 느낄 감정에 비하면 아무것도 아니라는 사실을. 아들이나 딸을 그렇게 느닷없이, 그토록 폭력적으로 빼앗긴 부모가 느낄 더없는 상실의 고통…. 그런 소식을 듣는 부모는 분명 뼈마디가 산산이 부서질 것이다. 남편이나 아내, 애인, 매일 밤 함께 잠자리에 들고 매일 아침 함께 일어나며 삶을 함께 나눈 사람을 잃는 심정은 어떨까? 피해자가 어린애라면? 그 일을 아이들에게 어떻게 설명할 수 있을까? 피해자의 모국어가 무엇이든 그의 피붙이들이 받을 충격을 누그러뜨릴 수 있는 표현은 없을 것이다. 이런 사실을 깨닫자 조만간 어디선가 한 가족이 상상할 수 없는 고통에 무너지겠다는 생각이 들며 잠시 망연자실했다.

몇 초가 흘렀다.

"데비야. 아가?"

"듣고 있어요."

"우리 걱정은 마라. 중요한 건 네가 괜찮아야 한다는 거야."

어머니의 목소리에서 다급한 심정이 묻어났다.

나는 목소리를 가다듬었다.

"잠깐만요. 지금 정리할 짐이 많으니 조금 있다가 다시 전화할게요. 알았죠? 사랑해요, 엄마."

어머니는 수화기에 대고 키스를 하며 '나도 사랑해'라고 대답했다. 나는 몸을 숙여 빨랫감을 세탁기 속에 집어넣으며 경찰이 아이들을 면담하는 모습을 떠올렸다. 내 조카 탈리아는 매년 여름이면 별장에서 45분 거리에 있는 캠프에 입소했다. 머스코카에 대한 유대감을 키우려고 내가 조던과 제이크도 입소시켰던 그 캠프였다. 우리는 여름마다 차를 몰고 코네티컷에서 머스코카 캠프로 곧장 가 아이들을 태우고는 바로 브레이스브리지 웰링턴 가에 있는 빨래방으로 향했다. 온종일 세탁기를 돌려도 다 못할 만큼 더러운 빨랫감이 산더미였다. 경찰이 캠프까지 찾아가 탈리아를 면담하려 들면 어쩌지? 오빠는 딸을 보호하기 위해, 천진난만하게 뛰어노는 딸의 유년을 망치는 일이 절대 일어나지 않도록 최선을 다할 것이다. 아들 제이슨도 마찬가지고. 그 점에 관해서는 우리 오누이의 행동이 정확히 일치했다.

모든 부모가 자식을 위험으로부터 보호하려고 하지 않을까? 내가 아는 모든 부모는 틀림없이 그럴 것이다. 일일이 잔소리하며 확인하고, 자식의 안위를 지키려고 예외 없이 보편적인 규칙을 내세울 것이다. 수영장에서는 뛰어다니지 마라, 길을 건너기 전에 꼭 좌우를 확인해라, 낯선 사람과는 이야기 하지 마라 등등. 선크림이나 비타민, 해충 퇴치기, 호신용 스프레이 같은 작은 보호 장비를 챙겨주며 안도감을 얻을 것이다. 하지만 실제 사악한 의도로 접근하는 누군가로부터 사랑하는 사람들을 지켜낼 수 있는 부모는 몇이나 될까? 내 조부모도 내 어머니와 아버지를 지키지 못했다. 폭력으로부터 자식들을 보호하는 데 실패했고, 악을 물리치지 못했다.

나는 누군가와 이 모든 이야기를 나누고 싶었다. 술 한 잔 마시며 이야기하고, 끝날 때 진한 포옹을 나누고 싶었다. 감사하게도 나는 속마음을 터놓을 친구들이 많았다. 만난 지 12년이나 지났지만, 아직도 절친하게 지내는 중학교 동창들도 있었다. 시간과 거리를 뛰어넘은 우정이었다. 1년 내내 전화나 문자 한 통 보내지 않고 한 번도 찾아보지 않아도, 절반쯤 완성된 스웨터를 꺼내 몇 줄 더 뜨개질하듯 멈춘 곳을 즉시 찾아내 이어갈 수 있는 그런 종류의 우정이었다. 이음매를 분간할 수 없는 우정이었다.

하지만 나는 오빠의 요구대로 비밀을 지키겠다고 약속했다. 그래야만 하는 이유를 묻지도 않았다. 내 친구 중 누군가가 경찰 수사를 방해하는 일이 생길까? 물론 그럴 일은 없을 것이다. 하지만 박사 학위까지 있는 피터 오빠가 나보다 아는 것이 더 많았고, 오빠의 의견을 반박하여 하나뿐인 동기와 틈을 만들고 싶은 마음도 없었다. 이렇게 곰곰이 생각한 뒤 나는 집안일을 다시 시작했다. 마지막으로 건조기에서 빨래를 꺼내기까지 몇 시간이 걸렸다. 건조기처럼 마음도 비울 수 있으면 좋겠다는 생각이 들었다. 끊임없이 맴도는 생각들을 꺼내 착착 개어 한쪽으로 치웠다가 나중에 사용하면 얼마나 좋을까. 하지만 그 생각들은 밤늦도록 내 머릿속을 계속 맴돌았다.

◆ ◆ ◆ ◆ ◆ ◆ ◆

그날 저녁 침실에 들어가 오빠에게 전화를 걸었다. 맨 처음 충격적인 소식을 접한 이후 오빠와 두 차례나 전화 통화를 했고, 그때마다 내가 아무리 떠봐도 오빠는 별반 새로운 정보를 전하지 않았다. 오빠는 누가 그런 짓을 저질렀다고 생각할까? 호수 근처 별장에 사는 사람? 토론토에서 온 사람? 최근 우리 별장을 증축할 때 숲속을 분주히 오가며 자재를 옮기던 그 많은 조경사나 도급업자, 목수 중 한 명이 그랬을까? 아니면 아무런 연고도 없는 낯선 사람일까?

오빠가 전화를 받았다.

"아, 데비야. 집에서 전화하는 거니? 플로리다에선 언제 돌아왔어?"

"어젯밤 늦게."

멈칫멈칫 말이 잘 나오지 않았다.

"그런데… 이번 주말에 위에 가봤어? 별장에?"

"아니."

이번에는 오빠가 멈칫거렸다.

"너도 알겠지만 갈 수가 없어. 범죄 현장이잖아. 경찰이 그 지역 전체에 저지선을 설치했어."

저지선? 나는 그 모습이 어떨지 애써 상상했다. 도로에 나무 바리케이드를 설치했나? 경찰관들이 주변을 서성거리며 보초를 서고? 잔디밭에는 시신, 혹은 상자가 놓였던 자리를 따라 분필로 선을 긋고? 피도 튀었을까?

수화기 너머 멀리서 오빠네 래브라두들(래브라도 리트리버와 푸들을 교배한 종)이 짖는 소리가 들렸다.

"라피키! 문에서 뛰지 마! 데비야, 미안한데, 전화 끊어야겠다. 라피키 산책시켜야 해. 저대로 두면 현관문을 다 긁어버릴 기세다. 인터넷 검색해봐, 기사 올라온 거 있으니까."

전화를 끊은 나는 침대 위를 기어가 구석에 있는 컴퓨터를 켰다. 인터넷이 연결되기까지 조바심이 났다. 검색어 여러 개를 한꺼번에 입력했다.

브레이스브리지, 머스코카, 온타리오.

그러자 공예품 전시회, 하키 자선 경기, 여름 음악회, 시골집 실내 장식법에 관한 기사들만 떴다. 그곳 신문들은 노골적인 기사를 별로 좋아하지 않는 것 같았다.

'살인'이라는 단어를 넣어 검색 범위를 좁혔다. 검색엔진이 돌아가며 결과물이 떴지만, 대부분 사건과 관계없는 내용처럼 보였다. 그런데 갑자기… 컴퓨터 화면에 관련 기사가 무더기로 올라왔다. 별장촌에서 발생한 살인사건과 관련해 온타리오 지방 경찰청(OPP)이 발표한 내용을 실은 〈해밀턴 스펙테이터〉 기사가 먼저 눈에 띄었다.

이런 제목이었다.

'별장촌에서 추가 유해 발견'

나는 한동안 '추가'란 단어를 뚫어지게 들여다보다가 그 기사가 한 달도 더 전인 2010년 5월 31일 자 기사라는 사실을 확인했다. 인터넷이 잘못되었나 의심하며, 제목을 클릭했다. 기사가 떴다.

어제 온타리오 지방 경찰청은 금요일 별장촌에서 발견된 유해가 5월 22일 다른 두 곳에서 발견된 유해들과 관련이 있어 보인다고 발표했다. 마지막으로 유해가 발견된 장소는 머스코카 117번 국도 바로 남쪽에 있는 도로 갓길이었다. 유해를 발견한 사람은 브레이스브리지와 베이스빌을 잇는 도로에서 포장작업 중인 인부였다. 내일 토론토에서 부검을 시행할 예정이다.

우리는 별장에 갈 때 머스코카 118번 국도를 이용하지 117번 국도를 이용하지 않았다. 그리고… 포장작업 도급업체? 우리 별장에는 포장도로가 없었다. 적어도 내가 아는 한 그랬다. 기사는 이렇게 이어졌다.

> 지난주 온타리오 경찰은 앞서 오로메돈트와 레이크 오브 베이스 군구에서 발견된 유해가 신원미상의 동일 남성인 것을 확인했다.

계속해서 나는 '월드 뉴스' 웹사이트에 들어가 다음과 같은 기사를 읽었다.

> 온타리오주 머스코카 별장촌에서 발견된 유해에 대한 부검이 화요일 토론토에서 시행될 예정이다. 이 유해는 지난 금요일 브레이스브리지와 베이스빌 사이 스톤리로 갓길에서 포장작업 중이던 인부에 의해 발견되었다.

숨이 턱 막혔다. 스톤리로! 우리가 다니는 도로는 아니지만, 내가 징그럽게 잘 아는 도로였다. 내가 한때 지도 교사로 일하고, 내 두 아이가 다니고, 지금 당장도 내 여조카 탈리아가 여름을 보내고 있는 캠프가 열리는 곳이었다.

그곳에서 시체가 발견되었다는 사실이 단순한 우연으로 보기에는 도무지 믿기지 않았다. 마음이 마구 달음박질을 쳐서, 그 사건이 한 달 전에 발생한 별개의 사건이라는 사실을 깨닫기까지 적잖은 시간이 걸렸다. 기사를 추가로 검색한 끝에 스톤리로에서 발견된 피해 남성의 신원이 45세의 모리스 콩트로 밝혀졌음을 확인했다. 내가 모르는 사람이었다.

점점 더 뻣뻣해지는 목을 주무른 뒤 토론토 주요 지방 방송인 CTV의 웹사이트에 들어가 2010년 7월 6일 자 페이지를 클릭했다. 그러자 사건 현장 출입을 저지하는 노란색 테이프가 우리 별장 진입로 입구를 막고 있는 커다란 사진이 컴퓨터 화면을 가득 채웠다. 아! 나무로 아름답게 조각한 우리 문패, 어머니가 아버지 선물로 주문 제작한 문패가 선명하게 눈에 들어왔다. 나는 떨리는 손으로 기사를 클릭했다.

제목이 '브레이스브리지에서 유해 발견'이었다. 다행히 짧은 문단 몇 개뿐 많은 내용은 없었다. 마음을 다잡고 기사를 읽어 내려갔다.

브레이스브리지의 별장에서 유해가 발견되어 경찰이 수사 중이 다. 경찰은 월요일 오후 8시경 유해가 발견되었다는 신고를 받 고 별장으로 출동했다.

기사는 경찰이 브레이스브리지에서 동쪽으로 15㎞ 떨어진 여름 별장에서 7월 5일 월요일에 발견된 유해와 관련해 수사를 개시했다고 전했다.

우리 별장.

본능적으로 제일 먼저 남편을 소리쳐 부르고 싶었다. 하지만 충동을 애써 눌렀다. 이미 남편은 이 일에 관해 더 이야기하고 싶지 않다고 분명히 밝혔다. 남편은 두 구의 시신이 각각 다른 장소에서, 그것도 한 곳은 우연의 일치라고 하기에는 소름 끼치는 장소에서 발견되었다는 기사를 읽고 싶어 하지 않을 것이다. 더구나 그 소식을 바로 지금 듣고 싶어 하지 않을 게 분명하다. 남편은 잠자기 전에 기분 나쁜 이야기 듣는 것을 무엇보다 싫어한다. 잠자리에 들기 전에는 공포 영화나 충격적인 뉴스를 보는 것도 꺼리는 사람인데, 이것은 틀림없이 무섭고 충격적인 소식이다. 나는 혼자만 알고 있기로 작정했다. 잠을 설치는 사람은 나 하나로 족하다. 목이 메었지만 억지로 다음 페이지로 넘어갔다. 같은 정보만 줄곧 올라왔다. 초봄에 캠프 근처에서 증거가 발견된 그 살인사건 때문에 지역이 떠들썩했던 모양이었다. 코네티컷에 거주하는 우리는 금시초문이었다.

머리가 빙빙 돌았다. 숨 막힐 듯 아름다운 삼림과 수로, 매력적인 마을과 도시, 농민 직거래 장터, 요트 정박지 등 내가 아는 머스코카의 모습과 두 건의 살인사건을 연결하는 일이 쉽지 않았다. 그뿐인가. 호수 주변에 새로 들어선 우아한 호텔과 고급 휴양지, 회원제 클럽, 유행의 첨단을 달리는 상점, 창고형 대형 매장 등 머스코카는 토론토 사람들이 부자들의 여름 휴양지, 북쪽의 말리부라고 부르며, 미국의 햄튼스에 버금간다고 자부하는 곳이었다. 할리우드 스타와 슈퍼모델, 프로 하키선수들이 그 이전 '한결 검소한' 백만장자 거리와 떨어져 억만장자 거리에 모여 살았다.

그러다가 아주 오래전부터 알고 있던 이야기가 머릿속에 떠올랐다. 내가 아주 어렸을 적에 들은 이야기로 또 다른 살인사건에 관한 내용이었다.

별장을 짓기 전 우리 가족은 스패로 호숫가의 클레이먼스 레이크 하우스에서 여름을 보냈다. 헝가리 사업가인 티보르 클레이먼이 그곳에 캐츠킬 리조트를 그대로 옮겨 놓은 것 같은 휴양지를 건설했고, 여름이면 토론토에 거주하는 헝가리 유대인 공동체 전체가 그곳에 모이는 것 같았다. 그런데 늪지가 많고 수심이 얕은 이 호수에는 오랜 미스터리가 깃들어 있었다. 스패로라는 호수의 이름은 19세기 영국 사람 윌리엄 스패로의 이름을 딴 것인데, 그도 후대 사람들과 마찬가지로 낚시감이 풍부한 이 호수에서 물고기를 잡았다. 강꼬치고기, 청꼬치고기, 농어, 강늉치고기, 송어, 얼룩 메기 등. 그러던 어느 여름 스패로가 흔적도 없이 사라졌다. 당국은 그가 살해된 것이 분명하다고 추측했고, 미제로 남은 그 사건은 그 지역의 전설이 되었다. 스패로가 어떻게 죽임을 당했는지 사람마다 하는 이야기가 달랐다. 생선용 칼에 찔려 죽었다는 사람도 있었고, 나무에 묶여 곰에게 잡아먹혔을 거라는 사람도 있었다. 그런가 하면 누군가가 스패로를 제압해 호수에 던져 살해한 바람에 지금도 동이 트거나 해가 질 무렵이면 그의 시체가 호수를 떠돈다고 말하는 사람도 있었다. 어른들에게 이런 이야기를 들을 때 전율이 등을 타고 흐르는 것처럼 오싹했다.

나는 컴퓨터를 끄고 침대에 올라가 이불 속에 몸을 웅크렸다. 우선은 그만큼 읽고 기억한 것으로 충분했다.

5

피해자의 신원

다음 날 아침 녹초가 된 몸으로 욕실에 들어가 거울에 비친 내 모습을 보았다. 회색빛 눈이 피곤해 보였다. 입가의 팔자 주름은 평소보다 깊었고, 플로리다 햇볕을 잠깐 쬐었을 뿐인데도 얼굴에서는 확실히 누르스름한 기미가 보였다. 평생을 씨름하다 서른 넘어, 그 것도 무스와 젤을 두 번이나 섞어 바르며 겨우겨우 길들인 머리카락도 밧줄처럼 축 처져 있었다.

전날 밤에도 잠결에 머스코카를 떠올리다 갑자기 시체 썩는 냄새가 진동하는 것 같아 벌떡 일어났다. 그 뒤로 다시 잠을 이루지 못했다.

아침 햇살도 밤새 내 머릿속을 떠돌던 섬뜩한 제목과 참혹한 기사를 몰아내지 못했다. 골든 두들(골든레트리버와 푸들을 교배한 종)인 우리 집 까불이 롤라를 데리고 집 근처를 한 바퀴 돌았지만 허사였다. 평소에는 롤라가 코를 킁킁거리고 이리저리 날쌔게 움직이며 뛰어노는 모습만 보아도 즐거웠다. 보통은 넓고 푸른 잔디밭만 보아도 시름이 사라졌다. 하지만 그날은 달랐다.

집에 돌아와 현관문을 열자 롤라가 먼저 물그릇을 향해 달려갔다. 그때 조딘이 한 손에는 칫솔을, 다른 손에는 운동화를 들고 계단을 뛰어 내려왔다.

"엄마!"

입술에 치약 거품이 묻은 조딘이 계단을 미처 다 내려오기도 전에 소리쳤다.

"아까 피퍼스 삼촌이 전화했어. 소식이 있대. 중요한 소식이라던데, 뭔지는 안 알려줬어."

밖에서 경적이 울렸다. 내가 자동차에 가득 탄 10대들을 향해 창밖으로 급히 손을 흔드는 사이 조딘은 가방을 가지러 2층으로 다시 올라가더니 1분 뒤 쏜살같이 내 앞을 지나 밖으로 달려갔다.

"집에 오면 다 말해줘야 해."

입구로 내달리던 조딘이 뒤를 돌아보며 소리쳤다.

2층으로 달려간 나는 침실 전화기를 들며 다른 손으로 컴퓨터 전원 스위치를 눌렀다. 오빠의 핸드폰 번호를 누르고 컴퓨터 부팅이 끝나기를 기다렸다.

전화를 받는 오빠의 목소리가 낮고 똑 부러졌다. 근무 시간에 사용하는 직업적인 말투였다.

"데비야, 지금은 통화 못 해. 진료 중이야."

"끊지 마!"

오빠에게 애걸이라도 하고 싶은 심정이었다.

"조딘이 그러는데, 나에게 할 말 있다면서?"

오빠의 목소리가 더 낮게 깔렸다.

"그래. 경찰이 신원을 확인했대. 나중에 이야기하자."

오빠가 전화를 끊었다. 나는 침대 위로 전화기를 던지고 회전의자에 털썩 주저앉았다. 마침 그때 컴퓨터가 켜졌다. 나는 인터넷이 어서 빨리 연결되길 조바심내며 기다리다 어제 하던 검색 작업을 시작했다. 〈배리 이그재미너〉 지의 최신 기사가 맨 위로 올라왔다. 온타리오 지방 경찰청이 브레이스브리지 인근 별장 즉, 우리 별장에서 발견된 유해의 신원을 확인했다는 기사였다. 경찰 범죄수사부의 지휘를 받아 머스코카 범죄수사대와 중부 과학수사대가 합동 수사 중이며 적극적인 제보를 기다린다는 내용과 함께 머스코카 범죄수사대와 범죄예방 단체의 전화번호가 적혀 있었다. 경찰이 신원을 확인한 피해자는 사만다 콜린스로 32세 여성이었다.

6

혼돈

이후 2주간도 나는 종종 동이 트기 전에 잠을 깨곤 했다. 에어컨 찬바람에 으스스 몸을 떨며 깨어보면 밤새 씨름한 듯 이불이 발목 근처에 돌돌 말려 있었다. 오빠가 처음 나에게 이야기한 상자 속의 시신, 이름도 얼굴도 모르던 그 존재가 인간성을 부여받았다. 여성, 젊은 여성, 사만다라는 이름의 젊은 여성.

내가 아는 사람은 아니었지만, 그녀의 신원이 밝혀진 후 내 공포는 더 커졌다. 매일 인터넷을 뒤져 새로운 소식을 찾았지만, 추가로 확인한 내용은 그녀가 브레이스브리지 주민이었다는 사실뿐이었다. 그 한 가지 사실 외에는 수사관들이 단서를 모으는 동안 시신의 상태나 사망원인에 대한 발표를 미루고 있었다.

피해자가 젊은 여성이라는 사실로 인해 내 추측의 궤적이 변경되었다. 이제 피해자가 잔인한 남자였을 것이라는 예전의 어리석은 생각과 희망을 지킬 수 없게 되었기 때문이다. 그렇다고 피해자가 잔인한 여성이었다고 믿을 수는 없었다. 그 대신 나는 여성이 다른 사람의 손에 죽는 온갖 이유를 살펴보았다. 인터넷으로 통계 자료를 검색한 결과 미국에서 발생한 여성 살인사건의 90% 정도가 면식범의 소행이라는 사실을 알게 되었다. 그리고 피해 여성의 대다수는 범인의 부인이거나 범인과 절친한 사이였다. 다시 말해 가정폭력의 희생자들이었다.

하지만 이 사건은 캐나다에서 발생했다. 나는 구글에서 캐나다의 사건 통계를 검색해 같은 결과를 찾아냈다. 다만 미국과 다른 추세 하나가 확인되었다. 지난 15년간 법률상 배우자에 의한 살인사건 비율은 줄어든 반면 사실혼 관계의 배우자나 애인이 저지른 살인사건 비율은 증가했다는 것이다. 캐나다에서 가정폭력으로 사망하는 여성은 6일마다 1명꼴이었다. 믿기 어렵지만, 16세 이상의 캐나다 여성 절반이 최소한 한 번은 신체적 학대나 성적 학대를 받았던 것으로 추측된다. 캐나다 국민의 3분의 2는 학대당한 피해자를 개인적으로 알고 있다고 대답했고, 집이 안전하지 않아 쉼터에서 밤을 보내는 여성이 거의 매일 수천 명이었다. 매일 밤 쉼터가 만원이라 발길을 돌리는 여성도 수백 명에 달했다. 그 여성들 모두 공포 속에 살고 있었다.

목을 조르고 때리고 총이나 칼로 위협하고 강간하는 등 배우자 폭력으로 인한 응급실 치료비와 장례비, 소득 손실, 고통과 아픔 때문에 국가가 부담하는 비용만 수십억 달러였다. 더구나 신고되지 않는 사건 비율도 심각할 정도로 높다고 한다. 전문가에 따르면 배우자 폭행 사건 중 경찰에 신고되지 않는 비율이 무려 70%다.

나는 궁금했다. 피해자들은 왜 배우자 곁을 떠나지 않을까? 분명히 오늘날에는 훨씬 더 많은 여성이 경제적으로 자립하고, 도움을 요청할 복지기관도 많은데. 대답은 뻔했다. 폭력을 행사하는 배우자의 위협 때문이다. 도망치면 죽여버리겠다고, 너를 못 죽인다면 너 대신 아이나 반려동물을 죽이겠다고 위협하는 사례도 많다고 한다. 여성들은 이 협박을 그대로 믿는다. 왜냐면 떠나기로 작정했을 때와 떠나고 난 뒤 첫 1년 동안 실제로 심각한 위험 상황에 직면하기 때문이다. 결별 후 1년이 지나면 이 위협은 점점 줄어든다고 한다.

놀라운 사실은 이런 추세가 사회경제적 계층이나 종교, 나이, 문화에 상관없이 고르게 관찰되었다는 것이다. 다만 토착민과 이누이트족, 메티스족 등 캐나다 원주민 여성이 비원주민 여성보다 살해될 확률이 여섯 배나 높았다.

이런 사실은 정신이 번쩍 드는 것으로 끝나지 않았다. 살인과 관련한 내 이론과 추측을 모두 터무니없고 근거 없는 것으로, 사실상 무효로 만드는 내용이었다.

그러자 곧바로 우리 딸에게 생각이 미쳤다. 분명히 조딘은 위험한 사람을 멀리해야 한다는 것쯤은 알고 있겠지? 우리 부부는 나쁜 사람을 분별하는 방법을 제대로 가르쳤겠지? 나는 우리 딸이 자부심을 지켜 한결같이 존중받는 사람이 되길 기원했다. 그리고 점잖고 온화한, 겉모습만 보아도 정말 착한 사람이라는 것을 단번에 알 수 있는 그런 남자친구들만 사귀길 기원했다.

남편은 이 문제에 대해 더는 언급하길 거부했지만, 기사를 확인한 그 날 저녁 나는 가능한 한 가벼운 어조로 지나가는 말처럼 내용을 알렸다. 그렇게 하지 않으면 견딜 수 없었고, 더불어 남편이 처음에 받았던 충격을 어느 정도 극복하고 그 문제를 다시 거론할 준비가 되어있길 바라는 마음도 있었다. 수영장을 서른 번이나 왕복하고 발코니로 올라온 남편이 물을 뚝뚝 흘리며 그릴에 채소와 연어를 올려놓을 때였다. 나는 옥수수 몇 자루를 들고나가 남편 옆에 있는 식탁에서 껍질을 벗기며, 남편이 내 쪽으로 돌아서길 기다렸다가 입을 열었다.

"있잖아, 시신의 신원이 밝혀졌대."

될 수 있는 대로 목소리를 가볍게 했다.

"궁금해?"

남편의 반응을 기다렸다. 남편은 입술을 꾹 다물고 돌아서서 호박을 뒤집었다.

"말해봐."

남편이 알고 싶어 한다는 사실이 기뻤다. 어쩌면 상황을 이해할 수 있는 이런 시간이 남편에게 필요했는지도 모른다는 생각이 들었다. 아니면 내가 가슴 속에 담고 있는 말을 털어놓도록 남편이 선심을 쓴 것인지도 모르겠지만, 아무튼 고마운 생각이 들었다. 나는 너무 세게 밀어붙이지 않으려고 노력했다.

우선 아이들이 가까이 없다는 것을 확인하려고 미닫이문 너머 거실을 재빨리 살폈다.

"젊은 여성이래."

남편은 인상을 쓰며, 천천히 피망을 뒤집고 들릴락 말락 욕을 내뱉었다.

"이름은 사만다. 사만다 콜린스."

남편이 파라솔 아래 앉아 있는 나를 돌아봤고, 눈이 마주쳤다.

"겨우 서른두 살."

남편이 혹시 아는 사람이냐고 물었다.

나는 고개를 저으며 대답했다.

"전혀 몰라."

"아무 연고도 없는 여자가 별장 밑에 죽어 있었다고?"

나는 어깨만 으쓱 올렸다 내렸다. 사실이었다. 정말 모르는 여자였다. 부모님에게 전화해서 물어보니 두 분도 모두 모르는 여자였다. 하지만 혹시 오빠가 아는 여자인가 의심이 든다는 말은 하지 않았다. 그날 아침에 내가 오빠에게 전화한 후, 오후에 오빠가 진료 중간에 짬을 내 전화했을 때였다. 여자 이름에서 뭔가 생각나는 것이 있냐고 묻자 오빠의 목소리에서 약간 망설이는 기색이 느껴졌다.

그래서 나는 남편의 질문에 대답을 피했다. 그 대신 브레이스브리지 형사들이 토론토로 가서 오빠를 면담했다는 이야기를 전했다. 형사들이 오빠의 배경과 사생활, 사회활동 심지어 결혼생활까지 캐물었다는 이야기도 했다. 오빠가 용의자일 수도 있다는 듯! 그렇게 말하며 나는 억지로 웃음을 지었다. 남편은 웃지 않았다.

◆◆◆◆◆◆◆

피터 오빠는 사건과 관련해 찾아온 형사들을 만나느라 진료 예약을 취소할 수밖에 없었다. 처음에는 형사들이 시내에 있는 병원 사무실로 오겠다고 했다가, 계획을 변경해 오빠에게 요크밀스가와 엽존가 사거리에 있는 경찰서로 나오라고 부탁했다. 그날 아침 오빠는 전날 잠을 설친 탓에 무척 졸리고 정신집중도 되지 않는 상태였다.

"이런 일이 처음인데, 경찰서에 갈 때 변호사를 데려가야 합니까?"

형사들은 원한다면 그렇게 해도 좋다고 대답했다. 오빠가 선택하기 나름이었다. 결국, 오빠는 변호사 없이 혼자 경찰서를 찾아갔다.

조사실에서 오빠가 지극히 공식적이고 철저한 면담을 진행하는 동안 비디오카메라가 모든 과정을 녹화했다. 형사 두 사람이 오빠에게 별장의 전체 이력과 별장을 다녀간 모든 사람에 대해 장황하게 질문했다.

"시체가 발견되기 전 주말에 관해 모두 설명해주세요. 하나도 빠짐없이 말입니다."

형사들이 이렇게 말했다. 형사들은 같은 질문을 서로 다른 방식으로 세 번씩 질문했다. TV에서 본 그대로 용의자의 실수를 유도하는 경찰의 전략이었다.

경찰은 냉정하고 무심했으며 지극히 직업적이었다. 면담은 몇 시간 동안 진행되었다. 오빠는 신경이 곤두서고 기진맥진한 상태로 경찰서를 나섰다.

오빠는 자신이 경찰서에 있는 동안 제복을 입은 경찰관 두 명이 집으로 찾아가 새언니를 면담한 사실을 나중에야 알았다.

◆◆◆◆◆◆◆

다음 2주간 집에 있으면서 나는 매년 7월이면 시부모님과 친정 부모님, 시댁 식구들과 친정 식구들에게 듣게 되는 똑같은 질문에 시달렸다.

"8월에 캐나다에 오니? 언제 도착하니? 얼마나 있을 거니? 애들은 어디서 재울 거니?"

"예, 곧 토론토로 가서 찾아뵐게요."

나는 모두에게 이렇게 대답했다. 사실 그 이상은 나도 남편도 계획이 없었다.

아이들은 늘 그렇듯 8월 초에 캐나다로 친척들을 찾아간다고 알고 있었지만, 남편이나 나는 일단 캐나다에 도착한 뒤 어떻게 할지 공식적인 논의를 피했다. 나는 남편의 입장은 토론토에 머무르는 것이라고 확신했다. 그리고 나는 부모님이 별장으로 올라갈 계획이라면 나도 같이 가겠다고 고집을 세울 게 분명했다. 부모님에게 그토록 많은 의미가 담긴 장소를 내가 꺼려서 두 분의 마음을 아프게 하는 일은 절대 하고 싶지 않았다.

그래도 별장에 갈 생각을 하니 배가 찌릿찌릿 뒤틀렸다. 10대 때 *13일의 금요일*을 본 뒤 별장에서 여름 내내 잠을 설친 적이 있다. 소름 끼치는 학살 장면이 계속 머릿속을 맴돌았다. 어릴 때는 여름 캠프 지도 교사들이 들려준 귀신 이야기 '원숭이의 손The Monkey's Paw(노부부가 세 가지 소원을 들어주는 죽은 원숭이 손을 얻은 후 겪는 일을 다룬 영국 작가 윌리엄 W. 제이컵스의 단편소설) 때문에 수년간 악몽을 꾸기도 했다. 하지만 그것들은 이야기에 지나지 않았다. 순전히 허구였다. 상상에 불과했다.

이번에는 드라마가 진짜, 진짜 현실이 되었다. 오빠에게는 특히 그랬다. 경찰은 숲속에서 비어있는 홈디포 통을 발견한 뒤 다시 한번 오빠를 조사했고, 오빠는 쥐덫으로 쓰는 통이라고 설명했다.

7월 마지막 안식일 전날 우리는 유대교 회당 신도들과 함께 페어필드 해변에서 열린 여름 주간 예배에 참석했다. 어른들 40~50명은 해변용 의자에 앉거나 담요를 깔고 앉아 도시락을 펼쳤고, 아이들은 근처 모래밭에서 뛰어놀았다. 대부분이 우리가 수영장 파티나 바비큐 파티에 자주 초대하는 가족들이었고, 1년 내내 서로 왕래하는 가족들이었다. 우리는 종이컵에 맥주를 따라 마시고, 길 아래 멕시코 식당에서 사 온 음식을 먹었다. 그리고 조용한 가운데 랍비를 마주했다. 롱아일랜드 사운드 너머로 해가 지고 있었다. 몇 사람이 랍비 곁에 서서 기타와 바이올린, 탬버린을 연주했고, 우리는 연주에 맞춰 노래와 성가를 부르며 안식일의 시작을 환영했다. 하늘은 자줏빛으로 물들고, 우리는 잠시 아무 말도 하지 않고 서 있었다. 나는 금요일 밤마다 하던 대로 기도했다. 사랑하는 가족들의 건강과 행복, 장수를 위해, 우리 가정의 화평을 위해, 세계 평화를 위해 기도했다. 그리고 혹시 가능하다면, 조금 더 많은 현금을 주십사 기도했다. 그렇지만 그날은 실눈을 뜨고 하늘을 바라보며 이렇게 추가했다.

'제발, 별장 사건을 어떻게 처리할지 지혜를 주옵소서. 무사히 그곳에 갈 수 있도록 하옵소서. 경찰이 사건을 속히 해결하도록 도우시고, 모든 것을 거두옵소서.'

"거기 서서 뭐 해?"

출발을 하루 앞둔 날이었다. 내가 짐을 꾸릴 목록을 손에 쥔 채 옷장을 들여다보며 꼼짝하지 않자 남편이 뒤에서 다가오며 물었다.

"뭘 가져가야 할지 몰라서."

돌아보지도 않고 대답했다.

그러자 남편이 퉁을 놓았다.

"늘 가져가던 것으로 챙겨. 당신 1년에 대여섯 번은 가방 싸잖아."

하지만 나는 그동안 엄청난 변화라도 생긴 듯 좀처럼 갈피를 잡지

못했다. 앨곤퀸 공원 이름이 새겨진 운동복 상의와 청반바지를 집
어 들었다. 티셔츠 여러 벌과 샌들 꾸러미를 가방에 쑤셔 넣고 일어
서는데 코비가 방으로 뛰어 들어왔다.

"캐나다에 가져갈 가방 나 혼자 쌌어."

코비는 플라스틱 방패를 휘두르며 자랑했다. 저렇게 천진난만한
아이도 여행을 갈 때 무장할 생각을 먼저 하다니 참 아이러니하다
는 생각이 들었다. 우리도 뭔가 무기를 챙겨야 하나?

"좋아, 우리 코비가 뭘 챙겼는지 보자."

아이는 내 손을 잡더니 끌다시피 복도를 걸어가 제 방으로 데려
갔다. 창에는 동물이 그려진 커튼이 드리워져 있고, 내가 직접 페인
트칠을 한 책장과 서랍장에는 덩굴식물이 매달려 있고, 선반에는
다양한 비니 베이비 인형들이 당장이라도 달려들 자세로 앉아 있다.
정글을 주제로 장식한 코비의 방은 내가 우리 집에서 아주 좋아하
는 장소였다. 코비는 장난감 몇 무더기가 쌓인 표범 담요 위 내 옆에
철퍼덕 주저앉았다.

"이건 내 게임보이 게임들이야."

그러면서 전자 오락기 카트리지 한 무더기를 손가락으로 가리켰
다.

"이건 차에서 읽을 윔피 키드 책들이고."

물론 양장본으로 된 책 한 질 전체였다.

"이건 내 레고 스타워즈 친구들이야."

아이가 이마를 찌푸렸다.

"아, 잠깐만, 잊어버린 게 있어."

그러더니 바닥으로 슬라이딩해 몸을 웅크리고는 침대 밑으로 고

개를 쑥 밀어 넣었다가, 플라스틱 물총을 들고나왔다. 무기 추가. 코비가 방아쇠를 여러 번 당기자 물이 몇 방울 내 발등에 떨어졌다.

나는 턱으로 옆에 있는 침대를 가리키며 물었다.

"이것도?"

코비가 내 무릎 위로 손을 뻗어 스키 고글을 집어 들었다.

"야간 투시경이야, 엄마."

당시 유행하던 스파이 장비 장난감으로 아이가 가장 좋아하는 것이었다.

"밤에는 밖에 못 나간다."

나도 모르게 이런 말이 불쑥 튀어나왔다.

아이는 히잉히잉 투정을 부리며 왜 안되느냐고 물었다. 모기 때문에? 응, 모기 때문에. 아이에게 거짓말을 했다. 입술을 깨물고 말을 돌렸다. 장비를 배낭에 넣으면 엄마가 그에 맞는 옷가지를 챙겨주겠다고 아이를 달랬고, 코비도 그러겠다고 동의했다.

조던의 방을 들여다보니 이미 며칠 전에 준비를 마친 듯 옷 가방이 배가 불룩했고, 제이크의 방을 들여다보니 텅 빈 더플백이 주인의 손길을 기다리고 있었다. 이제 몇 시간만 지나면 우리는 출발할 테고, 중간에 돌아오는 일은 없을 것이다.

◆◆◆◆◆◆◆

우리 가족은 짐을 잔뜩 싣고 새벽 3시에 출발했다. 운전하기 딱 좋은 시간이었다. 애들과 나, 강아지는 몇 시간 동안 잠을 잘 테고, 도로도 한산할 테고, 이른 오후쯤이면 토론토에 도착할 것이다. 17

번 국도를 따라 캐츠킬 산맥을 넘고 강을 지나 산길 사이를 굽이굽이 흐르는 샛강 혹은 '킬kill'(시내) 들을 건넜다. 캐츠킬, 피크스킬, 피시킬, 와이넌츠킬이란 지명이 붙은 것도 그 때문이다. 뱀처럼 구불구불한 17번 국도는 겨울에는 살얼음이 얼어 위험한 탓에 다들 고속도로를 이용하지만, 8월에는 17번 국도가 뽀송뽀송하다. 몇 시간 지나 산 위로 먼동이 트면 멋진 풍경이 펼쳐질 것이다. 가을에는 풍경이 훨씬 더 근사하다.

나는 왼쪽 눈만 살짝 실눈을 뜨고 남편을 훔쳐보았다. 남편은 앞유리창 너머 정면만 똑바로 바라보며 운전 중이었다. 뉴욕주 북부를 향해 운전 중인 남편 얼굴에서는 아무런 표정도 읽을 수 없었다. 남편과 사귀기 시작할 때 나는 종종 남편에게 "무슨 생각해?"라고 묻곤 했다. 그러면 남편은 "아무것도, 생각하는 것 없는데."라고 대답하곤 했다. 머릿속에서 꼬리에 꼬리를 물고 이어지는 수다와 끝없이 펼쳐지는 이야기 때문에 현기증이 날 정도였던 나로서는 그런 남편을 이해할 수 없었다. 어떻게 그럴 수 있지?

나로 말하면, 끊임없이 걱정하고 계획하고 목록을 만들고 회상하는 사람이었다. 그런데 결혼해서 20년간 살다 보니, 머리를 텅 비울 수 있다는 남편의 말을 믿게 되었다. 내가 보기에 남편은 수도꼭지를 잠그듯 생각을 끄는 것 같다. 아마도 우리가 별장에 가게 된다면 남편은 그곳에서도 생각을 끌 것이다. 그 방법을 나한테도 가르쳐 주면 참 좋을 텐데.

운전은 계속 이어졌다. 아침 일찍 올버니를 지날 때 아이스박스에서 샌드위치를 꺼내 아이들에게 나누어 줬다. 달걀 샐러드 샌드위치, 참치 샐러드 샌드위치, 땅콩버터 샌드위치였다. 뒷자리에 앉은 아이들이 신음을 지르고 불평을 쏟아내더니, 던킨도너츠에 잠깐 들르자고 은근히 압력을 행사했다. 남편도 옆을 힐끔거리는 모습이 아이들과 같은 생각인 것 같았다. 남편과 아이들은 패스트푸드를 불가피한 현실로 받아들이며 자란 사람들이었다. 내가 만든 아침 샌드위치는 친정 냉장고를 잠깐 거친 뒤 쓰레기통으로 직행할 것이다.

내가 어릴 때는 절대 음식을 버리는 법이 없었다. 껍질이건 과일 속이건 빵부스러기건 간에 아무것도 버리는 것이 없었다. 하다못해 채소 밑동도 냉장 보관했다가 수프에 넣어 끓여 먹었다. 어머니는 음식을 조금이라도 남기면 용서하지 않았다. 빵을 버리는 것은 가장 큰 죄악이었다. 먹다 남은 빵 반쪽조차도 잘 싸서, 어머니가 빨간색으로 '빵'이라는 글씨를 써넣은 빵 상자에 다시 담아야만 했다. 어머니와 아버지는 빵 한 조각을 얻을 수 있다면 무엇이든 내주었을 만한 시절을 몇 년이나 겪으셨기 때문에 어머니는 빵 부스러기 하나까지 검지 끝으로 찍어 드셨다. 그리고 아버지도 퇴근 후 저녁을 드실 때 접시 가까이 머리를 숙이고 바짝 집중해서 식사하시다가 너무 급하게 음식을 삼켜 목이 메는 경우가 많았고, 그럴 때마다 음식으로 막힌 목구멍에 공기를 통과시키려고 크고 거칠게 숨을 헐떡거리곤 했다. 그럴 때면 어머니는 자리에서 벌떡 일어나 아버지 등을 두드리며 아버지가 젊었을 때 굶주려서 그런다고 애써 설명했다. 그 모습이 뇌리에 남아 나도 그 뒤로 수년간 접시를 말끔히 비웠다. 그러나 요즘에는 내가 집에서 쓰레기통에 버리는 상한 음식이 매주 늘고 있고, 내 친척들이 유럽에서 전쟁을 겪을 때 감히 상상도 하지 못했을 정도로 많은 사료를 개에게 주고 있다.

시러큐스와 로체스터, 버펄로를 지나 루이스턴에서 국경을 넘었다. 캐나다에 입성하자마자 우리 가족은 한목소리로 온타리오주의 비공식 국가를 합창했다.

"우리가 설 곳을 다오, 우리가 자랄 곳을 다오… 그리고 이 땅을 온타리오라 부르라."

오죽하면 어린 코비도 가사를 모두 외웠다.

"너와 내가 살 곳… 키 큰 나무처럼 드높은 희망을 품고 우리가 설 곳, 우리가 자랄 곳, 온타리-아리-아리-오."

적어도 우리 아이들이 캐나다인이 어릴 때 부르는 노래 몇 곡은 안다는 사실이 흐뭇했다. 그런 다음 스무고개 놀이를 했다. 내 차례가 되자 늘 하던 대로 질문했다.

"빵 상자보다 큽니까?"

남편이 늘 하던 대로 퉁을 놓았다.

"요즘 누가 빵 상자를 써? 애들은 당신이 무슨 말 하는지 몰라."

하지만 아이들은 내가 무슨 말을 하는지 알고 있었다. 매년 별장에 갈 때마다 내가 아이들에게 외할머니의 빵 상자를 보여준 덕분이었다. 나로서는 우리 아이들에게 별장에 대한 애착을 키워주는 것이 중요했다. 그 어느 때보다 더 절실하게 나는 우리 아이들이 별장과 연결되어 나만큼 깊이 뿌리내리길 바랐다. 부모님이 이곳에 불어넣은 생명이 거의 꺼져가고 있었기 때문이다.

◆◆◆◆◆◆◆

어머니는 별장을 지으면서 달라졌다. 별장을 꾸미면서 어머니 속에 있던 창의력의 물꼬가 트인 것 같았다. 어머니는 마법의 지팡이라도 휘두르듯 황무지 같은 과거에서 아름다움을 생성했다. 빨간색 하트와 하얀색 하트, 종 다발, 바늘겨레, 미니 실내화 등 벽과 선반을 색색의 장식품으로 가득 채웠다. 주방 찬장 맨 위 칸에 한 줄로 늘어선 술병들은 어머니가 모직 천을 손바느질해서 만든 경쾌한 헝가리풍 조끼를 입고 으스댔다. 침실 바닥에는 자주색과 초록색이 섞인, 털이 북슬북슬하고 두꺼운 카펫을 깔았고, 거실에는 적벽돌색 장판 위에 수술이 달린 타원형 깔개를 펼쳐놓았다. 식탁보와 베개, 바느질해 만든 침대보마다 수를 놓았고, 전등갓으로 쓰는 고리버들 바구니에는 리본을 묶었다. 어머니는 토론토 집 지하실에서 보안경을 쓴 채 용접기에 불을 붙이고 납을 녹여, 올빼미, 꽃, 돛단배, 나비 등 호수로 난 창문에 매달 색유리 인형을 만들었다.

미처 몰랐던 사실인데, 어머니는 그림도 그렸다. 어머니가 곱슬곱슬한 갈색 머리에 스카프를 두르고 집 밖에 방수포를 펼치면, 얼마 지나지 않아 유화물감으로 그린 소용돌이 문양이 양념통과 낡은 서랍장, 삼발이 의자, 나무 탁자 위를 아름답게 장식했다. 어머니가 빵 상자에 '빵'이란 글자를 그려 넣고, 커피 깡통에 '설탕', '밀가루', '차'라는 단어를 그려 넣었을 때는 나도 깜짝 놀랐다. 어머니는 내가 신던 어린이용 스키를 노란색으로 칠한 뒤 초록색 꽃과 파란색 꽃을 그려 벽에 걸었다. 카누용 노의 넓은 면에는 근엄한 표정으로 머리에 깃털 장식을 꽂은 매부리코 인디언 얼굴을 그렸다. 진짜 예술가처럼 순전히 상상으로 그린 그림이었다. 어머니의 작업이 마침내 끝나자 우리 별장의 실내는 퍼시픽사의 조립주택 홍보 책자에 나오는 사진과 완전히 다른 모습으로 변해 있었다.

그 모든 유럽풍 장식품과 장신구가 어디서 난 것인지 어머니에게 물은 적이 있었다. 지하실에 보관하던 것도 있었고, 헝가리 친구들이 선물한 것도 있었지만, 대부분이 할머니가 주신 것들이었다.

토론토에 정착한 후 부모님은 여윳돈이 생길 때마다 저축했다. 할머니를 헝가리에서 모셔올 항공료를 만들기 위해서였다. 그렇게 5년 동안 모아 거의 다 마련했을 때, 부모님은 할머니가 비자를 받지 못하면 캐나다에 입국할 수 없다는 사실을 알게 되었다. 비자를 받기까지 시간이 또 얼마나 걸릴지 아무도 알 수 없었다. 부모님은 돈을 박박 긁어모아 500달러를 추가로 마련한 뒤 상원의원 데이비드 크롤에게 전달했다. 정치 경력이 오래된 크롤 의원이 개인적으로 비자 신청 서류를 살펴보겠다고 약속했기 때문이었다. 부모님은 크롤 의원이 그 돈을 뇌물로 여기든 말든 크게 신경 쓰지 않았고, 결국 그도 약속을 지켰다. 마침내 1961년 할머니가 캐나다에 도착했다. 할머니 외에는 헝가리에서 더 데려올 사람이 없었다.

할머니는 우리 부모님이 캐나다로 떠난 후 5년 동안 부다페스트에서 홀로 살았다. 제2차 세계대전과 소련군 점령기에도 파괴되지 않고 기적적으로 살아남은 아파트에서 지냈다. 할머니는 작은 옷 가방 하나만 챙겨 비행기를 타고 캐나다에 도착했다. 은 담배 상자, 조각을 새긴 접시, 각종 양념, 리넨 천, 세밀화, 사진, 도자기 등 할머니가 그때까지 간직한 보물들이 가득 담긴 허름한 트렁크는 뒤이어 배편으로 캐나다에 도착했다. 할머니는 조상 대대로 물려받은 그 귀중한 보물들을 우리 집에서 서너 블록 떨어진 배서스트가의 작은 아파트에서 소중히 보관했다. 나는 테두리에 금박이 들어가고 스텐실 기법으로 꽃문양을 그려 넣은 접시나 화병, 찻잔 등 섬세한 물건들을 만질 수도 없었다. 내가 부주의한 손으로 만지다 깨트리는 일이 생기지 않도록 절대 접촉 불가였다.

할머니가 금전적으로 큰 도움을 주어 건축하고, 할머니가 수많은 여름을 보내고, 할머니의 수많은 기념품을 전시한 별장은 우리와 마찬가지로 할머니 삶의 연장선이었다. 할머니는 피터 오빠와 내가 결혼한 직후 93세를 일기로 세상을 떠났다. 손주 둘이 결혼하는 것을 보고, 우리의 삶이 제 자리를 잡은 것까지 본 후 안심하고 눈을 감았다.

사만다 사건이 할머니 생전에 일어나지 않아 얼마나 다행인지 모르겠다. 할머니는 학대와 파괴, 반인륜적 범죄가 횡행하던 대륙을 떠나, 혼돈의 세상을 떠나, 법과 이념이 인간을 다치지 않게 보호하는 곳에서 질서정연한 삶을 살기 위해 캐나다에 왔다. 그런데 사만다에게 발생한 범죄가 그 질서를 산산이 부숴버렸다.

◆◆◆◆◆◆◆◆

우리는 온타리오 호수 서부 연안을 따라 올라갔다. 끝없이 펼쳐진 미시소가 산업단지와 피어슨 국제공항을 지나고 국도와 다리를 여러 번 건너, 나무들이 줄지어 늘어선 교외로 접어든 다음 마침내 토론토 북부, 배서스트가와 스틸레스가 사거리 근처에 복층으로 지어진 친정집 앞에 차를 세웠다. 출발한 지 9시간 만에 도착하는 기록을 세웠다. 어머니와 아버지는 우리가 무사히 도착했는지 걱정되기도 하고, 한시바삐 우리에게 포옹과 키스를 받고 싶기도 하고, 다정하게 핥아대는 롤라의 혀도 그리운 마음에 우리가 주차하는 동안 현관문 앞에 서 계셨다.

'하느님 감사합니다.'

나는 속으로 안도의 한숨을 내쉬었다. 두 분의 모습을 보자 애정과 안도감, 죄책감이 밀려들었다. 두 분 모두 흰머리에 구부정한 자세로 지팡이를 짚고 현관 앞에 서 있었다. 늘 그렇지만, 몇 달간 떨어져 지내다 부모님을 대하면 늙어가는 두 분의 모습이 확연히 느껴져 가슴이 아렸다.

옷 가방들과 아이스박스를 차에서 내렸다. 나는 이곳에서 지내고, 남편은 5분 거리에 있는 시댁에서 지낼 것이다. 아이들은 할머니 할아버지와 고모, 삼촌, 사촌들 집을 차례차례 방문할 테고, 남편과 나는 말다툼을 하겠지. 우리는 자기네 식구와 더 많은 시간을 보내자며 다투다가 결국엔 시댁과 친정을 똑같은 비중으로 방문하는 편이었다. 서로 가고 싶은 곳이 완전히 달랐고, 그러니 일단 모든 곳을 방문해 아침 겸 점심이나 저녁을 함께 먹다 보면 밤샘 파티를 하거나 소풍 갈 시간이 부족했다.

하지만 그런 우리 부부도 그때까지 당연하게 받아들이던 일이 하나 있었다. 바로 연속 생일축하 파티였다. 피터 오빠와 내 생일이 하루 차이로 연달아 이어진 탓에 부모님을 모시고 머스코카에서 축하 파티를 여는 것이 우리 가족의 오랜 전통이었다. 부모님이 생각하기에는 우리 오누이의 생일이 거의 신성한 의미를 지니기 때문에 어길 수 없는 행사였다. 이제 이틀만 지나면 내 생일이고, 그다음 날이 오빠의 생일이다. 올해는 어떻게 될까? 그 일을 상의할 생각을 하니 덜컥 겁이 났지만, 부모님이 계신 이곳에 도착했으니 그 문제에 관한 논의를 더는 미룰 수 없었다.

현관 입구까지 짐을 모두 나르자 제이크와 코비는 TV 앞으로 직행했고, 조단은 서재 컴퓨터 앞에 자리를 잡았다. 남편은 부모님과 함께 식탁에 앉아 이런저런 이야기를 나누었다. 그 사이 2층 욕실로 올라간 나는 세면도구 주머니를 꺼내 세면대에 올려놓고, 핸드폰 충전기를 콘센트에 꽂고, 옛날 침실 옷장을 열었다. 혹시 어마어마한 어깨뽕이 다시 유행할까 싶어 차마 버리지 못하고 둔 옷들 옆에 이번에 가져온 옷가지를 걸면서 미적거리다가 결국 아래층 주방으로 내려갔다.

먼저 가족들의 건강부터 챙겼다. 다행히 이달 들어 실시한 아버지 건강검진 결과도 정상이었고, 다발성 골수종도 차도가 있었다.

코비는 주간 캠프에 다니고 있고, 제이크의 야구 시합은 어땠고, 조단은 어떤 대학에 갈지 고민 중이라는 아이들 소식을 부모님에게 들려주었다.

그리고 저녁 이야기가 나왔다. 당연히 부모님이 제일 좋아하는 몽골식 고기구이 식당인 칭기즈칸에 가기로 했다. 주방장이 우리가 주문하는 대로 거대한 석쇠에 고기를 굽는 식당이었다.

그리고 어머니가 '관련해서'라며 말을 이었다. 어머니는 피터 오빠의 생일 다음 날 모두 함께 헌츠빌에 가는 이야기를 꺼냈다. 헌츠빌은 브레이스브리지, 그라벤허스트와 더불어 머스코카의 중심지이다. 이번에도 헌츠빌에 가면 가족이 3년간 연달아 디어허스트 리조트 산장에 묵는 셈이었다. 산장 건물 주위에 식당가를 배치해 전원풍으로 소박하게 꾸민, 부모님이 이용하기에 편리한 시설이었다. 그곳에서 차를 타고 나가면 곧바로 바닷가로 이어졌다. 부모님이 작년 여름에 이미 예약을 마친 상태였다.

그래, 올해도 계획대로 디어허스트로 가겠구나. 그런데 헌츠빌에 가려면 별장으로 나가는 국도 출구를 지날 텐데 별장을 먼저 갈까?
아니면 나중에 갈까? 별장에 가긴 할까? 그 문제를 더는 미룰 수 없
었다. 육중한 몸을 끌고 코네티컷에서부터 줄곧 우리를 따라온 코
끼리를 더는 못 본 척할 수 없었다.

결국 내가 헛기침을 하고 이야기를 꺼냈다.

"그런데…."

어머니와 아버지를 차례로 돌아보며 말을 시작했다. 아래층에서
소리를 잔뜩 키우고 TV를 보고 있는 아이들에게 혹시라도 들릴까
싶어 목소리를 낮추었다.

"별장은 어떻게 되고 있어요? 경찰 수사는 언제나 끝난대요?"

"네 오빠 말로는 오늘이나 내일."

어머니가 대답했다.

"물론 경찰이 네 오빠에게 아무것도 알려주지 않으니 우리도 경
찰이 뭘 찾아냈는지 전혀 모른단다."

아버지가 말을 이었다.

"형사가 그러는데 다음 주에 별장 열쇠를 돌려주겠다더라."

피터 오빠는 잘 견디고 있는지 물었다. 부모님은 고개를 절레절레
흔들며 우리 아들이 화가 많이 났다고 대답했다.

"그래서…."

나는 두개골 옆면을 파고드는 남편의 따가운 시선을 의식하며 주
저했다.

"두 분은 혹시… 그러니까… 계획에 대해 생각한 거 있어요?"

부모님은 나를 멍하니 바라보았다.

"계획이라…."

아버지가 되뇌었다. 나는 남편에게 도와달라는 눈짓을 보냈다.

"이 사람이 말씀드리는 계획은 별장에 가는 것입니다."

남편이 입을 열었다.

"두 분은 그런 일이 있는데도 가실 생각이세요?"

내 심장이 뛰는 속도가 점점 더 빨라졌다. 나는 불가피한 아픔이 드디어 수면 위로 솟아오르길 기다렸다. 하지만 내 눈앞에 드러난 것은 불가피한 아픔 대신 결연한 의지였다.

"물론이지."

어머니가 결연하게 대답했다.

"우리 애들 생일 아닌가. 변한 건 아무것도 없네."

"우리가 움직일 수 있을 때까지는 갈 생각이네."

아버지도 어머니 말에 동의하며 고개를 주억거렸다.

나는 어머니와 아버지를, 두 분의 결연한 얼굴을 차례로 돌아보았다. 두 분 안에 조용히 숨겨진 힘과 용기에 경외심을 느꼈다. 나였다면 단번에 그냥 무너져 내렸을 가혹한 삶의 타격을 두 분은 이미 여러 번이나 견뎌냈다. 나는 사만다 콜린스의 가족도 이와 비슷한 힘을 끌어모을 수 있기를 기도했다. 그래서 그들이 어떻게, 무엇을 하도록? 이 일을 잊도록?

아니. 그저 계속 숨 쉴 수 있도록. 그저 매일 아침 침대에서 일어날 수 있도록.

그밖에 할 수 있는 게 무엇이 있겠는가?

당시 나는 부모님이 사만다 콜린스의 죽음으로 큰 충격을 받았다는 사실을 이미 알고 있었다.

"네 엄마 매일 운다. 요즘엔 잠도 잘 못 자고, 악몽에 시달려."

아버지가 오빠에게만 이렇게 털어놓았다고 한다.

"네 아빠 속이 많이 상했지. 나도 그렇고."

어머니는 또 어머니대로 일전에 내게 이렇게 고백했다. 딸에게 아무런 걱정거리도 주지 않으려고 애쓰는 어머니로서는 대단한 것을 시인한 셈이었다.

하지만 이제 나는 불가능해 보이는 상황에 정면으로 맞서는 부모님의 결연한 의지를 다시 확인했다.

"누군가 살해되었는데도 거기에 가는 게 두렵지 않으세요?"

남편이 믿을 수 없다는 표정으로 물었다.

"우리는 살아남을 걸세."

어머니가 대답했다.

"전에도 우리는 악몽을 견뎌냈다네."

제2부

기억

7

가족사

그렇다. 우리 부모님은 악몽 같은 삶을 살았다. 두 분은 내가 짐작도 하지 못하는 공포를 견뎌냈다. 나는 그저 두 분이 겪은 일 대부분을 수년 동안 상상만 했을 뿐이다. 내가 알고 있던 내용은 어렸을 때 간혹 흘러나온 작은 정보들을 속속 빨아들인 덕분이었다. 그나마 어머니는 내게 이야기해주고 싶은 마음이 약간 있는 것 같았지만, 아버지는 그러고 싶은 마음이 거의 없는 것 같았다.

학교에 다니기 시작하면서 나는 우리 가족이 다른 친구들 가족과 다르다는 것을 눈치챘다. 음식부터 달랐다. 우리는 친구들이 놀러 왔다가 저녁 식탁에서 밥을 먹다 말고 인상을 쓰게 만드는 레초 혹은 푀르쾰트 같은 질퍽한 스튜를 먹었다. 부모님은 집에서 내게 헝가리어로 말했고, 두 분의 영어는 억양이 아주 강했다. 영어를 잘 몰랐던 나도 그 덕분에 부모님의 발음처럼 잘못 발음하는 경우가 잦았다.

차림새도 학교 친구들과 달랐다. 어머니는 내게 튼튼한 신발을 신기고, 헤링본 문양이 새겨진 따뜻하고 까슬까슬한 모직 원피스를 입혔다. 다른 아이들이 입는, 어머니 표현대로 '싸구려' 옷은 사주지도 않았다. 내가 입는 옷은 영원히 해지지 않도록 제작된 것이었다. '좋은 품질'이라는 말은 두껍고, 안 예쁘고, 유행에 한참 뒤진다는 말로 번역되었다. 패션이 뭔지 모를 초등학생 시절에도 내가 유행에 뒤처진다는 것쯤은 알고 있었다.

친구들은 친척이 넓은 바다처럼 많았지만, 우리는 섬처럼 식구가 다섯 명뿐이었다. 친구들은 이모나 삼촌들과 함께 밤샘 파티나 특별 여행을 했다거나 대식구가 모여 일요일 만찬을 즐겼다며 자랑을 늘어놓았다. 다른 친구들은 명절 음악회나 매년 봄 학교 공개 행사가 열리면 할머니 할아버지, 이모, 삼촌, 동생들이 줄을 이었다. 우리 집 오른쪽 옆에 살던 조벤코 가족이나 왼쪽 옆에 살던 무어 가족은 사촌들이 벌떼같이 모여 뒷마당에서 생일축하 파티를 열었다. 많은 친척이 찾아오고, 어수선한 집에서 형제자매가 아수라장처럼 뒤섞여 사는 것, 이것이 정상처럼 보였다. 그렇다면 조용하고 티끌 하나 없이 깨끗하고 섬세한 집에 사는 우리 정체는 무엇일까?

그뿐만이 아니었다. 가끔 어머니가 헝가리 사람들을 혐오스럽다고 욕하는 소리를 들으면 혼란스러웠다. 우리는 헝가리 사람이 아닌가?

6학년 담임을 맡았던 패터슨 선생님은 11살짜리 우리에게 토론토가 문화적 모자이크라고 가르쳤다. 모두 녹아 하나로 섞이는 용광로와 달리 사는 동네도 뚜렷이 나뉜 채 각자의 언어와 전통을 지키는 수많은 이민자 문화가 엮어낸 양탄자가 되었다고 가르쳤다.

그 선생님이 한번은 이렇게 물었다.

"오늘은 조상에 관해 이야기하기로 해요. 여러분 친척은 토론토 외에 또 어디에 있죠?"

여기저기서 아이들이 손을 번쩍 들었다.

"위니펙요."

"오타와요."

"노바스코샤요."

우리 친척은 어디 있지? 궁금했다. 나는 할머니를 빼고는 만나본 친척이 한 명도 없었다.

그리고 선생님이 과제를 내주었다.

"할 수 있는 한 멀리까지 거슬러 올라가서 가계도를 그리는 것이 과제예요. 가계도 나뭇잎 하나하나마다 친척의 이름을 적고, 그분이 살았던 나라나 도시명을 적도록 해요. 여기 본보기가 있으니 모두 한번 보세요."

그러면서 선생님이 거대한 캐나다 지도를 돌돌 말아 올리자 그 아래 칠판에 흰색 분필로 멋지게 그린 나무 한 그루가 나타났다. 윗부분에 나뭇잎이 무성한 떡갈나무 같았다.

"이제 선생님이 돌아다니면서 볼 테니까 색연필을 꺼내서 시작해요. 여러분 본인도 포함하는 것 잊지 말고요!"

선생님이 커다란 제도용지를 나누어 주었다.

그때 우리 교실은 책상이 4개씩 마주 보며 붙어 있었다. 우리 조의 다른 세 명은 튼튼한 기둥에 덤불처럼 많은 가지를 그리기 시작했다. 나는 친구들이 고동색 나뭇가지에 초록색 나뭇잎을 붙이고 형제나 자매, 이모, 삼촌, 사촌, 할머니, 할아버지 심지어 증조할머니와 증조할아버지 이름까지 적어 넣는 것을 구경했다. 다른 친구들은 수업 시간 내내 나무를 그리고 색칠했다.

내가 그린 나무는 가지 두세 개에 나뭇잎이 모두 합해 5개인 막대기 같은 나무였다. 마치 돌풍이라도 불어닥쳐 나뭇잎이 모두 떨어진 것 같았다.

"데비 버디시는 왜 나무를 그리지 않지?"

패터슨 선생님이 내 책상 쪽으로 다가오며 꾸짖었다.

"선생님 지시 못 들었니? 네가 기억하는 한 많이 친척들 이름을 전부 적으라고 했는데."

"다 한 거예요."

"다른 할머니, 할아버지는?"

그분들 이름을 모른다고 대답했다. 선생님은 팔짱을 꼈다.

"할머니 할아버지 이름을 모른다고? 네 나이에? 실망이구나, 데비야."

우리 조 아이 두 명이 그림을 그리다 말고 나를 보며 실실 웃었다. 선생님을 실망하게 만든 나를 보며 히죽히죽. 나도 전에 언뜻언뜻 들었던 친척들 이름을 기억하려 애는 썼다. 하지만 아무리 애를 써도 하나도 기억나지 않았다. 왜 이름이 기억나지 않을까?

머릿속에서 이름들이 거름망을 통과하듯 빠져나갔고 혼란만 치즈 덩어리처럼 엉겨 붙었다. 그리고 그 덩어리 속에서 분리되어 나오는 단어가 있었다.

'하보루'.

아주 어릴 적에 자주 듣던 헝가리 단어가 하보루였다. 우리 가족을 비롯한 헝가리 유대인 가족들이 대제일에 주민센터 엘링턴 풀을 임대해 로쉬 하샤나Rosh haShanah(신년제)와 욤 키푸르Yom Kippur(속죄일) 예배를 드리는 동안 끊임없이 입에 올리고, 중얼거리고, 외치고,

속삭이던 말이었다. 랍비가 'ㄹ' 발음을 한껏 굴리며 큰 목소리로 하보루라고 외치자 그때까지 재잘재잘 웅성웅성 대화를 나누던 그 넓은 엘링턴 홀이 일시에 침묵에 잠겼다. 외투 보관소를 뛰어다니며 놀던 나도 코트와 상의들을 걸어 놓은 옷걸이 사이로 고개만 삐죽 내밀어 밖을 살폈다. 먼 쪽에 선 남자들은 바닥을 보며 머리를 흔들고 있었고, 조그마한 레이스를 머리에 핀으로 고정한 채 가까이 서 있던 여자들은 손수건으로 눈가를 훔쳤다. 어머니와 할머니는 서로 손을 꼭 잡고 있었다. 하보루가 정확히 무슨 뜻인지는 몰랐지만, 나는 그것이 모든 인간 삶의 종말론적 사건을 묘사하는 말이라는 것은 얼핏 감지했다.

"그 말은 전쟁이라는 뜻이야. 랍비 자곤께서 홀로코스트 이야기를 하시는 거야."

학교에서 가계도 그리는 과제를 내준 일주일쯤 후 대제일 예배에 참석한 10대 후반의 로즈메리가 내게 설명해주었다. 우리는 주민센터에서 엘링턴가까지 이어진 인도의 철제 난간에 걸터앉아 바람에 떨어질 듯 말 듯 흔들리는 가을 나뭇잎처럼 발을 앞뒤로 흔들고 있었다. 그해에는 대제일이 늦게 찾아왔다.

"너 홀로코스트에 관해 안 배웠어?"

배운 적이 없었다. 확실히 비유대인 공립학교인 우리 학교에는 홀로코스트를 가르치는 교과과정이 없었고, 우리 부모님도 집에서 내게 홀로코스트 이야기를 꺼낸 적이 없었다.

로즈메리는 머리핀을 매만진 후 친구들과 함께 나무 아래에 서 있던 랍비의 잘생긴 10대 손자 쪽을 바라보며 말했다.

"우리 할머니 할아버지는 트레블링카에서 돌아가셨어. 우리 엄마 아빠는 사이프러스에서 팔레스타인으로 가던 도중에 만났고. 아빠 말로는 배에 탄 여자 중에서 엄마 머리가 가장 예쁘고 밝은 금발이었대. 시온까지 가는 뱃길을 밝게 비출 만큼. 두 분은 마자르 키부츠에 살다가 우리 언니들과 함께 이곳으로 온 거래."

나는 로즈메리가 무슨 이야기를 하는지 도통 알 수가 없었지만, 말을 막고 싶은 생각은 없었다. 뭔가 중요한 말을 하고 있다는 느낌이 들었기 때문이다. 로즈메리가 궁금하다는 표정으로 나를 쳐다보았다.

"너희 친척들은 어떻게 되었니?"

나는 메리 제인 구두를 신은 두 발만 앞뒤로 흔들었다. 나는 알지 못했다. 학교에서 가계도를 그리던 날, 집에 돌아오니 어머니는 지하실에서 싱거 재봉틀 앞에 등을 구부리고 앉아 침대용 시트 두 장을 박음질해 새 이불보를 만들고 있었다. 나는 어머니가 구름판을 밟고, 노루발을 세심하게 조정하는 모습을 지켜보았다. 노루발이 새처럼 시트 위를 깡충깡충 뛰어가자, 고른 바늘땀이 발자국으로 남았다. 나는 학교에서 받아온 제도용지를 펼치며 머뭇거렸다.

"엄마, 내가 만든 가계도 볼래?"

나를 올려다보는 어머니의 표정이 낯익었다. 내가 전에 구두 상자를 찾아냈을 때 어머니가 짓던 표정이었다. 나는 분장 놀이를 하려고 부모님 옷장에서 슬리퍼를 찾던 중 바닥에 쌓여있던 구두 상자를 발견했다. 그 상자에서 나온 것은 사진들이었다. 아기 때 피터 오빠가 한 손에 면도용 솔을 들고 담요 위에 엎드린 사진, 내가 봉제 양 인형을 들고 요람에 누워있는 사진, 내가 산타클로스 할아버지 무릎에 앉아 있는 사진. 그리고 그 밑에서 크기가 조금 더 작고 가장자리가 하얀 톱니 모양인 사진들이 나왔다. 내가 모르는 건물과 사람들이 사진 속에 있었다. 주방에서 양파를 다지고 있던 어머니에게 그 상자를 가져갔다.

"엄마, 이 사진 속에 있는 사람들은 누구야?"

잠시 뒤 고개를 들어 나를 바라보는 어머니의 두 눈이 붉게 충혈되고 눈물에 촉촉이 젖어 있었다. 양파 때문에 매워서 그런 거야. 나는 그렇게 짐작했다.

"우리 친척들이란다."

"우리 친척?"

"모두 비명에 갔지."

어머니의 목소리는 울음을 터트리기 직전처럼 두껍게 잠겨있었다. "비명에 갔지"라는 말이 무슨 뜻인지는 몰랐지만 뭔가 말을 잘못하면 어머니가 산산이 부서져 버릴 것 같은 느낌이 들었다. 언젠가 내가 바닥에 떨어트린 도자기 인형처럼 말이다. 이 느낌은 예전부터 나에게 익숙한 것이었다. 이 느낌 때문에 나는 어머니 속이 상할 일은 절대, 절대 하지 않으려고 애쓰며 살았다. 내가 조르면 어머니가 더 자세한 이야기를 해줄 것 같았지만, 나는 그러지 않았다. 우리 집에서 자라는 것은 유리 위를 걷는 것과 같았다. 언제든 산산이 부서질 것 같았기 때문에 걸음을 조심조심 옮길 수밖에 없었다.

어머니가 재봉질을 멈추고, 어머니와 함께 주방으로 올라온 나는 나뭇잎이 성긴 가계도 그림을 식탁에 펼쳤다. 그리고 한참 뒤 어머니가 입을 열었다.

"사진이 담긴 그 구두 상자 좀 가져오렴."

어머니는 평범한 사진들을 골라 한쪽으로 밀어놓았다. 그리고는 암갈색 사진들을 귀퉁이만 잡아 한 장씩 조심스럽게 들어 올려 한참을 들여다본 후 설명했다. 아버지 친척들부터 이야기를 시작했다.

"이분은 일로너, 또 다른 네 너지머머시다. 아빠를 낳아주신 분이지. 할머니 동기는 모두 여덟 분이셨단다."

어머니가 친할머니의 형제자매 일곱 명의 이름을 하나씩 부르는 동안 나는 사진 속에서 웃음기 없는 표정으로 사람들과 함께 긴 탁자 앞에 앉아 있는 여성을 들여다보았다. 사각진 얼굴과 굵은 목이 아버지와 닮지 않은 모습이었다. 나는 그 할머니도 콧노래를 흥얼거리고 코바늘로 뜨개질하며 진 러미 카드 게임을 하던 외할머니처럼 좋은 분이었을지 궁금했다. 나는 할머니가 한 명뿐이었다. 다른 할머니가 있을 줄은 상상도 하지 못했다.

"그리고 이건 네 아빠가 젊었을 때. 봐라, 얼마나 잘생겼니!"

20대 초반인 듯한 아버지는 얼굴이 깎은 듯 각이 지고, 머리가 칠흑처럼 검었다. 가느다란 몸매로 똑바로 서서 사진을 찍은 아버지는 배지가 달린 셔츠와 긴 반바지에, 보이스카우트 대원이 쓰는 것 같은 모자를 쓰고 뒷짐을 진 모습이었다. 어머니가 사진을 보며 미소 지었다.

"군대에 갓 입대했을 때구나."

우리 아빠가 군인이었다고?

"그리고 이 사진은 엘리, 네 아빠의 누나란다."

그 정보가 내 머릿속으로 몰려들었다. 지금까지 아빠에게 누나가 있는 줄 몰랐는데? 아니, 알았나? '엘리에'라는 이름이 왠지 익숙했지만 확신이 서지 않았다. 그 사진을 집어 들었다. 사진 속 검은 머리 소녀는 아버지와 닮지 않았다.

"엄마도 아는 사람이야?"

"아니. 엄마도 이분이 제빵 공부를 했다는 것밖에 몰라. 아빠가 이분을 무척 사랑했다는 것하고."

엘리에 고모는 어디에 살았을까? 제빵사는 되었을까? 내가 사진에서 눈을 떼자 어머니가 말을 이었다.

"네 너지퍼 그러니까 네 아빠의 아버지 헤인리히도 형제자매가 일곱 분이셨다."

어머니는 그분들도 하나하나 이름을 불렀다.

"아빠의 아버지 사진은 어딨어?"

"없어. 사진이 한 장도 없단다. 네 아빠도 열일곱 살 이후로는 아버지를 만나지 못했어. 사진으로 보지도 못했지."

나는 입술을 깨물었다.

"죽어서?"

"다들 죽었지. 캠프에서."

캠프? 나도 겨우 두 달 전에 캠프에 갔다 왔지만 거기서 죽은 사람은 아무도 없었는데.

"이해가 안 돼."

어머니가 식탁을 짚고 일어섰다. 어머니가 닥터 숄즈 신발을 끄는 소리가 화장실로 사라졌다. 나는 연필을 들고 아버지 쪽 나뭇가지에 나뭇잎들을 그리기 시작했다. 그리고 다시 잊어버리기 전에 서둘러 그 나뭇잎들에 아버지의 부모님 이름을 써넣었다. 머릿속이 전보다 더 혼란스러웠다. 아빠의 아버지가 죽었을 때 아빠가 열일곱 살이었다고? 그렇게 어릴 때? 사실 아이나 다름없을 때인데. 우리 엄마 아빠는 스물두 살이나 먹은 오빠를 지금도 어른으로 보지 않잖아. 벌써 토론토 대학에서 석사과정을 시작했는데도 말이야. 자기 아버지가 캠프에서 죽었을 때 아빠는 어떤 기분이었을까? 왜 아빠는 자기 아버지 사진이 한 장도 없는 거지?

몇 분 뒤 돌아온 어머니가 등 뒤에서 그림을 들여보더니 나뭇잎들을 지우라고 했다.

"그 나뭇잎들은 이제 나무에 달려 있지 않아."

어머니는 그 나뭇잎들을 그리려면 낙엽처럼 땅바닥에 떨어진 잎으로 그려야 한다고 알려줬다.

가계도 그림을 끝내고 보니 나무에 달린 잎은 전과 다름없이 성깃성깃했지만 한 무더기의 나뭇잎이 바닥에 쌓여있었다. 주방 창문 밖에 쌓인 낙엽 같았다. 그리고 내 머릿속에 한 무더기의 질문이 남았다. 아직 답을 듣지 못한 질문이.

"모두 비명에 갔어."

내가 이렇게 대답하자, 로즈메리는 무슨 뜻인지 정확히 안다는 듯 고개만 끄덕였다.

그 후 2년 이상을 나는 발뒤꿈치를 들고 조심조심 살았다. 부모님이 내 경솔한 질문을 견디지 못할 것을 알기 때문이었다. 그 이름들은 다시 잊었지만 그 이름들이 동반한 서러움, 그것은 잊지 않았다. 그렇게 나는 열세 살이 될 때까지 아주 오랫동안 질문을 참았다.

1978년 4월 TV에서 홀로코스트라는 4부작 미니시리즈가 방영되었다. 토론토 집 부모님 침실에서 TV 채널을 이리저리 돌리고 있는데, 갑자기 줄무늬 파자마를 입은 해골 같은 사람들이 군복 차림의 험상궂은 경비병들과 으르렁거리는 독일 셰퍼드 개들에게 둘러싸인 화면이 나타났다. 거대한 검은색 열차가 육중한 소리를 내며 멈추는 장면이었다. 열차의 문이 열리자 금속 테 안경을 쓴 경비병이 남자 한 명을 안에서 끌어내 땅바닥에 내동댕이치더니 이름을 대라고 명령했다. 겁에 질린 남자가 거센 억양으로 대답했다. 익숙한 억양이었다. 내 머릿속 깊은 곳에서 퍼즐 조각들이 제자리를 찾아가고 있었다. 어찌 된 영문인지는 모르겠으나 나는 이 남자들과 셰퍼드 개, 파자마가 우리 부모님 과거의 일부라는 것을 알게 되었다. 하보루 그 익명의 그림자, 회당에서 본 설움, 산산이 부서질 유리 같던 내 삶과 관계가 있는 것 같았다. 나는 부모님 침대 모서리에 걸터앉아 TV를 뚫어지게 들여다보았다.

"꺼라."

갑자기 문 앞에 나타난 아버지가 말했다.

나는 아버지가 문 앞에서 TV를 보고 있는 줄도 몰랐다. 아버지 쪽으로 몸을 돌렸다.

"응? 왜?"

"TV 꺼. 켜지 마라. 알았냐?"

나는 침대에서 뛰어내려 TV 전원 스위치를 돌리며 아버지가 왜 그렇게 무섭게 말하는지 몰라 얼떨떨했다. 평소 아버지는 내가 무슨 프로를 보든 신경 쓰지 않았다. TV 화면 속 이미지가 줄어들더니 사라졌다.

그 며칠 뒤 내가 주방에서 학교 숙제를 하고 있자니 2층 방에서 공부하던 스물네 살 먹은 오빠가 잠깐 쉬려고 1층에서 내려왔다.

"오빠, 우리 친척들에게 무슨 일이 생겼는지 알아? 엄마 아빠가 나한테 알려주지 않는 이유도?"

간식거리를 챙기는 오빠에게 물었다.

"너무 고통스러워서 그러시는 거야."

오빠는 알고 있다는 소리였다.

"제발 알려줘."

오빠에게 사정했다.

"나도 이제 곧 열네 살이야. 진실을 알만한 나이가 되었다고. 제발."

오빠도 수년 전 가계도 그리기 숙제와 관련해 어머니가 그랬던 것처럼 망설이는 표정을 지었지만 나는 계속 오빠를 졸랐다. 잠시 고민하던 오빠가 입을 열었다.

"음, 우리 가족이 헝가리에 살고 있었는데 나치가 우리 친척들을 강제 노동에 내보냈어."

나는 오빠 말이 무슨 뜻인지 몰랐지만, 일단 오빠가 말문을 열었으니 방해하지 않을 생각이었다. 오빠가 라이스 푸딩을 그릇에 담는 동안 잠자코 기다렸다. 오빠는 말이 입에서 나오며 입술을 침으로 쏘기라도 하는 듯 움찔거리며 천천히 이야기했다.

"다른 친척들은 강제 수용소로 추방되었고, 남자 가족 몇 명과 여자 두세 명은 나치 군인이나 헝가리 화살십자당의 총에 맞았지. 화장터로 보내지거나 공동 무덤에 아무렇게나 매장된 사람들도 있었어. 다뉴브강에 던져진 사람도 있었고."

오빠는 어떻게 이 모든 것을 알고 있을까? 나는 우리 부모님이 내가 병에 걸리거나 사고를 당할세라 과잉보호했던 것처럼 내가 슬퍼하지 않도록 기를 쓰고 지키셨기 때문이라는 생각이 들었다. 그리고 오빠는 그 모든 것을 어떤 방법으로 알아냈는지 궁금했다. 하지만 오빠에게 물어보지 않았다.

오빠는 그릇 절반 이상을 마라스키노 버찌로 채웠다. 나는 계속 이야기하라고 오빠를 졸랐다.

"안돼, 데비야. 그 모든 일을 너에게 어떻게 설명할지 깊이 고민해 봐야 해. 그래서 지금은 말할 수 없어. 정말 아주 복잡한 문제거든."

오빠는 남은 라이스 푸딩을 냉장고에 집어넣고 차고 위에 있는 2층 자기 방으로 공부하러 올라갔다.

그걸로 끝이었다.

나는 오빠가 자기 방으로 돌아가는 모습을 지켜보았고, 아직 입 밖으로 꺼내지 못한 단어들이 내 혀를 맴돌았다. 화장터, 공동 무덤, 강제 수용소. 화살십자당. 나치.

알아야만 했다. 나는 며칠 뒤 마음을 먹고 어머니에게 다시 물었다. 어머니는 일요일 저녁에 먹을 라코트 크룸플리를 준비하는 중이었고, 그러려면 커다란 포대에 가득한 감자를 전부 껍질을 벗겨야만 했다. 나는 용기를 그러모아 어머니 곁 비닐 의자에 앉았다.

"엄마, 나치군에 관해 말해 줄 수 있어?"

어머니는 오래전부터 내가 물어볼 것을 예상했다는 듯 크게 한숨을 내쉬고는 마침내 감자 껍질을 벗기며 입을 열었다.

"내가 그걸 겪은 게 거의 네 나이였지. 그러니까…."

어머니는 캐나다에 산 지 벌써 20년이 넘었지만, 여전히 억양이 거세고 문법도 군데군데 틀려서 대명사를 혼동하기 일쑤였다. 그래도 가장 좋아하는 작가 제임스 미치너의 천 페이지짜리 두꺼운 소설을 눈물을 흘리며 소리 내어 읽은 덕분에 어휘력은 풍부했다. 첫 번째 감자 껍질이 돌돌 말려 앞에 펴놓은 신문지 위에 떨어지며 어머니의 이야기가 시작되었다.

전쟁 전 어머니는 부다페스트에서 아주 행복한 유년을 보냈다. 어머니는 부다페스트를 "유럽의 작은 파리"라고 불렀다. 부다페스트는 문화와 유행의 첨단을 달리며 밤에도 환하게 불을 밝히고 북적거리는 국제도시였다. 어머니는 부다의 건너편인 다뉴브강 동쪽 페스트, 그중에서도 카페와 꽃집, 양품점, 제과점 등이 밀집하고 도로에 자갈이 깔린 멋진 동네에서 살았다. 어머니의 부모님은 벨러 버르토크나 프란츠 리스트 같은 헝가리 작곡가의 클래식 음악으로 집안으로 채웠다. 주말 저녁이면 가족이 언드라시가에 있는 로열 오페라 하우스로 공연을 보러 갔고, 외할머니의 핸드백 속에는 상아로 만든 조그마한 오페라글라스가 가죽 보관함에 담겨 있었다.

어머니는 여덟 살 많은 이복오빠 티보르를 무척 따랐다.

"우리는 아빠가 같았지. 미클로시 로스, 네 너지퍼퍼말이다."

그 이름을 들은 적이 있는지 기억이 가물가물했지만, 어머니는 이야기를 계속 이어나갔고, 그 이름도 그렇게 떠내려갔다. 나는 이야기에 집중하려고 애를 썼다. 미클로시의 아내, 그러니까 티보르의 어머니가 출산 중 사망하자 아이가 없던 미클로시의 누이 이서벨러가 티보르를 입양했다. 티보르는 이서벨러 고모와 살았고, 결국 미클로시는 우리 외할머니 서롤터 슈바르츠와 재혼했다.

전에 느낀 것과 비슷한 혼란이 다시 찾아왔다. 외할머니가 살던 아파트 현관 우편함에 붙은 명패에 적힌 할머니 성은 러드노치였다.

"그런데 엄마는 왜 성이 로스가 아니었어?"

나는 손을 뻗어 집어 든 감자 껍질을 손가락에 돌돌 감았다.

"비쟈즈."

무심코 이렇게 말한 어머니는 내가 칼 근처에 가지 못하도록 신문지를 잡아당겼다. 어머니 이야기에 따르면, 할머니 할아버지가 결혼했을 때는 이미 나치당이 독일에서 권력을 장악한 다음이었고, 어머니가 태어나자 할아버지는 '혹시라도 이름에서 유대인인 것이 들통나는 일이 생기지 않도록' 러드노치라는 비유대인 이름으로 성을 바꿨다. 할아버지는 금요일 저녁마다 촛불을 밝혔다. 대제일이면 가족과 함께 도하니가에 있는 개혁분파 유대교 회당인 도하니 우처 템플롬에서 열리는 예배에 참석했지만, 집안이 특별히 종교적이지는 않았다. 부다페스트에 거주하는 유대인 대부분과 마찬가지로 할아버지 가족도 이미 헝가리에 동화된 상태였다. 유대인이기 전에 헝가리 사람이었다. 여기까지 설명한 어머니가 어깨를 으쓱했다.

"그런데 결국에는 우리가 헝가리에 얼마나 동화했는가는 중요하지 않았어, 그렇지? 어쨌든 우리를 살해했으니까."

살해?

그때 하필 아버지가 주방에 들어오는 통에 나는 어머니에게 물으려던 질문을 삼켜버렸다. 아버지가 이제 우리 이야기를 막겠거니 생각했지만 아니었다. 아버지도 의자에 앉아 어머니 이야기를 들었다. 우리 부녀는 어머니가 능숙한 솜씨로 감자 껍질을 벗기는 모습을 바라보며 어머니 이야기에 귀를 기울였다. 어머니는 짧게 깎은 손톱에 매니큐어도 바르지 않았고, 늘 설거지통에 손을 담그고 사느라 손가락 마디마디가 온통 붉고 거칠었다. 어머니가 왼손으로 감자를 돌리고 오른손으로 과도를 놀리면 투명한 감자 껍질이 끊어지지 않고 나선형으로 길게 이어져 바닥에 떨어졌다.

어머니는 부모님과 함께 키랄리가에 있는 4층 건물에서 살았다. 헝가리의 다른 건물들처럼 그 건물도 가운데에 중정이 있고 그 주변으로 복도를 따라 아파트들이 연결된 구조였다. 어머니 가족은 방 두 개짜리 아파트를 임대해 책과 은 식기, 양탄자, 그림들로 집을 가득 채웠다. 대부분이 여기저기 성에서 경매로 나온 것을 헐값에 사들인 것들이었다. 방문보다 두 배는 넓고 바닥에서 천장까지 닿는 베네치아 거울이 있었고, 그 좌우로 정교하게 조각한 천사 조각상들과 다마스크 천으로 싼 침대 겸용 의자가 놓여있었다. 어머니는 그 아름다운 가구가 정말 싫었다. 가구의 먼지를 털어내는 것이 어머니가 맡은 일이었는데, 그 정교한 조각과 의자의 소용돌이 장식을 광나게 닦으려면 몇 시간이 걸렸기 때문이다.

초등학교를 마친 어머니는 그 지역에서 성적이 가장 우수하고 집에서 가까운 스코틀랜드 선교학교에 입학했다. 총 400명 학생 중에 학교 기숙사에서 생활하는 고아가 많았다. 선생님들도 모두 친절했다. 어머니는 "그래도 개신교 학교였기에 유대인 학생들을 개종시키려고 선생님들이 무던히 노력했다"라고 단서를 붙였다.

그 말과 함께 자리에서 일어선 어머니가 감자 껍질을 마저 벗기기 전에 미리 물을 끓이려고 속이 깊은 솥에 물을 받아 가스레인지 위에 올렸다. 어머니는 아그네시와 에버라는 친구와 가장 친했고, 그 친구들이 찾아와 함께 저녁 식사를 하는 경우가 많았다. 일주일에 이틀은 방과 후 바이올린 교습을 받았다. 여섯 살 때 켜던 가장 작은 바이올린부터 시작해 점점 큰 것을 장만해 어머니가 소유한 바이올린만 총 4대였다. 모두 짙은 오렌지빛 나무로 만든 멋진 바이올린이었고, 어머니는 레몬유로 광을 내 닦으며 바이올린을 애지중지했다. 봄이면 온 가족이 머르기트시게트(마거릿섬)로 소풍을 나갔고, 여름이면 헝가리 남부에 있는 벌러톤 호수에서 여름 휴가를 즐겼다.

어머니는 헝가리어와 영어를 다채롭게 섞어가며 격동의 시대로 접어들던 유럽을 상세히 묘사했다. 나치당은 사람들을 공산주의에서 국수주의로 끌어들일 방법을 모색했다. 당수인 아돌프 히틀러는 '순수한' 유럽을 세우는 데 흑인과 공산주의자, 동성애자, 정신장애 및 신체장애가 있는 사람들이 적합하지 않다고 생각했다. 그래서 그들을 제거했다. 그중에 히틀러는 유대인을 누구보다 더 미워했고, 유대인을 제거할 특별한 계획을 세웠다.

어머니가 물이 끓고 있는 솥에 감자를 집어넣었다. 솥 밖으로 물이 튀는 것으로 보아 어머니가 필요 이상으로 세게 감자를 던져넣는 것 같은 느낌이 들었다. 수북이 쌓인 감자 껍질은 쓰레기통으로 들어갔다. 어머니는 발판을 우악스럽게 밟아 쓰레기통 뚜껑을 쾅 소리가 나게 열었다. 다른 사람이 그랬으면 어머니도 짜증을 냈을 것이다. 감자 껍질을 버린 어머니가 냉장고에서 달걀 한 판을 꺼냈다. 나는 어머니가 달걀도 깨트릴까 조마조마했다.

영국과 프랑스, 소련 등 적국이 유대인 수중에 있다고 믿은 히틀러는 대대적으로 반유대인 정책을 펼쳤고, 반유대인 정책은 이내 전 유럽으로 확산했다. 히틀러는 광범위한 실업과 기업 도산 등 대공황에 따른 모든 고통이 유대인의 책임이라고 대중을 설득했다. 그는 한 명도 빠짐없이 모든 유대인을 죽이겠다고 맹세했다. 히틀러의 군대는 유럽을 휩쓸며 수백만 명의 남자와 여자, 어린이를 가스실로 보내 죽였다.

"가스실이 뭐야?"

아버지를 쳐다보며 물었다. 무슨 대답이 나올지 왠지 무서웠다.

어머니가 공기를 가르는 날 선 목소리로 말을 이었다. 어머니 설명에 따르면 히틀러는 독일과 폴란드, 오스트리아 등에 강제 수용소를 세웠다. 그 끔찍한 생지옥으로 유대인을 열차마다 가득가득 실어 보냈다. SS 경비병이 사나운 개를 데리고 정거장에서 기다렸다가 기차에 실려 온 유대인을 '선별'했다. 여기서 어머니가 말을 끊었다.

나는 TV에서 본 미니시리즈의 장면을 떠올렸다.

"선별?"

어머니는 입을 꾹 다물고 아버지를 쳐다보며 고개를 저었다.

"그 이야기까지 해주기에는 네가 아직 어리구나."

어머니는 그 부분만큼은 절대 이야기하지 않으셨다. 1년이 지나 중학교를 졸업한 뒤에 나는 도서관에서 빌린 책을 통해 그 정거장에서 무슨 일이 있었는지 알게 되었다. 열차가 도착하면 나치 경비병들이 부모와 아이를 떼어놓고 보석, 신발, 입안의 금이빨과 머리카락까지 가진 것을 모두 빼앗은 다음 샤워실로 보냈다고 한다. 샤워기에서는 물 한 방울도 흘러나오지 않았다. 그 대신 치클론 B라는 독약 통에서 시안화수소 가스가 수증기처럼 뿌옇게 피어올랐다. 남자, 여자, 노인 할 것 없이 그 가스를 마신 거의 모든 사람이 숨이 막히는 극심한 고통 속에 죽어갔다. 어린이와 아기들까지. 그런 다음 나치는 시신들을 질질 끌고 나가 소각실에 집어넣고 태워버렸다. 아직 숨이 끊어지지 않은 사람까지.

"어쨌든 가스실에서 죽지 않은 사람은 다른 방법으로 살해되었지."

가스레인지 옆에 서 있던 어머니가 말했다.

나는 삶은 감자를 건져 물이 빠지도록 소쿠리에 담은 다음 달걀을 끓는 물에 능숙하게 투입하는 어머니의 뒷모습을 물끄러미 바라보았다. 잠시 뒤 내가 조르지도 않았는데 어머니가 말을 이었다. 어머니는 헝가리에서 살기가 하루하루 더 힘들어졌다고 했다. 어머니가 여덟 살 때 헝가리 대통령 미클로시 호르티가 독일을 따라 유대인 탄압법을 도입하기 시작했다. 당시 이미 유대인의 대학 입학 정원이 5% 미만으로 제한되어 있었는데, 탄압법 시행과 더불어 이제 유대인 대학생은 의사나 기술자, 영화배우, 신문사 편집인이 될 수 없었다. 호르티 대통령은 유대인은 투표할 수 없다고 공표했고, 곧이어 유대인과 비유대인의 결혼도 금지했다. 굳은 표정으로 가스레인지 불을 끈 어머니가 솥을 싱크대로 옮긴 후 찬물을 틀어 삶은 달걀 위로 쏟았다. 나는 자리에서 일어나 달걀 껍데기 까는 일을 거들었다. 그나마 손이라도 움직여서 할 일이 있는 게 다행이다 싶었다.

반유대주의는 시골까지 횡행했다. 도시보다 오히려 시골에서 더 맹위를 떨쳤다.

"우리는 해마다 친한 이모와 이모부, 사촌 형제 여섯 명이 사는 시골 마을에서 유월절을 보냈다. 내가 사촌 리이와 함께 길을 걸어가던 어느 날이었지. 할머니가 유월절에 맞춰 바느질한 원피스를 입고 길을 따라 걷고 있는데 아이들이 갑자기 우리를 향해 소리를 지르더구나. 뷔되시 지도크. 냄새나는 유대인이라고 말이다. 우리도 가만있지 않았다. '지도 버죠크. 넴 터거돔. 어미트 서로크 네케드 어돔.' 그 아이들에게 이렇게 소리를 지르곤 얼른 도망쳤단다."

나는 그 헝가리어를 알아들었다. "그래 맞아. 나 유대인이야. 내

똥이나 먹어라"라는 말이었다. 나는 존경의 눈길로 어머니를 올려보았다. 어머니가 그토록 용감했다는 것을 그때 처음 알았다.

어머니 얼굴에 얼핏 미소가 스쳤다. 하지만 어머니는 곧 얼굴에서 웃음기를 거두고 말이 없었다.

"그 뒤, 이모와 이모부, 사촌 형제들이 모두 죽임을 당했다. 외가 쪽 아홉 가족이 모두 죽었지. 살아남은 사람은 남자애 두 명, 러치와 페리뿐이었단다."

조리대 옆에 서 있다 몸을 돌리는 어머니 얼굴에서 슬픔이 묻어났다. 그 표정이 너무나 비통해서 차마 얼굴을 들여다볼 수 없던 나는 눈을 돌려 창문 위에 걸린 술 달린 금빛 커튼, 갈색과 금색으로 꽃문양이 새겨진 벽지, 나무로 만든 양념통 선반, 작은 조가비로 줄을 엮어 싱크대 위에 매단 화분 속에서 무성하게 자란 양치식물만 바라보았다. 어머니의 슬픈 눈만 아니라면 무엇이든 좋았다.

내가 껍데기를 깐 달걀 하나가 조리대에서 굴러 바닥으로 떨어졌다. 나는 허리를 숙여 떨어진 달걀을 집고 천천히 몸을 일으킨 다음 물에 꼼꼼히 헹궜다. 외할아버지와 어머니의 이복오빠는 어떻게 되었는지 궁금했지만, 대신 이렇게 물었다.

"엄마와 가장 친한 친구들은 어떻게 되었어?"

어머니는 고개를 저었다.

"살해당했지, 마찬가지로."

어머니는 칼로 감자를 얇게 썰어 네모난 오븐용 유리 팬에 가지런히 담은 뒤 그 위에 얇게 썬 달걀을 올렸다. 그리고 냉장고에서 사워크림 통과 기다란 헝가리 콜바스를 꺼냈다. 콜바스 소시지를 얇게 저며 달걀 위에 올리고 사워크림 한 덩이를 얹은 뒤 소금과 파프리카를 뿌렸다. 그런 다음 어머니는 다시 감자와 달걀 등을 차곡차곡 쌓았고, 유리 팬이 가득 찰 때까지 그 과정을 반복했다.

한참 동안 말없이 유리 팬을 채운 어머니가 다시 이야기를 시작했다. 어머니는 그리스도교를 믿는 친구들과 하나둘 멀어졌고, 부모님도 생계를 꾸리고 가족을 부양하기가 점점 더 어려워졌다고 설명했다. 버터와 양귀비 씨, 채소, 빵, 호두, 통조림 등이 늘 가득하던 식료품 저장실의 선반이 속절없이 비어갔다.

그래도 어머니와 가족들은 나치에 점령된 폴란드의 유대인이 겪은 고난이 헝가리는 비켜 갈 것으로 믿었다. 하지만 그때 그 일이 터졌다. 하보루.

1944년 3월 나치가 헝가리에 쳐들어왔다.

"독일군이 부다페스트로 몰려올 당시 내 나이 열세 살이었다. 딱 지금 네 나이구나. 우리는 커튼 뒤에 숨어서 독일군이 줄지어 거리를 행진하는 광경을 지켜봤다. 빨간색 바탕의 하얀 원 안에 검은색 갈고리 십자가 문양이 새겨진 깃발과 탱크들도 몰려왔지. 그때 부모님은 무슨 일이 벌어질지 알았지만 나는 몰랐단다. 짐작하건대 우리 부모님이 내 정신적 고통을 덜어주려고 그런 것 같다."

그래, 그곳에서 어머니가 정신적 고통을 받았구나.

"얼마 지나지 않아 학교가 휴강을 하고, 유대인 아이들은 너무 위험해서 학교에 다닐 수도 없었다. 상점들도 문을 닫고, 통금이 실시되었지. 건물마다 나치 깃발이 나부끼고, 나치군의 오토바이들이 굉음을 내며 거리를 내달렸다. 그러던 어느 날 나는 일거리를 찾아 부모님을 돕기로 마음을 먹었단다. 집 옆에 있는 미장원에 가서 바닥쓰는 일을 하겠다고 제안했지. 한 시간쯤 지나자 젊은 여자 미용사가 내 '친구'가 되기로 했다고 하더라. 그러더니 산책이나 하자며 내 팔을 끌고 거리를 한참 가로질러 시내 낯선 곳으로 데려갔지. 그렇게 한 공원에 도착하니 그곳에 그 미용사의 남자친구인 나치 군인이 일렬로 늘어선 탱크 앞에 동료 군인들과 함께 서 있더구나. 미용사가 웃으면서 나를 군인들 앞으로 밀쳤다. 그러자 군인 한 명이 몸을 숙이더니 두 갈래로 길게 땋은 내 머리를 만지며 자기 막내 여동생을 닮았다고 하더구나. 그리고는 밖에 나오면 위험하니 집에 가만히 있으라고 말하더라. 나는 그길로 집까지 뛰었다. 그 후로는 아파트 안에서만 지냈고."

어머니는 잠깐 생각에 잠기더니 벽에 걸린 시계를 올려다보았다.

"관련해서. 너 지금까지 일 분도 연습 안 했고, 저녁 준비하려면 아직 한 시간이나 있어야 해."

그러면서 이마를 찌푸렸다.

"피아노 교습이 공짜인 줄 아니? 돈을 아무리 쏟아부어도 자칫하면 전부 허사야."

그때 아버지가 자리에서 일어나 주방을 나갔다. 거실에서 TV를 켜는 소리가 들리고, 어머니는 라코트 크룸플리를 오븐에 넣었다.

나는 지하실 놀이방으로 내려가 하얀 피아노 앞에 앉았다. 그 당시 새로 받은 악보가 있었다. 유명한 헝가리 음악가 벨러 버르토크가 작곡한 '조국의 밤'이란 곡이었다. 나는 그 곡부터 피아노를 치기 시작했고, 위층에 있는 부모님에게도 들리도록 그 곡만 계속 연습했다. 부모님이 원하는 대로 클래식 피아노 연주자가 되어 두 분을 기쁘게 해드리고 싶었다. 하지만 악보의 음표들은 눈앞에서 어른어른 몰려다녔고, 내 두 눈에는 탱크와 갈고리 십자가 문양, 사나운 개들만 보였다.

그날 저녁에 아버지는 라코트 크룸플리를 큰 그릇에 담아 꿀꺽꿀꺽 삼켰다. 그것도 두 그릇이나 삼킨 다음 맛있다고 어머니를 칭찬했다.

◆◆◆◆◆◆◆

주방에서 어머니에게 그 이야기를 들은 이후 일 년이 지났다. 그동안 나는 더 많이 알고 싶었다. 나치군이 헝가리를 침략한 뒤 무슨 일이 벌어졌는지 알고 싶었다. 여름이 왔고, 우리는 별장으로 갔다. 나는 이제 고등학생이 되니 그 모든 일을 알아야 할 때가 되었다며 어머니를 설득했다. 어머니는 요리와 빨래 등으로 긴 하루를 끝낸 뒤, 소파에 앉아 탁자에 발을 올린 채 반쯤 완성된 자수를 놓고 있었다. 나는 술이 달린 깔개에 엎드려 부다페스트에 진입한 나치군 이야기를 해달라고 어머니를 졸랐다.

"나치가 엄마의 청춘을 훔쳤다."

어머니가 자수 문양을 따라 바늘을 넣고 빼내며 대답했다. 식당 의자에 씌울 덮개 여섯 장 중 세 장째였다. 문양이 워낙 복잡해서 완성하려면 아주 오랫동안 공을 들여야 했다.

어머니는 학교에 다니며 즐거운 시절을 보냈어야 했다며 아쉬워했다. 어머니 가족은 매일매일 두려움 속에서 살았다. 누가 매를 맞을지, 누가 한밤중에 집에서 끌려갈지, 누가 총에 맞을지, 누가 갑자기 사라질지 알 수 없었다. 개인택시를 몰던 외할아버지는 나치군이 택시를 몰수하는 바람에 돈을 벌 수 없었다. 어머니가 공포에 휩싸

130

여 지내는 동안 외할머니와 외할아버지는 정상적인 삶을 꾸리기 위해 최선을 다했지만, 악몽과 굶주림, 끊임없는 두려움에는 정상적인 것이 하나도 없었다.

나는 내 자수천을 끌어당겼다. "거울아, 벽에 걸린 거울아"라는 문구 아래 꽃에 둘러싸인 거울이 있는 중간 수준의 문양이었다. 자수 포장에 비친 얼굴을 들여다보던 나는 정말 두렵다는 게 어떤 느낌일지 궁금했다. 잔교 나무 틈에 사는 거미나 영화에서 괴물을 볼 때 혹은 피아노 선생님을 대할 때 겁나는 느낌은 아닐 것 같았다. 피아노 연주 전에 손이 축축이 젖는 불안이나 스키를 타고 가파른 경사면을 내려가기 전의 두근거림도 아닐 것 같았다. 교실에서 친구들 앞에 서서 발표를 해야 할 때 느끼는 당혹감도 아닐 것 같았다. 죽음의 공포. 나는 그것이 어떤 느낌일지 상상할 수 없었다.

어머니는 독일군이 부다페스트 시내의 네 블록을 철조망으로 차단하고 그 안에 유대인들을 가둔 뒤 헝가리 군인들을 시켜 철조망 주변을 감시했다고 설명했다. 어머니 집은 그곳에서 몇 블록 떨어져 있었다. 7월 어느 날이었다. 어머니가 살던 키랄리가의 아파트 건물 중정에 군인들이 몰려오더니 유대인 남자는 모두 당장 내려오라고 고함쳤다. 어머니, 아내, 딸, 누이 등 모든 여자가 발코니로 몰려왔고, 남자들은 아파트 계단을 줄줄이 내려갔다. 되는대로 허둥지둥 소지품을 챙겨 나온 사람들도 있었고, 기도서를 들고나온 사람도 몇 명 보였고, 사진 액자를 든 사람도 있었다. 한 남자는 군인들이 모두 나오라고 고함칠 때 놀라서 내려놓는 걸 깜빡한 듯 나무 숟가락을 손에 꼭 쥔 채 어쩔 줄 몰라 했다. 군인들이 남자들을 선별하기 시작했다. 노인은 한쪽으로 제치고, 일을 할 수 있을 만한 남자만 모아 줄을 세웠다.

"부탁입니다. 아내와 아이들이 있습니다."

외할아버지 미클로시도 다른 남자들처럼 사정했다. 하지만 군인들은 할아버지의 간청을 무시했고, 다른 남자들이 서 있는 줄 쪽으로 매정하고 거칠게 밀쳤다. 선별된 남자들은 모두 군인들에게 떠밀려, 중정 입구에서 시동을 켠 채 대기 중이던 트럭에 올라탔다. 외할아버지 미클로시를 비롯한 남자들은 빠르게 달리는 트럭 적재함에 실려 강제 노동수용소로 끌려가며 남은 가족들의 얼굴을 보려는 듯 목을 길게 빼고 뒤를 돌아봤다. 어머니는 트럭이 부르릉거리며 떠난 뒤에도 외할머니와 함께 오랫동안 발코니 난간을 붙들고 서 있었다고 이야기했다. 그 자리에 얼어붙었나 보다. 나는 이렇게 생각했다. 얼어붙었던 상태가 끝난 후 얼마나 고통스러웠을지는 상상조차 되지 않았다.

"그 뒤로는 아버지 소식을 전혀 듣지 못했다. 그해 여름은 시간이 정말 천천히 가더구나. 네 외할머니와 나만 남아서 무섭기는 하고. 그러던 1944년 10월 헝가리 화살십자당이 정권을 장악했다."

어머니는 자수바늘을 내려놓더니 양손을 무릎에 대고 앞뒤로 문질렀다. 어머니의 습관이었다. 한시도 손을 가만두지 못했다.

"내 생각에는 그들이 나치보다 더 악랄하게 우리를 괴롭혔다. 자신들도 나치만큼 강인하다는 것을 보여줄 심산이었지. 그들은 우리를 괴롭히며 아주 즐거워했단다."

화살십자당은 며칠 만에 다뉴브강둑에서 부다페스트의 유대인 수천 명을 살해했다. 어머니가 그 현장을 목격했다. 군인들이 어머니의 10대 사촌, 바이올린 선생님, 다른 집 아버지들과 어머니들, 아이들을 강둑 끝에 일렬로 세운 뒤 총을 쐈다. 다뉴브강은 하류로 떠밀려가는 시체로 가득했다고 한다. 나는 시체들이 솥 안의 달걀처럼 강에서 까딱거리는 모습이 머릿속에 떠올랐다.

어머니는 군인들이 유대인을 세 명씩 묶고 가운데에 있는 사람에게만 총을 쏜 다음 소용돌이치는 강으로 떠밀어 세 명 모두 익사하게 했다는 소문도 들었다.

"11월 어느 날이었지….."

어머니가 잠시 말을 끊고 창문 밖을 내다보았다.

"군인들이 우리 어머니를 잡으러 왔다. 경비병들이 오더니 스물한 살이 넘은 여자는 모두 중정에 모이라고 소리치더구나. 예전과 똑같았다. 트럭이 여자들을 태우고 떠났다. 어디로 데려가는지 알 수 없었지."

어머니가 말을 멈췄고, 나는 침묵이 서서히 내 가슴을 압박해 공기를 쥐어짜는 느낌이 들었다. 엄마가 잡혀가면 나는 어떤 기분일까? 가슴이 서늘해졌다. 방충망을 뚫고 살며시 들어오는 밤바람이 눅눅하고 따뜻했지만 나는 춥게만 느껴졌다. 엄마는 내게 있어 안전하고 따뜻한 방, 푹신한 침대에 놓인 깃털 베개이자 부드러운 이불, 창으로 쏟아져 들어오는 여름 햇볕, 뜨거운 오븐에서 풍기는 맛있는 냄새, 마음을 달래주는 목소리였다. 엄마가 없는 삶은 춥고 황량할 것 같았다. 어두컴컴하고 텅 빈 방처럼. 엄마가 잡혀가면 어떤 느낌일까? 상상도 할 수 없었다.

어머니는 외할머니와 여자들이 아우슈비츠까지 이어진 철길을 따라 정거장이 마련된 벽돌공장에 도착했을 때 트럭에서 내렸다는 사실을 나중에서야 알게 되었다. 여자들은 모두 열차를 타고 가스

133

실로 향할 운명이었다.

"나만 혼자 남은 것은 그때가 평생 처음이었다."

어머니가 밖으로 시선을 돌렸다. 호수를 미끄러지는 카누의 실루엣이 저녁 어스름에 비쳤다. 낮게 드리운 태양은 물속으로 잠기기 싫다는 듯 마지막 햇빛으로 호수를 빨갛게 물들였다.

"거의 일주일간 혼자 아파트에 있었지. 혼자서 뭘 해야 할지 모르겠더라. 먹을거리도 점점 줄어들어 부스러기만 남고, 잠을 자는 것도 무서워 밤새 깨어 있으려고 애를 썼다. 그때까지 혼자 지낸 적이 없었다. 네 외할머니가 나를 한시도 눈밖에 두지 않았거든. 애지중지하며 보호했지. 요즘 아이들처럼 영악하지도 못했어. 아직도 인형 놀이를 할 때였는데, 처음으로 자신을 스스로 돌보게 된 거지."

어머니는 무릎으로 다시 시선을 돌리고 몇 땀 더 수를 놓았다. 나도 어머니를 따라 수를 놓았다.

어머니는 며칠 뒤 군인들이 돌아와 나머지 가족들, 그러니까 아이들과 노인들을 데려갔다고 이야기했다.

"소지품 챙길 시간을 10분 주더구나."

어머니는 베개와 담요 그리고 식료품 저장실에 유일하게 남아 있던 음식을 챙겼다. 외할머니가 저장해 둔 거위 지방 한 병이었다. 군인들은 어머니와 다른 사람들을 트럭에 태워 게토로 데려갔고, 낯선 사람들로 가득한 아파트에 어머니를 배정했다. 배정받은 아파트에 가자 경비병이 어머니에게 절대 어린 애들이 떠들지 못하게 하라고 명령했다.

며칠 사이 독일군이 온 나라를 뒤져 수많은 유대인 가족을 끌어와 게토에 밀어 넣었다. 부다페스트의 오래된 유대인 지구에 설치된 게토는 서너 블록 크기였고, 어머니가 다니던 도하니가 회당을 비롯해 다른 건물들의 돌담과 경계를 지어 울타리를 높이 둘렀다.

감금된 유대인 사이에 전염병이 급속히 퍼졌고, 모두 먹을 걸 구걸하며 초겨울 서리에 몸이 꽁꽁 얼었다.

어머니 말에 따르면, '박멸'이 시작될 당시 헝가리에 사는 유대인이 80만 명이 넘었다.

"박멸. 그 사람들은 그렇게 불렀다. 쥐에게 하듯이 말이다. 유대인 쥐들을 박멸할 장소는 폴란드였다. 독일군은 유대인 쥐들을 폴란드에 있는 수용소로 강제 추방했다. 아우슈비츠로."

독일군은 아우슈비츠 집단 학살수용소에서 겨우 8주 만에 50만 명이 넘는 헝가리 유대인을 살해했다.

나는 어머니에게 가스실과 샤워실에 관해 이미 알고 있다고 고백했다.

"엄마, 아우슈비츠에서 무슨 일이 있었는지 나도 알아. 배서스트가 도서관에서 책을 빌려봤거든."

어머니의 표정을 읽을 수가 없었다. 놀랐나? 화났나? 하지만 나는 비밀을 털어놓아 홀가분했다. 그동안 책에서 본 끔찍한 사진들이 떠올라 밤마다 잠을 이루지 못했지만, 부모님에게는 그런 사실을 감추고 있었다. 나는 내친김에 용기를 내어 외할머니에게 무슨 일이 있었는지 물었다.

어머니는 외할머니가 벽돌공장에 갇힌 지 며칠 뒤에 인간 화물을 싣고 갈 다음 기차가 도착했다고 대답했다. 군인들이 다른 여자들과 함께 할머니를 열차에 밀어 넣었다. 부다페스트를 벗어나 몇 시간을 달린 기차가 거의 폴란드에 도착할 무렵 기관사에게 명령이 떨어졌다. 아우슈비츠는 정원이 꽉 차서 더는 수감자들을 '처리'할 수 없으니 열차를 돌려 부다페스트로 돌아가라는 명령이었다. 열차는 덜컹덜컹 후진했고, 당황하고 놀란 여자들은 또다시 벽돌공장에서 하차했다.

"할머니는 죽다 살았다. 지옥으로 가는 터널에서 돌아왔지. 운명인지 행운인지 신의 가호 덕분인지는 모르겠지만 열차가 되돌아왔으니까."

어머니는 이렇게 말했다. 어머니와 나는 방문이 닫힌 할머니의 침실을 돌아봤다. 할머니는 침대에서 책을 읽는 중이었다. 할머니의 콧노래 소리가 들렸다. 어머니는 눈물을 흘리지 않았지만, 나는 어머니가 나중에 혼자 있을 때 울지 않을까 하는 생각이 들었다.

"아파트로 돌아온 네 외할머니가 내가 게토로 끌려갔다는 소식을 건물 관리인에게 들었다. 그리고 어찌어찌해서 나를 찾아냈다. 이미 죽은 것으로 여기고 있던 어머니가 갑자기 내 앞에 나타나 달려오는 거야. 내 이름을 소리쳐 부르면서 말이다! 나는 안도의 울음이 터져 나오고 몸이 너무 떨려서 어머니에게 뛰어가지도 못했다. 그 뒤로 우리는 한시도 떨어지지 않았단다. 춥고 배고프고 고통스러웠지만 그래도 최소한 함께 있다는 것으로 견뎠다. 그렇게 게토에서 3개월을 견디자 또 하나의 기적이 일어났단다. 아버지가 나타났지… 강제 노동수용소를 탈출한 거야!"

수용소를 탈출한 할아버지가 가족을 다시 만나기 위해 게토로 몰래 들어왔구나. 이런 생각이 들자, 단 한 번도 본 적이 없는 외할아버지가 갑자기 사랑스러워졌다.

어머니는 할아버지가 어떻게 수용소를 탈출했는지 모른다고 했다. 하지만 더 놀라운 것은 할아버지가 어디서 구했는지는 몰라도 양파 수프 가루 한 상자를 들고 게토로 들어왔다는 사실이었다. 봉지를 뜯자 상한 냄새가 나고 구더기가 득실거리는 것으로 보아 아주 오래된 것이 분명했다고 한다. 그래도 외할머니는 솥에 물과 거위 지방을 넣고 수프를 끓였다. 물이 끓자 수프 속에 든 구더기들의 배가 불룩해졌다.

"먹었지. 감사하게 먹었지. 어쩌겠니? 먹을 게 아무것도 없는데."

겨울이 되자 살을 에는 듯한 바람이 매섭게 몰아쳤고, 사람들은 가구를 부숴 난로에 불을 지폈다. 나무 상자와 책은 물론, 작은 열기라도 일으킬 만한 것은 모두 땔감으로 사용했다. 하지만 먹을 것은 아무것도 없었다. 경비병들은 음식이나 또 다른 '밀수품'이 게토로 들어오지 못하게 감시했고, 사람들을 밖으로 내보내지도 않았다.

"어떻게 살아남았어?"

잠시 거친 웃음을 터트린 어머니는 사람들이 옷 안감 속에 숨겨 두었던 돈이나 보석을 꺼내 화살십자당 경비병이 먹다 남긴 음식과 바꿔왔다고 대답했다. 그런 거래로 쉽게 부자가 된 헝가리 군인이 많았다.

"그렇게 해서 밖으로 나온 거야?"

"나는 울타리 근처에도 가지 않았다. 하지만 우리는 가끔 게토 안의 거리를 돌아다녔지."

거리마다 시체가 나뒹굴고 똥이 가득해서 외할머니는 걷는 것을 싫어했다. 하지만 그것도 이내 익숙해졌다. 비명도 마찬가지였다. 아기들이 병들고 굶주려 죽었는데, 어머니는 여자의 비명이 들리면 또 한 아기가 죽은 것이라고 설명했다.

나는 온몸이 긴장되고 머리가 멍했다. 감출 수가 없었다. 어머니가 그 즉시 후회하는 표정을 지었다.

　"아가, 미안하다. 악몽이나 안 꾸면 좋겠구나."

　"나도 충분히 이해할 나이가 됐어. 계속해."

　어머니의 이야기를 계속 듣고 싶었다. 어머니가 다시 이렇게 터놓고 이야기할 기회가 언제 또 올지 알 수 없기 때문이었다. 하지만 어머니는 말없이 자수바늘을 놀렸다. 나도 수를 놓았다. 어머니는 소파에서, 나는 깔개 위에서 함께 그림 자수를 놓았다.

　봄이 오자 소련군도 왔다. 나치는 아돌프 아이히만을 주축으로 최후의 일격을 준비했다. 살아남은 유대인을 모두 학살할 계획을 세운 것이다. 어머니는 경비병들이 게토를 빙 둘러가며 지뢰를 매설하는 것을 목격했다. 어머니는 "안에 있는 우리를 포함해 게토를 몽땅 날려버릴 작정이었지. 하지만 소련군이 예상보다 빠르게 진격한 탓에 나치군은 지뢰를 터트리지도 못하고 부다페스트에서 달아났다"라고 이야기했다.

　사실 유대인 수만 명의 목숨을 구한 사람은 스웨덴 외교관인 라울 발렌베리였다. 우리 어머니와 외할머니도 죽게 될 대량 학살을 막은 사람이 바로 발렌베리였다. 발렌베리는 게토를 책임진 나치 장교에게 맞섰다. 당장 떠나지 않으면 전쟁이 끝난 후 자신이 나서서 반인륜 범죄를 물어 교수대에 세우겠다고 위협했다. 결국 그 장교와 부하들은 달아났다.

　그전에도 발렌베리는 유대인을 비공식적인 '스웨덴의 외교적 보호' 하에 두는 대담한 방법으로 여러 명의 목숨을 구했다. 평소에 뇌물을 주며 잘 구슬린 덕분에 나치 군인들과 친했던 발렌베리는 공식적인 문서처럼 보이는 위조 서류를 만들었다. 스웨덴 정부의 허락 없이는 해당 여권 소지자를 죽음의 수용소로 추방할 수 없음을 명시한 슈츠파스Schutzpass(보호여권)였다. 그리고 그 슈츠파스를 유대인에게 무조건 배포해 달리 살아날 방도가 없는 유대인 2만여 명의 목숨을 구했다.

어머니는 소련군이 지뢰와 울타리를 제거해 유대인들을 풀어주었다고 회상했다. 어머니 가족은 키랄리가의 아파트로 돌아갔다. 유대인 집을 차지하고 살던 나치 군인들은 모두 달아나고 없었다. 키랄리가의 아파트도 마찬가지였다. 독일군이 사라지자 아파트는 텅 비었고, 도둑이 아파트를 뒤져 어머니의 바이올린들을 비롯해 들고 갈 수 있는 것은 모두 훔쳐 간 다음이었다. 멋진 가구와 도자기, 은 식기는 모두 이웃집에 진열되어 있을 것이 분명했다.

"세간살이를 모두 도둑맞은 것보다 더 힘든 게 먹을 것이 하나도 없었다는 것이다. 그런데 어느 날 사촌 러치가 우리 집에 나타났다. 작은 빵 덩어리와 베이컨이 조금 든 갈색 종이봉투를 들고서 말이다! 어디서 구했는지는 모르지만, 러치가 기적을 일으킨 것이지. 그것을 최대한 아끼고 아껴 먹었지만, 그마저도 바닥이 나자 다시 굶을 수밖에 없었다. 과일도 나무에 열리기가 무섭게 채 익기도 전에 사라지는 판이었으니. 네 외할머니는 일이 없었다. 그런 상황에서 누가 재봉사를 찾겠니? 어림도 없지. 그렇게 우리는 남들이 하는 것처럼 하루하루를 보냈다. 혹시 누가 먹다가 떨어뜨린 음식은 없는지, 길거리를 헤맸단다. 먹을 수만 있다면 그게 뭐든 상관이 없었다. 그리고 세상을 뜬 친척이나 친구들의 이름을 모두 적었다."

어머니가 고개를 저었다.

"스코틀랜드 선교학교에서 내가 좋아하던 여자 선교사 한 분이 유대인을 숨겨준 죄로 체포되어 아우슈비츠로 보내졌다는 이야기를 들었을 때는 엉엉 울었단다. 그분은 유대인 아이들을 돕는 데 목숨을 바친 것이지."

"할아버지는?"

"네 외할아버지는 그 뒤로 오래 살지 못하셨다. 너도 알다시피 무척이나 다정하고 유능한 남자였는데."

사실 나는 몰랐다. 어머니가 한 번도 외할아버지 이야기를 하지 않았으니까.

"수용소에서 매를 맞더니 힘이 다 빠진 딴사람이 되어 돌아오셨어. 나치에게 강제 노동수용소로 끌려가기 전에도 언젠가 젊은 애들 한 패거리가 길거리에서 네 할아버지를 세우더니 할머니와 내가 보는 앞에서 마구 때리더구나. 강제 노동수용소에서는 더 심하게 매를 맞았고, 워낙 심하게 맞은 탓에 간을 다쳤지 뭐냐."

결국 할아버지는 내출혈로 사망했다.

나는 방문이 닫힌 할머니의 침실을 돌아보았다. 아침에 할머니는 하얀색과 파란색 페이즐리 문양이 새겨진 원피스를 입고 발코니에 서 있었다. 약간 곱슬한 하얀 머리, 파란 눈과 완벽하게 어울리는 차림새였다. 그 모습을 보자 젊었을 때 분명히 아주 고왔을 거라는 생각이 다시 들었다. 할머니는 남편 미클로시가 죽은 뒤 재혼하지 않았다.

"네 외할머니는 너무 많은 걸 잃어서 어떻게 다시 시작할지 막막해하셨다."

할머니는 10남매 중 막내였는데, 모두 죽고 '유일한 생존자'가 되었다. 독일군이 할머니의 가족을 모두 '박멸'한 것이다. 할머니의 부모님인 율리어와 이슈러엘, 형제자매, 형제자매의 아내와 남편 그리고 단 두 명을 제외한 아이들 모두를 죽였다. 할머니의 여섯 살짜리 사촌 동생 오토까지.

"그 어린 오토가 무슨 죽을 짓을 했겠니?"

어머니는 시간을 거슬러 올라간 것 같았다.

"그 아이가 무슨 죄가 있겠어? 독일군은 오토를 폴란드로 데려가 가스실에서 죽인 다음 소각실로 보냈다."

어머니는 입술을 꽉 다물고 고개를 가로저었다.

"그만하자."

어머니는 기억의 무게에 눌린 듯 무겁게 몸을 일으켰다.

"내가 너무 말이 많구나."

나는 천천히 자수천을 집어 반으로 접은 뒤 침실 바구니에 넣었다. 어머니가 콩을 모두 식탁 위에 쏟고 버블레베시 수프로 끓일 콩을 고르듯, 내 머릿속에 자세히 살펴야 할 정보가 너무 많았기 때문이다. 어머니가 갈색 콩, 줄무늬 콩, 썩은 콩을 따로따로 분류하듯.

◆◆◆◆◆◆◆

그날 어머니에게 들은 이야기는 내가 지나간 기억을 되살리고 전에 들었던 말을 다시 반추해 뜻밖의 깨달음을 얻는 기폭제가 되었다. 그 작은 정보 조각들이 서서히 모여 헝가리에서의 부모님의 삶을 담은 암갈색 사진으로 합쳐졌다.

별장을 짓고 얼마 지나지 않았을 때였다. 어머니가 파란색 테리

직물 수건 두 장을 박음질하고 빨간색 가두리장식으로 솔기를 가려 비치가운을 만들었다. 나는 그 가지런하고 총총한 바늘땀이 놀라워 할머니에게 손바느질을 배웠는지 물었다. 어머니는 몇 시간씩 옷에 헝겊 조각을 기우며 할머니께 바느질을 배웠다고 대답했다. 당시 나는 어머니가 말한 헝겊 조각이 오빠 청바지의 무릎 부분이 헤졌을 때 덧대던 그런 것으로 짐작했다. 그것이 홀로코스트 동안 모든 유대인이 가슴에 달고 다녀야 했던 노란색 다윗의 별이란 것을 나중에야 알았다.

한번은 차를 타고 가며 이렇게 물은 적이 있었다.

"엄마, 헝가리 사람들을 왜 미워해? 우리도 헝가리 사람인데."

그때 어머니의 대답이 나를 혼란스럽게 만들었다.

"그 사람들이 나치보다 더 나빴으니까."

또 한번은 어머니가 저녁으로 켈카포스터 푀젤레크를 만든 적이 있었다. 헝가리 농부들이 즐겨 먹던 전통 음식으로 사보이 양배추와 감자, 베이컨을 넣고 끓인, 그릇에 담으면 토사물처럼 보이는 스튜 요리였다. 어머니가 접시를 내 앞에 쿵 내려놓았다. 한 숟가락 떠먹으니 구역질이 나서 손으로 입을 틀어막았다.

"토할 것 같아."

나는 입을 틀어막고 욕실로 달려갔다.

"너무 호들갑 떨지 마라."

어머니가 내 뒤에 대고 소리쳤다.

"벌레 안 먹는 것만으로도 고마워해야지."

그 말이 무슨 뜻인지 이제야 깨달았다. 양파 수프에 든 구더기라는 것을.

우리는 매년 별장으로 헝가리 친구들을 초대해 돼지구이 지버니를 대접했다. 지버니는 커다란 돼지고기 덩어리를 무거운 쇠꼬챙이에 꿰어 굽는 전통적인 헝가리 잔치 음식이다. 파프리카 가루와 각종 양념에 버무린 돼지고기 덩어리를 두툼하게 자른 양파, 피망과 차례차례 꼬챙이에 꿴 후, 1.2m나 되는 꼬치에 얇게 자른 감자를 산더미처럼 쌓아 엄청나게 큰 은박지로 감싸 굽는 음식이다.

　아침부터 음식 준비로 분주했다. 특별히 만든 쇠틀을 화덕 위에 올리고, 아버지와 오빠, 손님들이 교대로 손잡이를 돌리며, 불 위에서 계속 고기를 구웠다. 그렇게 석탄 화덕 위에서 온종일 구우면 저녁에 먹을 지버니가 완성되었다. 은박지를 벗겨 육즙이 줄줄 흐르는 고기와 감자, 채소를 먹은 뒤 은박지에 가득 고인 진한 육즙을 한 방울도 남김없이 빵으로 찍어 먹었다.

　"유대인은 돼지고기를 먹으면 안 된다고 로즈메리가 그러던데, 우리는 왜 돼지고기를 먹어?"

　이렇게 어머니에게 물은 적이 있다. 어머니는 이렇게 대답했다.

　"하느님은 우리가 돼지고기를 먹든지 말든지 신경 쓰지 않으실 게다. 혹시 있다면 말이다."

　당시 나는 어머니가 "혹시 돼지고기가 있다면"이라고 말한 것으로 알아들었으나, 그것이 "혹시 신이 있다면"이라는 뜻이었다는 것을 나중에야 깨달았다.

　회당에 다니고 속죄일에 금식도 하면서 불경스럽게 돼지고기를 먹는 것이 이상했다. 오빠는 열한 살에 할례를 받고, 2년 뒤 바르 미츠바 성인식도 치렀지만, 나는 히브리 학교도 다니지 않았다. 어머니는 하누카 히브리력 아홉 번째 달인 키슬레브(25일부터 8일간 이어지는 유대교 명절_옮긴이) 명절이면 구지 촛대에 촛불을 밝히고 축복송을 불렀지만, 어머니가 부르는 가사는 양초 상자에 인쇄된 가사와 달랐다. 어머니의 그런 모순된 모습에 당황한 적도 많았지만, 나는 살얼음판을 걷는 심정이었기에 그 진짜 이유를 캐묻지 못했다.

그리고 어머니는 중얼거리듯 게토를 언급하곤 했다. "게토보다 더 추워!", "게토보다 더 북적거려!", "게토에서 이런 걸 먹으려면 얼마나 줘야 하는데!" 식이었다. 내가 들을 수 없거나 들어도 무슨 뜻인지 모를 것이라고 생각하신 거였다.

나중에 책에서 알게 된 내용이지만, 게토에서 풀려났어도 유대인의 삶은 그리 나아지지 않았다. 부다페스트에서 나치는 물러났지만, 뒤이어 부다페스트를 장악한 소련군도 유대인을 끔찍이 미워한 사람이 많았다.

"게토를 나올 때, 순찰 근무 중이던 소련군 하나가 '더러운 유대인들, 나치가 일을 제대로 안 했어'라고 소리치더구나."

TV에서 방영된 *지붕 위의 바이올린*을 본 직후 어머니가 이렇게 이야기했다. 당시 아버지는 주연배우 토폴이 '전통'을 노래하던 장면이 인상에 남았는지 어깨를 잔뜩 올리고 양팔을 활짝 벌린 채 주방을 활보하곤 했다.

어머니 말에 따르면, 일부 소련군 특히 우크라이나 출신의 소련군은 독일군 못지않게 비열했다. 키랄리가의 아파트에 돌아온 후 등화관제 훈련이 있던 날이었다고 한다. 어머니가 외할머니 그리고 다른 아주머니 한 명과 함께 부엌에서 상자 위에 앉아 초 한 개를 켜고 불을 쬐고 있는데, 중정에서 소란스러운 소리가 들렸다. 술에 잔뜩 취한 소련군이 매일 밤 11시까지 열려있던 육중한 나무 문을 지나 아파트 중정으로 들어와 떠드는 소리였다. 어머니 말로는, 소련군이 젊은 여자를 잡아가는 일이 많았고, 전쟁이 끝난 후 공개된 붉은 군대 사령부 문서를 통해 여자 수천 명이 납치되어 강간을 당했다는 소문이 사실로 밝혀졌다. 아파트 중정으로 들어온 소련군은 "바리시냐!"라고 고함을 질러댔다. "아가씨!"라는 러시아말이었다. 그가 아래층 아파트 문을 쾅쾅 두들기고는 어디에 바리시냐가 있는지 말하라고 소리쳤다. 이웃들이 손가락으로 위층을 가리켰다. 나는 어머니가 내 나이 때 찍은 사진이 생각났다. 길게 땋은 적갈색 머리, 큼지막한 파란색 눈, 백옥같은 피부, 부드러운 미소. 눈에 띄게 아름다운 소녀였다.

어머니는 그 소련군이 커다란 군홧발로 문을 걷어차 경첩을 부수는 순간 임시 식탁으로 쓰던 상자에서 뛰어내렸다고 이야기했다. 어머니는 외할머니가 한때 과일과 케이크, 빵 등을 보관했으나 당시에는 텅 비고 어두컴컴한 식료품 저장실로 달려가, 문 뒤에 바짝 몸을 숨겼다. 소련군은 군홧발을 쿵쾅거리며 여기저기를 휘저었다. 얼마나 술을 마셨는지 식료품 저장실에 머리를 디밀고 숨을 내쉴 때 술 냄새가 진동했다.

"비틀거리며 들어오더니 총 끝에 달린 날카로운 칼, 그걸 뭐라고 하지?"

"총검?"

"그래, 총검. 식료품 저장실에 들어온 소련군이 이리저리 허공에 대고 총검을 찔러댔다. 나는 문 뒤에 숨어 있었지."

어머니가 문에 난 좁은 틈으로 내다보니 침 뱉으면 닿을 거리에서 그 소련군이 다리를 쫙 벌리고 서서 총검을 휘두르며 웃는 모습이 촛불에 비쳤다. 소련군에게 들키겠다고 생각한 어머니는 바닥에 납작 엎드려 소련군 다리 사이로 몰래 기어 나왔다. 하지만 소련군 뒤에서 몰래 일어설 때 어머니의 딱딱한 신발 뒷굽이 바닥에 닿는 소리가 소련군 귀에 들린 게 분명했다. 소련군이 돌아서더니 어머니를 붙잡으려 했다. 어머니는 사력을 다해 달려 뒷문으로 빠져나가 뒤쪽 계단을 내려가 중정으로 도망쳤다. 앞에는 거리로 나가는 육중한 나무 문이 있었고, 옆으로는 소련군이 올라온 중앙 계단이 있었다. 어디로 달아날지 결정해야만 했다. 어머니는 계단을 선택했다.

그 사이 외할머니는 발코니로 달려 나가 소리쳤다.

"사람 살려! 사람 살려! 소련군이 우리 딸 베러를 잡아가네!"

그러자 아파트 관리인과 이웃들이 모두 아파트 발코니로 나와 중정을 내다보았다. 계단을 뛰어 2층으로 올라간 어머니는 문이 열린 첫 번째 집에 들어가 곧바로 제일 먼저 눈에 띈 침대 밑으로 기어들어 갔다. 술 취한 소련군은 어머니가 길거리로 달아난 줄 알고 비틀비틀 중정을 가로질러 밖으로 쫓아갔다. 그가 문을 지나 밖으로 나가자마자 관리인이 육중한 쇠기둥을 걸어 나무 문을 잠갔다. 소련군은 아파트로 다시 들어오지 못했다. 연신 문을 두들기다 결국 가버렸다. 어머니는 덜덜 떨면서 한참을 침대 밑에 숨어 있었다. 어머니나 외할머니를 위로하는 사람은 아무도 없었다. 모두 그냥 돌아서서 자신들의 삶으로 돌아가 버렸다.

그 소식을 전해 들은 어머니 사촌 러치가 갈색 종이봉투를 들고 다시 아파트로 찾아왔다. 하지만 이번에 찾아온 이유는 오직 열네 살 사촌누이인 어머니 때문이었다. 러치가 어머니에게 건넨 종이봉투에는 손잡이에 자개가 박히고 총알이 6발 장전된 작은 은색 권총이 담겨 있었다. 어머니는 원피스 주름 속에 그 권총을 숨겨 어디를 가든 지니고 다녔다. 하지만 얼마 뒤 헝가리 경찰이 시민들에게 소지하고 있는 모든 무기를 즉시 반납하라는 명령을 내렸다. 어머니는 그 작은 권총을 반납할 때 후회가 밀려오고 암담했지만, 감히 경찰의 명령을 따르지 않을 수 없었다고 했다.

그리고 어느 날 전쟁이 끝났다. 어머니는 이렇게 말하며 어깨를 으쓱했다. 모두 아파트에서 거리로 뛰쳐나와 서로 생사를 확인했다.

"사람들은 아무 말도 하지 못했다. 충격을 받은 것 같았지. 부다페스트는 잦은 폭격에 폐허로 변해버렸고, 헝가리 유대인의 3분의 2가 죽었다. 그나마 살아남은 사람들은 가진 게 아무것도 없었고. 나치와 화살십자당, 이웃들이 전부 가져갔기 때문이지. 먹을 거라곤 구호단체에서 배급하거나 연합군이 나눠주는 것뿐이었단다. 그래도 우리는 마침내 고통이 끝났다고 생각했다."

어머니가 다시 어깨를 으쓱했다.

"착각이었지만."

"아빠도 이런 이야기 전부 알아?"

"알다마다. 하지만 네 아빠 인생도 한편의 공포 영화란다."

8

죽음의 행군

　식탁에서 우리 부부 맞은편에 앉아 있던 아버지는 "전에도 우리
는 악몽을 견뎌냈다네"라는 어머니 말에 조용히 고개를 끄덕였지
만, 그 자리에 모인 우리 모두와 마찬가지로 사만다의 죽음이 소름
끼치는 과거의 기억을 불러낸 것이 못내 속상한 표정이었다. 물론
아버지는 그런 속내를 털어놓을 사람이 아니었다. 워낙 말수도 적고
말을 신중하게 가려서 하는 사람이었다. 나는 아버지가 인간 사이
의 상호작용보다 숫자를 훨씬 더 좋아한다고 줄곧 의심했다. 그리고
인간 본성은 당황스럽게도 한없이 사악해질 수 있지만, 수학 논리는
절대 불변이라고 생각해서 그런 것으로 짐작했다.

　아버지가 젊었을 때는 대화를 나눌 기회가 훨씬 더 적었다. 스키
장이나 스케이트장에서 아버지를 보면 행복하고 느긋해 보였지만,
학기 중에는 아침에 내가 일어나면 아버지는 벌써 출근하고 없었고,
퇴근 후에는 저녁을 삼키다시피 드시고 TV 앞에서 그대로 잠들었
다. 그러니 희망이나 두려움 같은 감정을 아버지와 나눌 기회가 없
었다. 그런 것은 모녀지간에만 나누는 내용이었다. 아버지도 내 성

적이나 건강에 신경을 쓰긴 했지만, 그리 대단한 것은 아니었다. 아버지는 대개 생각에 잠기거나 기진맥진하거나 가족을 부양해야 한다는 절박감에 짓눌려 정작 가족과는 멀리 떨어진 존재였다. 나는 아버지의 과거에 대해 거의 알지 못했고, 아버지도 과거에 대한 질문을 반기지 않았다.

내가 결혼을 하고 아이가 생길 즈음에는 아버지도 한결 누그러지고 온화해지고 부드러워졌다. 그래서 전쟁 당시 겪었던 일에 관해 물어도 거부하지 않았을 테지만, 그때는 내가 주저했다. 아버지의 마음을 아프게 하고 싶지 않았기 때문이다. 젊었을 때 아버지의 그런 처신이 일종의 방어기제임을 깨달은 것이다. 그래서 아버지가 그 갑옷을 벗어 던진 다음에도 나는 아버지가 그토록 경계하던 고통스러운 기억을 굳이 들추지 않았다.

그런데 1990년대 중반 부모님이 자신들의 홀로코스트 경험을 스필버그 재단에 알리는 데 동의했다. 스티븐 스필버그가 홀로코스트 증언을 녹화해 국제적인 비디오 기록보관소를 만든다고 발표했고, 헝가리 유대인 공동체의 모든 사람이 〈캐나디안 주이시 뉴스 Canadian Jewish News〉에서 그 기사를 읽었다. 그리고 내가 코네티컷으로 이사한 지 정확히 1년 뒤 촬영팀이 록퍼드가에 있는 부모님 집에 도착했다. 아버지 나이 일흔한 살, 어머니 나이 예순일곱 살 때였다. 나는 부모님이 인터뷰했다는 사실을 나중에 오빠가 알려준 다음에 비로소 알았다. 촬영기사가 거실 하얀 양탄자 위에 자리를 잡고, 인터뷰 진행자의 질문에 부모님이 대답하는 과정을 비디오테이프에 담았다고 오빠가 전해주었다. 비디오테이프 하나하나마다 몇 시간 분량의 증언이 담겼다.

인터뷰가 끝나고 몇 달이 지난 늦가을 어느 날이었다. 토론토에 머물던 중 어쩌다 집에 나 혼자 남는 기회가 생겼다. 비디오테이프를 보기로 마음을 먹고, '쇼아'(히브리어로 홀로코스트)라는 제목이 붙은 VHS 테이프들을 꺼내 거실에 있는 비디오 플레이어에 넣은 뒤 소파에 앉아 몸을 웅크렸다. 맞은 편 커다란 미닫이문 밖으로 뒷마당이 내다보였다. 밤사이 갑자기 불어닥친 한파로 잔디는 시들고, 옆집 마당에서는 스웨터를 입고 장갑을 낀 남자와 여자가 갈퀴로 낙엽을 긁어모으고 있었다.

화면에 아버지 모습이 나타났다. 하얀 거실에서 화려한 중국 병풍을 배경으로 등받이가 높은 거실 의자에 앉아 있었다. 양복에 넥타이까지 맨 모습이 자기 집인데도 긴장되고 불편해 보였다. 인터뷰 진행자는 모습은 보이지 않고 목소리만 들렸다. 진행자가 아버지를 소개하고 인터뷰 날짜를 밝혔다. 1997년 8월 11일.

아버지 이름을 확인하는 것으로 인터뷰는 시작되었다.

"성함을 정확히 말씀해 주시겠습니까?"

"스티브 버더시입니다."

"본명입니까?"

인터뷰 진행자의 목소리가 들렸다.

"아닙니다. 스티브는 이슈트번의 영어 이름입니다. 제 원래 이름은 이슈트번 베이스입니다. 애칭은 피슈터이고요. 나중에 버더시로 성을 바꿨습니다. 아시겠지만, 버더시가 유대인 이름이 아니라서요."

아버지가 머뭇거리며 대답했다. 목소리는 낮고 걸걸했다.

"언제 어디에서 태어나셨습니까?"

"1926년 12월 20일 헝가리 벌러서져르머트라는 마을에서 태어났습니다. 부다페스트에서 북쪽으로 90㎞ 떨어진 곳이죠."

"그 마을에 관해 설명해주실 수 있으세요?"

아버지가 인터뷰 진행자를 바라보며 고개를 끄덕였다. 초조한 모습이 역력했다. 아버지는 남의 이목을 끄는 것을 꺼리는 사람이었다. 인터뷰 진행자의 머리 근처에 세워진 카메라가 따뜻한 갈색 눈과 성긴 흰머리, 깊은 주름살이 입가를 감싼 아버지의 얼굴을 거의 정면으로 비췄다. 아버지는 벌러서져르머트가 주민 1만 2,000명 정도의 작은 마을이고, 주민 중 약 10%가 유대인이었다고 설명했다.

"이런저런 상점들과 시장 한 곳, 여인숙 하나가 있었고, 사방이 농장이었습니다. 저는 두 군데 집을 옮겨 살았는데, 거의 똑같은 집이었습니다. 처음 집은 후녀디가에 있었습니다. 두 번째 집은 미크사트 칼만가에 있었는데, 조금 더 크고, 회당이나 제가 다니던 학교, 그러니까 김나지움에서 더 가까웠습니다."

인터뷰 진행자가 아버지의 가족에 관해 질문했다. 아버지는 어머니 일로너, 아버지 헤인리히와 함께 살았다고 대답했다. 다섯 살 많은 누이 엘리에도 있었다. 가족은 반드시 유대교 율법에 따라 조리된 음식만 먹었고, 어머니 일로너는 한사코 율법에 정해진 대로 유대교 명절을 챙겼다. 안식일도 지켰다. 아버지 헤인리히는 소규모의 이삿짐 운송회사를 운영하며 상근 직원 1명을 고용해 말을 보살폈고, 필요할 때마다 임시직을 고용했다. 여기까지는 나도 아는 내용이었다.

아버지가 그것으로 대답을 멈추자, 진행자가 다시 아버지의 대답을 유도했다.

"어린 시절에 관해 이야기해주시겠습니까?"

"정통 유대교인이면 다 그렇듯, 저도 아침마다 가죽 성구함을 이마와 팔에 둘렀습니다. 학교에 가기 전에 기도했고, 밤마다 회당에서 열리는 저녁 예배에 참석했죠. 집안일도 도왔고요. 아시겠지만, 요즘처럼 편의시설이 없었습니다. 수도도 없었으니까요. 엘리에 누이는 매일같이 무거운 물통에 물을 길어 나르는 어머니를 도왔고, 저는 아버지를 거들어 이삿짐을 날랐습니다. 어머니가 잼 만드는 걸 좋아한 덕분에 식료품 저장실에는 늘 자두 잼이 가득했습니다. 어머니가 큰 주전자 가득 자두를 담아 불에 조리면, 누이와 제가 온종일 자두를 저었습니다. 안 그러면 바닥이 눌어붙거든요."

아버지의 이 말에 나는 시대가 변했어, 아니면 적어도 우리 아이들이 할아버지 할머니와 전혀 딴판이던지 하는 생각이 들었다. 우리 아이들이 집안일을 돕는 모습은 상상도 할 수 없었다. 남편이나 내가 아이들에게 집안일을 도우라고 진심으로 요구하지 않았기 때문이 아니다. 아이들 불평이 워낙 심했기 때문이다.

"1938년 헝가리가 우리 마을과 인접한 슬로바키아 남부 지역을 합병했습니다. 카르파티아산맥 덕분에 경사가 져 겨울이면 그곳에서 스키를 탔죠. 남자애들과 아버지들, 가끔은 어머니와 누이들까지 스키를 타러 갔습니다. 아니면 부츠 밑에 스케이트를 묶고 마을 근처 꽁꽁 언 연못에서 몇 시간씩 스케이트를 탔죠."

아! 이것은 나도 생생하게 상상할 수 있는 장면이다. 어렸을 때 아버지와 함께 스키도 타고 스케이트도 타며 소중한 추억을 쌓은 덕분이다. 아버지는 포레스트 힐 스케이트장에서 내 허리를 감싸고, 부드럽게 리듬을 타며 오른발과 왼발을 교대로 밀어 미끄러지는 방법을 가르쳐 주었다. '푸른 다뉴브강' 곡에 맞춰 스케이트장을 돌며 아버지는 왈츠를 가르치듯 "하나 둘 셋, 하나 둘 셋" 숫자를 세었다. 정빙기가 반짝거리는 흔적을 남기며 스케이트장을 정비하는 모습도, 아장아장 걷는 아이들이 엉덩방아를 찧는 모습도, 피겨 스케이트 선수가 빙빙 돌고 뛰어오르는 모습도 함께 구경했다. 목요일 밤마다 아버지가 내 앞에 무릎을 꿇고 앉아 스케이트화 끈을 묶어줄 때부터 주차장에서 꽁꽁 언 올즈모빌 차에 올라타 예열되길 기다리며 아버지가 장갑 낀 내 손을 문지르고 호호 불어대는 입김이 자동차에 가득 찰 때까지 아버지는 온전히 내 차지였다. 함께 스키를 타던 날과 마찬가지로 그런 밤이면 황홀했다.

"그리고…."

화면에서 처음으로 아버지가 입을 살짝 벌리고 미소 지었다.

"제가 열세 살이 되자 아버지가 자전거를 사주셨습니다. 정말 근사한 선물이었죠! 아, 얼마나 애지중지했던지, 내 자전거."

자전거를 항상 차고 벽에 기대 놓으라고 성화를 대던 아버지 모습이 떠올랐다. 내가 자전거를 입구에 함부로 내팽개치면 아버지 낯빛이 어두워졌다.

"제 누이 엘리에는 케이크 만들길 좋아했습니다. 제빵사가 되려고 마을에 있는 제과 학교 비슷한 곳에 다녔습니다. 명절에는 물론이고 생일을 맞은 가족 모두에게 케이크를 만들어주었습니다. 가족이 많아서 케이크를 자주 만들었죠. 제 아버지와 어머니 집안이 모두 대가족이거든요. 두 분 모두 형제자매가 여덟 분이셨으니까요."

진행자가 아버지에게 고모, 이모, 숙부, 외삼촌 및 그 배우자들과 자녀들의 이름을 일일이 알려달라고 부탁했고, 그 과정을 녹화하는 데만 몇 분이 걸렸다. 아버지는 모든 친척의 이름과 생년월일을 정확히 기억했다. 나는 아버지가 큰 소리로 부르는 친척들의 이름을 머릿속에 담으려고 다시 한번 노력했다. 어른이 되어서도 내 기억력이 좋지 않았기 때문이다.

그런 다음 인터뷰 주제가 학교로 넘어갔다.

"제가 공부를 꽤 했습니다."

나는 아버지 대답에 풋! 웃음이 나왔다. 아버지가 얼마나 똑똑하고 성실한지 알기 때문이었다. 학교에서 분명히 뛰어난 학생이었을 것이다.

"좋아하는 과목이 있었습니까?"

"음, 수학을 참 잘했고, 물리를 정말 좋아했습니다. 기계 쪽도 조금 좋아했고요."

무슨 그런 겸손의 말씀을. 아버지는 엔진이 달린 장치면 무엇이든 쉽게 조립하고 설치하고 수리했다.

"전기 공학을 배우고 싶었습니다. 제가 다닌 고등학교는 8년제였는데, 처음 4년은 좋았습니다. 정상적이었죠. 그 후부터 문제가 생기기 시작했습니다. 잘 아시겠지만…."

아버지가 말끝을 흐렸다. 나는 앞으로 몸을 기울였다. 아버지가 그 이야기를 자진해서 꺼낸 적이 없었기 때문이다.

진행자가 벌러서져르머트에 사는 유대인들의 삶이 바뀌기 시작했다고 느낀 때가 언제였는지 아버지에게 물었다.

"1938년입니다."

아버지는 진행자의 질문이 끝나자마자 득달같이 대답했다.

"물론 저희도 크리슈탈나흐트Kristallnacht(1938년 11월 9일 나치 대원들이 독일 전역에서 수만 개의 유대인 상점을 약탈하고, 250여 개의 유대교 회당에 방화한 사진) 등 유대인 증오가 유럽 다른 지역까지 퍼진 것은 알고 있었습니다. 저도 수업이 끝나고 기차역에 가서 부다페스트 신문이 도착하기를 기다리다 알게 되었습니다. 저희 아버지가 밤마다 특별히 즐겨 읽는 신문이었거든요. 동네에 라디오가 한 대 있어 BBC 방송도 들었고요. 히틀러가 정권을 잡았다는 소식을 알고 있었습니다. 그리고 우리 마을에서도 여러 가지 규제 조치가 시행되었습니다. 대학에 진학할 유대인 인원수, 유대인이 취업할 수 있는 장소, 아버지가 입찰할 수 있는 이사 작업 등."

다음 질문은 아버지가 마을에서 반유대주의에 시달린 경험이 있느냐는 것이었다.

"예, 하지만 주로 악담이었습니다. 지나치게 폭력적인 것은 전혀 없었습니다. '더러운 유대인'이라 욕하는 등 학교에서 저희를 괴롭히는 아이들이 몇 명 있었지만, 저희를 변호하며 친구로 지내는 아이들도 있었죠. 한 번은 등굣길에 이런 일이 있었습니다. 거칠게 놀던 아이 하나가 제 책을 모두 땅바닥에 내팽개치더니 제 과제물에 침을 뱉더군요."

"그래서 어떻게 하셨어요?"

아버지는 체념하는 듯한 특유의 몸짓으로 대답했다. 미간을 좁히고 어깨를 으쓱하는 동작으로 어쩌겠냐는 의미였다.

"그 아이 옆에는 상급생들도 있었고, 모두 저보다 키도 더 크고 힘도 더 센 아이들이었습니다. 저는 그냥 책을 집어 들고 가던 길을 갔습니다. 얻어맞고 싶지 않았죠. 아무튼, 선생님 중에도 반유대주의를 굳이 숨기지 않는 분들이 있었고, 특히 1940년대에는 유대인에 관한 끔찍한 내용이 만화 등 여러 가지 형식으로 신문에 실리는 게 다반사였습니다. 수학 선생님이 유독 유대인을 미워했습니다. 그 선생님은 유대인이 안식일에는 필기도 하지 않는다는 것을 아시고는 수업 시간을 토요일로 잡았습니다. 그래서 수학 시간에 우리 유대인 학생들은 모든 계산을 암산으로 할 수밖에 없었죠. 그 길고, 복잡한 문제들을."

여기까지 말한 아버지가 웃음을 터트렸다.

"체스판 없이 체스를 두는 것과 같은 거죠."

아버지의 적절한 비유에 나도 미소를 지었고, 아버지가 과거를 회상하며 그만한 농담이라도 할 수 있어서 감사했다.

인터뷰 진행자는 웃지 않았다. 그 대신 차분한 목소리로 아버지에게 전쟁이 발발하던 상황을 기억하는지 물었다. 아버지는 그때 상황을 똑똑히 기억했다. 1944년 3월 19일, 독일군이 헝가리를 점령했다. 그 뒤부터는 일사천리였다. 독일군은 유대인에게 노란색 다윗의 별을 항시 착용하라는 명령을 내렸다. 독일군의 명령에 따라 헝가리군은 우리 아버지의 가족을 강압해 귀중품과 할아버지의 말을 빼앗아갔다. 1944년 4월 말에는 군인들이 마을의 주요 유대인 거주 지구에 게토를 세웠다. 그리고 우리 어머니에게 그랬던 것처럼 아버지의 가족에게도 들고 갈 수 있는 것만 챙겨서 집에서 나가라고 명령했다.

아버지 가족과 수년간 가까이 지내며 아침저녁으로 인사를 주고받고, 밀가루나 설탕도 빌리고, 밭에서 토마토나 피망을 수확해 한 자루씩 건네던 이웃들은 어땠는지 궁금했다. 아버지 편에 서서 손을 내민 사람이 하나라도 있었는지, 남자든 여자든 '옳지 않다'라고 주장하는 사람이 하나라도 있었는지, 아니면 유대인들이 강제로 집에서 쫓겨날 때 그들이 남긴 물건을 가로챌 기회를 노리며 창문 뒤에 숨어서 내다보기만 했는지 궁금했다.

분명히 선한 사람들도 있었다. 홀로코스트 동안 목숨을 걸고 유대인을 도운 사람들도 분명히 있었다. 전쟁이 끝난 후 이스라엘에서 의로운 이방인으로 선정되어 명예를 후대에 남긴 사람이 대략 2만 명이었다. 나는 언젠가 이 정의로운 이방인 중 벌러서져르머트에 살던 사람도 있는지 확인하기로 다짐했다.

아버지는 다른 다섯 가족과 함께 방 여섯 칸짜리 집으로 강제 이주했다고 설명했다. 한 가족당 방 한 칸이었다. 게토를 나가 일을 하거나 학교에 가는 것도 금지되었다.

"그러던 어느 날, 헝가리 군인들이 제 아버지 연배의 남자들을 소집해 데려갔습니다. 제 아버지도 함께 데려갔죠."

여기서 아버지가 잠깐 말을 멈췄다.

"그리고 제 자전거도 가져갔습니다."

아버지는 말끝을 흐리곤 긴 침묵에 잠겼다.

그 마지막 문장을 아버지는 간단히 끝냈지만, 부모님의 안락한 소파에 앉아 아주 오래전에 벌어진 사건들에 관해 듣고 있던 나는 갑자기 눈시울이 뜨거워졌다.

"그 후로 아버님을 보셨나요?"

아버지는 입을 움직였지만, 말소리가 나오지 않았다. 목소리를 가다듬고 다시 대답한 아버지의 입에서 나온 말은 겨우 한 마디였다.

"전혀."

나는 눈을 깜빡이고는 시선을 밖으로 돌렸다. 죄송해요, 아버지, 정말 죄송해요. 이 말만 계속 메아리쳤다. 미닫이문 유리창 밖을 내다보며 내 머릿속에 떠오른 말은 그것뿐이었다. 마치 내 머리가 다른 말은 만들어낼 수 없는 것처럼. 정말, 정말 죄송해요.

몇 차례 더 목소리를 가다듬은 아버지가 말을 이었다.

"5월 초 군인들이 유대인 학생의 상급반 진학을 허가했습니다. 제게는 중요한 일이었죠. 고등학교 졸업장이 없으면 대학에 등록할 수 없으니까요. 그 당시에도 저는 이렇게 생각했습니다. 모든 것이 정상으로 복귀하는 미래가 올 거라고 말입니다. 그래서 고등학교를 졸업했습니다. 그리고 일주일 후 게토 주변에 온통 공고문이 붙었죠. 1차 소집에서 제외된 유대인 소년과 남성은 모두 강제 노역에 나간다는 공고였습니다."

나는 가쁜 숨을 들이쉬고 미닫이문으로 시선을 돌렸다. 마당에서 낙엽을 긁어모으던 옆집 남자가 그릴 위에 천막을 덮고 벽돌을 괴고 있었다. 겨울을 날 준비를 하는 중이었다.

"어머니가 깨끗한 셔츠와 갈아입을 속옷 등 따뜻한 봄 날씨에 필요할 것 같은 물건들과 담요 한 장을 배낭에 쌌습니다. 나중에 날씨가 더 추워질 때 필요한 물건을 꾸릴 생각은 하지 못하셨습니다. 어머니는 제가 겨울이 되기 한참 전에 돌아올 것으로 짐작한 거죠. 아무튼 200여 명이 모였습니다. 군인들이 우리를 회당 밖에 줄 세웠습니다. 어머니들도 배웅을 나왔고요. 사람들 틈에 서 있는 어머니를 보았습니다. 어머니와 눈이 마주쳤어요. 서로 무슨 생각을 하고 있는지 알았죠. 그때 갑자기 다시는 어머니를 보지 못할 거라는 느낌이 들었습니다."

잠시 침묵이 흘렀다.

"만나셨나요?"

"아뇨."

고통스러운 침묵이 길게 이어졌다.

"아뇨, 다시 만나지 못했습니다."

아버지의 목소리가 떨렸다. 그리고 내 평생 처음으로 아버지의 뺨 위로 흐르는 눈물을 보았다. 아버지의 가슴 깊은 곳에서 솟아오르는, 한 번도 말하지 않았던 슬픔, 내게 들키지 않으려고 수십 년 동안 기를 쓰고 감춘 비탄을 나는 그때 보았다.

진행자가 "어머님께 마지막으로 하신 말씀이 무엇입니까?"라고 물었다.

아버지는 고개를 저었다.

"몸조심하세요. 그저… 몸조심하세요."

"선생님이 몇 살 때였나요?"

"열일곱 살이었죠."

이렇게 대답한 아버지는 카메라 앵글 밖으로 손을 뻗어 물컵을 잡은 뒤 벌컥벌컥 물을 마시고 말을 이었다.

"그때 잡혀간 사람 중에는 제가 가장 어린 축에 들었지만, 나중에 여름이 되니 열다섯 살, 열여섯 살짜리도 끌려 오더군요."

아버지의 목소리가 다시 흔들렸다.

나는 자리에서 일어나 비디오 플레이어의 전원 스위치를 껐다. 더는 볼 수가 없었다. 아직 최악의 이야기는 나오지도 않았다는 것을 알았지만, 그것으로 이미 충분했다. 아버지 얼굴에 묻어나는 감정을 견딜 수가 없었다. 플레이어에서 비디오테이프를 꺼내 다른 테이프들과 함께 지하실 러닝머신 곁 캐비닛 안에 집어넣었다.

◆◆◆◆◆◆◆

피터 오빠는 비디오테이프를 보았을까? 그해 토론토에 머무를 당시 오빠에게 물어보았다. 오빠는 아직 안 봤다고 대답했다. 나중에 마음의 준비가 되면 그때 보겠다고 했다. 그런 경험을 하려면 미리 준비할 시간이 필요하다는 오빠의 마음이 이해되었다. 그리고 꼬박 1년이 지나자 나는 다시 비디오테이프를 꺼내 아버지의 증언을 이어서 들을 수 있을 것 같은 생각이 들었다. 이번에는 화장지 한 통도 준비했다.

아버지는 헝가리군이 벌러서져르머트와 인근 마을에서 소집해 회당 앞에 줄 세운 유대인 소년과 청년이 거의 200명이었다고 인터뷰 진행자에게 설명했다. 200여 명의 유대인은 경찰서까지 행진했으며, 그곳에서 벌거벗겨지고, 가진 것들을 모두 빼앗겼다. 그리고 열차에 실렸다. 헝가리 사령관은 아버지를 107-309연대에 배속하고, 다양한 연령대로 구성된 다른 연대원들을 합쳐 모두 천여 명에 이르는 사람들을 군사 비행장 건설 공사에 투입했다.

열일곱 살로 젊고 튼튼한 덕분에 아버지는 활주로 공사용 콘크리트에 혼합할 자갈을 캐내는 고된 노동을 이겨냈다. 처음에는 아버지도 다른 소년들과 함께 나이 든 사람들의 일을 거들었다고 한다. 그렇게 몇 주가 지나고 작업 구역이 바뀔 것을 알게 된 아버지는 걱정이 앞섰다. 적어도 비행장에서는 무슨 일이 생길지 알 수 있었기 때문이다. 아버지를 두렵게 만든 것은 앞일을 알 수 없다는 것이었다.

그리고 놀랍게도 아버지는 다른 네 명의 소년과 함께 새로운 임무를 부여받았다. 독일군 고급 장교를 지키는 임무였다. 온종일 잠만 자는 독일군 고급 장교를 지키는 임무! 하지만 불행히도 그 임무는 고작 일주일 만에 끝났고, 7일 후인 1944년 9월에 아버지가 속한 연대는 부다페스트 인근 지역으로 이동했다. 학교 건물에서 기거하며 철도를 새로 부설하라는 명령을 받았다. 아버지는 대체로 꽤 견딜만한 상황이었다고 설명했다. 생활 환경도 참을만했고, 식사도 제때 나왔으며, 밤이면 몰래 빠져나와 부다페스트에 살던 조부모님도 만났다고 했다. 할머니 할아버지를 만난 후 학교로 돌아간 이유를 묻자, 아버지는 나중에 발각되면 조부모님이 벌을 받을까 싶어 그랬다고 대답했다.

아버지는 그렇게 밤에 빠져나와 조부모님을 찾아다니던 중 라울을 만나 슈츠파스를 받았고, 만약을 대비해 그것을 옷 속 깊숙이 감추었다.

그런데 10월 헝가리가 예상치 못하게 연합군과 휴전하고 소련군에게 항복하겠다는 발표를 하자, 독일이 헝가리 정부를 전복하고 극우파 화살십자당을 그 자리에 앉혔다. 그 가을 아버지가 할아버지 댁에서 전차를 타고 돌아오던 길에 연합군의 공습이 쏟아졌다. 아버지도 다른 승객들과 함께 방공호로 대피했으나, 안에 있던 헝가리 사람들이 그 즉시 아버지를 유대인으로 지목했다. 아버지는 뒤돌아 달아났다. 아버지는 방공호에서 '역겨운 반유대주의자들'에게 맞아 죽느니 차라리 연합군 폭탄에 맞아 죽는 게 낫겠다는 생각이 들었다고 이야기했다.

1944년 11월 27일, 헝가리에서의 아버지의 삶이 극적으로 변했다. 아버지 설명에 따르면, 앞서 1941년 6월 헝가리는 히틀러와 군사동맹을 체결해 소련에 맞섰다. 그리고 3년이 지난 1944년 11월에 소련군이 헝가리로 쳐들어왔다. 100만 명의 붉은 군대가 부다페스트를 향해 진군했다. 부다페스트를 독일군과 헝가리 군대로부터 고립시키려는 계획이었다. 소련군이 진격하자, 나치에 협력하던 신임 헝가리 사령관이 아버지를 비롯해 유대인 소년들을 독일군에 넘겼다. 학교로 몰려온 군사경찰들이 아버지 연대를 포위하고, 소년들을 기차역으로 인솔했다. 그곳에서 독일군 히틀러 친위대를 만났다. 그 악명 높은 SS를.

아버지는 그 후로 믿기 힘든 잔학 행위가 벌어졌다고 설명했다.

말끔하게 군복을 차려입은 SS가 아버지와 소년들을 말이나 양을 싣는 열차 화물칸에 몰아넣었다.

"슈넬."

독일군들이 고함을 질러댔다.

"빨리 움직여."

화물칸 계단까지 밀려간 아버지가 옆으로 비켜섰다. 크게 숨을 내쉰 아버지는 옷 속에서 슈츠파스를 꺼내 SS 장교에게 건넸다. 서류를 본 장교는 아버지 눈을 빤히 쳐다보며 미소 지었다. 그러더니 서류를 반으로 찢어버렸다.

"이제는 소용없다."

SS 대원의 총구에 떠밀려 화물칸에 올라탄 60여 명의 소년은 점점 더 깊이 떠밀려 들어갔다. 콩나물시루처럼 빽빽이 들어차 팔도 들어 올릴 수 없을 지경이었다. 그 상태에서 SS 대원이 화물칸 문을 걸어 잠갔다. 고작해야 네다섯 시간 걸리는 거리였지만, 기관사는 수시로 본선에서 벗어나 나치군 수송 열차에 선로를 내주었다. 아버지는 그렇게 화물칸에 닷새간 갇혀 있었다고 인터뷰 진행자에게 설명했다. 음식도 물도 먹지 못했다. 5일씩이나. 나는 허겁지겁 밥을 먹는 아버지의 모습이 떠올랐다. 그리고 그 이유를 이해했다.

화물칸의 문이 열리자 지옥이 나타났다.

비틀거리며 열차에서 내린 12월 2일부터 1월 중순까지 아버지는 악몽 같은 페르퇴라코시에 수감당했다. 헝가리 서쪽 끝 오스트리아 국경 근처의 채석장에 세워진 임시 노동수용소였다. 나치는 유대인 포로들을 페르퇴라코시 임시수용소에 가둔 뒤 독일과 점령지 폴란드나 오스트리아에 있는 집단 학살수용소로 이송했다.

아버지의 증언을 듣는 도중 나는 잠시 화면에서 눈을 돌려야 했다. 아버지의 증언에서 연상되는 이미지들을 소화할 시간이 필요했다. 하지만 내가 어떻게 그 이미지들을 소화할 수 있겠는가? 그 누가 소화할 수 있겠는가?

"페르퇴라코시에서 유대인 수천 명이 죽었습니다. 전기 철조망을 뛰어넘다 죽은 사람은 다른 수감자들에게 본보기 삼아 철조망 꼭대기에 걸린 채 썩어 갔죠."

나는 아버지가 설명하는 공포의 끝이 어딜지 가늠할 수도 상상할 수도 없었다.

하지만 불과 몇 시간 전만 해도 내가 앉아 있는 소파 바로 앞 바닥에 플라스틱 볼링공과 볼링핀들이 널려 있었다. 내 아이들, 아버지의 손주들이 놀던 장난감이었다. 조던과 제이크는 내가 예전에 사용하던 2층 침실에서 잠들고, 시내 건너편에서는 제이슨과 탈리아가 곤히 잠들어 있었다. 이들 모두가 나치가 실패했다는 것을 입증하는 살아있는 증거였다.

아버지는 페르퇴라코시에서 강제 노동을 하던 사람들이 새로운 특별 임무를 수행했다고 설명했다. 꽁꽁 얼어붙은 땅에 대전차 참호를 파는 일이었다. 아침저녁으로 수 킬로미터씩 행군해 작업장을 오갔다. 도중에 지나는 히틀러 유겐트 캠프에는 독일군에 입대할 나이가 안 된 어린 소년들이 모여 있었다. 아버지 말에 따르면, 히틀러 유겐트 소년단의 10대 소년들이 길옆에 줄지어 서서 지나가는 유대인 포로들을 몽둥이로 때렸다. 재미 삼아.

12월 20일 생일을 맞아 아버지가 받은 저녁 식사는 묽은 죽이 전부였다. 며칠 뒤 크리스마스에 모든 포로가 선물을 받았다. 경비병이 유대인들에게 근처 우물에서 옷을 벗고 목욕할 시간을 허락한 것이다. 기온은 영하를 밑돌았고, 우물은 살얼음이 끼어 있었지만, 포로들은 이가 들끓는 막사에서 지내다 목욕하고 빨래할 기회를 얻은 것만으로도 감사했다.

크리스마스에 혹독한 추위를 무릅쓴 목욕은 대가가 따랐다. 이제 열여덟 살이 된 아버지는 다음 날 병에 걸렸다. 아침에 눈을 뜨니 열은 심하고 속은 매스껍고 어지러워 일을 나갈 수가 없었다. 매트리스로 사용하던 얇은 건초 더미 밑에 누워 낮 동안 막사에 숨어 있었다. 그때 SS 지휘관이 혹시 일을 빠진 포로가 없는지 막사를 점검했다. 지휘관은 군화 뒷굽으로 바닥을 땅땅 울리며 천천히 막사 안을 살폈다. 그러면서 지휘봉으로 여기저기 건초 더미를 마구잡이로 쑤셔댔다. 아니나 다를까, 숨어 있던 아버지를 찾아냈다. SS 지휘관은 아버지를 질질 끌고 나가 혹독하게 매질을 한 뒤 추운 날씨에 일하도록 작업장으로 내보냈다. 지휘관은 지휘봉이 두 동강이 날 때까지 아버지 머리를 계속해서 세게 내리쳤다.

저런 괴물들을 막을 신은 어디에 있었을까? 분노와 무력감에 얼굴이 벌겋게 상기된 나는 자문했다. 온순한 내 아버지를 아프게 하려는 자가 누구란 말인가? 어머니 아버지가 여섯 달 된 조딘을 처음으로 봐주던 날, 조딘은 손주를 어르는 할아버지의 가슴에 파묻혀 잠이 들었다. 아버지는 손주가 깰까 봐 내가 돌아올 때까지 세 시간 동안 꼼짝하지 않고 흔들의자에 앉아 계셨다. 비디오테이프를 보던 나는 외롭고 아프고 겁에 질린 채 홀로코스트를 견딘 어린 소년, 내 아버지가 안쓰러워 눈물이 났다.

아버지는 1945년 1월 초부터 발이 아프기 시작했다고 이야기했다. 통증이 너무 심해 걷기도 힘들었다. 신발을 벗고 살펴보니 발바닥이 동상에 걸려 있었다. 설상가상으로 다음 날 아침 SS가 포로들에게 이동하라고 명령했다.

"걸어서 이동할 수 없는 사람은 뒤에 남아 트럭이나 구급차를 타고 이동한다."

장교 하나가 막사에서 이렇게 말하고 침상에 누운 포로들의 상태를 점검했다. 아버지는 그 장교의 말을 의심했다.

"그즈음에는 독일군이 우리를 어떻게 다룰지 감이 있었거든요."

아버지는 동상에 걸린 발로 걷는 쪽을 선택했다. 마침 180cm 정도로 키가 크고 몸집이 큰 페렌츠라는 동료에게 남는 신발이 한 켤레 있었는데, 친구들이 그 커다란 신발을 얻어 동상 걸린 아버지 발이 닿는 바닥 부분을 도려냈다. 친구들은 아버지의 발을 누더기로 꽁꽁 싸매어 준 뒤 다른 포로들과 함께 떠났다. 나중에 아버지는 뒤에 남은 사람들이 처형당했다는 것을 확인했다.

아버지와 동료 포로들은 3일에 걸친 죽음의 행군을 출발했다. 꽁꽁 언 들판에서 잠을 잤다. 이번에도 물이나 음식은 없었다. SS 입장에서는 사망자가 많으면 많을수록 좋다는 것을 아버지는 분명히 깨달았다. 당시 아버지와 동료들은 가련할 정도로 허약했다.

"5일간 아무것도 먹지 못한 채 화물칸에 실려 오고, 그 뒤로도 몇 달씩 굶주리며 추위와 노동, 혹독한 환경에 시달린 탓에 저희는 끔찍할 만큼 쇠약했습니다."

죽음의 행군이 끝나자, 다시 가축 화물칸에 빽빽이 실려 이동했다. 그리고 다시 반나절 행군을 한 끝에 오스트리아의 악명 높은 죽음의 수용소 마우트하우젠 입구에 도착했다. 입구에서부터 벌써 구역질이 나는 독특한 냄새가 코를 찔렀다. 아버지는 그것이 무슨 냄새인지 짐작도 하지 못했다. 기회를 봐 아버지는 한 소년에게 그 냄새의 정체를 물었다. 오랫동안 그곳에서 지낸 것으로 보이는, 줄무늬 파자마를 입은 수척한 소년이었다. 소년이 줄지어 늘어선 굴뚝을 가리키며 시체 소각실에서 나오는 냄새라고 설명했다.

수년 전 나는 이스라엘 예루살렘에 있는 야드 바셈 홀로코스트 기념관을 방문한 적이 있다. 강제 수용소에서 희생된 사람들의 흑백 사진이 바닥부터 천장까지 가득했다. 나는 현무암 바닥에 새겨진 21개 집단 학살수용소의 이름을 손끝으로 쓸어 보았다. 비명에 스러진 유대인 어린이 150만 명의 이름을 차례차례 호명하는 나직한 목소리가 들렸다. 150만 명의 이름을 한 번씩 부르는 데만 수 주일이 걸린다고 했다. 하지만 냄새는 생각하지 못했다. 그 사악한 곳에서 아버지를 움츠러들게 만든 냄새, 살이 타는 그 냄새는 미처 생각하지 못했다.

아버지의 증언에 따르면, 마우트하우젠에서는 아침마다 경비병이 포로들을 줄 세우고 인원수를 점검했다. 매일 점호하는 시간만 몇 시간이 걸렸다. 얇은 누더기만 걸친 채 혹독한 추위 속에 눈비를 맞으며 꼼짝도 하지 못하고 몇 시간을 서 있었다.

"독일군이 수감자들을 고문하는 또 다른 방법을 생각해낸 거죠."

아버지가 진행자에게 이렇게 설명했다.

아버지는 마우트하우젠에서 친척과 동창 등 벌러서져르머트 사람들을 많이 만났다고 이야기했다. 하루는 한 친구가 아버지에게 조그마한 감자 두 알을 건네더란다.

"나눠주다니, 어림도 없는 일이죠. 얼마나 너그러운 친구입니까!"

감탄하는 아버지의 얼굴은 수십 년 전 그 일이 아직도 믿기지 않는 표정이었다.

"자신의 소중한 음식을 내어주다니, 당연히 그 친구도 저보다 나은 형편이 아니었는데 말입니다."

그렇게 힘겨운 몇 달이 흘렀지만 계절은 쉽사리 바뀔 기미가 없었다. 4월 초의 쌀쌀한 아침이었다. 아버지가 추산하기에 4,000~6,000명 남은 수감자들에게 나치가 다시 죽음의 행군을 명령했다. 걸을 힘도 없어 도중에 쓰러지는 사람이 많았다. 나치 경비병들은 쓰러진 포로들에게 거리낌 없이 총을 발사했다. 아버지에게 감자를 나눠 준 동창도 총에 맞았다. 기를 쓰고 걷던 본디라는 친구는 차라리 그 자리에서 총을 맞겠다며 몇 번이나 고통스러운 신음을 내뱉었다. 아버지와 페렌츠는 본디를 부축해 반쯤은 질질 끌고 반쯤은 떠멘 채 이동했다.

화면 속 아버지가 다시 손을 뻗어 물잔을 들고, 물을 들이켰다.

아버지는 그 행군에서 자신이 쇠약해졌음을 느꼈다고 이야기했다. 당시 아버지는 뼈와 가죽만 남은 상태였다. 아버지를 비롯해 몇 몇 소년들은 길가에 핀 이름 모를 잡초나 새순을 목숨 걸고 뜯어 먹었다. 가끔 운이 좋은 날에는 달팽이를 잡아 그대로 날로 삼켜버렸다. 하지만 그것으로는 견딜 수 없다는 것을 아버지도 잘 알고 있었다. 한시가 다르게 힘이 쑥쑥 빠져나갔다. 통증과 굶주림으로 머리가 어지러워 쓰러지기 직전이던 아버지는 고개도 못 돌리고 겨우 곁눈질로 소여물이나 운반할 때 사용하는 듯한 낡은 나무 수레가 들판에 버려져 있는 것을 발견했다. 위험을 무릅쓰고 비틀비틀 수레를 향해 걸어갔다. 수레 바닥에 작고 빨간 사탕무 세 개가 남아 있었다. 몇 번이나 눈을 껌뻑대며 헛것이 뵈는 게 아닌지 확인했다. 아버지는 사탕무 세 개를 움켜쥐고 옷 속에 감춘 뒤 그 작은 사탕무를 하룻밤에 한 개씩 천천히, 아주 천천히 갉아먹었다.

아버지는 사탕무 세 개 덕분에 살아남았다고 진행자에게 이야기했다. 그 작은 사탕무 세 개, 얼마 되지 않는 당분이 목숨을 살렸다고 고백했다.

4월 초 포로들은 군스키르헨에 도착했다. 마우트하우젠 아래 편성된 군스키르헨 수용소도 지옥 같은 곳이었다. 아버지는 그곳을 1만 5,000명의 산송장이 돌아다니는 질척질척하고 역겨운 변소라고 묘사했다. 굶주리고 쇠약한 수감자들 사이에 발진티푸스와 이질이 창궐했다. 정치범 400명을 제외하면 수감자 전원이 강제 노역을 시키려고 독일군이 오스트리아로 끌고 온 헝가리 유대인이었다.

아버지는 이곳에서 말로 표현하기 힘든 잔혹 행위를 목격했다.

"경비병들의 잔인함은 감히 상상도 하지 못하던 것이었습니다. 인간이 아니었죠. 독일군은 소년 소녀를 표적으로 세우고 사격 연습을 했습니다. 아이들을 세우고 총을 발사하고… 그리고… 껄껄 웃었습니다. 성인 남녀는 고문해 죽였죠. 여러 가지 방법으로요. 죽은 사람을 매장할 힘이라도 남은 사람이 아무도 없었습니다."

이곳에서도 포로들은 운동장에서 몇 시간씩 줄을 서 점호를 받았다. 어느 날 아침 페렌츠가 줄에서 벗어나 아버지 곁으로 다가왔다. 그리고는 귓속말로 본디가 바닥에 앉은 채 죽었다고 전했다. 죽은 모습이나 산 모습이나 별 차이가 없어, 페렌츠도 몇 시간이나 본디가 죽은 것을 알아차리지 못했다고 한다.

다음 날 독일군 장교가 페렌츠를 총으로 쏴 죽였다.

그리고 하루가 지난 1945년 5월 5일 연합군이 도착해 수용소를 해방했다.

처음에 아버지는 미군이 도착했다는 소식을 믿지 않았다. 미군이 한 명도 보이지 않았기 때문이다. 독일 경비병들이 사라졌다는 것과 살아있는 해골들이 모두 휘청거리며 주방으로 가고 있다는 것만 알았다. 아버지도 그들을 따라 주방으로 향했다. 수감자 중 한 명인 바인베르거 박사가 손을 들어 아버지를 막아서더니 식품 저장고에서 음식을 잔뜩 먹는 실수를 저지르지 말라고 충고했다. 오랜 굶주림 끝에는 아주 적은 양의 음식도 위험할 수 있으니, 차 한 모금만 마시라고 경고했다.

아이러니한 일이지만, 수천 명의 포로가 해방 후 끔찍한 죽음을 맞이했다. 음식을 소화하지 못한 게 원인이었다.

"꼬박 하루가 걸렸습니다. 내가 자유의 몸이 되었다는 사실을 실감하기까지. 갈 수만 있다면 수용소를 자유롭게 나갈 수 있다는 사실을 말입니다."

아버지는 미합중국 군대가 군스키르헨 수용소에 들어올 때의 광경을 이렇게 묘사했다. 여기저기 시체가 널려 있었다. 막사마다 아버지와 동료 포로들이 잠을 자던 바로 그 침상에 아직 누워있는 시체도 많았고, 울타리 근처에서 구겨지듯 쓰러진 시체들도 있었다. 가스실에도 치우지 않은 시체들이 남아 있었다. 그리고 대부분 시체는 아직 흙도 덮지 못한 공동 무덤 속에서 벌거벗고 마구 비틀린 채 뒤죽박죽으로 누워있었다. 미군은 총 5,000구가 넘는 시신이 수용소에서 발견된 것으로 집계했다. 물론 이미 연기로 사라진 사람들까지 헤아릴 방법은 없었다.

화면 속 아버지는 그 누구도 풀 수 없는 난제를 마주한 듯, 생각에 잠긴 모습이었다. 생존자가 살아남을 수 있던 이유는 무엇일까? 기적일 수도 있고, 우연일 수도 있었다. 누가 그 이유를 알겠는가? 아버지만 해도 수용소에 갇힌 소년 중 가장 크고 가장 강한 사람이 아니었다. 아버지보다 훨씬 더 힘이 세고 강한 소년들도 살아남지 못했다.

아버지는 자신이 오직 한 가지, 살아서 부모님을 만난다는 희망으로 버틸 수 있었다고 설명했다. 집에 돌아가 가족들이 다시 모이고, 언젠가 자신의 가족을 꾸릴 수 있다는 희망 덕분이었다고.

아버지는 쉽사리 포기한 많은 사람, 비가 올 때 빗물을 받아먹을 생각도 하지 않은 사람들과 달리 자신이 살아남은 이유가 그 희망 덕분이라고 믿었다.

여기까지가 첫 번째 테이프에 녹화된 내용이었다.

9

할아버지의 흔적

그 뒤 수 개월간 나는 보고 들은 그 모든 내용을 소화하려 노력했고, 아버지의 과거에 관해 새롭게 드러난 무수한 정보를 정리하려 애를 썼다. 아버지가 겪은, 그 이루 다 말할 수 없는 만행은 기억 깊숙이 묻혀 동면하고 있었다. 그랬던 것이 아주 쉽고 빠르게 모습을 드러내, 바로 내 눈앞에 거의 손이 닿을 만한 거리에 매달려 있었다.

언제 다시 나 혼자 두 번째 비디오테이프를 볼 기회가 있을지 알 수 없었다. 과연 그런 기회가 생길 것인지도 미지수였다. 미군이 아버지를 풀어준 이후에 관해 내가 아는 것은 아버지가 여전히 변함없이 미군에게 감사한 마음을 갖고 있다는 것뿐이었다. 아버지는 매년 그날이 되면 가슴에 양귀비꽃을 달아 기념했다. 그래서 나는 부모님 집에 머물던 어느 날 밑도 끝도 없이 아버지에게 미군이 도착한 다음 1945년 봄에 무슨 일이 있었는지 물었다.

놀랍게도 아버지는 소파 옆자리를 손으로 두드려 나를 곁에 앉히고 설명을 시작했다. 군스키르헨 수용소를 해방한 미군은 자신들이 눈으로 본 참상, 시체 더미, 살아남은 포로들의 인간이랄 수 없는 몰골에 충격을 받은 모습이었다. 나치가 무슨 짓을 저질렀는지 도저히 이해할 수 없었다. 미군은 생존자들을 기지로 옮겨, 우선 DDT를 잔뜩 뿌려 이를 제거한 다음 치료를 시작했다.

"해방 당시 내 체중은 43㎏ 정도였다. 100파운드도 안 되는 무게였지. 미군 하나가 내게 다가오더니 눈물을 흘리며 빵 한 조각을 건네더구나. 거의 일 년 만에 처음으로 먹는 빵이었지. 그 미군의 얼굴, 그 빵 한 조각이 잊히질 않는다."

어머니 아버지에게 빵을 그렇게 많이 드시지 말라고 내가 얼마나 성화를 부렸던가? 오픈 윈도우 빵집에서 호밀빵을 얼마나 자주 샀는지, 모든 제빵사가 우리 부모님 이름까지 알 정도였다. "탄수화물을 그렇게 많이 섭취하면 건강에 안 좋아요"라며 부모님에게 늘 잔소리했는데, 결국 다 자란 성인이 되어서도 아무것도 모르고 한 철없는 행동이었다.

"내가 그렇게 병이 든 줄은 몰랐었다. 연합군이 막사에 의무실을 차렸지. 거기서 석 달을 치료한 끝에 떠날 수 있었다. 오스트리아에서 헝가리까지 충분히 여행할 힘을 회복했어. 물론 돈은 없었지. 부다페스트행 열차에 몰래 올라타고 곧장 할머니 할아버지를 뵈러 갔단다."

하지만 두 분은 이미 돌아가신 다음이었다. 게토에서 굶주린 끝에 돌아가셨다. 나는 무슨 말이건 아버지를 위로하려고 노력했지만, 아무 말도 나오지 않았다.

"그래서 벌러서져르머트로 올라가 부모님과 엘리에 누이를 찾았지. 하지만 없었다."

아버지는 소파 옆 의자에 앉아 있는 어머니 쪽으로 시선을 돌렸지만, 나는 아버지가 눈물이 앞을 가려 어머니를 전혀 볼 수 없다는 것을 알았다. 아버지의 침묵이 너무 길어 나는 아버지가 더 이야기할 마음이 없다고 생각했다. 아니 아버지가 더 이야기하지 않기를 바라는 심정이었다. 아버지의 얼굴에 묻어나는 상실감이 너무 확연해, 물어본 나 자신이 역겨운 생각이 들었기 때문이다.

"모두 사라지고 없었다."

잠시 뒤 아버지가 말을 이었다.

"우리 동네 유대인들도 사라졌지. 집에 가보니 집시들이 살고 있었는데, 가족사진까지 몽땅 땔감으로 썼더구나."

어머니가 손을 무릎 위에 대고 돌려 비비며 덧붙였다.

"네 친할머니 형제 여덟 분 중 겨우 두 분만 살아남았다. 친할아버지 형제 여덟 분 중에는 살아남은 분이 하나도 없었고."

아버지가 고개를 끄덕였다.

"부다페스트에 살던 피리 네니 이모와 뵈지 네니 이모만 남았지. 이모 둘을 찾는 데도 오랜 시간이 걸렸다. 결국 뵈지 이모가 나를 받아들였고. 아버지, 어머니, 누이에게 무슨 일이 있었는지는 확인하지 못했다. 동네에 살던 유대인 모두가 아우슈비츠로 강제 추방되어 그곳에서 죽었으니, 우리 가족도 그랬겠거니 짐작할 뿐이지."

내가 여덟 살인지 아홉 살인지 아무튼 어렸을 때 밤에 잠을 자다 옆방에서 들리는 TV 소리에 잠을 깬 적이 있었다. 옆방까지 까치발로 걸어가 살짝 들여다보니, 어머니 아버지가 침대에 누워 영화를 보고 있었다. 배우 올리비아 드 하빌랜드가 땅속에서 들리는 신음을 듣고 달려가, 남편에게 산 채로 매장당해 신음을 내지르는 여자를 발견하는 장면이었다. 그 뒤로 수년간 나는 여자가 땅속에서 입에 흙을 잔뜩 문 채 신음을 내지르는 악몽에 시달렸다. 그러니 공동 무덤 속에서 600만 명이 내지르는 비명은 얼마나 더 크고, 끔찍하고, 괴롭겠는가.

아버지는 소파에서 일어나 방을 나서며 마침내 대학에 진학해 전기 공학을 공부했다고 이야기했다. 동상 후유증으로 걸음은 불편했고 돈도 없으니 이모와 함께 먹고살려면 일을 해야 했다. 비극과 상실감의 어두운 그림자에 싸여, 용기를 북돋우고 지원할 부모도 없이 살다 보니, 아버지는 겨우 2년간 대학을 다니고 자퇴했다.

"왠지 끝까지 해볼 힘이 없었다. 짊어진 슬픔이 너무 크고 무거워 떨칠 수가 없었지. 하지만 나중에는 자퇴한 일이 후회스럽더구나."

아버지는 대학을 자퇴한 것 때문에 평생을 두고 후회했다고 고백했다.

◆◆◆◆◆◆◆◆

그 후 부모님, 피터 오빠와 루이즈 새언니, 남편과 나, 이렇게 어른들만 식탁에 둘러앉아 디저트를 먹던 날이었다. 나는 어머니가 집에서 만든 커피 케이크를 받아 들고는 입맛이 없어 포크만 만지작거렸다. 오빠가 우리 집안 조상들에 관한 기록을 찾아보다 낙담했다는 말을 꺼냈다. 풍비박산한 집안 내력의 조각들을 모으려고 아주 오랫동안 노력했으나 헛수고였다는 것이다.

"1992년에 캐나다 적십자사부터 조사하기 시작했어. 아직 아무 소식도 듣지 못했고."

"뭘 조사했는데요?"

남편이 물었다.

오빠의 대답에 따르면, 적십자사는 국제적으로 홀로코스트 희생자들에 관한 정보를 추적할 수 있고, 독일 바트 아롤젠에 방대한 기록보관소를 운영하고 있었다.

"나치가 대단한 게, 기록을 철저하게 관리했거든."

"지금도 적십자에 연락하고 있니?"

어머니가 커피를 저으며 물었다. 어머니의 먼 친척 중에도 실종된 사람이 몇 명 있었지만, 아버지의 부모님과 누이의 운명을 확인하는 것이 급선무였다.

오빠가 고개를 끄덕였다.

"그럼요. 정기적으로 연락하죠. 몇 년이 지났는데, 아직 아무것도 확인하지 못했대요. 별 진전이 없어요."

그리고 몇 달이 지나, 상쾌한 1월 어느 날 오빠가 우리 집으로 전화를 걸었다.

"데비야, 생각해보니 캐나다 적십자사에 매달린 게 헛일인 것 같다. 벌써 6년이 지났는데 아직도 이런저런 핑계만 대고 있다. 네가 미국 적십자사에 확인하는 게 더 낫지 않을까?"

터무니없는 소리라고 생각하면서도 나는 신실한 누이이자 딸로서 오빠가 불러주는 관련 정보를 모두 받아 적었다. 오빠 전화를 끊고 전화번호부를 뒤져 미국 적십자사 사무실이 우리 집에서 30분도 걸리지 않는 브리지포트에 있다는 사실을 확인했다. 나는 전화를 걸어 우리가 찾는 정보가 무엇인지 설명했다. 아버지와 할머니, 할아버지, 고모의 이름, 생년월일, 출생지를 미국 적십자사에 전달했다.

그로부터 4개월도 지나지 않아 미국 적십자사에서 전화 연락이

왔다. 마침 부모님이 우리집에 머물고 계실 때였다. 전화를 건 담당자가 가능한 한 빨리 사무실에서 만나자고 했다. 아버지와 나는 바로 다음 날 브리지포트 사무실로 찾아가겠다고 약속을 잡았다.

브리지포트로 가는 길에 아버지와 나는 캐나다 적십자사가 그렇게 오랫동안 노력해도 아무것도 찾지 못했는데 미국 적십자사가 그 짧은 시간에 과연 무엇을 찾아냈을지 의견이 분분했다.

"여기까지 기껏 오라고 불러놓고 아무것도 찾지 못했다고 말해도 놀라지 않을 것 같아요."

주차장에 차를 대며 아버지에게 말했다. 캐나다 적십자사가 오빠에게 했던 대로 미국 적십자사도 핑계나 대겠거니 짐작했다.

내 예상이 완전히 빗나갔다.

우리는 비좁은 사무실에 마련된 작은 탁자에 앉았다. 적십자사 직원이 우리 앞에 누런 서류철 세 개를 내려놓았다. 그중 서류철 두 개에 각각 일로너 베이스, 엘리에 베이스라는 제목이 붙어 있었다. 아버지의 어머니와 누이의 이름이었다. 아버지 얼굴이 하얗게 질렸다. 아버지가 한 손을 들어 첫 번째 서류철을 펼쳤다. 나는 아버지 옆으로 의자를 바싹 당겨 아버지의 남은 손을 꼭 쥐었다. 그 서류철 두 개에는 각각 서류 한 장이 들어 있었고, 거의 똑같아 보이는 한 구절이 서류에 기록되어 있었다. 타자기로 기록된 문장은 아버지가 그토록 오랫동안 짐작하던 것이 사실임을 확인하는 내용이었다. 마을에 남은 여자, 어린이, 노인 전원과 함께 아버지의 어머니와 누이도 1944년 여름 폴란드의 강제 수용소인 아우슈비츠로 강제 추방되어 가스실에서 처참하게 죽었다는 내용이었다. 그 이상 다른 기록은 없었다. 아버지와 나는 그 문장을 소화하며 말없이 앉아 있었다.

"이제 궁금증이 풀린 것 같구나."

아버지가 중얼거리듯 말했다. 그리고 진실을 확인해 고통스럽지만 놀랍지는 않다고 덧붙이더니, 서류철 두 개를 덮어 옆으로 밀어놓고 세 번째 서류철을 끌어당겼다. 아버지의 아버지 이름이 적힌 그 서류철은 이상하게도 다른 서류철보다 더 두꺼웠다.

헤인리히 베이스라고 제목이 붙은 서류철을 펼치니 먼저 비슷한 문장이 눈에 띄었다. 1944년 6월 12일, 헤인리히 베이스는 강제 추방되어 폴란드 아우슈비츠에 수감당했다. 다른 서류철에서는 거기서 기록이 끝났지만, 할아버지의 서류에는 기록이 더 있었다. 아버지가 그 기록을 소리 내어 읽었다. 1944년 6월 24일, 헤인리히는 아우슈비츠에서 독일 바이마르 인근의 악명 높은 또 다른 강제 수용소 부헨발트로 이송되었다. 이송한 지 이틀 만에 나치는 헤인리히를 해프틀링Haftling으로 분류했다.

적십자사 직원에게 그 의미를 묻자, 직원이 서류를 넘겨 뒤쪽에 적힌 용어 설명란을 가리켰다.

"해프틀링은 헝가리 유대인 노예를 의미하는 독일어입니다. 선생님 아버님께서 아주 건장하셨던 게 분명합니다."

"예, 맞아요."

할아버지는 수년간 이삿짐 운송회사를 운영하시며 그 무거운 짐을 모두 운반했다.

아버지가 읽은 기록에 따르면, 많은 해프틀링이 독일 보훔에 있는 공장으로 옮겨 탄약과 수류탄을 제조했다. 서류에는 그들이 참을 수 없을 만큼 가혹한 환경에서 고생했고, 헤인리히 베이스는 1944년 12월 27일 오전 8시 "전반적인 신체 쇠약을 동반한 순환부전 및 심부전"으로 사망했다고 기록되어 있었다.

아버지가 다시 한번 고개를 들고 물었다.

"이게 무슨 뜻이죠?"

목소리가 속삭이는 것이나 다름없었다.

직원이 조용히 대답했다.

"일반적으로 저희는 독일군이 아버님을 굶긴 채 일만 시키다 사망케 한 것으로 해석합니다."

아버지는 손으로 이마를 감싼 채 꼼짝도 하지 않았다. 아버지의 아버지, 한때 건장하던 사람이 강제 노동 몇 달 만에 굶주려 사망했다. 할아버지 헤인리히 베이스는 아내와 딸보다 여섯 달을 더 살았다. 아버지가 50년 넘게 짐작한 대로 아우슈비츠에서 살해당한 것은 아니지만, 할아버지가 전쟁통에 생존한 기간은 고작 여섯 달 남짓이었다.

"다음 페이지에 기록이 더 있습니다."

직원이 부드러운 목소리로 알려주었다.

서류를 넘기자, 할아버지 운명의 놀라운 반전이 드러났다. 할아버지를 비롯해 극히 소수의 유대인이 홀로코스트에서 사망한 600만 명과 다른 길을 걷게 된 놀라운 운명의 반전이 드러났다.

기록에 따르면, 1944년 11월 말 보훔 군수공장이 연합군의 폭격을 받았고, 일하다 죽은 노예의 시신을 화장하던 화장터가 공습으로 심각하게 파손되어 몇 주간 운영할 수 없었다. 결국, 군수공장 책임자는 화장터를 복구하는 동안 시신을 지역 공동묘지로 보내 처리할 수밖에 없었다. 그 기간에 사망한 해프틀링은 여섯 명이었다.

나치가 유럽 전역에서 자행한 만행으로 희생된 수십만 혹은 수백만 명이 공동 무덤에 함부로 매장되었지만, 기록에 따르면 이 공동 묘지 관리인은 자기가 나서서 뭐든 해야 한다는 책임감을 느꼈다. 뭔가 특별한 일을 하겠다고 다짐한 이 선량하고 점잖은 관리인은 보훔 군수공장에서 사망한 작업자 여섯 명의 시신을 인수해 비멜하우젠 유대인 공동묘지에 각각 매장하고 묘비를 세웠다.

아버지는 아무 말도 하지 못했다. 그 부분을 소리 없이 읽고 또 읽을 뿐이었다. 나도 마찬가지였다. 아버지가 고개를 들었을 때 눈물이 뺨을 타고 줄줄 흘러내리고 있었다.

"우리 아버지⋯ 무덤이⋯ 있다고요?"

목에서 소리가 거의 나오지 않는 듯 아버지는 말을 더듬었다.

"그렇습니다."

적십자 직원이 고개를 끄덕이며 대답했다.

아버지의 입술이 파르르 떨렸다.

"묘비도 있고요?"

"예."

"유대인 묘지에?"

"그렇습니다."

독일의 유대인 공동묘지에 묘비가 세워진 개인 무덤. 미국 적십자사가 우리 할아버지를 찾은 곳이 그곳이며, 50년 넘게 소식을 몰라 애를 태우던 아버지가 아버지를 찾은 곳이 그곳이었다.

우리가 할아버지를 찾아낸 것이다.

브리지포트에서 적십자 직원을 만난 후 수 개월간 우리는 뭔가 착오가 있었을 것이라고 확신했다. 지구 반대편에서 그것도 그렇게 오랜 시간이 지난 후에 적십자사가 할아버지의 무덤을 찾아냈다? 이게 가능한 일인가? 쇼아 희생자 중 유대인 공동묘지에 묻히고 묘비가 세워진 사람이 과연 얼마나 될까?

국제 적십자사에 따르면, 그런 사람은 불과 몇 명뿐이었다.

브리지포트의 적십자사를 방문하고 1년이 지난 뒤 아버지는 피터 오빠와 함께 독일 보훔에 있는 공동묘지를 찾아갔다. 아버지는 50년 만에 찾은 할아버지의 묘비 앞에 무릎을 꿇었다. 묘비에 추모의 돌을 올린 뒤, 드디어 유대교 전통의 추모 기도인 카디시를 외우며 고인의 명복을 빌었다. 아버지가 50년 만에 자기 아버지의 이름과 사망일시가 새겨진 묘비를 실제 찾아냈다는 것은 아버지가 마침내 애도할 장소 혹은 추모할 사망일시 즉, 기일을 확인했다는 의미였다.

1999년 5월, 아버지는 오빠와 함께 독일로 가기 전에 먼저 보훔 시장에게 연락을 취했다. 두 사람은 할아버지가 독일에서 지낸 삶에 대해 더 많은 정보를 얻기 위해 그 지역 역사학자를 만나 이야기를 나누고, 함께 비멜하우젠의 공동묘지를 방문했다. 공동묘지 사무실에서 방명록에 서명하고, 묘비 위에 추모의 돌을 올렸다. 나중에 오빠가 내게 설명한 대로 아버지는 참배하는 내내 거의 말을 하지 않았고, 몇 달이 지난 후에 비로소 그때 얼마나 비통했는지 이야기하기 시작했다.

그리고 나서도 믿기 힘든 소식이 새로이 전달되었다.

독일에서 토론토로 돌아오고 몇 주가 지나지 않았을 때였다. 영국 웨스트 요크셔에서 발송한 편지 한 통이 아버지에게 도착했다. 발신인은 존 칠러그 씨로, 헝가리 이름이었지만 어머니나 아버지가 모르는 사람이었다. 편지 내용은 이랬다.

버더시 씨

제 아버지도 선생님 아버님과 함께 비멜하우젠 유대인 공동묘
지에 묻히셨습니다. 아버지 묘지를 찾아갔다가 우연히 방명록
에 적힌 선생님 성함을 확인했습니다. 선생님께서 묘지에 다녀
가신 직후였습니다.

저는 1944년 6월 아우슈비츠로 강제 추방된 뒤, 1944년 8월
그곳에서 아버지를 비롯한 270여 명과 함께 보훔으로 이송되었
습니다. 몇 달간 강제 노동에 시달리던 제 아버지는 헤인리히 베
이스 씨께서 돌아가시기 2주 전에 공장에서 사망하셨습니다.

저도 제 아버지가 돌아가신 것은 알고 있었지만, 무덤에 매장되
었다는 사실은 1950년대 후반에 겨우 알게 되었습니다.

이제 그 수용소에서 살아남은 사람은 제가 유일하다고 생각합
니다.

아버지는 편지의 내용을 내게 알려주며 놀라워했다.

"생각해 봐라, 칠러그 씨 이분이 네 할아버지와 공장에서 함께 일
했다니! 같은 장소, 같은 시간에 있었다니!"

지역 역사학자에게서 아버지의 캐나다 주소를 얻었다고 밝힌 칠
러그 씨는 누렇게 색이 바랜, 독일어로 타이핑된 군수공장 서류 뭉
치를 함께 보냈다. 동봉된 영어 번역본을 읽어보니 첨부된 서류의
내용은 다음과 같았다.

수감자 50명으로 구성된 작업반이 보훔에 배치되어, 1942년 이
후 연합군의 공습 과정에서 생긴 보훔 지역의 불발 폭탄을 해

체하고 제거하는 임무를 주로 수행했다. 폭탄 해체 작업은 원시적인 장비를 사용해 특별한 안전 조치도 없이 이루어졌다. 죽은 사람이 많았다.

한 무리의 작업자는 포로들을 수용하기 위해 막사를 짓고 고압 철책선을 가설했다.

1944년 7월 26일 아우슈비츠에서 400명이 넘는 헝가리 유대인이 이송되었고, 8월에도 400명이 추가로 이송되었다. 유대인들은 SS 경비병에게 야만적으로 학대당했다. 일을 더 할 수 없는 사람들은 부헨발트로 다시 이송되어 살해되었다.

180명이 넘는 해프틀링 노예가 불법적으로 음식을 취득하거나 가혹한 나치 정권의 규정을 위반한 기타 행위로 나치군에게 처형당했다.

칠러그 씨가 동봉한 서류에는 다음과 같은 내용도 있었다.

첫날은 전혀 아무것도 먹지 못했다. 그 이후 하루에 배급받은 음식은 아침에는 검은 물("커피"), 점심에는 사탕무 수프나 양배추 수프와 빵 한 조각, 마가린 10g이었고, 간혹 소시지 4분의 1쪽을 배급받았다. 하지만 빵이나 소시지를 받지 못하는 날이 아주 많았다. 정오에 먹는 음식이 하루 중 마지막으로 먹는 식사였다.

일은 새벽 5시나 6시에 시작했다. "아침"을 먹은 뒤 점호를 했는데, 점호 시간은 날씨나 계절에 상관없이 SS 경비병의 기분에 따라 반 시간에서 세 시간까지 걸렸다. 우리가 걸친 옷이라곤 속옷과 셔츠, 면으로 된 줄무늬 죄수복이 전부였다.

가장 튼튼한 포로들은 공장으로 차출되어 공장 감독자의 변덕에 시달렸다. 가장 힘든 일은 불에 달군 커다란 쇳덩어리를 거대한 크기의 프레스로 눌러 가공하는 작업이었다. 너무 뜨거워 일반인은 근처에 다가서지도 못할 정도였다. 해프틀링은 방호복도 없이, 심지어 장갑도 끼지 못하고 작업에 내몰렸다. 프레스를 다루던 해프틀링 한 명이 어디서 구했는지 방호복 천 조각을 손에 감고 작업하다 감독에게 걸려 잔인하게 처벌받는 장면을 본 적도 있다. 방호복 천 조각을 빼앗긴 그 해프틀링은 분명히 손을 심하게 데어 물집이 잡혔을 것이다.

공장 경영진은 이처럼 작업자를 학대하는 행위를 묵인하거나 심지어 직접 지시했다.

칠러그 씨는 편지에서 자신의 경험도 이렇게 회상했다.

공장에 있던 어린 해프틀링 열서너 명 중에서 저와 헌시라는 아이가 열여섯 살 동갑이었습니다. 저희는 친구가 되어 서로 의지하며 버텼습니다. 헌시는 한동안 뜨거운 프레스 위쪽에 설치된 크레인을 운전했습니다. 프레스에서 뿜어져 나오는 열기에 숨이 막히는 끔찍한 작업이었습니다. 1944년 10월 어느 날 헌시와 제가 공모해 모종의 '행동'을 했는데, 그 덕분에 제가 살아남았다고 할 수 있습니다. 당시 작업 중 경상을 입은 해프틀링을 수용소 의무대로 옮겨 치료했는데, 바로 그 점을 노리고 헌시가 제 발등에 크레인을 살짝 떨어트려 발가락 두 개를 부러뜨렸습니다. 힘든 공장 일에서 벗어나 의무대에 쉰 그 2주가 제가 마지막까지 생존하는 데 힘이 된 것 같습니다.

편지는 "헌시는 1945년 1월 10일에 사망했습니다"로 끝났다.

아버지는 독일에서 토론토로 돌아와 존 칠러그에게 편지를 받고 답장을 보낸 뒤, 미국 적십자사 앞으로 편지를 보냈다. 적십자사가 우리 할아버지의 죽음에 관한 놀라운 사실을 발견한 덕분에 나는 미국 적십자사 모임에 두 번 초대되어 기조연설을 하게 되었다. 볼티모어와 세인트루이스에서 열린 모임이었는데, 나는 적십자사가 할아버지를 찾아낸 이야기로 기조연설을 했다.

그리고 그때마다 아버지가 적십자에 보낸 편지를 읽는 것으로 연설을 마무리했다.

안녕하세요!

미국 적십자사에 진심으로 감사를 드리며 깊은 존경을 표합니다. 제 부모님과 누이는 홀로코스트 중에 헝가리에서 강제 추방되어 다른 사람들과 함께 실종되었습니다. 미국에 사는 제 여식이 그분들의 운명을 추적 확인하는 작업을 적십자사에 의뢰했습니다. 그리고 쉰여섯 살 젊고 건강한 제 아버지가 노예 노동 여섯 달 만에 굶주려 사망했다는 사실을 알게 되었습니다.

여러분 덕분에 제 아버지의 최종 안식처에 찾아가 그 무덤에 기도를 드릴 수 있었습니다. 묘지에 서서 저도 마음속으로 제 아버지가 견뎠을 그 모든 공포를 겪었습니다. 50년간 생사도 모른 채 지내다가 경험한 아주 감동적인 순간이었습니다. 여러분이 성실하고 부단하게 일해주신 덕분에 제 인생의 고통스러운 한 장이 끝을 맺었습니다.

또한 이 기회를 빌려 제 목숨을 구해준 미국 군대와 용감한 병사들께도 제 평생에 걸친 사의와 존경을 전하고자 합니다. 제가 열여덟 살의 나이로 마우트하우젠 강제 수용소에서 노예 노동을 하며 간신히 목숨을 부지하고 있을 때, 미국 군대가 수용소를 해방했습니다.

여전히 전투가 진행 중이던 그때 미국 병사 한 분이 제게 건넨 빵 한 조각의 맛을 평생 잊지 못할 것입니다.

여러분 모두에게 신의 가호를 빕니다.

나는 감정이 북받쳐 아버지의 편지를 한 번에 끝까지 읽어 내려가지 못했다. 두 번 모두.

10

별장의 보수 공사

"전에도 우리는 악몽을 견뎌냈다네."

친정집 식탁에서 어머니가 이렇게 말하는 소리를 들었을 때 나는 멈칫했다. 아주 오래전에 어머니와 아버지가 유럽에서 겪었을 아픔, 나는 짐작도 할 수 없는 고통이 떠올랐기 때문이다. 어머니와 아버지가 별장에서 벌어진 상황을 맞아 극적인 반응도 보이지 않고 한마디 불평도 없이 의연한 자세로 정면 대응한다면, 나도 당연히 그래야 한다고 생각했다. 속이 메스껍다거나 두렵다고 말할 권리가 내겐 없었다. 내 부모님이라면 혹시 모를까. 무엇보다 어머니가 들려준 전쟁 당시 어머니와 아버지의 대하소설 같은 이야기를 통해 나는 부모님이 과거에 겪은 공포를 눈에 띄지 않게 치워둘 수도, 기억을 나오지 못하게 억압할 수도, 통제할 수도 없다는 것을 깨달았다. 기억이란 것은 까딱거리며 다시 수면 위로 솟아오르는 법이기 때문이다.

그래서 나는 결심했다.

"두 분이 오빠와 제 생일을 별장에서 지내는 게 괜찮다면, 저희도 당연히 그렇게 해야죠. 늘 그랬으니까요. 바뀐 건 아무것도 없어요.

그렇지, 여보?"

이렇게 말한 뒤 나는 내 말에 반대하지 않기를 바라며 남편을 돌아보았다. 남편은 눈썹을 치켜떴지만, 내 말에 토를 달지는 않았다. 의자에 등을 기대고는 한동안 말없이 나를 바라보았다. 그리고 마침내 약간 마지못한 기색으로 입을 열었다.

"당신이 결정한 것이면 뭐든 다 좋아."

그것으로 별장에 가는 것이 급작스럽게 결정되었다.

화요일 밤, 저녁 식사 후 우리는 차에 짐을 다시 싣고 출발했다. 2시간 이동은 아무것도 아니었다. 정말 쾌페시였다. 11번 국도까지 400번 국도를 곧장 달려, 눈에 익은 오래된 건물들과 번쩍거리게 새로 지은 캐나다 가구, 카약, 유기농 과일 등을 파는 상점 건물들을 지나쳤다.

국도를 벗어날 지점에 도착하니 해가 뉘엿뉘엿 지고 있었다. 거기서 우회전을 하면 우리 호수로 가는 길이었고, 차를 좌측으로 돌리면 내가 어린 시절 많은 시간을 보낸 시내 한복판이 나왔다. 우리는 우회전했다.

오빠가 자기 가족과 어머니 아버지를 태우고 운전하는 SUV가 우리 앞에 어슴푸레 보였다. 도로는 급커브 지점에서 리본 모양으로 휘어졌다. 작은 숲과 연못을 지나고, 어둠이 내려앉으며 위성 안테나가 은빛으로 빛나는 주택들도 드문드문 지나갔다. 이 시골길을 30㎞ 정도 달리면 우리 개인 도로가 나왔다. 중간중간 다른 차가 지나가도록 옆으로 차를 조금 뺄 수 있는 공터 몇 군데를 제외하면 대부분 겨우 차 한 대밖에 지나갈 수 없는 좁은 도로였다. 나는 지금까지 지나친 자동차 중 하나에 살인자가 타고 있는 것은 아닌지 궁금했다. 가끔 우리는 물컹물컹한 도로에 차바퀴가 빠지는 일이 생기지 않도록 도로 폭이 넓은 지점을 찾아 차를 후진했다. 남편은 아주 천천히 차를 몰았다. 구불구불한 굽이를 돌아 나가며, 우리가 가고 있다는 것을 맞은편에서 오는 차에게 알리려고 간간이 경적도 울렸다. 도로가 움푹 팬 곳을 덜컹거리며 넘어가면 차 뒤로 자갈들이 튀었다. 드디어 우리 개인 도로에 접어들었다. 우리 가족을 비롯해 근처에 별장이 있는 열댓 가족만 이용해 호숫가로 가는 길이었다. 좌측으로 개척민이 백여 년 전에 지어 지붕도 없고 허물어져 가는 대들보도 어둠 속에서 거의 보이지 않는 통나무집을 지나면, 거기에서부터 1.5㎞도 안 되는 거리에 우리 별장이 있었다.

마지막 남은 언덕 몇 개를 오르는 사이 날은 칠흑같이 어두워졌고, 나는 숨이 가빠졌다. 내가 무슨 생각을 한 거지? 아무 일도 없었다는 듯이, 그것도 아이들까지 데리고 이곳에 올 생각을 하다니? 노란색 경찰 저지선이 아직 남아 있는지 아닌지도 모르면서. 경찰이 수사한 흔적이나 살인 증거가 남아 있을까? TV에서 본 대로 경찰이 지문을 감식하려고 바른 가루는 아직 있을까? 귀걸이나 머리핀 등 사만다의 물건이 우연히 발견되면 어쩌지? 혹은 살인자가 흘린 무언가가 눈에 띄는 일이 생길 수 있을까? 나는 아랫입술을 꽉 깨물었다.

고개를 돌려 뒷자리에 앉은 조던과 제이크를 살폈다. 아이들은 나와 같은 두려움을 느끼지 않기를, 아이들을 이런 상황에 몰아넣은 것이 엄마로서 형편없는 짓이 아니기를, 제발 누구든 코비 앞에서는 아무것도 이야기하지 않기를 바라는 마음으로. 제이크는 이어폰을 귀에 꽂은 채 머리받이에 머리를 기대 잠이 들었고, 조던은 무릎 위에 잡지를 펼친 채 말없이 창밖을 응시하고 있었다. 나는 다시 정면으로 고개를 돌렸다. 가슴이 방망이질을 쳤다.

드디어 비탈진 별장 진입로에 도착했다. 자동차 앞머리를 곧장 아래로 향한 채 조금씩 전진해 오빠의 SUV 뒤에 차를 바짝 붙였다.

혼다 밴의 문을 열자 진한 솔향과 밤벌레들의 합창이 나를 맞이했다. 마음이 편안해지는 냄새, 친숙한 소리였다. 오빠가 곧장 현관문을 열고 전등을 켰다. 우리는 칠흑처럼 어두운 자동차 주변을 핸드폰 불빛으로 비추며 먼저 어머니 아버지를 내려드리고, 피 한 방울 냄새만 맡아도 연대를 조직해 달려들 모기보다 빨리 움직이기 위해 필사적인 속도로 자동차 트렁크에서 짐을 내려 현관으로 날랐다. 솔직히 말해 어둠 속에 오래 있고 싶은 마음이 없었다. 환하게 불이 켜진 별장 안으로 가능한 한 빨리 들어가고 싶었다.

"어이토!"

짐을 한 아름 챙겨 든 나는 빨리 안으로 들어가고 싶은 마음에 우리 부모님이 항상 하던 대로 이렇게 외쳤다. 서둘러 나오는 아이가 한 명도 없었다. 다시 한번 "문!"이라고 소리친 뒤 마지막 가방을 챙겨 안으로 튀어 들어갔다.

그런데 문지방을 넘어서자 살짝 현기증을 느꼈다. 새로 개조한 별장이 낯설게 보여서 적응하느라 시간이 걸렸다.

아버지, 어머니, 오빠, 할머니, 나 이렇게 단출했던 우리 가족에게는 맨 처음 퍼시픽 프리패브 공간도 편안했다. 하지만 세월이 흘러 새언니 루이즈가 들어와 조카 둘이 생기고, 내 남편과 우리 아이들 셋까지 더해 단출했던 식구가 대가족이 되었다. 더구나 개도 두 마리나 있었다. 이렇게 우리 가족은 원래 별장 공간이 감당할 수 없을 만큼 커져 버렸다.

몇 년 전부터 우리 가족은 이곳을 매각하고 더 크고, 토론토에서 더 가깝고, 시내에서도 더 가까운 다른 곳을 매입하는 방안을 논의했다. 수년 전 가슴 철렁한 사건을 세 번이나 겪은 탓에 세 번째 조건이 특히 중요했다. 첫 번째 사건은 오빠가 20대 초반일 때 발생했다. 당시는 오빠가 별장에 잘 오지 않던 시절이었다. 10대 때는 주로 캠프에서 여름을 보냈고, 나중에는 시내에서 친구들과 지내는 것을 더 좋아했다. 그 뒤에는 박사 학위를 준비하며 토론토 대학 도서관에서 살다시피 했다. 그러다 한번 오빠가 주말을 맞아 별장에 온 적이 있었다. 오후 늦게 보니 오빠가 햇볕에 그을린 정도가 너무 심했다. 오빠는 수영복 차림으로 거실 한가운데에 서고, 어머니는 화상약 솔라카인을 뿌리느라 정신이 없었다. 벌겋게 달아오른 오빠의 등과 어깨에 약을 아주 듬뿍 뿌렸다. 그리고 잠시 뒤 오빠가 멋진 호를 그리며 앞으로 고꾸라져 바닥에 그대로 얼굴을 처박았다. 정말 웃기는 장면이었다. 오빠가 발작을 일으키기 전까지는 말이다.

어머니와 나는 우리 발을 부여잡은 오빠를 쳐다보며 그 자리에 서서 망연자실했다. 어머니가 전화기를 들고 911 번호를 누를 때 오빠의 발작이 끝났다. 오빠는 천천히 몸을 일으켜 무릎을 꿇더니 멍한 표정으로 물었다.

"무슨 일 있었어?"

나중에 알고 보니 국부마취제인 솔라카인은 소량만 뿌리는 약이었다. 벌겋게 달아오른 오빠의 피부가 엄청난 분량의 약을 흡수해서 오빠가 기절한 것이었다. 다행히 그 사건은 금방 끝났고 후유증도 남지 않았다. 하지만 병원에 가야 할 위급 상황이었다면 우리는 구급차가 도착하기까지 최소 30분을 손 놓고 기다려야 했을 것이다.

두 번째 사건은 1976년 여름에 일어났다. 나는 침대 위에 웅크리고 엎드려 조용히 그림을 그리고 있었고, 부모님은 밖에서 비가 새는 지붕을 수리 중이었다. 갑자기 날카로운 비명이 정적을 가르고, 쿵 하고 무언가 떨어지는 소리가 뒤를 이었다. 밖으로 달려 나가 보니 긴 알루미늄 사다리가 옆으로 넘어져 있고, 어머니가 땅바닥에 쓰러져 꼼짝도 하지 못했다.

"엄마?"

깜짝 놀란 나는 어머니를 소리쳐 불렀다.

사다리가 없어 내려오지도 못하고 꼼짝없이 지붕에 갇힌 아버지는 지붕 끝에 쭈그리고 앉아 고함을 질렀다.

"베러! 베러! 당신 괜찮아? 여보!"

1분 정도 지났을까 어머니가 천천히 일어나 앉았다. 나는 안도의 한숨을 내쉬었다. 그때 어머니의 다리가 눈에 띄었다. 쭉 뻗고 앉은 다리의 발목이 L자 형태로 옆으로 90도 돌아가 있었고, 순식간에 무릎 아랫부분 전체가 시퍼렇게 물들었다. 순간 나는 현기증이 파도처럼 덮치는 기분이 들어 그 자리에 얼어붙었다. 잠시 후 이웃에 살던 조지 로트허우세르가 숨을 헐떡이며 달려왔다. 조지가 사다리를 세워 아버지가 지붕에서 내려오고, 어머니를 올즈모빌 뒷좌석에 태웠다. 브레이스브리지까지 가는 30㎞가 한없이 멀었다. 뒷좌석에 누운 어머니의 얼굴은 핏기가 가시며 백지장처럼 하얗게 변했다. 자동차가 비포장길에서 울퉁불퉁한 부분이나 돌을 밟고 지나거나 커브를 돌아갈 때마다 어머니는 물고기처럼 팔딱거렸다. 앞자리에 앉은 나는 몇 초 간격으로 쉴새 없이 뒤를 돌아보며 물었다.

"엄마 괜찮아?"

그럴 때마다 어머니는 "제발, 엄마 기절 좀 하게 그냥 둬"라며 신음했지만, 어머니가 정신을 잃을지 모른다는 불안감에 나는 계속 물었고, 어머니는 계속 신음했다.

사우스 머스코카 메모리얼 응급실에 도착하자 의사와 간호사들이 어머니 주위로 몰려왔다. 몇 분 뒤 어머니를 이동식 침대에 눕혀 급히 수술실로 옮겼고, 어머니는 고개를 한쪽으로 돌려 요강에 토했다.

그날 밤늦게 아버지와 나만 별장으로 돌아왔다. 응급실에 늦게 도착한 데다 차 속에서 너무 흔들린 바람에 합병증이 발생해 어머니는 수술을 받아야 했다. 의사가 부러진 어머니의 발목뼈를 금속 핀과 나사로 고정했고, 어머니는 며칠간 병원에 입원하는 수밖에 없었다. 늦은 밤 별장으로 돌아오는 차 안에서 아버지는 헛기침한 후 창밖으로 침을 뱉었지만, 창문 내리는 것을 깜빡해 자동차 유리창에 그대로 하얀 침이 흘러내렸다. 아버지는 유리창에 묻은 침을 소매를 닦으며 "버스드 메그"라고 내뱉었다. 헝가리어로 "염병할"이라는 욕을 내뱉은 것이다.

그리고 몇 년 뒤 강도가 단단히 벼르고 별장에 침입해 몽땅 털어갔다. TV와 라디오, 소소한 주방용품 심지어 경쾌한 모직 조끼를 입은 술병들까지 돈이 될 만한 것은 전부 가져갔다. 호수 주변에 사는 사람들은 아무것도 보지 못하고 아무 소리도 듣지 못했다.

이런 사건들을 겪으며 우리는 도움의 손길에서 멀리 떨어져 숲속 외딴 별장에 있을 때 얼마나 위급 상황에 취약한지 실감했다. 게다가 차들이 꼬리에 꼬리를 물고 붐비는 길을 뚫고 힘겹게 토론토를 오가는 것도 점점 지겨워졌다. 시내에서 겨우 한 시간 떨어진 별장에서 즐겁게 지낸다고 자랑하는 친구들도 부러웠다.

하지만 끝없이 논의를 거듭해도 결국 우리는 아무리 비좁고, 아무리 거리가 멀어도 부모님이 그토록 애정을 갖고 가꾼 이곳을 떠날 수 없다는 사실을 확인했다. 다만 부모님 외에도 두 가족이 더 모이는데 침실은 작은방 세 칸, 화장실은 고작 한 칸이니 불편했다. 우리에게는 더 많은 침실과 화장실이 필요했다. 그러면서 한 지붕 아래 모이고 싶었다.

그러던 어느 날 아이들을 보트에 태우고 호수를 건너 카리브 롯지 호텔로 아이스바를 사러 가던 길에, 오빠와 나는 선착장 근처에서 두 남자가 별장 수리에 관해 주고받는 소리를 들었다. 공사 진척 상황을 묻는 남자는 별장 주인인 듯했고, 다른 남자는 건축업자인 것 같았다. 오빠와 나는 두 사람이 헤어지길 기다렸다 건축업자에게 다가가 인사했다.

"저기 북서쪽 호숫가에 저희 별장이 있는데 증축할까 생각 중입니다. 한번 와서 봐주실 수 있을까요?"

오빠가 건축업자에게 물었다.

건축업자 제러미 크리스는 보배나 다름없었다. 사려 깊고 독창적인 데다 상냥하고 합리적인 사람이었다. 제러미와 오빠는 몇 달에 걸쳐 여러 번 만난 뒤 별장 증축 계약을 체결했다. 바닥 면적을 늘리기 위해 제러미가 제안한 방법은 완벽했다. 우리가 늘 상상하던 대로 옆으로 증축하는 대신 그는 별장 정면의 발코니를 헐고 앞으로 증축하는 방법을 제안했다. 그렇게 하면 생활 공간이 엄청나게 늘어날 뿐만 아니라 앞 창문이 전보다 훨씬 더 호수에 가깝게 설치되는 장점이 있었다. 늘어난 공간에는 미닫이문을 열고 바로 밖으로 나갈 수 있는 커다란 침실 두 개가 들어설 예정이었다. 우리는 나중에 침실 미닫이문을 통해 바로 이어지는 바깥 공간을 "리도 데크(수영과 일광욕을 할 수 있는 갑판)"라고 부르며, "리도 데크에서 칵테일이나 한 잔 마실까?"라는 식으로 말하곤 했다. 원래 있던 침실들과 화장실은 그대로 두고, 구석으로 밀려 어둡고 비좁은 주방이 있던 자리에 새로 두 번째 화장실을 짓기로 했다. 세탁기와 건조기가 들어갈 공간이 생기다니! 기존 거실은 대형 음식 조리대를 매끄럽게 이어 개방하는 추세를 반영해 주방 겸 식당으로 새로 꾸밀 계획이었다.

생활 공간이 두 배로 커지는 외에도 새로 만드는 침실 뒤편으로 창고도 들이고, 한쪽 옆면에는 1층과 2층으로 발코니를 설치하고 반대쪽에 현관을 만들 생각이었다. 호수까지 이어지는 길에는 널찍한 계단과 층계참을 새로 설치하기로 했다. 그리고 내 제안에 따라 남쪽을 향한 발코니에 방충망을 설치하기로 했다. 벌레가 달려들까 걱정하지 않아도 되어서 그곳이 나중에는 우리가 좋아하는 식사 장소가 되었다.

오빠는 별장 보수 공사도 제러미에게 맡겼다. 다음 1년간 두 사람은 부모님과 끝없이 반복해 협의하고 의논하고 계획을 세우고 이메일을 주고받았다. 나는 코네티컷에서 그 과정을 모두 전해 들었다. 부모님과 오빠가 보수 공사 비용을 대고, 나는 세 사람의 취향과 의도를 존중해 온 가족이 편안히 지내도록 별장이 보수될 것이라 믿었다. 옛날 별장이 그리워지면 어쩌나 걱정도 되었지만 나까지 끼어들고 싶지 않았다.

드디어 보수 공사가 시작되었다. 오빠는 제러미가 보조 작업자를 고용했다는 소식을 내게 알렸다. 어린 아들을 하나 키우는 건장한 기술자로 이미 두 사람이 손발을 맞춰 서너 군데 공사를 진행한 적이 있었다. 2007년 한 해 동안 두 건축업자는 아이들도 데리고 별장을 자주 방문해 오빠와 가족들과 함께 점심이나 저녁 식사를 하며 이야기를 나누고 설계도를 검토하는 일이 많았다.

2008년 겨울 우리가 방학을 맞아 토론토를 방문했을 때, 오빠와 나는 보수 공사 진척 상황을 살피기 위해 탈리아, 코비, 라피키를 오빠의 SUV에 태우고 별장으로 올라갔다. 개인 도로라 제설 작업을 하지 않은 탓에 겨드랑이 높이까지 눈이 쌓여있었다. 우리는 차를 주차한 후 설피를 신고, 아이들을 썰매에 태웠다. 라피키는 땅과 나무에 걸쭉한 크림처럼 겹겹이 쌓이는 눈보라를 뚫고 우리 앞을 사슴처럼 폴짝폴짝 뛰어갔다. 가파른 진입로를 터벅터벅 내려가자 눈보라 속에 어슴푸레하게 별장이 보였다. 처마에 매달린 고드름이 반짝거리는 커튼 같았다. 오빠가 꽁꽁 언 얼음을 발로 차서 깨고, 쌓인 눈을 한쪽으로 치운 다음 문을 열었다. 우리는 안으로 들어가기 전에 현관에서 쿵쿵 뛰어 신발에 묻은 눈을 털어냈다. 아이들이 안을 구경하러 달려 들어갔다.

안이나 밖이나 춥기는 매일반이었다. 나는 젖은 장갑은 벗었지만, 끝까지 올린 오리털 파카의 지퍼는 내리지 않았다. 손가락 끝이 얼얼했다. 따뜻한 입김을 호호 불고 이리저리 움직여 손을 녹인 다음 별장 안을 둘러보았다. 그러다 발을 멈추고 헉 숨을 들이마셨다. 얼얼하게 찬 공기가 빨려 들어왔다. 내가 속속들이 알던 집이 완전히 달라져 있었다.

"아이고, 맙소사!"

그 자리에서 360도를 돌며 살펴보았다. 바닥에는 적벽돌색 장판 대신 폭이 넓은 소나무 바닥재가 깔렸고, 천장에는 옹이 박힌 소나무 기둥들이 십자형으로 엇갈렸다. 종잇장처럼 얇은 장식 판자를 떼어낸 자리에는 두꺼운 소나무 널빤지가 붙어 있었다. 카펫과 각종 장식품, 어머니가 멋을 내 전등갓으로 사용하던 고리버들 바구니는 사라지고 없었다. 진녹색 주방 찬장과 양념통 선반도 사라졌고, 자그마한 RCA TV와 턴테이블도 사라지고 없었다. 어머니가 색유리 인형을 섬세하게 만들어 장식한 미닫이문과 전면 벽도 보이지 않았다. 헝가리 장식품과 손으로 자수를 놓은 쿠션, 어머니가 손수 그림을 그려 넣은 가구가 가득했던 옛 거실, 내가 간직한 헝가리 문화의 축이자 내 정체성의 중심인 옛 거실은 이제 사라지고 없었다. 상실감이 느껴졌다.

오빠에게 나직이 물었다.

"오빠, 전부 어디에 있어?"

오빠는 기다란 천장 장식 몰딩들을 손에 들고 돌려가며 매듭 문양을 비교하고 있었다.

"제러미가 전부 바깥 창고로 옮겼어. 걱정하지 마. 거기에 다 있어."

오빠에게 미심쩍은 눈치를 보낸 후 성큼성큼 걸어 내가 어릴 적에 사용하던 침실로 들어갔다. 벽에 붙어 있던 내 유년의 흔적이 모두 자취를 감추고 없었다. 어머니에게 자수를 배울 때 만들었던, 당나귀가 꽃수레를 끄는 자수 액자. 홀치기 기법으로 현란하게 염색해 만들고 몬티 플랍이라 이름 붙인 인형. 중학교 1학년 때 미술 시간에 만들어, 고든 선생님이 아랫부분 한구석에 "A+ 최고!"라고 서명한 공중그네 곡예사 포스터. 모두 사라지고 없었다. 서러웠지만, 새로 꾸민 방이 분명히 아름답다는 것은 부인할 수 없었다. 이방 저방을 천천히 돌며 어떻게 바뀌었는지 살펴보았다. 옛날 주방과 식당이 있던 자리는 새로 벽을 세우고 문을 달아 막혀 있었다. 문을 열고 안으로 들어서니 타일을 붙인 화장실이었다. 두 번째 문을 열고는 나도 모르게 중얼거렸다.

"대박."

옛날 주방이 있던 그곳은 이제 달착지근한 냄새가 나는 삼나무 사우나 목욕탕이었다.

그래도 다행히 다른 침실 두 개는 옛날 그대로 남아 있었다. 하지만 원래 벽지와 바닥재를 제거하고 소나무 판재로 실내를 꾸미기는 여기도 마찬가지였다. 거실로 돌아가 세어 보니, 예전에 두 개이던 출입문이 여덟 개로 늘어나 있었다.

"돌 벽난로는 좋네."

바닥부터 천장까지 닿게 거실 한가운데에 설치된 벽난로 외장의 돌 표면을 손으로 쓸며 오빠에게 말했다. 내가 전에 인테리어 디자인 잡지에서 보고 칭찬한 모델 같았다.

"네가 지금 서 있는 자리가 예전에 난간이 있던 곳이야. 벽난로가 있는 곳이 옛날 발코니 끝이고. 한 발만 더 내디디면 아래로 떨어졌을 자리지."

벽난로 뒤편은 새로 단 전망창을 마주하고 자리에 편안히 앉아 바깥 풍경을 구경할 수 있는 공간이었다. 별장 정면이 호숫가에 몇 미터 더 가까이 접근한 탓에 호수가 전에 없이 풍경의 한가운데로 펼쳐졌다. 이제 나는 나무 꼭대기에 매달린 성에 살며 공중을 떠다니는 요정일 수 없을 것이다. 내 유년의 한 부분이 적벽돌색 장판처럼 뜯겨나간 것 같았다.

식당 공간 옆으로 설치된 계단을 따라 내려가니 새로 만든 방이 나왔다. 예전에 진입로로 이어지던 좁은 층계참이 있던 공간이었다.

"오빠 새 사무실?"

내 짐작을 이야기하며 둘러보니 배가 불룩하게 나온 옛날 난로가 그 방에 있었다. 예전에 집밖에 걸렸던 묵직한 무쇠 등 두 개가 양쪽에 매달린 가운데 넓적한 판석 위에 앉아 방을 우아하게 장식하고 있었다. 검은 무쇠 등은 서까래를 향해 올라간 난로 연통과 완벽한 구도를 이루었다.

"침실 페인트 색은 네가 골라. 주방 조리대는 뭐로 할까? 내 생각엔 점판암이 괜찮을 것 같은데."

오빠가 양쪽으로 두꺼운 소나무에 둘러싸여 U자 형태로 개방된 주방 조리공간으로 들어가며 물었다. 나는 감정을 억눌렀지만, 갑자기 후회가 밀려들었다.

'우리가 코네티컷으로 이사하지 않았다면, 우리가 800㎞ 떨어진 곳으로 삶의 터전을 옮기지 않았다면, 모든 것이 그대로 일지도 모르는데. 남편이 트랜스 럭스에 다니지 않았다면, 우리가 결혼하지 않았다면, 우리가 만나지 않았다면, 내가 자라지 않았다면. 만일, 만일, 그랬다면. 시간을 되돌릴 수만 있다면.'

"이건 이제 분명히 엄마 주방이 아니야. 엄마가 예전에 주방을 독차지하고 요리하던 거 기억나? 이렇게 탁 트이고 넓은 공간에서 모두 함께 식사를 준비하면 훨씬 더 좋겠지. 벽만 바라보며 설거지할 일도 없고."

나는 오빠에게 살짝 농담조로 대답하고는 눈물을 훔쳤다.

"그거 진짜 좋은 생각이다. 벽난로 위에 벽걸이 TV를 달면 설거지하면서 볼 수도 있겠는데."

이렇게 말한 오빠가 한 걸음 다가와 나를 빤히 쳐다보았다.

"데비야, 변화가 필요하다는 것은 우리 모두 합의한 내용이잖아. 그래야 가족 모두가 별장을 편하게 이용하지."

"알아."

나는 고개를 가로젓고 숨을 크게 들이쉬었다.

"앞으로 나아가는 것이 과거를 내려놓는 의미라는 걸 받아들이기가 너무 힘들어서 그래. 전혀 공평하지 않은 것 같아서."

오빠가 손을 뻗어 오리털 스키 파카 위로 내 어깨를 잡았다.

"창고에 물건들이 많이 있다고 했잖아. 사진도 수없이 찍었어. 그 물건들이 다 제 자리를 잡으면 익숙해 보일 거야."

바로 그때 밖에서 뽀드득뽀드득 눈을 밟는 소리가 들리고 발을 쿵쿵 굴러 신발 터는 소리가 나더니 문이 열렸다. 건장한 사내 둘이 안으로 들어왔다.

"왔어요? 어서 들어와요. 우리도 방금 도착했는데, 집이 멋지게 변했네요."

오빠가 두 사람을 맞이했다. 반도처럼 소나무에 둘러싸인 주방을 돌아 나가며 씩 웃는지 오빠의 희끗희끗하고 덥수룩한 콧수염이 위로 올라갔다.

"제 여동생 알죠?"

나는 제러미에게 인사한 후, 꼬리가 떨어지게 흔들며 손님에게 달려가려는 라피키의 목줄을 붙잡았다. 제러미와 동료는 두꺼운 장갑과 털모자를 벗고 어깨에 쌓인 눈을 털었다.

"안녕하세요. 데비, 다시 만나 반가워요."

제러미가 씩 웃으며 나를 가볍게 포옹한 뒤 허리를 숙여 라피키를 쓰다듬었다. 라피키는 그 남자들이 신기한 듯 코를 킁킁거렸다.

오빠가 처음 보는 제러미 동료를 소개했다. 악수하는데 그 남자의 두툼하고 커다란 손에 비하면 내 손은 아기 손이었다. 야구 글러브하고 악수하는 기분이었다. 나는 고개를 갸웃거리며 그의 이름을 재차 되뇌었다. 보르베이.

"'이발사'라는 뜻의 헝가리 이름입니다."

내가 알고 있는 내용을 확인해 주는 그에게 고개를 끄덕였다. 물건들이 집에 다 보관되어 있다고 생각하니 그나마 위안이 되었다. 그리고 왠지 그 남자가 헝가리 사람이라는 사실이 오랫동안 익숙한 별장의 헝가리 분위기를 지키는 데 도움이 될 것 같다는 느낌이 들었다.

"안에 설치할 벽난로가 조금 전에 배송되었습니다. 큰 상자에 담겨 지금 우리 집에 있죠. 눈이 녹는 대로 트럭에 실어와 설치하겠습니다. 두세 달 안에 설치하면 좋을 텐데."

제러미가 덥수룩한 갈색 머리를 뒤로 넘기며 말했다.

"대들보에 관해 제가 보내드린 이메일은 보셨죠?"

세 사람은 버팀대와 계단, 철제 난간에 관해 의견을 나누었다.

"전체적으로 나무와 대조를 이루어 멋질 거예요."

제러미가 벽에 등을 기대며 말했다.

세 사람은 마감재나 건축조례, 일정에 관해 활기찬 대화를 이어갔다. 곁에 서 있던 나는 세 사람의 목소리가 점점 더 희미해지며 허전한 느낌이 들었다. 내 유년의 별장이 사라져버렸다.

3년 뒤, 예년처럼 잠시 토론토에 들러 별장에 들어섰을 때도 가슴이 철렁하기는 마찬가지였다. 무의식중에 별장이 예전과 같은 모습이길 바랐던 것 같다. 하지만 그 이후로 별장도, 나도 성장했다. 모든 것이 변했다. 나는 다른 사람으로 변해 있었다. 아내이자 엄마, 미국인이 되었다. 별장이 전과 같기를 바랄 필요도 없었다. 게다가 나도 전과 같을 필요가 없다고 생각했다.

부모님 방문을 두드리고 들어가 편안하신지 물었다. 어머니 아버지가 미소 지으며 고개를 끄덕였고, 내가 안녕히 주무시라며 키스하자 두 분도 헝가리어 형용사를 잔뜩 붙이며 내게 잘 자라고 인사했다. 제일 작은 침실에서는 남편과 코비가 시트콤 *길리건의 섬*을 보는 소리가 들렸다. 조딘과 제이크는 뭐 하는지 들여볼지 말지 고민하던 중, 조딘과 탈리아가 거실에서 깔깔거리는 소리가 들리는 것으로 보아 제이크와 제이슨은 아래층에서 악기를 연주하겠거니 짐작했다.

"캠프파이어 할 거야."

제이크가 스프레이 모기약과 성냥 한 통을 들고 왔다.

"마시멜로 어디 있어?"

휙 돌아선 내 입에서 안 된다는 말이 튀어나오려는 순간, 숲 절반을 한꺼번에 비출 것처럼 커다란 손전등을 들고 문으로 나서는 오빠의 모습이 보였다. 어깨의 긴장이 풀리며 제이크에게 힘없이 일렀다.

"피퍼스 외삼촌하고 같이 다녀."

새언니와 함께 다섯 아이의 잠자리를 준비하고, 간식을 내다 주고, 아이스박스와 가방을 풀고, 강아지 밥그릇에 물과 사료를 담아

놓고 나니 눈꺼풀이 무거웠다. 사실 눈꺼풀이 천근만근이어서 곧바로 남편과 함께 침대에 눕자마자 잠이 들었다.

몇 시간 뒤, 형사가 갑자기 나타나 모처럼 조용한 별장에서 단잠을 자는 나를 깨우며 정신없이 수사를 진행하는 꿈을 꾸다가 마치 꼭두각시 인형이 눈을 뜨듯 눈이 번쩍 뜨였다. 별장을 고치기 전 같았으면 밤에 갑자기 화장실 물 내리는 소리에 화들짝 놀라 깼을 것이다. 나이아가라 폭포가 화장실 파이프를 타고 콰르릉 쏟아지는 소리, 뒤이어 금속이 쩔그럭거리는 소리. 전에는 속삭이는 소리, 삐걱대는 소리, 코 고는 소리, 방귀 뀌는 소리, 발걸음 소리, 화장실 가는 소리 등이 섞여 한밤의 교향곡을 이루곤 했다. 하지만 더는 들리지 않았다. 이제 벽과 마루가 두껍고 은밀했기 때문이다. 벽이 워낙 두꺼워 아무 소리도 새어 나오지 못했다. 이 벽이 정확히 무엇을 목격했을지 궁금했다. 하지만 만일 벽이 말을 할 수 있다 해도 벽이 전하는 이야기를 듣고 싶진 않았다.

자리에 누운 채 후텁지근한 어둠을 응시하며 잠을 이루지 못했다. 머스코카에서는 창문을 열어두는 것이 기본이었지만, 전날 밤 나는 방마다 돌아다니며 창문을 걸어 잠갔다. 시원한 바람을 들이려고 창문을 열자, 밤의 소리가 밀려들었다. 바스락바스락, 삐걱삐걱, 부엉부엉, 우우. 젊은 여성의 기괴한 얼굴이 방충망 너머에서 들여다보는 것 같아 다시 창문을 걸어 잠갔다.

커튼 사이로 희붐하게 동이 틀 무렵 침대를 빠져나온 나는 거실로 나가 호수를 내다보았다. 그나마 동화에 나올 것처럼 황홀한 풍경은 변함이 없었다. 잔디가 무성한 호숫가, 평평한 판석을 깔아 물속까지 이어지게 만든 계단, 환경보호를 위해 오래전에 모터보트를 대체한 패들 보트와 카약들이 묶여 부드럽게 출렁이는 F자 모양의 잔교, 캐나다 국기가 펄럭이는 키가 큰 검은색 깃대. 거기서 조금 눈을 돌리면, 내 노란색 레이저 요트와 오빠의 유리 섬유 카누가 정박한 보트 보관소가 보인다. 반대쪽으로 눈을 돌리면, 아버지가 호수와 관련된 수많은 물건을 보관하는 창고로 사용하는 오두막이 눈에 들어온다. 구명조끼, 낚싯대와 낚시 도구, 노와 패들, 낡은 수상스키와 수상스키 밧줄, 배에서 물을 퍼내는 양동이, 오리발, 수경, 스노클 등이 선반에 가지런히 정리된 오두막은 아버지가 워낙 꼼꼼히 관리한 덕분에 처음 지었을 때처럼 말끔했다. 이만한 풍경도 없다는 생각이 들었다. 여명의 안개에 잠긴 호수가 은쟁반처럼 반짝거리고, 희미하게 떠오르는 첫 태양 빛이 거울 같은 호수에 반사되었다.

그래도 안심이 되지 않았다. 내 발 바로 밑, 내가 서 있는 마루 밑에 나무 상자가 감춰져 있었다는 것을 알기 때문이었다. 퍼시픽 프리패브 별장을 지을 때 계획에 없었던 상자가, 처참하게 살해당한 사만다 콜린스의 시신이 담겼던 상자가.

11

꺼림칙한 생일

"생일 축하해, 여보."

잠시 후 내 뒤로 다가온 남편이 귀에 대고 속삭였다.

"왜 이렇게 일찍 일어났어?"

"잠이 안 와서 한밤중에 깼다가 해가 막 뜰 때쯤 나왔어. 그래도 당신은 푹 잔 것 같네."

"그렇지도 않아. 잠들기까지 몇 시간 뒤척였어. 왜 그런지 모르겠지만."

나는 잠자코 남편의 시선을 따라, 아까보다 조금 더 높이 떠오른 태양이 호수 물결에 부딪혀 은빛으로 반짝이는 모양을 바라보았다. 남편의 불안을 소심하다고 얕볼 자격이 내겐 없었다.

"오늘 날씨가 좋을 것 같은데, 당신 뭐 하고 싶어?"

나는 어깨만 올렸다 내렸다. 온종일 그림자에 휩싸일 게 분명했다. 평소처럼 즐겁고 신나지 않았다.

"그냥 빈둥거릴 것 같은데. 섬까지 헤엄치고, 마티니 잔뜩 마시고, 보트 타러 나가고, 재미있는 DVD 보고. 딱히 순서가 정해진 것은 아니지만."

"당신 하고 싶은 대로 해."

남편이 내 어깨를 잡아 돌려세우고는 거실 밖으로 밀었다.

"이제 침실로 돌아가 문을 닫고 기다려. 내가 아침식사와 장식으로 놀라게 해줄게."

남편은 내가 원하는 것을 잘 알았다. 내가 바라는 것은 떠들썩한 파티였다. 8월은 생일 파티를 하기에 이상적인 달이 아니었다. 다른 아이들이 여름 캠프에 참가하거나 가족과 함께 휴가를 떠나기 때문이었다. 토론토 집에서는 파티다운 파티를 한 번도 해본 적이 없었던 것 같다. 파티라기보다는 식구 다섯 명이 모여 조용히 저녁을 먹는 시간이었다. 축제 기분을 내기에는 식구가 너무 적어, 이날처럼 어른과 아이 열한 명이 모인 떠들썩한 파티를 기대할 수 없었다.

파티다운 생일 파티는 스패로 호숫가 클레이먼스 휴양지에서 열었던 파티 단 한 번뿐이었다. 롤리 베이스와 리이 베이스, 컬먼 베르코비츠와 몬수시 베르코비츠, 주리 레이네르와 머그디 레이네르, 사니 헬레르와 머그더 헬레르, 에르뇌 케르테스와 어기 케르테스, 요시 소르게르와 머르터 소르게르 등 부모님과 친한 부부들과 클라르 가족, 가슈파르 가족, 수가르 가족, 보른프레운드 가족 외에도 신년 하객들, 엘링턴 풀에서 온 친구들, 하다사Hadassah(1912년 뉴욕에서 창설된 유대인 여성 자선 단체) 지부 회원들, 브리지 클럽 회원들, 마이애미 비치 지인들이 모두 참석한 파티였다. 참석한 사람들은 모두 언어와 문화, 외모 외에도 공통점이 하나 더 있었다. 한 사람도 빠짐없이 모두 사랑하는 가족을 나치에게 잃은 사람들이었다. 모두 트라우마를 겪고, 참사를 목격한 사람들이었다. 모두 대량 학살에서 살아남은 사람들이었고, 온 가족 중에서 유일한 생존자인 경우가 많았다.

소피어 아주머니는 10대 초반에 죽음의 천사라는 요제프 멩겔레에게 가학적인 임상시험 지원자로 '선별'되었다. 강제 수용소는 멩겔레에게 수감자들을 죽이거나 불구로 만들 전권을 주었을 뿐만 아니라 사지 절단과 장기 적출 등 대부분 치명적이고 고통스러운 시험을 시행할 대상으로 수많은 사람을 공급했다. 멩겔레의 조수가 소피어를 수술대에 눕히고 결박했다. 멩겔레가 칼로 배를 한 번 깊이 가르자 소피어가 의식을 잃었다. 물론 마취도 하지 않은 상태였다. 유대인을 대상으로 죽음의 수술을 시행할 때 '낭비'할 마취제는 없었기 때문이다. 소피어는 자신에게 무슨 일이 벌어졌는지 정확히 알지 못했다. 다만 그 후로 아이를 가질 수 없었고, 평생 극심한 고통에 시달렸을 뿐이다. 머그디 아주머니는 수녀의 도움으로 성당 지하에 숨어 목숨을 구했다. 졸리 아저씨는 환청이 들리는 상태로 수용소에서 돌아왔다. 언젠가 보트를 타고 놀러 나갔을 때였는데, 갑자기 졸리 아저씨가 흥분하더니 신이 물고기의 형상으로 나타나 물속에서 말을 건다고 횡설수설했다.

1969년 그해 여름 나는 다섯 살이 되었지만, 어디를 가건 늘 마음을 안정시키는 내 푹신한 하얀 담요를 들고 다녔다. 어머니가 담요를 뺏어 세탁하려고 할 때마다 기를 쓰고 저항했다. 다른 사람이 담요를 건드린다는 생각만 해도 정말 싫었다. 오래되어 번들거리고 흐늘거렸지만, 누가 그 담요를 망치지 않을까 걱정했다.

어머니가 잔디밭에 식탁을 펴고, 나무딸기 시럽을 섞은 탄산수와 피클, 무, 견과류, 치즈 파이인 서이토시 포가처 등 전통적인 헝가리 파티 음식을 차렸다. 그리고는 깃털이 달린 반짝이는 생일 모자의 끈을 내 턱 밑에 묶었다. 아버지가 나무줄기에 못을 박고 손으로 직접 그린 말 그림을 걸자 부모님 친구들과 피터 오빠 또래의 아이들이 주위로 몰려들었다.

어머니가 손님들을 향해 돌아서더니 "당나귀 꼬리 달기 게임을 하겠습니다"라고 발표했다. 북아메리카의 획기적인 게임을 하게 되어 무척 신나는 표정이었다.

"누가 먼저 하겠습니까?"

여드름이 자글자글한 10대 소년이 앞으로 나섰다. 아버지가 압정이 달린 종이 꼬리를 건네자, 소년이 물었다.

"눈가리개는 어디 있어요?"

부모님은 당황해서 서로 얼굴만 쳐다보았다. 게임 방법을 상세히 알아보지 않은 것이 분명했다. 문득 그 소년이 어머니 뒤에서 담요를 꼭 붙들고 얼쩡거리는 나를 보았다. 그리고는 "이걸 쓸게요"라며 미처 내가 저항할 틈도 없이 담요를 냉큼 낚아채 기름이 번들거리는 제 얼굴에 감았다.

일 초나 이 초가 지났을까, 내가 반응했다. 거기에 모인 사람들이 모두 자지러지게 놀랄 만큼 악을 쓰고 울었다. 여드름 구멍이 뽕뽕 난 이마 위로 눈가리개를 들어 올린 소년은 나를 미친 사람 보듯 했다. 어머니가 부리나케 달려가 소년의 머리에서 담요를 벗겨 돌려주었지만, 나는 이미 히스테리 상태였다. 아버지가 우리 숙소인 통나무집으로 달려가 눈가리개로 쓸 손수건을 가져오는 사이에도 흐느낌은 멈추지 않았다. 다른 사람들이 간식을 먹고 탄산수를 마시는 동안에도 흐느껴 울었다. 거기 모인 사람들이 딱딱한 억양으로 생일축하 노래를 불러도 나는 슬픔을 가누지 못하고 엉엉 울었다. 결국 사람들이 모두 흩어지고, 어머니가 나를 곧장 침대로 데려가 재울 때 비로소 내 울음도 여린 딸꾹질로 잦아들었다.

◆◆◆◆◆◆◆◆

그로부터 40년 지난 그 날, 나는 별장 침대에서 뒤척이며 얼마나 더 오래 방에 갇혀 있어야 하는 건지 조바심이 났다. 주방에서 들려오는 소리도, 서랍을 열었다 닫는 소리도, 주방기구들이 댕그랑거리는 소리도 들을 만큼 들었다. 이를 닦으려고 침실 문을 열고 나가 곧장 화장실로 향했다.

"일어났어."

문을 닫는데 조던이 말하는 소리가 들렸다.

"데비야 아가, 생일 축하한다. 에데시 엘레템, 칠러고시 에겜."

주방 식탁에 앉아 있던 어머니와 아버지가 축하 인사를 건넸다. 모두 웃는 얼굴이었지만, 나는 가족들이 태연하게 굴려고 애를 쓰는 것인지 아니면 모두 그림자를 잊은 것인지 알 수 없었다.

"모두 고마워요. 제이크와 제이슨은? 아직 자나?"

"무슨 말이에요?"

새언니가 웃음을 터트렸다.

"정말 그 애들이 정오 전에 일어나길 기대하는 거예요?"

그런 기대는 하지도 않았다. 너무 일찍 깨우면 두 아이 모두 잔뜩 심술만 부릴 것이다.

팔짱을 낀 채 조리대에 기대어 서 있던 남편이 보란 듯이 방안을 둘러보더니 기대에 가득 찬 눈빛으로 나를 바라보았다.

"어머, 장식 고마워. 여보! 너무 근사해!"

나는 남편의 장식에 감탄했다. 정말 근사한 장식이었다. 기둥에서 창문까지, 거실 등에서 벽난로 위 평면 TV 모서리까지 보라색 테이프가 늘어지고, 난간과 등, 장식장에는 모두 풍선이 매달리고, 식탁에는 인어공주 접시와 컵이 놓여있었다.

"커피 줄까?"

부모님에게 안녕히 주무셨냐는 키스를 하고 자리에 앉자 남편이 물었다. 온 집안에서 수다가 폭발했다. 모두 분주하게 움직여 달걀과 칠면조 베이컨을 접시에 담아 오고, 아침으로 먹을 파프리카를 뿌린 감자와 딸기가 담긴 그릇들을 식탁으로 옮겼다. 코비가 스플렌더 사탕을 한 주먹 들고 와 내 앞에 내려놓았다.

"이거 먹어, 엄마."

돌아서는 코비의 셔츠를 붙잡아 돌려세운 뒤 무릎에 앉히고는 명령했다.

"오늘은 엄마가 껴안게 해 줘야 한다."

코비도 꼼지락거리지 않았다. 말랑말랑하고 부들부들하고 달콤한 막내를 영원토록 껴안고 싶었지만, 1분 정도 지나자 코비가 벌떡 일어섰다.

"이제 충분해. 됐지, 엄마? 나중에 또 껴안게 해줄게."

아침 식사 후 아이들은 각자 흩어지고 어른들이 설거지하는 사이 나는 호숫가에 가보기로 했다.

책 한 권과 수건을 집어 들고 별장에서 나오던 중 고민했다. 우리가 어제 들어왔던, 오빠 사무실 옆, 로트허우세르 가족 별장이 정면으로 보이는 문으로 나가는 방법과 새로 들인 아래층 침실 두 곳 중

하나의 미닫이문을 통해 밖으로 나가는 방법을 놓고 고민했다. 그러다 결국 다른 문을 선택했다. 옛날 창고 옆 아래층 발코니를 거쳐 정화조가 묻힌 잔디밭으로 나가는 문을 선택했다. 일부러 천천히 걸어 발코니 끝에서 잠시 멈춰 섰다. 서둘러 호숫가로 내려가는 대신 몸을 돌려 그늘진 곳을 응시했다. 서까래에 거미집이 매달리고, 눅눅한 흙냄새가 올라오는 썩 유쾌하지 않은 곳이었다. 그곳 별장 아래 어둡고 구석진 그 공간에서 상자가 발견됐을 거라고 나는 직감했다.

몸을 숙여 더 자세히 들여다보았다. 맨 앞에 잔디 깎는 기계가 보였고, 그 옆으로 장작더미와 옛날에 내가 사용하던 노란색 도끼가 보였다. 기다란 낡은 목재들과 이상한 모양으로 방수천에 덮인 물건들이 어두운 공간에 가득했다. 뺨 근처 주춧돌에는 말라붙은 거미들이 매달려 있었다. 팔에 소름이 쫙 돋으며 온몸이 오싹했다. 그 순간 등 뒤에서 나타난 오빠 때문에 비명을 지르고 공중으로 30㎝쯤 뛰어올랐다. 오빠가 오는 소리도 듣지 못할 정도로 생각에 빠져 있었다.

"데비야, 미안. 일부러 놀라게 하려고 한 건 아냐. 잔디를 깎아야 할 것 같아서."

"아이고."

나는 난간을 붙들고 놀란 가슴을 진정시켰다.

"괜찮아. 그냥 궁금해서…. 여기가?"

"응."

오빠가 어둠 속을 가리켰다.

"저기 뒤."

물건 더미 사이에서 큼지막한 낯선 상자를 발견한 사람은 오빠였다. 상자는 거의 어둠에 묻혀 보이지 않았다. 오빠가 상자를 끌어내려고 했지만, 너무 무겁고 꽉 끼어 있어 혼자서는 상자를 옮길 수 없었다. 남편이나 아이들에게는 말하지 않았지만 오빠가 별장 관리인의 도움을 받아 상자를 꺼낸 것을 나는 이미 알고 있었다. 그 뒤 별장 관리인이 상자에서 나는 냄새에 질겁했다.

"경찰은… 음… 그 상자를 어디에서 열었어?"

오빠가 계단 근처 정화조가 묻힌 잔디밭을 가리켰다. 내가 어릴 적에 훌라후프를 돌리던 곳이었다.

"자세히 말해줘."

오빠를 독촉했다. 오빠는 이야기를 해줘야 할지 말아야 할지 고민하듯 눈을 가늘게 뜨고 잠시 나를 쳐다보았다. 마침내 오빠가 입을 열었다. 목소리가 너무 작아서 오빠 쪽으로 몸을 기울였다.

"보수 공사에서 나온 쓰레기를 하루라도 빨리 치우는 게 급했어. 그래서 노먼에게 연락했지."

내가 기억하는 한 아버지는 덤불이나 그루터기를 제거하거나 눈을 치울 일이 생기면 항상 노먼 린츠에게 연락했다. 브레이스브리지에서 태어나고 자란 그 지역 노동자 노먼은 사투리가 너무 심해서 말을 거의 알아들을 수가 없었다.

"7월 첫째 주말에 노먼과 함께 청소를 시작했어. 노먼의 도움을 받아 연장과 자재를 정리했고, 쓰고 남은 목재는 노먼이 픽업트럭으로 실어 날랐지. 주말이 끝날 무렵 네 새언니와 함께 집에 돌아갈 준비를 하다가, 별장 밑에서 발견한 나무 상자도 끌어 내놓고 가야겠다는 생각이 들었다. 상자가 한 사람이 들기에는 너무 무거워 나 혼자서는 옮길 수 없다고 노먼에게 말했지."

두 사람은 별장 밑에서 정화조가 묻힌 잔디밭까지 낑낑거리며 상자를 굴려 빼냈다. 생각보다 힘든 작업이었고, 시간도 오래 걸렸다.

"너도 잘 알다시피 캐나다 연방 성립 기념일 주말에 시내로 돌아가는 도로가 좀 끔찍하냐? 게다가 상자 뚜껑을 빙 둘러 못이 박혀 있던 터라 상자는 나중에 열기로 하고 노먼은 떠났지."

그리고 오빠와 새언니는 차를 타고 토론토로 돌아갔다.

오빠는 그다음에 일어난 일을 자세히 설명했다. 다음날 오후 노먼이 기겁한 채 새언니에게 전화를 걸어 상자에서 고기 썩는 냄새가 난다고 두서없이 이야기를 늘어놓았다고 한다. 노먼의 말을 간신히 알아들은 새언니는 오빠가 전화할 거라고 대답하고 전화를 끊었다. 처음에는 새언니도 동물 사체에서 나는 냄새일 것이라고 짐작했으나, 누가 굳이 그 먼 곳까지 와서 죽은 동물을 상자에 넣고 별장 밑에 숨겼을지 이해가 되지 않았다. 누군가 기르던 개가 죽었을까? 그 다음에는 상자에 더러운 연장들이 가득 담겨 있을 것으로 추측했다. 어쨌든 새언니는 오빠에게 알려야겠다는 생각이 들었다. 전화를 걸었지만, 오빠가 환자들을 진료하느라 틈이 없어 통화하지 못했다.

오후 여섯 시 무렵 오빠가 병원에서 정신없는 일과를 마치고 돌아오자, 새언니가 노먼에게 전화해보라고 알려주었다. 오빠가 노먼에게 전화를 걸었다. 이미 자기 집으로 돌아간 노먼은 아직도 제정신이 아닌 듯 말소리를 거의 알아들을 수가 없었다. 목소리만 들어서는 공황상태에 빠진 것 같았다.

수화기를 내려놓고 돌아선 오빠가 새언니에게 설명했다.

"노먼이 상자 뚜껑을 조금 비틀어 열어보고는 질겁했다는데."

새언니도 이미 알고 있는 내용이었다. "내가 '노먼, 경찰에 신고할 생각이에요?'라고 물어보니, '아니요, 아니, 아니'라고 대답해서, '내가 신고할까요?'라고 물으니 그러라고 대답하네. 그래서 경찰에 전화하려고.'

오빠는 그날 한밤중에 전화벨이 울렸다고 이야기했다. 전화를 건 사람은 브레이스브리지 경찰서에 근무하는 형사라고 했다.

"버더시 박사님, 관리인과 함께 꺼낸 수상한 상자를 조사해달라고 아까 경찰서에 전화했다는데, 맞습니까?"

오빠는 그렇다고 대답했다.

"버더시 박사님께 몇 가지 물어볼 게 있습니다."

다음날 오빠는 내게 전화를 했고, 플로리다 그 호텔 발코니에서 나는 "별장에 일이 좀 생겼다"는 오빠의 이야기를 들었다.

◆◆◆◆◆◆◆

오빠를 돌아보았다. 얼핏 오빠를 믿지 못할 구석은 없는지 의심했다. 오빠에게 말하기 전 그 짧은 순간 나는 우리가 오누이로 지낸 삶을 초고속으로 되감으며 혹시 사소한 것이라도 오빠를 의심할 만한 꼬투리는 없는지 기억을 더듬었다. 오빠가 혹시 사건과 관계가 있을까? 나도 모르게 말이 부글부글 부풀어 올라 흘러넘쳤다.

"오빠가… 그러니까 경찰이 오빠를 용의자로 보는 것은 아니지, 그렇지?"

"용의자로 봤어. 경찰은 내가 병원 간호사와 바람을 피웠을지도 모른다고 생각했어. 내가 여자를 죽이고 별장 밑에 숨긴 다음 거기서 여자를 발견하고 놀란 것처럼 신고하는 거라고 의심했던 거지."

213

오빠는 내 폐에서 후유 하고 바람이 빠지는 소리를 분명히 들었을 테지만 굳이 덧붙였다.

"안심해도 돼. 이제 나는 용의자가 아니니까."

왜냐고 물었다.

오빠가 내 눈을 똑바로 바라보며 대답했다.

"경찰이 좀 더 그럴듯한 동기를 찾았거든."

"그게 뭔데?"

오빠의 덥수룩한 콧수염이 아래로 처지면서 목소리도 내 판단을 의심하지 말라는 식의 직업적인 톤으로 낮아졌다.

"그건 묻지 마. 경찰이 지시한 대로 그 부분은 말할 수 없어. 모든 일이 가능한 한 빨리 진행되고 마무리되는 것이 내 바람이니까 우선은 경찰이 하라는 대로 하자. 괜찮지?"

나는 고개를 들어 미풍에 살랑거리는 나무 꼭대기를 바라보며 수건을 가슴에 꼭 끌어안았다. 길게 숨을 들이쉰 다음 물었다.

"솔직히 말해. 오빠가 알던 여자야?"

"아니야, 데비야."

"하지만 오빠는 그 여자가 누군지 알지?"

오빠는 대답이 없었다. 머리 위 2층 발코니에서 발소리가 시끄럽게 나는 것으로 보아 아이들이 나온 모양이었다. 나는 혀끝을 맴도는 질문을 집어삼키며 등을 타고 오르는 소름을 애써 떨쳐냈다. 재빨리 몸을 돌린 오빠는 별장 아래로 들어가 잔디 깎는 기계 손잡이를 잡고 후진으로 경사진 길을 올라왔다.

오빠는 알고 있어. 나는 다시 한번 이렇게 생각했다.

예전 같으면 버릇없이 굴며 오빠가 두손 두발 다 들고 이야기할 때까지 졸랐을 것이다. 하지만 그때는 아무리 구슬려도 오빠가 입을 열지 않을 것 같다는 느낌이 들었다. 나는 돌아서서 천천히 잔교 쪽으로 내려갔다. 계단을 한 칸 한 칸 내려설 때마다 더 많은 것을 알고 싶다는 지극히 본능적인 욕망만 커졌다. 오래전에 과거가 현재를 이해하는 열쇠임을 깨닫던 때와 똑같은 느낌이었다. 사만다 콜린스는 누구일까? 어쩌다가 사만다가 우리 가족과 얽히게 되었을까? 어디에서 왔으며, 무슨 복잡한 사정으로 우리 별장에서 비극적인 최후를 맞았을까?

나는 더 많은 것을 알아야만 했다. 그리고 그렇게 했다.

12

사만다의 사연

1805년 당시 요크로 불리던 토론토시가 온타리오 호수 서부 340㎢의 땅을 사들여 교외 주택지로 개발했다. 그 지역이 바로 미시소거다. '매서소거'라는 방울뱀 이름과 비슷한 이름을 가진 '미시소거' 지역은 인근 크레딧강 유역에 살던 알곤킨 어족의 토착 원주민 미시소거족의 이름에서 유래했다. 미시소거는 "큰 강의 어귀에 사는 사람들"이란 뜻이다.

원주민 마을이었던 미시소거는 수백 년에 걸쳐 기하급수적으로 성장하고 팽창했다. 대도시에 인접한 덕분에 다양한 문화의 사람들이 들어왔고, 처음에는 과수원 그다음에는 가공업을 중심으로 농업 개발이 활성화되었다. 그 결과 피어슨 국제공항의 전신인 멜턴 공항이 들어섰다. 곧이어 철도망이 촘촘히 깔리며 합병되지 않은 군구들이 꽃다발처럼 연결되고, 결국 1968년 온타리오주 칙령으로 합병되었다.

현재 미시소거는 캐나다에서 여섯 번째로 큰 도시로 2016년 인구조사통계에 따르면 인구 70만 명을 훌쩍 뛰어넘었다. 시민 47%

가 영어나 프랑스어가 아닌 다른 언어를 모국어로 사용한다고 밝혔는데, 그중 가장 많이 사용하는 언어가 우르드어와 폴란드어, 펀자브어, 아랍어, 타갈로그어다. 미시소거시는 서쪽으로 오크빌, 남서쪽으로 밀턴, 북쪽으로 브램턴, 동쪽으로 토론토, 남쪽으로 온타리오호수와 맞닿아 있다. 시의 자랑거리는 1974년에 문을 연 캐나다에서 가장 큰 축에 드는 스퀘어원 쇼핑센터를 비롯한 수많은 쇼핑몰과 가정 친화적인 환경이 밀집한 매력적인 사회기반시설이다. 하지만 미시소거는 세련된 토론토 시민들 대다수가 생각하는 대로 주로 노동자들이 거주하는 도시, 덜 부유하고 덜 세련된 서부 자매 도시라는 평판에서 벗어나지 못했다.

도시는 꾸준히 성장했지만, 미시소거 남부 중심에 거주하던 지역 주민들이 투표를 통해 첫 지역 병원을 설립한 때는 겨우 1952년이었다. 사우스 필이란 이름을 붙인 그 병원의 115개 병상 시트는 자원봉사자들이 손수 재봉질해 만들었다. 병원은 1957년에 첫 삽을 떠서 1958년에 첫 환자를 맞이했다. 다음 10년간 부속 건물을 세우고, 다양한 전문 진료과를 설치하고, 입원실을 증축한 끝에 드디어 1970년 미시소거시가 병원 이름을 미시소거 종합 병원으로 공식 변경했다.

도로시 콜린스라는 이름의 16세 소녀가 임신 9개월이 된 몸으로 그 병원의 산부인과 병동에 내원했다. 아기 아버지는 함께 오지 않았다. 미혼모인 도로시는 1978년 1월 22일에 딸을 출산했고, 처음 보는 그 마법 같은 순간부터 아이는 어린 엄마 인생의 빛이 되었다. 거의 40년이 지나 내가 전화를 걸었을 때도 아이를 사랑하는 도로시의 마음은 변함이 없었다. 도로시는 아이에 관한 이야기를 기꺼이 내게 들려주었다. 즐거웠던 일, 괴로웠던 일, 사실상 도로시는 아이에 관한 모든 것을 이야기했다.

예쁘고 행복하게 태어난 아이는 성격이 쾌활했고, 까르르 웃는 소리로 다른 사람까지 즐겁게 만들었다. 도로시는 그런 아이를 "아기 코미디언"이라는 별명으로 불렀다. 그만큼 아이는 귀여웠고, 주위 어른들 웃기는 것을 좋아했다. 걸음마를 하게 된 아이가 아장아장 방에 들어가면 아이의 쾌활한 성격에 방 안 분위기가 바뀌곤 했다. 나중에는 어릴 적 사진만 보아도 아이의 웃음소리가 사방에 메아리칠 정도였다.

시간이 지나며 아이는 영리하고 재능 있는 소녀로 자랐다. 공부도 잘했고, 교우 관계도 두터워 어린 시절 내내 같은 친구들과 우정을 쌓았다. 그림 그리고 노래하고 글쓰기를 좋아해서 소녀는 기회가 생길 때마다 노래를 부르고 시를 낭송했다.

신체적으로는 검은 눈에 골격이 우아했고, 길게 기른 검은 머리는 비단결처럼 부드러웠다. 윤기가 좔좔 흘러 밖에 나가면 낯선 사람들이 다가와 한번 만져보자고 할 정도였다. 10대 초반에도 화장을 진하게 하지 않았지만, 타고난 용모가 탁월했다. 건강도 큰 문제가 없었다. 간질 진단을 받긴 했지만 거의 약물로 치료가 가능했다.

아이의 아름다운 외모는 아름다운 내면까지 반영된 것일 수도 있었다. 그만큼 선하고 친절한 마음씨를 가진 아이였다. 맥도널드 매장에서 응급 상태에 빠진 노인을 도와 맥도널드 사보에 미담 기사가 실린 적도 있었다.

이 아이가 사만다 조앤 카렌 콜린스였다. 사만다는 절대 남을 해칠 영혼이 아니었다. 그 어머니가 침통하게 이야기한 대로, 사만다는 자기 자신을 해치면 해쳤지 절대 남을 해칠 아이가 아니었다.

◆◆◆◆◆◆◆◆

사만다가 다섯 살이 되었을 때 어머니 도로시와 새아버지 윌리엄 파울리 사이에 이복동생 빌 주니어가 태어났고, 일곱 살이 되었을 때 이복동생 니콜이 태어났다. 졸지에 사만다는 이복동생 두 명에 아빠 없는 외톨이가 되었다. 이복동생들은 어머니 아버지에게 애지중지 사랑을 받았다. 하지만 새아버지 윌리엄은 사만다를 자기 친자식만큼 애정으로 돌보지 않았고, 사만다는 그런 새아버지의 편애를 뼈저리게 느꼈다.

윌리엄의 집안은 대대로 스코틀랜드 출신이었다. 아버지 케네스는 글래스고, 어머니 베로니카는 킨카딘 출신이었고, 형제자매 네명 중 윌리엄을 비롯해 앤과 존은 스코틀랜드에서 태어났고, 엘리자베스만 캐나다에서 태어났다. 형제자매들이 성인이 된 후에도 파울리 가족은 모두 같은 고층 아파트에서 살았다. 케네스와 베로니카는 가문의 대를 잇는다는 이유로 손자 빌 주니어를, 막내 손녀라는 이유로 니콜을 특별히 예뻐했다. 사만다는 그때까지 할머니 할아버지를 모르고 자랐다. 외할아버지는 어머니 도로시가 세 살 때 돌아가셨고, 외할머니는 몬트리올에 살고 있었다. 새로 생긴 파울리라는 성의 할머니 할아버지는 피를 나눈 조부모가 아니었다. 두 사람은 아들이자 사만다의 새아버지인 윌리엄이 알코올 중독자이며 술에 취하면 시비를 걸고 폭력을 행사한다는 소문을 아예 모르고 있거나 애써 모른 척하는 것 같았다. 윌리엄과 도로시는 자주 다퉜다. 부부

싸움이 생길 조짐이 보이면 윌리엄은 빌 주니어와 니콜을 위층에 있는 할아버지네 아파트로 올려보냈지만, 사만다는 함께 보내지 않았다. 사만다는 무방비 상태로 집에 남아 말다툼과 울부짖음, 공격적인 폭력 사태를 지켜봤다.

사만다는 자라면서 점점 더 방자해졌고, 무모한 행동을 일삼았으며, 대놓고 규칙이나 통제를 무시하기 일쑤였다. 특히 자신이 다니던 가톨릭 학교의 규칙과 통제를 따르지 않았다. 빌 주니어는 집안에서 재미있는 익살꾼 아들로, 니콜은 순하고 고분고분한 아이로 인정받았다. 사만다는 반란자의 역할을 자처했다. 사만다는 열세 살이 되자 가출했다. 그것도 세 번씩이나. 서로 믿고 친하게 지내던 여자애들과 멀어져 주로 나이가 더 많고 거친 소년들과 어울려 다녔다. 어머니는 그런 아이들과 어울리면 못된 것만 배울 거라며 늘 사만다를 나무랐다. 사만다는 어머니의 경고를 무시하고 대마초를 피우며 정해진 귀가 시간을 넘기기 시작했다.

그리고 열여섯 살이 되었을 때 사만다는 자신이 임신한 것을 알게 되었다. 도로시가 사만다를 낳았을 때와 같은 나이였다. 처음 전화 통화를 할 당시 도로시는 바로 그때부터 자신이 상상하던 딸의 인생이 급변했다고 이야기했다.

◆◆◆◆◆◆◆

열여섯 살의 임신은 사만다가 결코 되돌아올 수 없는 인생의 우회로로 들어섰다는 의미였다. 아이 아버지였던 20대의 가이아나 남자는 임신 사실을 알게 된 후 사만다와 헤어졌다. 그래도 도로시가 곁에서 딸을 도왔고, 사만다도 아기를 포기하지 않았다.

사만다는 고등학교 2학년 과정 일부만 마친 뒤 임신 후반기에 접어들어 고등학교를 자퇴했다. 아이 아버지는 아들이 태어나는 날에도 나타나지 않았다. 사만다는 아기 이름을 크리스티안으로 지었다. 출산 직후 10대 미혼모인 사만다는 아기를 데리고 도로시의 집에 들어가 아기가 생후 12개월이 될 때까지 대부분 그곳에서 지냈다. 그동안에도 아이 아버지는 아무 연락이 없었다.

크리스티안의 첫 돌이 지난 직후부터 사만다와 도로시의 충돌이 다시 시작되었다. 한 지붕 아래 함께 살면서 사사건건 의견이 달랐다. 결국 도로시는 근처에 아파트를 얻어 딸과 손자를 분가시켰다.

사만다는 다정한 어머니가 되려고 최선을 다했다. 매일 집에서 몇 시간 동안 아기와 놀아주고, 식당에서 허드렛일을 하며 돈을 벌었다. 아이 아버지는? 아이 아버지는 사만다와 딴판이었다. 그는 오랫동안 범죄 활동에 가담한 사람이었다. 사만다가 독립해서 아이를 키운 지 1년이 넘었을 무렵 아이 아버지가 갑자기 나타나 사만다 집에 드나들기 시작했다. 그러던 어느 날이었다. 사만다와 아기가 아래층에서 잠든 사이 아이 아버지가 집주인이 사는 위층 아파트에 침입했다. 아이 아버지는 집주인에게 발각되어 무단 침입 현행범으로 체포되었다. 사만다는 사건과 아무 관련이 없었지만 경찰은 그 남자를 아파트에 출입시켰다는 이유로 사만다를 공범으로 간주했고, 결국 사만다와 아기는 다짜고짜 아파트에서 쫓겨났다.

이번에는 살 집을 구하는 일이 쉽지 않았다. 열일곱 살 나이에 애는 딸려 있는데, 고등학교 졸업장도, 특별한 기술도, 현금도 없었다. 자립할 일도 걱정이고 아기를 키우며 먹고살 일도 막막했던 사만다에게 한 친구가 솔깃한 제안을 했다. 그 친구는 돈을 쉽게 버는 방법이 있다고 알려주었다. 너처럼 예쁜 여자는, 이라며 한 번만 해보라고 꼬드겼다. 그렇게 해서 사만다는 광역 토론토의 취약지구에 있는 너저분한 스트립 클럽에서 옷을 벗기 시작했다.

일을 시작하자마자 사만다는 다른 스트립 댄서들이 클럽 단골손님들과 어울려 마약을 복용한다는 사실을 눈치챘다. 자신이 중학교 때 피우던 대마초와는 차원이 달랐다. 사만다는 중독성 마약에 손을 대기 시작했다. 누구든 한번 손대면 그 마수에서 헤어나지 못하는 마약이 사만다의 의지를 녹여버렸고, 모래 늪처럼 사만다를 집어삼켰다.

그런 중에도 사만다는 통제력을 잃지 않으려고 애를 썼다. 크리스티안과 함께 행복하게 살고 싶었지만, 자신이 아기를 키우는 것이 당시 최상의 선택이 아닐지도 모른다는 사실을 깨달았다. 지출을 줄이고 돈을 모을 수 있도록 한두 달간 만이라도 아이를 대신 맡아줄 사람이 필요했다. 사만다는 아이 아버지에게 도움을 요청했다.

사만다는 이 결정이 장기적인 파급효과를 일으킬 줄은 상상도 하지 못했다. 당시 아이 아버지는 샤론이라는 여자친구를 사귀고 있었는데, 그 여자는 아기를 절실히 원하지만 불임이었다. 샤론은 사만다가 아기를 부탁하러 집에 들렀을 때 남자친구를 강요하다시피해서 아기를 받아들였다. 몇 달이 지나 사만다는 상황을 정리하고 아기를 다시 데려오려 했다. 하지만 아이 아버지가 법원에 단독 양육권을 청구했다. 도로시는 아이 아버지가 순전히 앙심을 품고 벌인 일이라고 생각했다. 그해 겨울 사만다는 열아홉 살이 되었고, 아들의 양육권을 상실했다.

크리스티안의 양육권 상실이 사만다 인생의 전환점이 되었다. 슬픔과 절망의 나락으로 추락해 내리막길로 치달았다. 그리고 얼마 지나지 않아 괴로움을 참으려고 마약에 의지하는 일이 점점 늘어갔다. 통제 불능의 상태에 빠진 사만다는 토론토에서 마약이 유통되는 불온한 지역으로 곤두박질쳐 코카인과 헤로인에 절어 살았다.

깜짝 놀란 도로시가 딸을 6주 기한의 재활 프로그램을 운영하는 시설에 입원시켰지만, 사만다는 그곳에서 다른 마약 중독자와 마약상을 만나 시설에서 퇴원하자마자 다시 마약의 늪에 빠져들었다. 그렇게 사만다는 마약 중독자의 길에 들어섰고 마약 때문에 평생 고생하게 됐다.

◆◆◆◆◆◆◆◆

정신이 맑을 때 사만다는 매력적이고 따뜻한 사람으로 가족과 어울려 살 수 있었다. 하지만 마약에 취하면 사람이 변했다. 간간이 마약에 중독되어 지내는 동안 사만다는 가족과 모든 연락을 끊었다. 몇 달씩 연락을 끊는 경우도 가끔 있었다. 어쩌면 어머니를 실망하게 만들 일이 두렵고, 동생들에게 나쁜 본을 보일까 두려워서 그런 것인지도 모르겠다. 내가 통화를 해보니 사만다의 동생 니콜은 그렇게 믿고 있었다.

그래도 다행히 사만다에게는 조라는 좋은 친구가 있었다. 사만다가 코카인에 중독되어가는 모습을 안타깝게 바라보던 조는 마침내 어느 날 밤 스트립 클럽에 쳐들어가 스트립쇼 중인 사만다를 붙잡았다. 조는 사만다를 끌고 나가 차에 태운 뒤 다시는 돌아오지 말라며 편도 버스표를 건넸다. 그리고 윈저행 버스에 태워 토론토 최악의 마약 소굴에서 내보냈다.

조가 한 일은 최고의 선택이었다. 사만다는 미시간과 국경을 맞댄 온타리오 남부의 조용한 마을 윈저에서 밝고 쾌적한 집도 얻고, 여성 전용 피트니스 센터에서 안정적인 일자리도 구했다. 완전히 새로운 사람이 되었다.

그리고 마이크라는 호감 가는 청년도 만났다. 사만다는 마이크를 집에 데려가 어머니에게 소개했다. 도로시도 마이크가 아주 마음에 들었다. 어머니의 축복 속에 사만다와 마이크의 관계는 발전했다. 어느 날 마이크는 사만다를 헬리콥터에 태워 온타리오 상공으로 올라가 눈부시게 파란 창공에서 청혼했다. 사만다는 마이크의 청혼을 흔쾌히 받아들였다. 하지만 두 사람 인생의 장밋빛 궤도도 한순간에 끊겨버렸다. 청혼하고 얼마 지나지 않았을 때였다. 마이크가 집에서 대마를 재배한다는 사실을 확인한 경찰이 그를 체포해 교도소로 보낸 것이다. 마이크는 6개월 징역을 살고 교도소에서 출소하자마자 사만다와 함께 코카인을 흡입하기 시작했다. 설상가상으로 사만다는 마이크가 바람을 피운다는 사실까지 알게 되었다. 마이크와의 약혼을 취소한 사만다는 어쩔 수 없이 어머니 집으로 다시 돌아갔다.

미시소거로 돌아온 후부터는 상황이 점점 더 나아졌다. 사만다는 굳은 의지로 마약을 멀리했고, 샤론도 다시 만났다. 당시 샤론은 사실혼 관계의 남편이 또다시 다른 여자에게 간 뒤 크리스티안의 단독 양육권을 행사하고 있었다. 사만다와 샤론은 좋은 관계로 발전했다. 사만다는 정기적으로 크리스티안을 만났고, 샤론의 신뢰를 얻으려고 노력했다. 사만다가 충분히 안정적인 상태라고 믿게 된 샤론도 마침내 시험 삼아 아이가 어머니 할머니와 함께 살아보도록 허락했다. 사만다와 샤론은 크리스티안의 공동 양육권을 인정하는 법적 절차도 밟았다. 크리스티안은 도로시의 집에서 아주 가까운, 충분히 걸어 다닐 수 있는 학교에 입학했다. 사만다도 근처 슈리스 조 식당에 종업원으로 취직했다. 일자리도 구하고, 아들도 다시 찾고, 꽤 괜찮은 삶이었다.

하지만 보트가 파도에 출렁이듯 사만다는 안정을 유지하지 못했다. 그럴 수가 없었다. 크리스티안이 도로시의 집에서 함께 살기 시작하고 얼마 지나지 않아 스트립 클럽의 옛 친구들이 사만다를 찾아오기 시작했기 때문이다. 옛 친구들은 너무나 쉽게 사만다를 그 세계로 다시 끌어들였고, 사만다는 돈을 벌기 위해 옷을 벗는 삶으로 다시 돌아갔다.

사만다는 스트립 클럽에서 한 남자를 만났다. 클럽 문지기로 근무하며 부업으로 개인 트레이너 일을 하는 이안이라는 건장한 남자였다. 첫눈에 반한 두 사람은 점점 더 오랜 시간을 함께 보냈고, 급기야 사만다가 어머니나 동생에게 걸려온 전화도 받지 않고 문자에 답장도 하지 않은 채 상당한 시간 동안 종적을 감추는 일이 발생하기 시작했다. 그렇게 몇 달이 지나는 동안 도로시와 니콜은 사만다의 분위기가 다시 바뀐 것을 눈치챘고, 사만다가 새로운 남자친구와 함께 마약을 복용하는 것은 아닌지 의심했다. 사만다의 불안한 처신은 주변에 두루 경종을 울렸다. 샤론은 자신이 법적인 양육권자라며 크리스티안을 돌려보내라고 요구했다. 도로시는 딸이 또다시 자신에게서 빠져나가는 불길한 예감을 느꼈다.

사만다는 이안과 만난 직후인 2003년에 다시 임신한 사실을 알게 되었다. 사만다는 이번에는 아이를 낳지 않을 결심이었다. 마침 이안도 아이를 원치 않았다. 하지만 이안의 부모인 신디와 조지는 막무가내였다. 두 사람은 손주가 생기길 간절히 바랐지만, 큰아들 이안이 손주를 낳아줄 것이라는 희망을 거의 포기하던 참이었다. 두 사람은 이안과 사만다에게 생각을 바꾸라고 사정하며, 토론토의 지저분한 동네와 선정적인 하층 문화에서 멀리 떨어진 소도시에 있는 자신들의 집으로 들어와 함께 살자고 제안했다. 신디는 아들과 사만다를 구슬리고 애원하고 압력을 가했고, 결국 성공했다. 사만다가 마음을 바꾼 것이다. 사만다는 아이를 낳고 맑은 정신으로 살기로 했다. 이번에는 제대로 하겠다고 다짐했다. 크리스마스 직전 사만다는 두 시간 거리에 있는 이안 부모님의 집으로 들어가 함께 살기로 동의했다. 그곳에서 대도시의 위험으로부터 멀리 떨어져 살 작정이었다.

도로시는 사만다와 이안이 이사한다며 찾아온 날 처음으로 딸의 새 남자친구를 만났다. 사만다는 그렇게 멀리 가는 것도 아니라며 어깨를 으쓱하고는 옷장에서 옷을 꺼내 가방에 담았다. 도로시는 두 사람을 보며 왠지 두려운 느낌이 들었다. 나와 통화할 때 도로시는 떨리는 목소리로 당시 상황을 설명하며, 그 남자와 함께 가지 말라고 딸을 설득했지만, 사만다가 말을 듣지 않았다고 이야기했다.

◆◆◆◆◆◆◆

신디와 조지는 사만다를 처음 본 순간부터 마음에 들지 않는 눈치였다. 도로시는 자신이 애정을 담아 '캐러멜 손자'라고 부르는, 사만다의 혼혈 아들 크리스티안을 신디와 조지가 탐탁지 않게 여겼기 때문이라고 짐작했다. 이유야 어쨌든, 남자친구 부모의 집에서 함께 사는 일은 긴장의 연속이었고, 결국 사만다와 이안은 곧 아파트를 따로 얻어 분가할 수밖에 없었다.

사만다가 두 번째 임신으로 배가 불러오는 동안 도로시는 딸과 연락하기가 어려웠다. 하지만 이번에는 사만다가 다시 마약을 복용하거나 어머니 전화를 피하기 때문이 아니었다. 당혹스럽게도 도로시는 이안이 자신과 딸의 연락을 막는다는 사실을 깨달았다. 이안이 전화번호를 너무 자주 바꾸는 바람에 도로시는 딸과 연락할 수가 없었다. 이안은 사만다가 친구를 많이 사귀는 것도 바라지 않았고, 사만다가 일하는 것도 싫어했다. 이안은 여자친구인 사만다를 독점하려 했다.

그렇게 5개월이 지났다. 그동안 도로시나 니콜에게 한 번도 연락하지 않았던 사만다가 갑자기 니콜에게 전화해 임신 축하파티에 초대했다. 전화를 건 사만다는 보고 싶으니 꼭 오라고 부탁했다. 그러면서 자신에게 아주 소중한 순간이 될 것이라고 덧붙였다. 니콜은 기쁜 마음으로 두 시간 거리에 있는 사만다를 찾아갔다.

신디와 조지의 집에서 임신 축하파티를 열 때, 사만다는 임신 7개월이었다. 니콜은 그날 처음으로 이안을 만났다. 그저 그런 인상이었다. 세상 물정 모르는 숙맥에 샌님 같았지만, 몸은 근육질이었다. 그런대로 교육도 받은 것 같고, 착하고 점잖아 보였다.

2004년 5월 14일 사만다는 둘째 아들 에이든을 낳았다. 니콜은 일주일간 언니 곁에 머물며 신생아를 돌볼 계획으로 출산 바로 다음 날 도착했다. 약을 미리 먹었지만, 사만다는 병원에서 퇴원해 집으로 돌아온 날 간질 발작을 일으켰다. 출산 중 발작을 일으키지 않아 그나마 다행이었다. 의사는 업무 스트레스, 출산, 정서적 동요 그리고 어쩌면 탈수증상이 겹쳐 발작이 일어난 것으로 추정했다.

도로시도 곧 토론토 북쪽으로 사만다를 찾아갔다. 도로시가 도착하자마자 이안은 아파트를 나가 도로시와 마주치는 일을 철저히 피했다. 이안은 사만다의 어머니가 자기에 대해 알게 되는 것을 원하지 않는 듯했고, 어떻게든 사만다의 어머니를 멀리하려는 것 같았다. 도로시가 딸과 손자와 함께 지내는 2주 동안 이안이 집에 머문 시간은 정확히 10분에 불과했다. 이안은 도로시가 집에 머무는 내내 다른 곳에서 지냈다.

그동안 도로시는 갓난아기 손자를 유모차에 태우고 봄꽃이 활짝 핀 예쁜 작은 길을 오르내렸다. 그러다가 마을에 떠도는 소문을 듣게 되었고, 전보다 걱정이 더 커졌다. 딸의 새 남자친구가 근육을 늘리려고 스테로이드를 복용할 뿐만 아니라 마약도 복용하며 판매까지 한다는 소문이었다. 인근에서는 이안을 '썸퍼' 즉, 마약 밀매 자금 수집책으로 알고 있었다.

◆◆◆◆◆◆◆◆

에이든이 배밀이를 시작할 무렵 니콜이 옷가방을 들고 웰링턴가에 있는 사만다와 이안의 작은 아파트에 도착했다. 긴 연휴가 시작되는 7월 첫 주말이었다. 니콜은 언니와 새로 태어난 조카와 함께 살 작정으로 무작정 사만다의 아파트에 들어왔다. 열아홉 살 소녀

니콜은 언니네 집에서 8개월을 지내며 근처 인디펜던트 식료품점에서 일했다. 그 8개월 동안 니콜이 이안과 대판 싸운 적도 많았는데, 대부분 마약 때문이었다. 니콜의 말에 따르면, 이안은 아기가 태어난 후에도 자주 집에 코카인을 가져오고, 마약을 거래하고, 심지어 사만다에게 다시 마약을 권하기도 했다. 이안은 사만다가 쉽게 무너지리란 것을 알고 있었다. 니콜은 한 번 빠지면 영원히 헤어나지 못한다며 이안을 만류했다. 니콜은 이안이 사만다를 통제하려는 또 다른 방법으로 마약을 디밀었다고 짐작했다.

사만다, 이안과 함께 사는 동안 니콜은 이안의 동생 닉과 사귀었다. 부모님 신디, 조지와 함께 살던 닉은 스물한 살, 니콜은 열아홉 살이었다. 닉은 가끔 법을 어겨 문제를 일으킬 뿐만 아니라 아돌프 히틀러를 열렬히 추앙하는 스킨헤드로 인근에서 유명했다. 사실 닉은 히틀러를 우상으로 섬겼다.

겨울 어느 날이었다. 니콜이 닉의 집에 놀러 가 거실에 앉아 있을 때 신디와 조지가 강아지를 산책시키고 돌아왔다. 두 사람은 불안한 눈치였고, 특히 조지가 심하게 동요했다. 두 사람이 골목을 돌아 집 근처에 도착했을 때, 작은아들 닉이 진입로 옆에 쌓인 눈으로 나치의 갈고리 십자가 문양을 커다랗게 만들고 있는 모습을 본 때문이었다.

닉의 침실에는 히틀러와 제2차 세계대전에 관한 DVD와 책이 빼곡했다. 니콜은 히틀러와 전쟁에 관해 아는 것이 하나도 없었다. 그 사실을 닉에게 고백하자, 다음번 놀러 갔을 때 닉이 홀로코스트에 관한 다큐멘터리를 니콜에게 보여주었다. 니콜은 다큐멘터리를 보며 구역질이 날 것 같았지만, 소파에 나란히 앉아 있던 닉은 키득키득 웃기만 했다. 강제 수용소와 그곳에서 행해진 가혹 행위가 재미 있는 모양이었다. 다큐멘터리가 끝나자 닉은 니콜에게 자신의 신념 을 '교육'하며 유대인이 할리우드를 '소유'하고 있고 유대인 '족속'은 모두 '추악'하다고 설교했다.

두 사람의 관계를 알게 된 도로시는 니콜에게 제발 닉을 멀리하 라고 간청했다. 하지만 니콜은 한동안 어머니의 충고를 귀담아듣지 않았다고 내게 고백했다.

◆◆◆◆◆◆◆◆

자신의 삶이나 주변 사람들의 삶이 여전히 순탄치 않았지만, 사만 다는 퍼플 피그라는 근처 식당에서 종업원 일자리를 구했고, 성인을 대상으로 한 고등학교 학력 인정 과정에도 등록했다. 사만다를 매일 만난 선생님들은 사만다가 마약을 끊은 것이 분명하다며 그렇지 않 았으면 자신들이 뭔가 이상을 감지했을 것이라고 확신했다. 선생님들 의견에 따르면, 사만다는 다시 학업을 시작하게 되어 행복했고, 고등 학교 졸업장을 취득한다는 기대에 차서 공부도 열심히 했다.

2004년은 사만다의 인생에서 두 가지 중요한 사건이 일어난 해이 다. 첫 번째 중요한 사건은 당연히 에이든의 출생이고, 두 번째 사건 은 동생 니콜과 함께 노우드 극장 옆 공원에서 집회를 개최한 일이 다. 사만다가 간질 발작을 약으로 다스리지 못할 때 자주 찾아가 도 움을 받았던 지역 응급실의 폐원 계획에 반대하는 집회였다.

사만다는 "우리 병원이 문을 닫고 있다"는 팻말을 들고 행인들의 시선을 끌었다. 집회에 참여한 인원은 모두 500여 명이었다. 자매는 빨간 립스틱으로 얼굴에 'ER(응급실)'이란 글자를 쓴 채 중심가 한복판에 서서 전단을 나누어 주었다. 사만다는 연단에 올라가 인상적인 연설로 시민들에게 호소했다. 도로시는 옳다고 믿는 대의명분을 옹호하는 두 딸이 자랑스러웠고, 결국 지방 정부도 응급실 폐원 계획을 철회했다.

그렇게 시간이 흘렀다. 사만다는 맑은 정신을 유지했다. 가끔 에이든과 함께 미시소거를 방문했고, 어머니에게도 가능한 한 자주 전화로 소식을 나누었다. 그렇게 찾아가고 전화로 안부를 전하는 중에도 사만다는 한사코 이안에 관한 이야기는 하지 않았다. 도로시가 이안의 안부를 물을 때마다 입을 꼭 다물고 화제를 다른 데로 돌렸다.

브레이스브리지에서의 사만다의 삶은 그렇게 흘러갔고, 이제 그곳이 사만다 삶의 터전이었다.

3부

진실

13

훼손된 별장

저 아래 호숫가에서 조던과 탈리아는 햇볕을 쬐며 누워있고, 강아지들과 함께 놀던 제이크와 제이슨은 테니스공을 호수로 던졌다. 그러자 하얀 래브라두들 한 마리와 황갈색 골든두들 한 마리가 잔교에서 동시에 뛰어올라 슈퍼맨처럼 호수로 다이빙을 했다. 코비가 오렌지빛 구명조끼와 낚시 도구 상자, 낚싯대 등 낚시 장비를 한 아름 안고 나무 창고에서 나왔다. 코비와 나는 깡통배를 타고 노를 저어 호수로 나갔다. 낚시하러 가자는 아들이 고마웠다. 낚시는 내 유년으로 회귀하는 통로였다. 다시 돌아오라고 절규하며 자석처럼 끌어당기는 지난 시절의 마력이었다.

이런 순간은 평소 내가 일 년 내내 고대하던 순간이었다. 한겨울 코네티컷에서 두툼한 파카의 지퍼를 끝까지 올린 채 얼어붙은 손으로 자동차 유리창에 얼어붙은 얼음을 긁어내며 꿈꾸던 순간이었다. 식료품점에서 줄을 서서 기다리거나 출퇴근 시간 꽉 막힌 도로에서 자동차 안에 앉아 있을 때 꿈꾸던 순간이었다. 산더미처럼 쌓인 고지서와 그릇, 빨랫감 너머로 상상하던 순간이었다. 내 사랑하는 가족들이 별장에 모두 모여 킥킥 웃고 떠들며, 시간이 멈추고, 빛바랜 내 유년의 소중한 추억이 현재의 고화질 현실로 소생하는 순간. 이런 순간이 내 유년과 내 성년을 연결하고, 캐나다의 삶과 미국의 삶을 이어주었다. 나는 늘 남편과 내가 미국으로 이사하지 않았더라면 이런 순간을 더 많이 누렸을 텐데 하며 아쉬워했다.

낚시를 끝내고 호숫가로 돌아오니 누군가 잔교 내 자리에 카약을 세워놔 나는 카약 옆으로 노를 저어 같은 밧줄 걸이에 나란히 내 보트를 묶었다. 그리고 보트에서 카약으로 건너가 잔교 위로 올라갔다. 몇십 년 전이었으면 두 번 생각할 필요도 없이 잔교에서 보트로, 보트에서 잔교로 아무 문제 없이 폴짝폴짝 뛰어다녔을 것이다.

그런데 이제는 보트에 서니 이상하게 불안정한 느낌이었다. 볼품 사납게 한 발은 보트를, 다른 한 발은 카약을 디딘 채 불안정하게 뒤뚱거렸다. 미국으로 넘어가던 때와 비슷하다는 생각이 들었다. 나는 두 세계에 발을 담그고 있었다. 균형을 잡을 수 있을 것으로 자신했지만, 이제는 확신이 없었다. 그러다 앞으로 고꾸라져 잔교 모서리에 정강이를 찧었다.

"데비야! 아가! 다쳤니?"

그 모습을 보고 있던 아버지가 소리쳤다.

"걱정하지 마세요, 아버지. 안 죽어요."

시내 병원으로 데려다 달라고 할까 어쩔까 고민하며 아버지에게 소리쳐 대답했다. 사우스 머스코카 메모리얼 병원은 몇 년 전 폐원 위기가 있었지만 다행히 위기를 넘기고 여전히 운영 중이었다. 어머니가 사다리에서 떨어졌을 때 치료받은 그 병원은 심각한 적자에 허덕였지만, 최소한 문은 열고 있었다. 심하게 긁힌 정강이가 욱신욱신

아팠지만 아이들과 함께 어울려 수영을 하려고 청반지를 벗어 던졌다.

"피 나? 물에 들어가면 안 될 텐데."

어머니가 소리쳤다.

"괜찮아요!"

어머니를 안심시킨 뒤 물속으로 다이빙했다.

◆◆◆◆◆◆◆

수영을 하고 두 시간 뒤 카우벨이 나지막이 딸랑거렸다. 식사 시간을 알리는 종소리였다. 서둘러 집에 들어가 젖은 옷을 갈아입는데 어머니의 낯익은 충고가 귀를 때렸다.

"비쟈즈. 젖은 수영복 입고 있지 마라. 궁둥이 헐라."

나도 내 딸에게 똑같은 소리를 하곤 했다.

느긋하게 앉아 베이글, 치즈, 살라미 소시지, 각종 샐러드와 스프레드를 먹은 뒤 토론토에서 사 온 블루베리 번 빵과 데니쉬 치즈 페이스트리로 배를 채웠다. 오전에 호숫가에서 그랬던 것처럼 나는 식사하는 내내 오빠의 안색을 살폈다. 평소 실없고 장난기 많던 오빠의 표정이 전에 없이 우울했다. 오전에 오빠는 남편과 함께 잔교에서 몰슨 캐나디안 맥주를 몇 병씩 들이켰다. 그러다 남편이 먼저 오빠를 잔교에서 떠밀고 뒤따라 물에 뛰어들었지만, 오빠는 물 밖으로 나와 두고 보자며 머리를 흔들어 물을 털었다. 오빠는 속 편히 즐기는 순간이 거의 없었고, 그나마도 나처럼 하루를 즐기는 척하려는 단호한 결심이 묻어나는 듯했다. 오빠의 그런 행동은 모두 부모님을 걱정시키지 않으려는 배려에서 나온 행동이었다.

햇빛도 밝고 날씨도 따뜻했지만, 아이들은 허겁지겁 점심을 먹은 뒤 후식으로 전자파가 필요한 듯 거실 소파에 벌렁 드러누워 TV를 켰다. 시끌벅적대던 소동이 가라앉았다. 나도 기력이 떨어지며 기분이 우울해지는 느낌이었고, 살인에 관한 암울한 생각이 밀려들었다. 상자 뚜껑을 비틀어 열었을 때 노먼의 반응이 어땠을지 자꾸만 상상되었다. 어쩔 수가 없었다. 무엇을 보았을까? 오빠가 내게 숨기고 말하지 않은 것은 무엇일까? 노먼이 오빠에게 전화한 뒤 그리고 오빠가 경찰에 신고한 뒤 무슨 일이 벌어졌을까? TV 방송사 같은 언론이 언제 이곳으로 들이닥칠지 불안했다. 이미 CTV 홈페이지에는 별장 진입로 초입에 경찰이 노란색 테이프를 둘러 범죄현장접근을 차단한 사진이 올라간 상태였다. 장담하건대 바로 그 순간 어떤 기자가 후속 기사를 송고하고 있을 것이라는 생각이 들었다.

잠시 멈춰 서서 벽걸이 TV를 보다가 예전에 부모님 침실에 있던 자그마한 RCA TV가 생각났다. 채널도 하나뿐이고, 그마저도 눈이 내리듯 하얗게 줄이 가는 TV였다. 수년간 어머니와 아버지는 침대에 누워 그 TV로 저녁 뉴스를 시청했다. 나는 오늘 밤에는 TV에서 무슨 뉴스가 나올지 궁금했다.

◆◆◆◆◆◆◆

롤라가 터벅터벅 다가왔다. 뭔가 잔뜩 기대하는 표정이었다. 허리를 굽혀 털이 곱슬곱슬한 머리에 키스하며 롤라의 따뜻한 체온을 들이마신 뒤 조용히 말했다.

"착하지."

그러자 롤라는 코로 나를 살짝 찌르고는 특유의 저음으로 "월"하고 짖었다. 밖으로 나가자는 뜻이었다.

"산책가자고?"

나는 롤라의 목줄을 잡고 문밖으로 따라나섰다.

롤라와 나는 가파른 진입로를 지나 길을 따라 내려갔다. 롤라는 내가 상상한 가장 사랑스러운 개였다. 가장 상냥하고 밝은 개였다. 강아지일 때는 우리가 하도 안아줘서 걷는 법을 잊어버리면 어쩌나 걱정한 적도 있었다. 유순하고 다정하고 말귀도 놀랄 만큼 잘 알아들었다. 사람 말을 진심으로 알아들었을 때는 고개를 한쪽으로 기울였다. 우리가 잠깐이라도 밖에 나갔다 돌아오면 롤라는 뒷발로 서서 앞발로 우리 목을 붙들고는 부들부들한 핑크빛 혓바닥으로 우리 숨이 막힐 때까지 무아지경으로 얼굴을 핥아댔다. 창문 밖으로 지나가는 다람쥐를 보면 으르렁거리다가도 마당에서 다람쥐를 만나면 반대편으로 부리나케 달아났고, 귀밑을 천천히 문지르면 새끼 고양이처럼 가르랑거리는 소리를 냈다. 롤라가 내 무릎에 얼굴을 올리고 속눈썹이 기다란 호박색 눈으로 내 눈을 응시하면, 내 마음도 스르르 녹아내렸다.

롤라와 내가 끈끈한 유대감으로 묶인 이유는 롤라가 귀엽고 꼭 끌어안고 싶을 만큼 사랑스러워서도 아니고, 내가 줄곧 애완동물을 간절하게 원했기 때문도 아니고, 정신없이 어수선할 때가 많은 집안에서 롤라가 평온과 기쁨을 주기 때문도 아니었다. 다른 이유가 있었다.

결혼 직후였다. 출장을 가는 남편을 따라 독일 쾰른에 간 적이 있었다. 처음에는 그 나라를 방문하는 것이 굉장히 두려웠다. 덧칠해 지운 갈고리 십자가의 윤곽이 희미하게 보이고 아직도 나치식 경례로 인사하면 어쩌나 마음 한구석이 께름칙했던 것 같다. 반유대주의자들이 아직도 남아 있을지 불안했다. 하지만 직접 확인한 결과 현대 독일은 제2차 세계대전 당시의 독일과 완전히 다르고, 학교에서도 지겹도록 홀로코스트를 가르치고, 사람들도 친절하고 개방적이며 과거의 잘못을 보상하는 일에 열성적이었다.

어느 날 저녁이었다. 남편과 공원 벤치에 앉아 있는데 한 청년이 인도교를 건너 우리 쪽으로 다가왔다. 하얗게 면도한 머리에 문신을 새기고, 군화를 신은 청년이었다. 어느 모로 보나 신나치주의자의 모습인 청년 뒤로 털이 북슬북슬한 올드 잉글리시 쉽독 한 마리가 따라오고 있었다. 그런데 그 청년이 우리가 앉은 벤치에서 몇 발자국 떨어진 공터에 멈춰 서더니 개를 있는 힘껏 걷어찼다. 육중한 군화발로 워낙 세게 걷어찬 탓에 개가 공중으로 솟구쳤다. 그렇게 몇 번을 발로 채여도 개는 계속해서 그 청년에게 기어갔다.

"여보."

나는 너무 놀라서 꼼짝도 하지 못하고 목소리도 겨우 나왔다.

"말려야 하는데….”

우리가 주저하던 그 순간 폭행이 끝났다. 청년은 뒤돌아 가버리고, 개도 청년 뒤를 따라갔다. 우리가 왜 말리지 않았을까? 우리도 그 청년에게 맞을까 무서웠을까? 그때 나서지 못한 죄책감에 수년간 마음이 아팠다. 그 개의 측은한 비명과 낑낑거리는 소리가 머릿속을 떠나지 않았다. 나는 그 가엾은 개를 돕지 않았다. 하지만 그 개가 당한 학대를 생각하며 나는 롤라와 훨씬 더 가까워졌다. 마치 롤라를 사랑하면 그 개의 고통이 줄어들기라도 할 것처럼.

내가 롤라와 함께 별장터로 다시 돌아왔을 때는 한 시간 가까이 산책을 한 다음이었다. 롤라는 당연히 의식하지 못했지만, 나는 모퉁이를 돌 때마다 길옆으로 난 평화롭고 멋진 숲에서 불길한 그림자를 느끼고 놀라서 자꾸만 뒤를 돌아보았다. 드디어 진입로 초입에 들어섰다. 며칠 전만 해도 노란색 출입금지 테이프가 쳐졌던 곳이었다. 나무판에 이름을 새겨 나무에 못으로 박아 놓은 우리 명패가 범죄 현장을 알리는 안내판이 되었다.

가파른 진입로를 뛰어 내려가 별장 현관문을 열고 롤라를 뒤따라 안으로 들어갔다. 집에 돌아오니 안심이 되었고, 야단법석 생일 파티를 계속 이어가고 싶은 마음이 간절했다. 오빠 서재의 유리문 너머로 책상 주위에 옹기종기 모여 앉은 부모님과 오빠, 새언니가 보였다. 어머니 무릎 위에는 종이 한 장이 놓여있었다. 가만히 문을 열고 들어가 물었다.

"무슨 일이에요?"

어머니가 〈토론토 선〉 신문에서 오려낸 기사를 건넸다. "어머니의 고통, 살해된 딸의 단서를 찾는 토론토의 어머니"라는 제목의 기사였다. 어머니가 건넨 기사를 읽어보았다.

토론토 – 목요일 오후 2시 30분, 에토비코크 집 문을 두드리는 두 명의 강력계 형사를 거쳐 딸이 도로시 콜린스 파울리의 삶으로 돌아왔다.

7년 전 토론토에서 브레이스브리지로 이사한 32세의 사만다 콜린스는 7월 5일 브레이스브리지의 한 별장에서 주검으로 발견되었다. 살인사건의 희생자가 된 사만다의 가족은 범인이 잡히길 애타게 기다리고 있다.

"괴롭고 고통스럽다가 화가 나고 무력감을 느낍니다. 여러 가지 감정과 느낌이 뒤죽박죽되어 순간순간 기분이 어떻게 바뀔지 종잡을 수가 없습니다."

토요일에 피해자의 동생 니콜과 함께 있던 자리에서 파울리는 이렇게 심정을 토로했다.

"이 사건으로 제 인생이 영원히 바뀌었습니다. 그 애는 32년간 제 딸이었습니다."

수사관들은 사만다가 별장에서 시신으로 발견되기 얼마 전에 사망했는지 밝히지 않았다. 가족들은 사만다가 경찰에 실종 신고되어 있는지 아닌지도 확인하지 못했다.

파울리는 "우리는 사만다가 그곳에서 사귄 친구들을 잘 모릅니다. 사실 사만다가 친구로 가깝게 지내는 사람들도 없었습니다. 사람들을 잘 믿지 않는 편이거든요. 제 생각에는 그것이 제 아이가 자신을 지키는 방법이었던 것 같습니다"라고 말했다. 간질을 앓던 '자유로운 영혼'은 브레이스브리지로 이사한 직후 둘째 아들을 출산했다.

가족이 사만다와 마지막으로 통화한 때는 2007년 1월이었다. 니콜이 언니에게 스물아홉 살 생일을 축하하며 전화를 건 날이었다.

니콜은 "언니는 절대 남들이 뭐라든 신경을 쓰는 사람이 아니었습니다. 전혀 신경을 쓰지 않았습니다. 언니는 언니 인생을 살았습니다"라고 이야기했다.

사만다의 어머니는 "그 애의 미소, 그 미소는 또 얼마나 근사했는지. 피부와 머리카락도 너무 멋져서 사람들이 머리 한번 만져보자고 부탁할 정도였어요. 정말 아름다웠죠"라고 회상했다.

니콜은 언니의 핸드폰으로 전화를 걸 때마다 자동응답도 없이 벨이 아무리 울려도 전화를 받지 않았다고 전했다.

"지금까지 수년간 언니의 페이스북이 있는지 찾고 있었습니다."

10월에 결혼한 24세의 동생이 고백했다.

"언니는 자유로운 영혼이라서 어디든 그냥 가서 자기 할 일을 하다가 가끔 한 번씩 연락하곤 했습니다."

"무조건 언니를 신부 대표 들러리로 세우려고 했습니다."

니콜의 어머니도 아쉬워했다.

"그랬으면 네 언니도 자랑스럽게 네 옆에 섰을 텐데."

모녀는 정보를 아는 사람은 705-789-5551번으로 수사관에게 신고하거나, 1-800-222-8477번 범죄예방 단체에 전화를 걸어 익명으로 제보를 해달라고 신신당부했다.

니콜은 "제보 전화가 한 통도 걸려오지 않는 일은 없을 겁니다. 머릿속으로 상황을 그려보면 분명히 무슨 단서가 잡힐 겁니다"고 확신했다.

꿀꺽하고 마른침이 넘어갔다. 시신이 발견되었다는 소식을 처음 들었을 때도 아주 끔찍했다. 그리고 오빠에게 자세한 내용을 듣게 되면서 점점 더 끔찍해졌다. 하지만 이제 그 시신은 이름이 있고 어머니와 동생이 있는 젊은 여성이 되었다. 자유로운 영혼. 거미가 득실거리는 어둡고 비좁은 공간에서 나무 상자에 담겨 썩어 가는 대신 동생의 결혼식에서 멋진 미소를 지으며 아름다운 머리카락을 휘날렸어야 할 32세의 여성.

"끔찍해."

내가 중얼거리는 소리를 들은 새언니도 같은 생각이었다.

"그러게 말이에요. 악몽 같아요."

"아무튼."

어머니가 말꼬리를 흐렸다. 아버지는 속이 상할 때 나타나는 멍한 표정으로 말없이 창밖을 응시했다.

"인터넷에서 못 본 기사네."

아무도 말이 없는 상황이 불편했던 내가 말을 꺼냈다.

"지금은 인터넷에 올라와 있어."

오빠가 신문 기사를 집어 서류철에 넣었다.

어머니가 무릎을 문지르며 중얼거렸다.

"가여운 것."

나는 오빠의 어깨 뒤로 벽에 걸린 작은 액자 속 사진을 바라보았다. 스무 살 때 오빠 사진이었다. 그 시절 히피 문화에 심취한 오빠는 멜빵 청바지를 입고, 오렌지빛 곱슬머리를 아프리카 흑인처럼 둥글게 부풀리고, 수염도 기르고 다녔다. 당시 밖에 나가면 낯선 사람들이 오빠에게 "어이, 늑대 인간!"이라고 소리치곤 했다. 이제 오빠는 길게 길렀던 수염도 콧수염과 염소수염으로 다듬고, 아프리카 흑인처럼 둥글게 부풀렸던 곱슬머리도 듬성듬성하고, 색도 오렌지빛보다 잿빛에 가까운 것이 늑대보다는 교수다운 모습이었다. 포크로 긁은 것처럼 이마에는 주름살도 깊이 패었다. 시신을 발견하기 전 마지막으로 보았을 때보다 주름이 더 깊었다. 얼굴에 수염만 없다면

243

아버지와 아주 흡사한 얼굴이었다.

사만다 콜린스에게는 아이들이 있었다. 기사에 따르면 아들만 둘이었다. 그녀가 어머니였다는 사실이 시멘트 덩어리처럼 무겁게 가슴을 내리눌렀다. 전 세계 어디를 가든 종교에 상관없이 어머니는 신성불가침의 존재다. 그렇지 않은가? 어머니는 인간의 경험에서 특별한 존재 아닌가? 사만다 나이 때 나는 둘째를 갓 출산한 상태였다. 어린 시절 조던과 제이크가 처음부터 끝까지 나만 찾던 일이 기억난다. 그런 어머니를 어떻게 죽일 수 있단 말인가? 나는 꽉 다문 네 명의 입술과 오렌지빛, 하얀빛, 검은빛이 감도는 네 명의 찌푸린 눈썹을 돌아보며 이 상황이 내 가족에게 주는 고통을 보았다. 그리고 가족들이 다시 한번 나쁜 소식으로부터 나를 보호하려 했음을 깨달았다. 생일날 행복한 기분을 망치지 않으려고 굳이 내가 개를 데리고 산책간 사이에 이렇게 모여 의논했다는 것을 깨달았다. 나도 뭔가 현명한 말, 가족들 이마의 주름살을 펼 수 있는 말을 찾으려고 노력했다. 위안이 되는 말을. 하지만 아무말도 생각나지 않았다. 그저 침묵 속에 시간만 흘러갔다.

결국, 화제를 바꿔 분위기를 가볍게 만들 요량으로 입을 연 사람은 새언니였다.

"저, 아가씨."

새언니가 내 쪽으로 몸을 숙여 올리브색 손을 내 팔에 얹었다. 부드러운 검은색 단발머리가 앞으로 쏠리며 새언니의 앳된 얼굴에 액자처럼 드리웠다.

"저녁은 뭘 할까요? 피자나 만들까 하는데, 아가씨 생각은 어때요?"

나도 새언니의 본을 따라 과장된 몸짓으로 엄지를 치켜들었다.

"내가 제일 좋아하는 거죠."

"그러면 화덕이 두세 시간 달궈지도록 내가 불을 피울게."

오빠도 거들었다. 나는 서재 창문 밖 공터에 설치된 장작 화덕을 바라보았다. 헨젤과 그레텔 동화에서 빌려온 듯 지붕이 경사진 근사한 돌 화덕이었다.

"별장에 화덕이 더 생기면 어떤 요리를 할지 생각해 봐. 야외에 화덕을 설치할 생각이야."

지난겨울 어느 날 오빠가 내게 이렇게 말했다.

"모닥불 구덩이 옆에 화덕을 설치하고, 판석을 깔면 테라스도 만들 수 있을 것 같아."

오빠는 야외 화덕에 관해 잘 알고 있는 장인어른에게 조언을 구했고, 오빠의 장인어른이 적당한 회사를 선정해 봄에 시공이 시작되도록 돕겠다고 약속했다.

새언니의 아버지가 정통 돌 화덕을 전문적으로 시공하는 회사를 추천해 즉시 시공하기로 합의했고, 오빠가 나이아가라 지역에 본사를 둔 '스토브 마스터즈'와 계약했다. 다섯 시간 거리에 살고 있어 매일 출퇴근이 불가능한 시공기사 알렉스와 세르게이가 벽돌로 화덕을 쌓는 동안 별장에서 지내도 되는지 물었다. 오빠는 진입로를 차단한 사슬의 자물쇠를 풀고 별장에 출입할 수 있도록 두 사람에게 열쇠를 넘겨줬다. 시공기사들이 화덕을 쌓으려면 자유롭게 별장을 드나들 필요가 있었기 때문이다.

◆◆◆◆◆◆◆

"잠깐 발코니에 나가면 어때요?"

오빠 서재에 모였을 때 내가 어머니와 아버지를 돌아보며 물었다.

"최근에 아이들이 학교에서 찍은 사진도 볼 겸."

남편의 노트북에는 조던의 봄 댄스축제, 코비의 관악부 연주회 그리고 당연히 제이크의 춘계 야구 시합 전체 경기 등 부모님이 아직 보지 못한 사진들이 가득했다.

어머니 아버지가 우리 부축을 받아 의자에서 천천히 일어섰다. 이제 두 분 모두 지팡이를 짚었다. 제대로 걸음을 옮기기가 어려워 방 하나를 건너는 것도 쉬운 일이 아니었다. 수년 전만 해도 어머니는 꽃을 심고, 아버지는 잔교를 만들고 수상스키 보트를 몰며 두 분이 그토록 많은 시간을 보냈던 호숫가는 이제 두 분이 닿을 수 없는 먼 곳이었다. 엄두도 낼 수 없이 가파른 계단 때문이었다.

거실로 걸어가던 아버지가 살짝 비틀거렸다. 내가 얼른 손을 뻗어 아버지를 부축했다. 아버지는 균형감각도 떨어지고 있었다. 전쟁 중에 걸린 동상으로 가뜩이나 감각이 없는 발바닥이 매일 복용하는 약 때문에 더 나빠지고 있었다.

"비쟈즈, 피슈터."

어머니가 뒤따르며 말했다. 이제 아버지도 어머니의 걱정거리였다.

"괜찮아, 베러."

아버지가 뒤를 돌아보며 어머니를 안심시켰다. 그리고는 내 귀에 대고 속삭였다.

"네 엄마는 뭐든 걱정거리가 없으면 불행한 사람이다."

우리는 방충망을 친 발코니로 향했다. 팔짱을 낀 아버지의 팔은 뼈가 앙상했고, 짧은 소매 셔츠 아래 피부는 종잇장 같았다. 나는 입술을 깨물었다. 한때 오렌지색 체인 기계톱을 부릉부릉 놀려 죽은 나무를 베고, 몇 시간 동안 도끼를 휘둘러 장작을 패던 남자였다. 일 년 내내 한 손에는 드릴을, 다른 손에는 망치를 들고, 못 한두 개를 입에 물고 다니던 남자였다. 설치하고, 고치고, 조립하는 일에 능수능란했다. 그랬던 아버지가 이제 연약해 보였다.

미국에서 우리 일상을 기록한 가족사진을 뒤적거리다 보니 내가 직장과 정원 가꾸기, 아이들 시험 등 우리 가족에게만 매달려 살았다는 생각이 들었다. 코네티컷에서, 특히 우리 집에서 봄은 야구 시즌의 시작을 의미했다. 이번 봄에도 포트마이어스에 갈 준비를 하느라 별장은 어떻게 되었는지 크게 신경을 쓰지 못했다는 생각이 들었다.

별장에서 봄은 여름에 불편하지 않도록 관리하고 미처 예상하지 못한 문제가 생긴 부분을 서둘러 수리하는 시기였다. 그 모든 일의 책임이 온전히 오빠 몫이었다. 건축업자 제러미가 가족과 함께 온타리오 남부로 이사해 오빠 일을 거들 사람도 없었다. 오빠는 하는 수 없이 제러미의 동료에게 전화를 걸어 일을 도울 수 있는지 물었다. 긴 하루의 작업을 끝낸 후 함께 저녁을 먹고 맥주를 마시던 헝가리성을 가진 쾌활한 남자, 제러미를 능가할 만큼 열심히 일하던 그 남자가 오빠 일을 돕겠다고 나섰다. 오빠는 잔교를 끌어다 물속에 설치하는 작업과 배수관에 물을 부어 공기를 빼내는 작업을 비롯해 필요한 작업 목록을 이메일로 보냈다. 눈이 녹아 길이 뚫리는 즉시 일을 시작하기로 했다. 온타리오 북부에서는 눈이 4월까지 녹지 않고 남아 있는 일이 흔했다. 4월 말 오빠는 도로 사정을 묻는 이메일을 받았다. 오빠는 1~2주 지나면 도로가 뚫릴 것 같다는 답장을 보냈다.

"잔교를 물속으로 옮길 때 도와줄 사람이 필요한가요? 제가 하루 정도는 별장으로 올라가도 괜찮습니다."

오빠는 답장에 이렇게 물었다.

5월 3일에 "신경 쓰지 마세요, 피터. 제가 이미 도와줄 사람을 구했습니다. 진입로를 막은 사슬을 풀기만 하면 됩니다"라는 답장이 도착했다.

5월 8일, 사슬 자물쇠를 풀 열쇠가 전달되고, 빅토리아 데이(캐나다 국경일, 5월 25일에 제일 가까운 월요일) 주가 시작되는 5월 끝에서 두 번째 월요일이 되자 별장이 여름을 맞을 준비를 끝냈다. 잔교도 물속으로 옮기고, 배수펌프도 연결이 끝나고, 물속에 잠긴 전기선도 모두 걷어내고, 진입로에 떨어져 어지럽게 널린 나뭇가지들도 깨끗이 정리했다. 2주 후에는 쥐가 들어오지 못하도록 별장 밑 부분 전체에 차단용 보호 철망을 설치했다.

6월이 되자 아비새(북미산 큰 새로 물고기를 잡아먹으며 사람 웃음소리 같은 소리를 냄)가 목청을 가다듬었고, 화분에서는 허브가 싹을 틔웠으며, 흑파리는 짐을 꾸려 멀리 떠났다. 이제 곧 우리 가족이 새로 단장한 아름다운 공간에 모일 것이다. 만만치 않은 일 한 가지만 남아 있었다. 돌 화덕 공사에서 나온 건축 쓰레기와 증축 공사를 시작한 이후 별장 아래와 주변에서 모아 놓은 폐기물을 수거해 버리는 작업이었다. 오빠는 캐나다 연방 성립기념일인 7월 1일까지 반드시 쓰레기를 치우겠다고 다짐했다.

◆◆◆◆◆◆◆

그날 저녁 생일 케이크를 나눠 먹은 뒤 온 가족이 모닥불 주위에 둘러앉았다. 흡족한 표정으로 옹기종기 모여 앉은 열한 명의 가족을 둘러보니 고마운 마음이 뼈에 사무쳤다. 할머니 외에는 가족을 잃은 적도 없고, 도로시가 신문 기사에서 밝힌 것처럼 혼란스러운 공허감을 느낀 적도 당연히 없었기 때문이다. 도로시는 고통, 분노, 무력감이라고 토로했다. 아마도 도로시는 딸이 해를 입지 않도록 자신이 할 수 있는 모든 일을 했을 것이다. 마찬가지로 사만다도 자식들을 지키기 위해 노력했을 것이라고 나는 확신했다.

"엄마, 우리 곰 이야기 좀 해주세요."

어머니는 내가 어린 시절 경험한 야생 체험 중 가장 기억에 남는 사건을 이야기해달라는 부탁임을 잘 알고 있었다.

어머니는 머릿속에 든 기억을 잠시 굴려 거미줄을 털 듯 고개를 좌우로 기웃거리더니 이야기를 시작했다.

"네가 열 살쯤 되었을 때다. 너하고 할머니, 내가 매주 한 번씩 밤에 쓰레기를 모두 모아 커다란 초록색 쓰레기봉투에 담았단다."

어머니 이야기에 따르면, 우리는 해가 질 무렵 차를 타고 출발했다. 진입로를 올라가 개인 도로를 빠져나간 뒤 국도로 들어섰다. 그런 다음 좁은 길을 따라 내려가, 공터에 있는 거대한 철 쓰레기통 앞에 길게 늘어선 차량 행렬 뒤에 차를 세우고 시동을 껐다. 쓰레기를 버린 뒤 차 안에서 기다렸다. 다른 사람들도 자동차 안에서 기대에 가득 찬 표정으로 밖을 내다보고 있었다. 정확히 8시, 여름 내내 항상 같은 시각에 등장하는 검은색 곰 한 마리가 나타났다. 곰이 거대하고 육중한 몸을 끌고 네발로 기어 어슬렁어슬렁 숲을 빠져나오는데, 넋을 잃고 바라보는 별장 주민들은 안중에도 없는 모습이었다. 가끔 고개를 돌려 새끼 두 마리를 힐끗 살필 뿐이었다. 숲에 숨어 있던 새끼 곰들은 나뭇잎 사이로 언뜻언뜻 눈만 보였다. 새끼들이 안전한 것을 확인한 곰은 강력한 뒷발을 디디고 일어서더니 쓰레기통을 샅샅이 뒤져 새끼들에게 먹일 만한 작은 음식물들을 모두 끄집어냈다.

장대한 짐승을 자연 서식지에서 직접 만나고, 그 엄마 곰이 인간처럼 매일 저녁 새끼들의 저녁을 챙기는 모습을 보며 가슴 설레던 순간을 떠올리니 절로 미소가 나왔다. 그 엄마 곰은 TV나 도우레이크 거리의 자동차 극장 혹은 매니토바가에 새로 문을 연 노우드 극장에서 보던 그 어떤 장면보다 훨씬 멋진 장관을 연출했다.

"내가 학교에서 돌아오니 엄마가 주방 식탁에 앉아 울고 있던 날 기억나요?"

어머니가 고개를 끄덕였다. 그해 가을 어느 날이었다. 어머니가 나를 식탁 앞에 앉히더니 엄마 곰이 스릴만 찾는 멍청한 사냥꾼들 총에 맞아 죽었다며 안타까워했다. 어머니 표현이 그랬다. 그리고는 마찬가지로 상심에 빠진 캐나다 야생동물 보호관들이 새끼 곰 두 마리를 찾아냈고, 새끼들이 혼자 살아갈 수 없어서 동물원에 맡겼다는 소식도 들려주었다. 나는 엄마 곰이 죽었다는 소리에 망연자실했다. 내가 개인적으로 알고 지내던 곰이 죽은 기분이었다.

"하지만 그 전에,"

내가 곰 생각에 슬퍼하고 있는데 아버지가 끼어들었다.

"그 전에 곰이 도로를 따라 우리 동네로 내려온 적이 있었다. 하루는 밤늦게 한 부부가 별장에 도착해 자동차 트렁크를 열고 아이스박스와 물 등을 꺼내 별장으로 날랐지. 별장에 물건을 들여놓고 나온 부부는 자동차 보닛 위에 앉아 있는 거대한 검은 곰을 발견하고는 심장이 멎을 만큼 놀랐단다.”

“궁둥이를 지지고 있었던 거지.”

어머니가 덧붙인 말에 아버지가 빙그레 웃었다.

한 시간 뒤 아이들은 침실로 들어가고 어른들만 남자, 풍향계가 돌 듯 분위기가 바뀌었다. 부모님의 안색도 어두워졌다. 두 분이 자리에서 일어서며 어머니가 탄식처럼 “현실이 그런걸”이라고 내뱉었을 때 우리는 어머니가 무슨 생각을 하고 있는지 정확히 이해했다. 사만다 콜린스였다.

오빠와 새언니, 남편과 나만 남았다. 우리는 조용한 가운데 아베르나 술잔을 기울이며 잠시 가벼운 이야기를 나누었다. 신문 기사 이야기를 꺼낸 사람은 없었지만, 나는 새끼 곰들처럼 어미 없이 남겨진 사만다의 아이들이 어떻게 되었을지 걱정되었다. 몇 살이나 되었을까? 사만다가 겨우 서른두 살이니, 아이들도 분명히 어릴 텐데. 어디에서 살고 있으려나? 다정한 아빠나 애지중지 키워주는 조부모와 함께 살면 좋으련만. 사만다의 어머니인 도로시나 사만다의 동생 니콜과 함께 살았으면. 초저녁에 우리 코비가 그랬던 것처럼 사만다의 아이들도 엄마에게 재워달라고, 잘 자라는 키스를 해달라고 보챘을까? 아이들은 졸업식이나 결혼식 같은 중요한 행사뿐만 아니라 집에서도 매 순간 엄마의 손길을 그리워하겠지. 엄마를 빼앗긴 아이들은 평생 가슴 아파할 텐데. 우리 어머니 아버지도 똑같은 아픔을 가슴에 품고 사는 것을 내가 보았으니까. 두 분 모두 어려서 부모를 잃고, 아버지는 열일곱 살에 고아가 되었지. 자정이 되어 잠자리에 들 때까지 이런 생각이 머리를 떠나지 않았다.

한번 들으면 절대 잊을 수 없는 아비새의 울음소리에 새벽잠이 깼다. 고요한 새벽, 간간이 정적을 깨트리는 아비새의 울음소리에 잠을 깨는 기분은 세상 그 무엇에 비할 수 없다. 맨발로 침실을 빠져나와 까치발을 들고 거실을 지나 정면 창문으로 다가갔다. 아비새 한 마리라도 보일까 싶어 호수를 훑어보았다.

머스코카에 있는 어떤 호수건 그곳에는 엄마, 아빠, 새끼들로 이루어진 아비새 한 가족만 살았다. 커다란 물새들이 수면을 우아하게 활강하다 물속으로 다이빙한 후 수십 미터 떨어진 곳에서 다시 물 밖으로 솟구치는 모습을 잔교에서 자주 보았다. 아주 드문 일이긴 했지만, 카누나 카약을 타고 가다 아비새의 윤기가 흐르는 검은 깃털과 보는 각도에 따라 색이 변하는 청색과 초록색 무늬를 가까이서 본 적도 있었다. 하지만 그 새벽에는 어디에서도 아비새가 보이지 않았다.

하는 수 없이 주방으로 가 커피메이커를 켰다. 커피가 스며 나오며 커피 향이 천장으로 솟아올랐다. 장식장에서 종이 접시 다발을 꺼낸 후, 남편이 깨지 않도록 조용히 침실에 들어가 벽장에서 매직펜과 가장자리가 곱슬곱슬한 리본을 꺼내왔다. 종이 접시마다 매직펜으로 글씨를 써서 "Happy B-Day 피퍼스" 순서로 연결해 현수막을 만든 다음 서까래 사이에 매달았다.

"와, 데비야!"

오빠가 가운 차림으로 계단을 올라오며 속삭였다.

"현수막 근사한데, 고마워."

"생일 축하해, 피퍼스."

오빠 뺨에 키스하며 축하 인사를 건넸다. 어린 소녀였을 때처럼 몇 분간만이라도 오빠와 함께 시간을 보내면 좋겠다는 생각이 들었다. 어렸을 때 오빠는 내 우상이었지만, 나이 차가 열한 살이나 되다 보니 오빠를 자주 보지 못했다. 가끔 열리는 '포크송 연주회'에서 오빠는 고든 라이트풋이나 캣 스티븐스 노래를 기타로 연주하고는 했는데 그럴 때면 나는 오빠 옆에 다리를 꼬고 앉아 넋 놓고 음악을 들었다. 오빠와 함께 한 소중한 순간이었다.

화장실로 가던 오빠가 걸음을 멈췄다.

"이따 시내에 갈 생각이야. 경찰서에서 우리 열쇠를 찾아와야 하는데 같이 갈래?"

"그래."

나는 경찰서에 갈 일을 생각하며 아침을 준비했다. 경찰서에서 면담해야 하는 것은 아닌지, 경찰이 내게 사만다에 관해 질문하는 것은 아닌지 궁금했다. 과일 샐러드에 넣을 캔털루프 멜론을 썬 다음, 절반은 초콜릿 칩을 넣고 절반은 블루베리를 넣어 팬케이크를 만들기 시작했다. 아침을 준비하는 소리와 맛있는 냄새에 제이슨과 제이크를 제외한 온 가족이 침실에서 나왔다. 팬케이크에 초를 꽂고 온 가족이 다시 한번 생일축하 노래를 합창했다. 제이슨과 제이크 몫의 팬케이크는 은박지에 싸두었다.

아침 식사 후 오빠와 함께 브레이스브리지로 출발했다. 전날과 마찬가지로 호수에서 놀기 좋은 날씨였다. 집안일을 처리하며 낭비하기 아까울 만큼 맑은 날이었다. 하지만 다음 날 디어허스트로 떠날 예정이어서 그날이 아니면 시내에 들를 시간이 없었다.

"아버지가 위태위태하던데."

바람을 들어오도록 자동차 창문을 활짝 열며 오빠에게 말을 건넸다.

오빠도 고개를 끄덕였다.

"맞아, 균형감각이 완전히 무너졌어."

우리는 오누이끼리만 나눌 수 있는 비밀스러운 두려움과 걱정을 털어놓으며 몇 분간 부모님에 관해 의논했다. 그런 다음 화제를 바꿔 오빠에게 물었다.

"그런데 지금 수사가 정확히 어느 정도까지 진행된 거야?"

"음, 데이브가 그러는데 경찰이 별장 내부 조사는 끝낸 상태래."

오빠가 급회전 구간에서 속도를 줄이며 대답했다.

"데이브가 누구야?"

"데이브 앨런이라고, 사건 담당 형사. 정말 좋은 사람이야. 나도 최근에 그런 줄 알았어. 요크밀스가에 있는 경찰서에서 나를 면담했던 형사인데, 면담 내내 정말 무뚝뚝하고 직업적으로 굴어서 그때는 그렇게 좋은 사람인 줄 미처 몰랐던 거지. 사실 그 사람이 나와 처음으로 이야기한 형사야. 상자 뚜껑을 열고 나서 새벽 세 시에 우리 집에 전화한 사람이 그 사람이거든."

한밤중에 전화를 받고 오빠가 얼마나 놀랐을지 상상이 갔다. 오빠나 나나 한밤중에 전화벨이 울리면 지레 같은 결론에 도달했다. 부모님에게 무슨 일이 일어났다고 생각했다. 나는 오빠가 뛰는 가슴을 한동안 진정시킨 다음에야 비로소 경찰관의 말에 집중했을 것이라고 짐작했다.

"데이브가 수사팀장이야. 애시퍼드 사건."

"왜 애시퍼드야?"

설명에 따르면, 경찰은 피고인에 대한 편견을 피하려고 조사하는 사건에 영국 런던의 거리 이름을 붙였다. 예컨대 '상자에 숨겨진 여성 사건'이라고 하면 배심원에게 편견을 심어줄 수 있다는 논리였다. 결국, 사건명은 사건의 세부사항과 아무 연관이 없었다.

고개를 뒤로 젖히자 머리카락이 바람에 사정없이 흩날렸다.

"뭐 좀 찾아냈대? 단서 같은 거?"

"경찰이 정확히 무엇을 찾고 있는지 나도 확실하게는 몰라. 경찰이 입을 꼭 다물고 있거든, 완전히."

"살해 도구."

나는 TV에서 범죄 드라마를 보고 배운 풍월로 추정했다.

오빠는 어깨를 으쓱했다.

"그렇겠지. 일단 지금까지는 없어진 물건이 하나도 없어. 하지만 데이브 말로는 경찰이 언제 다시 올지 모른대. 우리 스테이크 칼이나 안 가져갔으면 좋겠다. 완전 신품이라서."

"우~."

몸이 움츠러들었다.

"그렇게 죽은 거야? 칼에 찔려서?"

"나도 몰라. 경찰이 아무 말도 안 했으니까. 하지만 시신을 발견했을 때 어떤 상태였는지는 내가 말했지? 뭔가 날카로운 도구가 사용되었다고?"

그 모습을 상상하자 다시 몸이 움츠러들었다.

"아이고, 최소한 내가 용의자로 의심받을 일은 없겠네. 나라면 절대 그렇게 아주 지저분하게 처리하지 않을 테니까."

무겁고 짙은 침묵이 오랫동안 차 안에 머물렀다. 오빠도 나만큼 침묵이 무겁게 느껴진 모양이다. 오빠가 그 무게를 줄이기라도 하듯 물었다.

"너라면 누군가를 없앨 때 어떻게 할 것 같아?"

오빠와 나는 곁눈질을 교환했다. 불손한 농담을 하자는 신호였다. 오빠와 나는 자주 이런 바보 같은 놀이를 하며 스트레스를 풀곤 했다. 나는 오빠가 던진 미끼를 덥석 물었다.

"죽어라 하고 바가지를 긁을 거야. 오빠는?"

"주식으로 떼돈을 벌어 까무러쳐 죽게 만들어야지."

"이슈테넴!"

나는 "세상에!"라며 놀라는 척했다.

"제레 머르."

오빠가 과장된 헝가리어 억양으로 "기운 내"라며 우쭐했다.

장난스러운 순간이 지나고 우리는 말 없이 창밖 풍경만 바라보았다. 그리고 마침내 내가 사랑하는 브레이스브리지 시내에 들어섰다. 1970년대 머스코카에서 여름을 날 때마다 나는 빨래를 하는 월요일이 어서 돌아오길 일주일 내내 고대했다. 브레이스브리지 시내의 빨래방에 가는 길은 많은 가능성을 내포한 여행을 의미했다. 유리 섬유로 만들고 예쁘게 색칠해 식료품점 밖에 설치한 목마를 10센트를 내고 탈 수도 있었고, 그늘진 좁은 길을 향해 문이 난 공공도서관에 들어가 뿌옇게 먼지가 낀 서가를 훑을 수도 있었기 때문이다. 빨래를 건조기에 넣고 돌리는 동안에는 어머니와 함께 근처 A&P 슈퍼마켓에 들러 1주일간 먹을 음식 재료를 구매했다.

어릴 적에는 토론토보다 브레이스브리지에 있을 때 훨씬 더 마음이 편했다. 브레이스브리지에서는 매연이 아니라 싱그런 나뭇잎 냄새가 풍겼다. 자동차들도 천천히 달렸다. 쏜살같이 내달리는 버스나 전차도 없었다. 학교 숙제와 씨름할 필요가 없다는 점도 물론 좋았다. 부모님과 함께 진기한 상점들이 늘어선 매니토바가를 거닐다가, 꽃나무에 둘러싸여 시내 중심에 멋지게 자리한 나무 정자 앞에서 음악가들이 연주하는 소리에 귀를 기울이기도 했다. 가끔은 매니토바가가 끝나는 지점 뒤쪽으로 폭포 가까이 숨어 있는 웨이츠 빵집에 들렀다. 껍질이 딱딱하고 뜨거운 빵, 설탕을 하얗게 뿌리고 공기처럼 가벼운 초콜릿 도넛, 건포도가 박힌 전통적인 첼시 번 빵으로 유명한 가게였다. 한번은 롬보스 패밀리 레스토랑에서 패스트푸드를 먹은 적도 있었다. 그 식당에서 유명한, 구운 핫도그와 튀긴 핫도그를 나무 꼬챙이에 꽂은 포고 스틱(스카이콩콩)이었는데, 어머니와 아버지가 한 번, 딱 한 번만 먹어보자고 선언한 음식이었다.

오빠는 거품이 이는 강을 가로질러 놓인 다리를 곧장 건너 시내로 들어가는 대신 자동차를 우측으로 꺾어 롬보스 패밀리 레스토랑 자리에 새로 들어선 관광안내센터 앞을 지나갔다. 거기서 1.5km쯤 가자 시더 레인 도로에 자리한 온타리오 지방 경찰청이 나왔다.

"나는 이제껏 브레이스브리지에 경찰서가 있는 줄도 몰랐어."

SUV 자동차 문을 열고 내리며 말했다. 낮고 긴 건물까지 자갈길이 이어졌다.

"초콜릿 하우스에서 아주 가깝네. 모형 기차 구경시켜 주려고 애들 데리고 거기 수백 번도 넘게 다녔는데, 바로 길 아래 경찰서가 있는 줄도 몰랐다니."

건물 안으로 들어간 우리는 창문이 닫힌 접수대로 향했다. 금발

머리를 짧게 자른 매력적인 여자 경찰관이 플렉시 글라스 창문을 빼꼼 열었다.

"무슨 일로 오셨습니까?"

"데이브 앨런을 만나러 온 피터 버더시라고 합니다."

오빠가 전문 직업인의 목소리로 대답했다.

"잠시만 기다리세요."

유리문을 닫고 사라졌다 몇 분 뒤 다시 돌아온 여경이 창문을 활짝 열더니 분홍빛 꼬리표가 달린 열쇠를 건넸다.

"앨런 형사님은 지금 자리에 안 계십니다만, 이걸 전해달라고 남기셨습니다."

여경에게 고맙다고 인사하고 경찰청을 빠져나왔다. 자동차에 다시 올라타 오빠에게 물었다.

"어제 그 신문 기사 읽을 때 얼굴들 봤어?"

"응. 어머니 아버지는 이 일을 너무 개인적으로 받아들이시는 것 같아. 안 그래? 너무 속이 상해서 털어내지 못하시는 것은 나도 알아. 두 분이 하시는 말을 들었거든. 별장이 훼손되었다고 느끼셔. 당연한 일이지만."

오빠는 생일 남은 시간을 즐기기 위해 집으로 돌아가는 길에 한 손으로 운전대를 잡고 다른 손으로는 관자놀이를 문질렀다. 이제 오빠도 쉰일곱 살이었다. 가족과 직업적 책임 외에도 다른 걱정거리가 많은 중년이었다. 부모님을 비롯해 이 일에 관련된 모든 사람과 마찬가지로 오빠도 이런 고통을 당할 아무런 이유가 없었다. 아까 농담이 예상보다 빨리 끝나버린 일이 아쉽고 미안할 따름이었다.

"이 일로 두 분은 유럽에서 겪으신 일을 조목조목 되새기는 거야."

"그게 무슨 말이니?"

"엄마나 아버지가 강하고 의지가 굳다는 것은 알지만, 내 생각에는 살인사건, 이곳에서 벌어진 폭력이 두 분에게 생각보다 큰 충격을 준 것 같아. 요전 날 밤에 엄마가 나와 남편이 있는 데서, 이전에도 악몽을 견디고 살아남았다, 이러시더라고. 두 분이 몇 년간 그런 이야기 안 하셨잖아. 그런데 이제 다른 살인들이 모두 기억나는 것 같아. 죽은 사람들 전부 말이야."

오빠는 한참 동안 말이 없었다. 오빠 표정을 살피니 안색이 어두워지고 있었다.

"두 분이 그걸 기억하게 하면 안 돼."

화가 난 목소리였다.

"그때 그걸 견디고 사셨는데, 이제 와 다시 그걸 들추게 한다고? 그건 이중으로 죄를 짓는 거야."

그 이후 별장에 도착할 때까지 우리는 아무 말도 하지 않았다. 각자 생각에 잠겼을 뿐. 다음 일주일간 나는 우리 가족이 행복하게 휴가를 보내는 일거수일투족을 지켜보며 적절한 때에 맞춰 미소 짓고, 대본에 나올 법한 대사를 읊었다.

14

쥐덫

단풍나무 잎과 무스, 몰슨 맥주의 고장 캐나다 방문은 순식간에
끝이 나고, 세관원에게 여권을 보이고 국경을 넘어 미국으로 돌아
가야 할 시간은 너무 빨리 다가왔다. 매번 그렇듯 밴에 비좁게 올라
탄 다음에야 비로소 여행을 되새길 여유가 생겼다. 오랫동안 고대하
던 소중한 머스코카의 일주일은 기대했던 만큼 즐거운 휴가는 아니
었다. 실망스러웠고, 솔직히 말해 화가 났다. 그리고 이내 화를 내는
나 자신이 이기적이라는 죄책감이 들었다. 어쨌든 한 여성은 죽었기
때문이다. 만일 우리가 평범한 토론토의 별장 소유주들처럼 다음주
에 또 그 다음주에 별장을 찾아갈 수 있다면 실망감은 그리 대수롭
지 않을 것이다. 하지만 우리가 별장을 다시 방문하기까지 꼬박 1년
이 걸린다. 그 1년 동안 많은 것이 바뀔 것이다. 시내와 마을, 내 유
년의 무대도 계속해서 모습이 변하고 바뀔 것이다. 그리고 우리 부
모님은 계속 늙어갈 것이다.

남편은 핸들을 잡고, 롤라는 내 무릎 위에 길게 몸을 뻗고 잠들
고, 세 아이는 뒷자리에 앉아 있었다. 조수석 창문으로 밖을 내다보

앗다. 하지만 내 눈에 들어오는 것은 90번 국도변에 끝없이 펼쳐진 평야가 아니라 별장 잔교에서 내다보이는 풍경이었고, 국도의 도로 표지판이나 휴게소 안내판이 아니라 매니토바가에 새로 문을 연 아이스크림 가게나 인테리어 상점과 더불어 부모님의 주름진 얼굴과 약장 속에 줄줄이 늘어선 약병들이었다.

브레이스브리지와 마찬가지로 토론토도 옛날 모습이 아니었다. 갈 때마다 매번 다른 도시처럼 보였다. 삐죽삐죽한 마천루와 아파트 건물들 사이에 새 건물들이 맹렬한 속도로 올라가며 스카이라인이 바뀌고 있었다.

그나마 변하지 않은 것은 부모님이 사는 동네였다. 내가 고등학교 졸업반이던 1983년 우리 가족은 도심에서 8km쯤 올라가 시내 북쪽 끝에 있는 배서스트가로 이사했다. 길 아래 뉴턴브룩 고등학교를 졸업한 남편도 10분 거리에 살고 있었다. 우리가 살던 배서스트가와 스틸레스가 사거리는 그때나 지금이나 놀랄 만큼 같은 모습이었다. 북서쪽 모퉁이에 있던 식료품점이나 그 건너편 남서쪽 모퉁이에 있던 우체국과 단골 베이글 빵집, 북동쪽 모퉁이에 있던 큰 주유소, 그 맞은편 남동쪽 모퉁이에 있던 광장과 쇼퍼스 드럭마트 약국도 그대로였다. 부모님이 수년간 이런저런 처방전을 들고 찾아가 꾸준히 약을 지어간 덕분에 그 약국의 약사나 직원들까지 우리 부모님의 이름을 알고 있었다. 좋은 이웃들이었다.

나는 그동안 수도 없이 자문했다. 왜 미국으로 이사할 결심을 했을까? 계속 토론토에 살면서 매일매일 바뀌는 모습을 목격한다면 사소한 변화쯤은 눈에 띄지 않을 것이다. 부모님을 떠날 수도 없고, 부모님에게서 손주들을 떼어 놓을 수도 없다며 트랜스 럭스의 일

자리를 일언지하로 거절할 수도 있었다. 내가 미국으로 이사하겠다고 동의한 이유가 남편에게 성공할 기회를 주려고 그런 것일까? 나도 부와 모험, 가능성이라는 아메리칸 드림을 좇은 것일까? 새로운 정체성을 찾아서? 이 모든 질문에 대한 내 대답은 예스다. 시인하지 않을 수 없다. 남편만큼이나 나도 새롭게 출발해 나 자신을 바꾸고 싶었다. 우리 부부는 모두 자라온 환경과 다른 무언가를 경험하고 싶었다. 다만 1년으로 예상했던 모험이 영원히 끝나지 않을 것을 몰랐을 뿐이다.

그러다 보니 내 상황을 어머니의 상황과 비교하지 않을 수 없었다. 어머니는 헝가리에서 사랑하는 사람들과 대상들 곁에 꼭 붙어 있었지만, 나치가 어머니에게서 사랑하는 것들을 빼앗아갔다. 내 생각에 어머니는 그런 일을 겪은 뒤에도 부다페스트의 집을 떠나고 싶지 않았을 것이다. 하지만 어머니는 공산주의라는 환경 때문에 달아나지 않을 수 없었다. 어머니는 자유를 찾아 새롭게 출발하기 위해 살인과 증오, 억압, 제한, 구속의 나라를 탈출할 수밖에 없었다.

어머니가 헝가리를 떠나 무일푼으로 캐나다에 도착했을 때 할머니나 어머니도 나와 같은 심정이었을지 궁금했다. 할머니만 혼자 남기고 떠나와 비싼 우표를 붙여가며 수개월 만에 한 번씩 고대하던 편지를 주고받던 어머니도 죄책감을 느꼈을까? 우리와 달리 어머니는 마음 내키는 대로 전화를 걸 수도, 이메일로 사진을 전송할 수도, 인터넷 무료 전화를 사용할 수도 없었다. 그 당시에는 5년간의 이별이 지금보다 훨씬 더 절실했을 것이다.

어머니는 자신과 자신의 어머니를 이어주던, 찢어지기 쉬운 연청색 항공편지에 무슨 이야기를 적었을까? 아버지와 함께 북아메리카에 처음 도착했을 당시 아주 힘들고, 어머니가 사무치게 그립다고 편지에 썼을까? 돈도 없고, 말도 통하지 않고, 성공할 가망도 없어 무척 어렵다고? 수의사가 될 수 있을 만큼 배우고 머리도 총명한 사람이 겨우 엘리베이터 운전원으로 취직해 모욕감을 느낀다고 적었을까? 아니면 초창기 토론토에서 지낸 날이 황금 시절인 것처럼 편지에 썼을까?

사만다는 도로시를 떠나서 죄책감을 느꼈을까? 사만다는 자신의 어머니에 대한 불안과 염려, 걱정의 짐을 벗어 던진 것일까? 아니면 사만다도 어머니를 떠남으로써 자신에게 벌을 준 것일까?

◆◆◆◆◆◆◆

도로시는 아들 빌 주니어가 태어나기 직전에 윌리엄 파울리와 결혼했다. 결혼 직후 사만다와 함께 미시소가를 떠나, 토론토 북쪽 끝 교외의 배서스트가와 스틸레스가가 만나는 사거리에 있는 아파트로 이사했다. 윌리엄의 가족들이 모두 모여 살던 곳이었다.

도로시는 인근 약국의 출납 계장으로 취직했고, 그 약국이 바로 사거리 남동쪽 모퉁이에 있던 쇼퍼스 드럭마트였다. 도로시는 가족과 함께 1983년부터 1989년까지 6년간 그 아파트에서 살았고, 1989년에 윌리엄과 이혼한 뒤 두 딸을 데리고 미시소가로 돌아갔다. 아들 빌 주니어는 데려가지 못했다. 도로시의 아들은 유년기 내내 그 아파트에서 아버지, 할머니, 할아버지와 함께 살며, 뉴턴브룩 고등학교를 졸업할 때까지 주말마다 도로시를 방문했다.

◆◆◆◆◆◆◆

내가 캐나다를 다시 찾기까지 수개월은 기약 없는 세월이었다. 나로서는 다음번 캐나다를 방문할 때까지 시간이 천천히 흘러가겠지만, 하루가 다르게 늙어가는 부모님으로서는 시간이 초고속으로 흘러갈 것이다. 시간이 점점 줄어든다는 느낌은 방문이 끝날 때마다 작별인사를 하기가 점점 더 어려워진다는 의미였다. 전화 통화를 할 때도 부모님과 나는 "사랑한다", "사랑해요"라는 말을 두세 번 이상이나 한 다음에 전화를 끊었고, 직접 만나면 사랑한다는 말과 함께 서로 꼭 끌어안은 채 한참이나 눈물을 흘렸다. 우리가 서로를 부여안고 있는 시간이 너무나 빨리 지나가는 것 같았다.

사실 내가 시간이 너무 빨리 흘러간다고 한탄한 것은 어렸을 적부터다. 1975년 6월 햇빛 쨍쨍한 어느 오후, 학교를 졸업하던 날로 거슬러 올라간다. 11살짜리 동기생 서른 명쯤과 함께 초등학교 6학년 졸업반을 마친 나는 여름 동안 자유의 몸이었다. 아이들은 남녀로 구분된 아치형 돌 출입문을 떠밀 듯 통과해 인도로 몰려나갔다. 내 주위의 아이들은 모두 신이 났다. 귀에 데이지꽃을 꽂은 여학생들은 서로 허리에 팔을 감은 채 시시덕거리며 떼로 몰려갔고, 남학생들은 난폭하게 서로 밀치고 소리치고 발을 걸어 잔디밭으로 넘어트리며 야단이었다. 울적한 기분에 혼자 있고 싶던 나는 아이들 뒤에 처져 샌들을 질질 끌고 홀쩍거리며 천천히 걸었다. 여름 휴가를 떠올려도 기분은 나아지지 않았다. 벌써 열한 살이 되었다는 생각이 들었다. 너무 빨리 자라고 있어. 몇 달만 있으면 중학교에 들어가겠지.

"시간이 미워."

나는 작은 소리로 중얼거렸다.

"또 너무 빨리 가."

목에 딱딱한 덩어리가 얹힌 느낌이었다. 집으로 가는 길에 닿았을 즈음에는 눈물도 났다.

나는 "엄마 아빠가 늙어가고 있어"라며 흐느꼈다. 마흔일곱 살과 쉰한 살이던 두 분은 벌써 노인 같은 모습이었다. 하루하루 흰머리와 잔주름이 느는 것 같았다. 매일 저녁 식사하려고 의자에 앉는 모습이 하루하루 더 피곤해 보였다. 부모님이 내게 혹시 무슨 일이 생기지 않을까 노심초사하는 만큼 나도 똑같이 부모님에게 무슨 일이 생기는 것은 아닌지 무서웠다. 함께할 시간이 점점 줄어들고 부모님이 늙어간다는 생각보다 나를 더 무섭게 만드는 것은 없었다.

8월 말이면 이제 어머니도 여든 살이다. 죄책감이 더 크게 느껴졌다. 우리는 생일에 맞춰 어머니를 찾은 적이 별로 없었다. 아이들 개학 시기와 겹치기 때문이었다. 그래서 이번에도 디어허스트에서 선물을 전달하고 축하 인사를 촬영한 비디오테이프를 틀고 샴페인을 터트리며 어머니 생일을 앞당겨 축하했다. 조딘과 탈리아는 '맘마미아' 노래를 개사해 부르며 할머니 생일을 축하했다.

디어허스트에 들른 뒤 토론토로 돌아와 시댁 식구와 시간을 보냈다. 시부모님은 우리 아버지, 어머니보다 각각 열 살이 젊었지만, 몇 광년은 더 젊게 살았다. 두 분은 최신 유행에 맞는 옷차림으로 맛집 순례도 하고 가족들 몰래 영화관도 가고 세계 여행도 했다. '유대인 할머니'인 시어머니 일레인은 음식 만들기를 좋아했다. 다양한 조리법과 유기농 재료로 새로운 요리에 도전하길 좋아하는 시어머니는 재료도 인근에 있는 프라이스 차퍼 수퍼마켓 대신 조그마한 중국 시장이나 이란 시장에서 구매했다. '유대인 할아버지'인 시아버지 베니는 자전거를 타고 기타도 배우고 골프도 치러 다녔다. 시댁에는 내 남편 크레이그 외에도 딸이 두 명, 아들이 한 명 더 있었고, 손주 들도 여덟 명이었다. 온 가족이 모이면 시끌벅적 집안에 활기가 도 는 것이 어릴 적 내가 동경하던 모습 그대로였다. 그런 시댁 식구들 을 처음 만났을 때는 혼이 쑥 빠지는 줄 알았다.

독일 프랑크푸르트 암 마인에 살던 시아버지는 전쟁 당시 이제 막 기어 다니는 아기였다. 1938년 11월 나치 돌격대원들과 히틀러 유 겐트 패거리들이 나치 정부가 선동한 계획에 따라 독일과 오스트리 아를 휘저으며 100명이 넘는 유대인을 때려죽이고, 유대인 상점과 학교, 집의 유리창들을 박살 냈다. 200곳이 넘는 유대교 회당도 비 유대인 시민들과 지역 경찰, 소방관들까지 수수방관하는 가운데 불 에 탔다. 이날의 참사를 일컬어 크리슈탈나흐트라고 부른다. 크리스 털 나이트 즉, 깨진 유리의 밤이라는 뜻이다. 이 사건은 히틀러가 유 대인 박해에서 유대인 절멸로 생각을 바꾸는 결정적인 계기가 되었 다. 또한 유대인을 조직적이고 대규모로 검거하는 최초의 계기이기 도 했다. 독일군은 3만 명에 이르는 유대인을 검거해 다하우로 강제 노역을 보냈다. 시할아버지 만프레트도 그 안에 포함되어 있었다.

다하우가 최종적 해결(나치 독일에 의한 계획적인 유대인 말살_옮긴이)을 시 행하는 강제 수용소가 되기 전인 홀로코스트 초기만 해도 해외로 나갈 방법이 있다고 증명하는 수감자는 다하우 수용소를 나갈 수 있었다. 시할머니 레가는 배표를 구하려고 어린아이 셋을 데리고 선 사로 달려갔다. 유럽을 탈출하는 유대인들이 물밀 듯 몰려든 탓에

266

중국으로 가는 배를 제외한 모든 배표가 매진이었다. 시할머니 가족에게 필요한 배표는 모두 네 장이었다. 시할아버지 만프레트와 시할머니 레가, 시아버지의 누이 미리암이 각각 한 장, 당시 2살이던 시아버지와 시아버지의 누이동생인 갓난쟁이 로티가 각각 반 표, 이렇게 모두 네 장의 배표가 필요했다. 하지만 시할머니가 매표소에서 표를 살 차례가 되자 남은 표가 두 장뿐이었다. 시할머니는 당황해서 어쩔 줄을 몰랐다. 따로 배를 태워 보내기에는 아이들이 너무 어렸다. 누가 떠나고 누가 남아서 사형 선고를 받을 것인가? 그 순간 바로 앞에 줄을 서 있다가 시할머니의 딱한 사정을 듣게 된 노부부가 "우리는 늙었으니, 우리가 남겠소. 아주머니가 아이들을 데리고 탈출해야죠"라며 배표를 넘겨주었다. 그 노부부는 고귀한 이타심을 발휘해 자발적으로 숭고한 희생을 선택한 것이다. 훗날 시할머니는 독일에 남은 형제자매 일곱 명과 그 배우자, 그 아이들까지 모두 살해당한 사실을 알게 되었다.

시아버지는 가족과 함께 9년간 중국에서 살았다. 사립학교에 다니며 중국어로 수를 헤아리는 법을 배웠고, 여섯 살 때는 모래 늪에 빠졌다가 마침 그곳을 지나가는 낯선 행인 덕분에 간신히 목숨을 구하기도 했다. 열한 살 때 시아버지는 캐나다로 건너왔다. 나치 독일의 잔재는 이미 오래전에 사라졌다. 시아버지는 유럽에서 우리 부모님이 받은 것과 같은 상처를 받지 않았다. 남편이 가족을 떠나며 나와 같은 죄책감을 느끼지 않은 것은 시댁 식구들이 우리 가족만큼 사랑하는 사람을 잃는 두려움에 눈물을 흘린 적이 없었기 때문인지도 모른다.

◆◆◆◆◆◆◆

일주일 전 나는 이기적인 생각을 했다. 부모님과 아이들, 남편을 먼저 토론토로 보내고 혼자 며칠 더 별장에 머무르고 싶었다. 쓸데 없이 부모님과 떨어지고, 시댁 식구들과 함께 지낼 시간을 포기하는 한이 있더라도 그러고 싶었다. 부모님 얼굴에 각인된 살인의 충격을 지켜보는 부담에서 벗어나, 억지로 별장에 끌려왔다고 원망하지는 않는지 남편의 눈치를 볼 필요도 없이, 아이들이 혹시라도 코비에게 이야기를 흘릴까 걱정하는 일도 없이 며칠만이라도 느긋하게 쉬고 싶었다.

예상했던 대로 코네티컷 집에 돌아온 뒤 처음 며칠은 여름 휴가 의 이완 효과를 모두 상쇄할 만큼 지겹고 피곤했다. 그러고 싶은 마 음도 없었지만, 금요일 저녁 늦게나 되어 비로소 인터넷에서 정보를 뒤적거릴 짬이 났다. 그 전날인 2010년 8월 19일 자 〈헌츠빌 포레스 터〉에 실린 기사가 떴다. "실종된 여성 유해 발견"이라는 제목의 기 사는 다음과 같았다.

"지난 토요일 헌츠빌의 브루넬로 동쪽에서 유해로 발견된 여성 은…."

우리 별장에서 45분 거리에 있는 디어허스트 근처였다.

"…포트 시드니에서 실종 신고된 셜리 마크스로 확인되었다. 목요 일 아침 일찍 온타리오 경찰청에서 신원확인 결과를 발표했고, 치과 기록을 통해 시신의 신원이 마크스로 밝혀졌다."

그리고 며칠 뒤 캐나다의 〈뉴스와이어〉에 다음과 같은 기사가 실 렸다.

2010년 8월 30일 월요일, 브레이스브리지 시내 머로가의 공용 보트 진수장에서 유해가 발견되었다. 경찰은 곧바로 부검을 위해 시신을 토론토에 있는 온타리오 수석 검시관 건물로 옮겼다. 시신의 신원은 토론토에 거주하던 55세의 폴 마스랜드로 밝혀졌다. 마스랜드는 8월 30일 월요일 토론토 경찰서에 실종자로 신고된 후 같은 날 토론토 북쪽에서 시신으로 발견되었다. 부검 결과 피해자는 살해된 것으로 확인되었다.

모리스 콩트. 사만다 콜린스. 셜리 마크스. 폴 마스랜드. 이렇게 네 사람이 이번 여름에 머스코카에서 시신으로 발견되었다. 내가 내린 논리적 결론은 연쇄 살인범이 활보하고 있다는 것이었다. 그런 결론에 이르자 머리털이 쭈뼛 섰다. 남편에게 알려야만 했다. 아무 탈 없이 별장에 다녀오고 향후 1년간 별장으로 돌아가지 않을 남편은 이제 어떤 정보를 들어도 순전히 추상적으로 받아들일 것이라는 생각이 들었다.

컴퓨터 앞에서 창밖을 내다보니 남편은 앞마당 잔디밭에서 아이들과 캐치볼 잡기를 하고 있었다. 서둘러 계단을 내려가 남편을 불렀다. 아이들이 말소리가 들리지 않는 곳으로 가자마자 내 입에서 쏟아져 나올 말을 머릿속으로 상상했다.

'사만다 하나만이 아냐. 머스코카에서 네 건의 살인사건이 발생했어. 연쇄 살인범이 틀림없어.'

그러다 멈칫했다. 정신없이 말을 쏟아냈다 후회한 적이 얼마나 많았던가. 경솔했다고 말이다. 제이크와 코비가 앞다투어 우리 앞을 지나가는 동안 말을 참고 기다렸다.

269

"저녁에 애들 데리고 해변에 나가서 밥 먹을까?"

내 입에서 이런 말이 나왔다.

"여름도 얼마 남지 않았잖아."

그렇게 우리는 차를 타고 옆 동네에 있는 바닷가로 가서 선박 계류장 근처에 접이식 의자를 펼치고 앉아 멕시코 포장 음식을 먹었다. 나는 남편에게 알리는 대신 부두 쪽으로 걸어가 오빠에게 전화를 걸었고, 바위에 부딪히는 파도 소리를 배경 삼아 연쇄 살인범 이야기를 전했다. 오빠는 내가 TV를 너무 많이 본 탓에 터무니없는 소리를 한다며 머스코카에서 발생한 네 건의 살인사건은 우연히 시기만 일치할 뿐 서로 연관된 점이 없고, 경찰도 각각 별개의 사건으로 판단한다고 이야기했다. 그러면서 킬킬 웃더니 지나친 상상을 자제하라고 조언했다.

머쓱해진 나는 가족이 있는 곳으로 돌아가 의자에 앉았다. 조던은 발밑에 펼쳐놓은 담요에 앉아 아이팟으로 음악을 듣고, 코비는 얕은 물가에서 물장구를 치고 있었다. 남편과 제이크는 야구와 농구를 모두 학교 대표팀 수준으로 잘할 수 있는 가장 좋은 방법을 궁리 중이었다. 순회 농구팀에서도 수년간 활동한 제이크는 농구장에서도 야구장만큼이나 기민하고 공격적인 움직임을 보이며 뛰어난 농구 실력을 뽐냈다.

햇빛은 옅어지고 열기는 식어가고 소용돌이 모양으로 엉킨 하늘의 구름은 분홍빛과 보랏빛으로 물들었다. 내가 하루 중 제일 좋아하는 땅거미가 지는 시간이었다. 나는 내가 어쩌지 못하는 상황에 대한 걱정은 접어두고 지금 여기에 집중해 이 순간을 즐기자고 마음먹었다. 오늘 처리해야 할 문제에만 집중할 생각이었다. 슬며시 남편의 손을 잡았다.

"어, 여보."

남편이 내 손을 힘주어 잡고는 내 등 뒤로 해변을 거니는 다른 가족들을 바라보았다.

"여기로 오자는 거 아주 좋은 생각이었어."

"응."

나는 조금 깊은 물로 들어가는 코비에게 눈을 떼지 않았다.

"가는 길에 홈디포에 들러야 할 것 같아."

"쟤도 데리고?"

남편이 옆 의자에 활개를 펴고 앉아 있는 큰아들을 턱으로 가리키며 물었다. 나는 남편에게 살짝 눈을 흘겼고, 우리 부부는 무언의 농담을 나누며 싱긋 웃었다. 제이크가 기어 다닐 때 홈디포에 데려간 적이 있는데, 그때 제이크가 수전 매장에서 전시 중인 변기에 올라가 바지를 발목까지 내리고 앉아 있던 일이 기억났기 때문이었다.

쥐덫을 사야 한다고 남편에게 일렀다. 위쪽 캐나다에서는 전통적인 머스코카 쥐덫을 사용했다. 땅콩 잼을 바른 빈 콜라 캔을 옷걸이에 꿰어 양동이 위에 걸쳐 두면, 땅콩 잼 냄새를 맡은 쥐가 옷걸이 위를 기어가 캔을 밟는 순간 콜라 캔이 빙글 돌며 쥐가 양동이 속으로 떨어진다. 그렇게 잡힌 쥐는 나중에 멀리 숲속에 풀어주었다.

트럼불에서는 가게에서 구매한 쥐덫을 사용했다. 집을 깨끗이 치운다고 해도, 몇 년에 한 번씩 지하실에서 쥐가 나타났다. 아무래도 내 짐작에는 아이들이 친구들과 지하실에 모여 놀기 때문인 것 같았다. 아이들이 놀고 난 다음이면 지하실 바닥에 과자 부스러기나 팝콘이 떨어져 있고 음료수가 엎질러져 있었다. 하지만 상관없었다.

쥐덫 몇 개만 설치하면 해결되기 때문이었다. 그래서 쥐가 나타나도 크게 신경을 쓰지 않았다.

매년 4월 별장 문을 열면 불청객 쥐가 들어와 설친 증거들이 발견되곤 했다. 덕분에 우리가 일찍부터 깨우친 사실은 겨울 동안 별장 문을 닫을 때는 음식물 흔적을 모두 제거해야 한다는 것이었다. 음식 부스러기를 쓸어내고, 구석구석 진공청소기를 돌리고, 냉장고와 비스킷 통, 빵 상자를 깨끗이 비우고, 오븐과 토스터도 박박 문질러 닦았다. 그러다가 1974년 가을 부모님은 설마 쥐들이 이것은 먹지 않겠지 생각해 포장을 뜯지 않은 초콜릿향 변비약 대용량 한 상자를 화장실에 보관했는데, 쥐가 이것마저 입맛을 다셨다. 아, 입맛을 다신 정도가 아니었다. 겨우내 변비약 잔치를 벌였다. 이듬해 봄에 별장 문을 열어보니 쥐똥이 어마어마했다. 깨끗한 침대보와 카펫, 마루는 말할 것도 없이 서랍장 속옷과 찬장 접시, 안락의자, 소파 쿠션 틈새까지 쥐똥 천지였다. 어머니는 몇 날 며칠간 울상이었다. 아버지는 별장 주위를 둘러보며 쥐똥 무더기를 발견할 때마다 "똥!"이라고 소리쳤다. "똥!"이 아버지 자신에게 하는 욕인지 아니면 정갈한 별장을 더럽힌 쥐똥을 말하는 것인지 알 수 없었다.

그때 쥐똥만 보여도 부모님 속이 그렇게 상했는데, 하물며 범죄가 별장을 더럽혔으니 부모님 속이 얼마나 많이 상했을지 상상도 할 수 없었다. 그러니 내가 트럼블 우리 집 지하실에 쥐 한두 마리가 나타났다고 길길이 뛸 수 있겠는가.

"그렇다면 가야지."

남편이 이렇게 대답하며 내게 몸을 숙여 키스했다. 낮게 깔린 햇빛을 받아 맑은 청록색으로 변한 남편의 눈이 보기 좋았다. 의자를 접고 코비에게 수건을 두른 다음 아이들에게 집에 가는 길에 데어리 퀸 아이스크림 가게에도 들르자고 이야기했다.

그래. 쥐덫 몇 개 설치해서 침입자를 잡아내자. 사체는 치우고 흔적은 지우면 그만이다. 식은 죽 먹기다.

15

고향으로 가는 길

곧바로 9월 중순이 유대교 신년제인 로쉬 하샤나Rosh Hashanah였고, 그 열흘 뒤가 엄숙한 속죄일인 욤 키푸르Yom Kippur였다. 유대력에서 가장 성스러운 그 날 우리는 유대교 회당에 모여 온종일 금식하며, 육체적 만족에서 우리를 해방하는 대신 자기 성찰에 집중하는 회개와 반성의 시간을 보냈다.

그해 가을에는 회당에서 기도하는 내내 어쩔 수 없이 내 머릿속에서는 별장에서 발생한 범죄와 사만다 콜린스의 죽음에 관한 생각이 꼬리에 꼬리를 물고 이어졌다. 우리 부모님이 사회적 차원에서 경험한 범죄의 규모를 생각했고, 사만다의 어머니와 동생이 지극히 개인적인 범죄사건에서 느낀 고통의 크기를 생각했다. 회중을 둘러보며 암으로 사고로 자살로 자식을 잃은 사람들을 찾아보았다. 하지만 내가 아는 한 사만다의 어머니 도로시 콜린스 파울리와 같은 방식으로 자식을 잃은 사람은 한 사람도 없었다. 그런 죽음을 위해 따로 특별하게 마련된 기도가 없는지 궁금했다. 그러다 깨달았다. 특별한 기도가 당연히 있을 것이라는 사실을. 유대인은 수백 년간 세계 곳곳에서 살인자의 손에 사랑하는 사람을 잃는 일에 이골이 난 사람들이었기 때문이다. 나는 대제일이 끝나고 혹시 랍비가 시간이 되면 그에 관해 물어보기로 마음속에 새겨두었다.

회당에 도착하기까지 아침에 한바탕 야단법석을 피할 수 없었다. 욕실을 먼저 쓰겠다고 서로 앞다투어 달려가고, 양복 상의를 입어야 할지 말지, 셔츠를 바지 안에 넣어야 할지 말지, 셔츠 맨 윗단추를 채워야 할지 말지를 두고 의견이 분분했다. 우리가 도착했을 때는 회당 근처 주택가 도로에 차들이 즐비했다. 매년 이맘때면 거의 모든 회중이 총출동하고, 주차장이 미어터졌다. 가족들이 1층짜리 황갈색 기다란 회당 건물의 정문으로 줄지어 걸어갔다.

우리 회당은 내가 지금까지 본 중에서 가장 아름다운 회당은 아니다. 무어풍 외관, 양파 모양의 쌍둥이 돔, 여러 가지 시설이 잘 갖추어진 화려한 내부와 발코니를 자랑하는 부다페스트의 도하니 우처 템플룸이 우리 회당보다 100배는 더 아름다웠다. 토론토에 있는 회당들만 해도 대부분이 멋지고 위풍당당했다. 코네티컷에 있는 다른 슐Shul(유대교 회당을 일컫는 이디시어)들도 건축학적으로 우리 회당보다 더 아름다웠다. 하지만 우리 회당의 진정한 아름다움은 밖이 아닌 안에 있었다. 내 생각에 우리 회당의 아름다움은 따뜻하고 헌신적인 구성원 즉, 회당과 더 큰 공동체를 특별한 곳으로 만들기 위해 유례없이 전념하는 사람들에게 있었다.

일단 회당의 정문을 통과하자 내 모든 희로애락의 감정이 점점 사그라들었다. 한편으로는 기쁜 마음으로 유대교 신년제라는 실질적인 명절을 맞아 신이 세상을 창조하신 때를 기념하고 유대인이 자신의 삶을 되돌아보며 지난해에 저지른 잘못을 반성하는 중요한 과업을 시작하는 시기를 기념했다. 오만과 냉소, 불경한 말로 저지른 죄에 대한 용서를 구했고, 악을 행하려는 충동과 금지된 밀회에 대한 용서를 구했다. 백지처럼 순수한 상태가 되게 해달라고 빌었다.

그래도 해마다 명절이면 찾아오는 우울한 기분이 없지 않았다. 늘 그렇듯 아주 오래된 축복 기도가 내 귀를 파고들었고, 나는 멀리 떨어진 부모님과 오래전 사건들, 한 번도 만나 본 적 없는 친척들, 결코 태어나지 못할 그들의 자손들을 생각했다. 조부모 세대와 부모 세대, 자녀 세대가 함께 모여 나란히 앉은 가족들이 그렇게 부러울 수가 없었다.

다행히 낯이 익어 편안한 가족들이 내 주위에 앉았고, 그들과 진심으로 따뜻한 인사와 포옹을 나누었다. 행운인지 운명인지는 알 수 없지만, 우리 가족은 캐나다에서 모노폴리 보드게임으로 이름만 들어 본 코네티컷으로 이주한 후, 쾌적한 동네에 안락한 집을 구했을 뿐만 아니라 활기차고 따뜻한 회중의 환대를 받아 그들과 잘 어울려 유대인답게 살았다. 아이들은 종교서와 학교 촌극을 통해 유대교 의식과 관혼상제 등 생애주기별 사건을 기념하는 방법을 배웠고, 제이크와 조딘의 바르 미츠바를 준비하며 기도하고 축복하는 방법을 배웠다.

언제든 즉각 '패'를 짓는 30대 전문직 네트워크 외에도 나는 더 나이 든 세대 다시 말해, 남편의 부모님과 내 부모님을 대신해 우리 아이들을 바라보며 싱글벙글하는 대리 할머니 할아버지들에게 애정이 갔다. 신도석과 줄줄이 설치한 접이식 의자에 앉은 사람들은 나와 공통점이 아주 많았다. 나는 아이들이 모두의 아이라는 점, 마을이 함께 아이들을 키운다는 점이 좋았다. 우리 아이들은 유치원 이후 줄곧 일주일에 삼 일씩 이곳 히브리 학교에 다니며 철저한 유대인 교육을 받았고, 회당 안에 들어와 이 네 개의 벽 안에서 집에 온 듯 지극한 편안함을 느꼈다.

◆◆◆◆◆◆◆

나는 자라면서 내가 왠지 '유대인'에 적합한 사람이 아니라는 생각을 했다. 유대인이 되는 법을 정확히 알지 못하기 때문이었다. 부모님도 내게 유대교를 가르치는 데 그리 큰 관심이 없는 것 같았고, 아버지는 종교 관습에 대한 어머니의 상반된 태도를 묵인했다. 아버지는 어머니가 차린 햄과 파인애플 링 요리를 비록 내키지는 않았지만 그래도 아무 말 없이 먹었다. 부모님은 나를 히브리 학교에 보내거나 공식적인 유대인 교육 과정에 참여시키지도 않았다. 유대교 명절을 맞아 부모님이나 가끔 피터 오빠까지 엘링턴 풀에서 헝가리어로 진행되는 예배에 참석하는 동안에도 나는 밖이나 외투 보관소에서 뛰어놀았다.

어머니가 부동산 중개인 자격증을 취득한 다음 해에 자동차 대리점 매매 계약을 성사시키며 수수료를 크게 받았을 때 비로소 우리 부모님은 처음으로 이스라엘을 다녀왔다. 그때 두 분은 이전과 다른 사람이 되어 돌아왔다. 부모님은 관광 필수 코스인 낙타도 타고, 사해에서 둥둥 떠보기도 하고, 팔라펠(병아리콩을 으깨 만든 경단을 납작한 빵에 싸서 먹는 중동 음식)과 후무스(병아리콩을 삶아 만든 디핑소스)와 베드로의 생선(달고기)도 맛보고, 예루살렘에 있는 아랍 시장도 구경하고, 당연히 제파트의 유대교 밀교 성지도 방문했다. 하지만 두 분이 정말 감동한 것은 사막을 꽃피운 초보 국가의 젊고 활기찬 낙관주의, 그 신생국이 농업과 기술, 예술 분야에서 이룩한 놀라운 발전인 것 같았다. 유배자 회합은 디아스포라(바빌론 유수 후 유대인의 분산) 과정에서 이곳저곳으로 흩어져 살던 유대인들이 조상의 땅으로 돌아왔다는 의미였다. 난민 수용소에서 살아남아 팔레스타인행 배에 몸을 실은 볼이 움푹 꺼진 생존자들, 마법의 융단 작전으로 목숨을 구한 예멘 유대인들, 모세 작전과 솔로몬 작전으로 구출된 에티오피아 유대인들, 그리고 훗날 1990년대 고르바초프 치하에서 풀려난 소련 유대인들이 조상의 땅으로 돌아왔다는 의미였다.

앳된 얼굴의 군인들이 모로코와 인도, 이라크, 프랑스, 아르헨티나, 미국에서 돌아온 유대인들이 이전의 공포를 다시 겪는 일이 생기지 않도록 지키고 있었다. 덤불처럼 무성하게 가지를 뻗은 유대인 가계도의 나무들이 늪지와 사막에서 온전하게 자라고 있었다. 이 여행 후에 비로소 부모님은 수십 년 만에 처음으로 신을 용서할 마음이 생긴 듯했다. 홀로코스트가 발생하도록 용인한 책임에 대해, 박해와 고통을 막지 못한 책임에 대해 신을 용서할 마음이. 수백 년간 이리저리 떠돈 뒤 다시 태어나 민족에게 빛을 비추는 유대인 조국의 기적을 목격하고 돌아온 후에 비로소 부모님은 황폐한 과거 대신 빛나는 미래를 생각할 수 있었던 것 같다.

부모님은 그 한 달 뒤 내가 타고 갈 이스라엘행 비행기를 예약했다.

◆◆◆◆◆◆◆

나는 어린 소녀였을 때부터 헝가리인과 비헝가리인, 유대인과 비유대인 사이에 커다란 문화적 격차가 있다는 것을 인식했다. 우리가 먹는 음식과 우리가 사용하는 언어, 우리가 입는 옷, 우리가 하는 생각과 관련이 있었지만, 실은 내가 이제껏 분명히 설명하지 못한 어떤 것과 더 큰 관련이 있었다. 두려움, 내가 어머니의 곱슬머리와 아버지의 수줍음을 물려받은 것처럼 분명히 부모님에게 물려받은 두려움이 바로 그것이다.

그러니 내가 별장에서 비헝가리인이자 비유대인인 이웃을 만나 가장 친한 친구 사이가 된 것은 기적 같은 일이었다. 모린을 처음 만난 것은 내가 여덟 살, 모린은 거의 열 살일 때였다. 날짜까지 정확히 기억한다. 1972년 8월 3일. 부모님이 퍼시픽 조립주택 공사를 마무리 지을 무렵이었다. 새로 이웃이 된 모린의 아버지, 세 필지를 구매했다는 바로 그 아저씨가 우리 별장터를 보러 왔고, 아버지는 만사 제치고 모린의 아버지에게 별장터를 구경시켰다. 나는 두 분이 별장터를 살피는 내내 꽁무니를 쫓아다녔다. 그렇게 두 분을 쫓아다니던 중 갑자기 생각이 났다.

"아빠, 내일이 무슨 날이게?"

아버지는 안면을 트기 위해 찾아온 스코틀랜드 혈통의 정중한 신사와 영어로 이야기하며 덤불 숲을 헤쳐나가는 데 열중한 나머지 내 질문에는 신경도 쓰지 않았다. 다시 물었다.

"아빠, 내일이 무슨 날인지 알아? 내 생일이야! 알았어? 아빠? 아빠?"

내 집요한 질문과 끈질긴 아버지의 무시가 10분쯤 이어진 뒤 마침내 아버지가 나를 돌아보았다.

"조용히 해!"

평소 조용조용하던 아버지가 고래고래 소리를 지르며 얼굴까지 붉으락푸르락했다. 몇 걸음 떨어져 가파른 비탈에 서 있던 나는 아버지가 내지른 고함의 힘에 밀려 뒤로 넘어져 엉덩방아를 찧었다. 나중에 아버지는 내가 그 신사에게 생일 선물을 사달라고 조르는 소리처럼 들려서 그랬다고 사과했지만, 나는 전혀 그럴 생각이 아니었다. 나는 그저 주목을 받고 싶었을 뿐이다.

그래도 모린의 아버지는 우리 가족이 충분히 정상적이라고 판단했는지 자기 딸과 나를 만나게 했고, 그날 늦게 모린이 우리 별장에 찾아와 인사했다. 모린은 인사를 하자마자 기본 규칙부터 꺼냈다.

"부모님이 30분만 있다 오랬어."

나는 그 아이에게 무슨 말을 해야 할지 난감했다. 나는 "오빠나 언니 동생이 있니?", "지금 몇 학년이야?", "여기 온 지는 얼마나 됐어?" 등 일상적인 대화를 시작하는 대신 소파에 앉아 이렇게 물었다.

"지금 몇 시니?"

5분 뒤 다시 물었다.

"지금 몇 시니?"

우리는 서로 얼굴을 마주 보고 앉아 아무 말도 하지 않았다. 모린은 불편한 듯 주위를 둘러보고, 나는 벽시계를 힐끔거렸다.

세 번째로 "지금 몇…"이라고 물으려는 순간 어머니가 내 소매를 잡아끌고 침실로 데려갔다.

그리고 "허이드 어버흐"라고 속삭였다.

"그만해. 가라는 소리인 줄 알겠다."

"무슨 말을 해야 할지 모르겠어."

나도 어머니에게 속삭였다.

"뭐든 생각해 봐!"

나는 입술을 깨문 채 소파로 돌아갔다.

"병에 담긴 리들 키들 인형이 좀 있는데, 볼래?"

모린이 고맙다는 표정으로 고개를 끄덕이고 일어섰다.

"네가 제일 좋아하는 인형은 어느 거니?"

내 뒤를 따라 방에 들어오던 모린이 물었다.

나는 노란색 인형을 들어 보였다.

"라피 레몬인데, 병이 깨졌어."

모린과 나는 그렇게 친구가 되었다. 얌전하고 영리하고 가냘프고 지극히 공손한 모린은 우리 별장에 놀러 왔다 돌아갈 적마다 우리 부모님에게 "정말 고맙습니다!"라는 인사를 최소한 다섯 번은 한 다음 방충망 문을 조용히 닫고 나갔다. 우리는 가장 좋아하는 바비 인형 놀이를 하며 오후 내내 함께 놀곤 했다. 모린네 별장 정화조가 묻힌 잔디밭에서 바비와 스키퍼, 켄에게 갈아 입힐 수많은 옷과 함께 미니 주방용품부터 바비인형 캠핑카에 이르기까지 다양한 소품들을 늘어놓으며 드넓은 인형 마을을 세웠다. 바비인형은 우리를 완벽하게 반영하는 연장선이었다.

"내 바비인형은 이름이 메건 워커야."

우리가 처음으로 함께 놀 때 모린이 이렇게 선언했다. 그 뒤로 수 년간 나는 모린이 어쩜 그렇게 앵글로색슨 백인 신교도답고 사랑스러운 이름을 골랐는지 감탄했다. 나는 분명히 그에 버금가게 우아한 이름은 생각도 하지 못했을 것이다.

내가 보기에 모린은 모든 일을 완벽하게 처리하는 것 같았다. 나는 그제야 비로소 배우기 시작한 프랑스어를 모린은 혀에서 미끄러지듯 발음했다. 그리고 수영하는 자세도 완벽했다. 모린이 자유형으로 엎드려 손발을 저으면 선풍기 날개라도 달린 양 힘차게 물살이 갈라졌다. 모린이 매년 이런저런 레가타Regatta(조정, 보트, 요트 경주 등을 통틀어 일컫는 말) 자유형 대회에 참가해 트로피를 받을 때마다 나는 환호성을 지르며 응원했다.

삼단같이 길게 길러 번질번질 윤이 나는 모린의 적갈색 직모도 감탄스러웠다. 덤불 같은 내 짧은 머리는 밤마다 빗을 들고 백 번씩 빗질해도 모린의 머리처럼 길어지거나 윤이 나지 않았다. 나처럼 물어뜯지 않아 계란형인 모린의 손톱도 부러웠다. 모린이 추가 점수를 받으려고 여름 수필을 쓴 노트를 살짝 들여다보면 파란색 손글씨가 타자 글씨처럼 매끄러웠다. 페이지마다 작고 고른 글씨가 빼곡했다. 나는 모린이 토론토 집에서도 크리스마스 때마다 완벽한 크리스마스 쿠키를 굽고, 수북이 쌓인 연하장에 단정하게 주소를 적고, 집안에 가보로 전해오는 장식품으로 벽난로와 크리스마스트리를 꾸밀 것이라고 상상했다.

모린네 가족 별장은 "상징적인 캐나다 사람의 사례 연구" 현장이 될 만했다. 가구가 띄엄띄엄 배치될 정도로 넓은 공간에는 타탄 문양 소파가 두드러졌고, 돛단배와 등대를 그린 바다 그림과 풍경화가 벽을 우아하게 장식했다. 사이드 테이블에는 개인 문구류가 가지런히 정리되어 있었다. 우리 별장에서는 크림치즈와 파프리카, 정어리를 섞어 만든 쾨뢰죄트 소스를 듬뿍 바른 호밀빵과 차가운 편육을 점심으로 잔뜩 먹었지만, 모린네는 아마도 캠벨 수프 한 컵과 살짝 구운 크래커를 조금 먹는 것 같았다. 우리는 인스턴트 생커 커피를 벌컥벌컥 마셨지만, 모린네는 고운 도자기 찻잔에 차를 따라 홀짝 홀짝 마셨다. 하지만 훨씬 더 큰 차이점이 있었다. 모린네 집에서는 밥 먹기 전에 모두 식탁에 둘러앉아 손을 맞잡고 머리를 숙였다. 모린의 부모님이 모린에게 식전 기도를 드리라고 부탁했고, 모린은 "점심을 주셔서 정말 감사합니다. 아멘"이라고 감사기도를 드렸다. 우리 집에서는 어머니에게만 고맙다고 인사하면 끝났다.

호수 주변의 나무들이 에너지가 고갈되어 겨우내 잎을 떨구기 전 남은 에너지를 모두 끌어모아 눈부시게 아름다운 색으로 타오르기 시작하는 10월 중순이면 캐나다 추수감사절이 돌아왔다. 우리 집을 비롯해 캐나다에 사는 유대인들은 일반적으로 추수감사절을 지내지 않았지만, 모린네 가족은 추수감사절을 지켰고, 나를 초대해 고구마를 으깨 그 속에 마시멜로를 넣은 요리와 호박파이 등 내가 먹어보지 못한 음식들을 대접했다. 모린네 집에서 추수감사절 점심을 먹고 우리 별장에 돌아와 아무리 생각해도 조금 전에 옆집에서 먹은 음식과 비슷한 헝가리 음식이 없었다.

모린네 집에서는 밥 먹을 때 엄격한 모린 아버지가 눈썹만 까딱해도 식탁에 앉은 모든 사람이 조용했다. 우리 집에서는 피터 오빠와 내가 서로 합의한 게 있었다. 친구들이 놀러와 함께 식사할 때 헝가리 욕인 '버스드 메그(염병할)'가 '감자 좀 주세요'라는 뜻이며, 어머니의 요리 솜씨를 칭찬하는 의미에서 가능한 한 자주 그 말을 해야 한다고 알려주기로 한 것이다. 부모님은 친구들이 큰소리로 욕을 할 때마다 놀라고 우스워 눈썹이 하늘로 치솟곤 했다.

모린의 부모님과 우리 부모님은 삶의 분위기도 극적으로 달랐다. 모린의 어머니는 파스텔 색상의 카디건과 풀오버, 7부 카프리 바지를 입고 어깨까지 길게 내려오는 적갈색 머리가 앞으로 쏟아지지 않도록 하얀색 머리띠를 둘렀다. 우리 어머니는 집에서 수건 천으로 만든 홈드레스에 닥터 숄즈 신발을 신었다. 모린의 아버지는 카디건을 걸치고 오래 숙성된 스카치위스키를 마셨지만, 우리 아버지는 가짜 깃털 미끼가 옆에 달린 낚시 모자를 쓰고, 신년 첫날이나 유월절 외에는 술을 마시지 않았다. 하지만 우리 부모님과 모린의 부모님이 외모나 억양보다 더 다른 점은 이것이었다. 모린의 부모님은 출납원부터 은행 직원, 영업사원에 이르기까지 캐나다에서 태어난 여느 다른 사람들처럼 보인다는 점이다. 우리 부모님 특히 아버지는 캐나다 사람들을 공손히 대했다. 나는 두 분의 그런 모습이 민망했다. 우리 부모님은 의사나 비행기 조종사 특히 경찰관처럼 제복을 입은 캐나다 사람 앞에 서면 키가 4~5㎝ 정도 움츠러드는 것 같았다. 객관적인 기준으로 보면 우리 부모님이 더 똑똑하고 더 많이 배우고 더 교양 있고 더 매력적이며, 매일 만나는 사람들 대부분보다 그 무엇이든 더 나은 경우가 많았다. 하지만 우리 부모님은 어떻든지 열등한 사람처럼 굴었고, 나는 그런 두 분의 모습이 정말 싫었다.

그런데 참 웃긴 일이 있었다. 토론토 우리 집 옆에 사는 이웃인 조벤코 가족도 우리 부모님처럼 이민자였다. 전통적인 이탈리아 집안인 조벤코 가족은 말할 때 억양이 세고 손동작이 과도했다. 단정하게 하얀색과 초록색을 칠한 단층집에서는 토마토소스가 부글부글 끓는 냄새와 톡 쏘는 치즈 냄새가 진동했다. 나는 그 집 마당에서 조벤코 오누이와 함께 놀곤 했는데, 하필이면 재미있어지려고 할 바로 그 순간만 골라 조벤코 부인이 낮잠을 자라고 아들과 딸을 불러들이는 것 같았다. 조벤코 부인이 "토니 에 피나, 베니테 퀴Tony e Pina, venite qui!"라고 소리치면, 오누이는 발을 질질 끌고 집으로 들어가며 피곤하지 않다고 떼를 쓰곤 했다. 오누이는 하루 열여섯 시간 동안 잠을 자야 했다. 토니가 열 살 정도로 큰 다음에도 그 어머니는 아들이 낮잠을 자길 바랐다. 토니는 크고 탄탄한 아이였는데도 말이다. 조벤코 부인은 앞치마를 두른 채 마당으로 바삐 나와, 국자를 휘두르고 이탈리아어로 소리치며 토니를 쫓아가 집으로 들여보내고는 토니의 등을 찰싹찰싹 때리며 뒤를 따라가곤 했다. 토니가 아프다고 비명을 지르며 집으로 들어가면 조벤코 부인은 내게 친절하게 손짓하며 집으로 돌아가라는 신호를 보냈다. 내가 그 조벤코네 가족보다 더 이방인 같다고 느낀 이유가 무엇일까? 조벤코네는 가톨릭 신자였다. 바로 그것, 바로 거기에 이 세상 모든 차이가 있었다.

◆◆◆◆◆◆◆

전통적으로 우리 유대인은 대제일에 사과를 먹고, 달콤한 새해를 상징하는 의미로 사과를 꿀에 재운다. 하지만 그해에는 비통한 폭력이 여름을 더럽혀 나는 그해가 어서 지나길 바랐다.

나는 경찰이 살인범을 찾아내길 바랐다. 수사가 차질없이 진행되어도 몇 주 혹은 몇 달이 더 걸릴 수 있다는 사실은 오빠에게 들어 이미 알고 있었다. 그리고 '미해결 사건'이라는 웹사이트에서 확인한 다음과 같은 짧은 기사를 통해 경찰이 그 지역을 광범위하게 수색했다는 소식도 알게 되었다.

▷ *긴급 속보: 사만다 콜린스 살해 사건과 관련해 경찰이 로즈원 쓰레기 매립지를 수색*

2010년 9월 1일 수요일.

브레이스브리지 경찰은 7월에 개시된 살인사건 수사와 관련해 경찰이 이번 주 로즈원 쓰레기 매립지를 수색 중이라고 확인했다. 브레이스브리지에 거주하던 32세 사만다 콜린스의 유해는 별장촌에서 발견되었다.

오늘 브레이스브리지 경찰서의 짐 레딩 경관은 매립지 수색이 이 사건 수사와 연관되었음을 인정했지만, 경찰이 찾는 게 무엇인지는 말할 수 없다며 "증거 수집 중이다"라고만 밝혔다. 아울러 그는 현재 진행 중인 수색이 브레이스브리지의 머로가에게 남성 시신이 발견되어 이번 주에 수사를 개시한 살인사건 등 다른 사건들과는 아무 관련이 없다고 확인했다. 경찰은 현재 모리스 콩트 살인사건에 대한 수사도 계속 진행 중이다. 볼턴에 거주하던 45세 남성 모리스 콩트의 시신은 5월에 발견되었다.

경찰이 철저하게 수사할 것임을 이미 알고 있었지만, 욤 키푸르 다음 날 아침 오빠가 전화로 알려준 소식은 놀라웠다. 내가 싱크대 옆에서 사과 케이크 위에 흑설탕 가루를 뿌릴 때였다. 오빠가 전화를 걸어 전날 우리가 금식하고 기도하는 사이 경찰이 별장에 다시 찾아갔다는 소식을 들려주었다. 경찰이 오빠에게 작은 창고 열쇠의 비밀번호를 물었다고 한다.

"우리 연장을 많이 압수했어."

오빠가 전화로 말했다.

"무슨 말이야?"

행주에 손을 문질러 닦으며 물었다.

"수사의 일환인데, 경찰이 우리 체인 기계톱과 도끼, 손도끼를 압수해 갔어."

그 연장들을 머릿속에 떠올리자 속이 뒤틀렸다. 아버지가 벌목할 때 쓰던 오렌지색 체인 기계톱, 아버지가 통나무를 갈라 난로에 땔 장작을 만들 때 휘두르던 장작용 도끼 그리고 내가 불쏘시개를 잘게 쪼갤 때 조심조심 다루던 노란색 작은 손도끼.

아직 굽지 않고 조리대 위에 올려둔 사과 케이크를 오븐에 넣으려던 나는 불쾌한 감정을 담아 오빠에게 물었다.

"내 작은 손도끼? 노란색 자루가 달린? 경찰은 살인범이 그 손도끼나 우리 집의 다른 연장을 사용했다고 생각하는 거야?"

내 입에서 신음이 새어 나왔다.

"토할 것 같아."

"살인범 잡았대?"

등 뒤 냉장고에서 우유를 꺼내 컵에 따르던 제이크가 묻는 통에 깜짝 놀랐다. 나는 몸을 돌리며 급히 오빠 전화를 끊었다.

"뭐, 뭐라고? 아니야."

나는 말을 더듬거렸다. 7월 이후로는 아이들 앞에서 사건 이야기를 꺼내지 않으려고 무던히 노력했다. 아이들이 사건을 잊었으면 하고 바라는 마음도 없진 않았다. 그런데 이제 아들이 그 사건을 다시 머릿속에 떠올린 게 분명했다.

"신경 쓰지 마. 아무 소식도 없어 전혀."

"경찰은 살인범이 그 연장으로 무슨 일을 했다고 생각하는데?"

"있잖아. 음… 상자에…."

나는 재빨리 머리를 굴리며 자세한 내용을 흘리지 않기로 마음을 먹었다.

"상자를 만들 때 연장을 사용한 것 같아. 나무로 상자를 만들 때."

언제나 그렇듯 집요한 제이크는 쉽사리 물러설 기세가 아니었다.

"그러면 엄마는 왜 토하려고 하는데?"

"엄마는 그냥 누군가 다른 사람이 우리 물건을 만졌다는 게 생각하기도 싫어서. 너도 알다시피 엄마가, 하하, 좀 강박증이 있잖아."

"알았어."

이렇게 대답한 아들은 우유를 두세 모금 들이켰다.

"사과 케이크야? 오늘 저녁에 먹으려고?"

위기 모면. 긴장했던 어깨가 내려갔다.

"응, 일요일 저녁 식사에 몇 집 초대했거든."

화제가 바뀌어 마음이 놓였다.

"좋아."

제이크는 다 마신 우유컵을 내려놓고 제 방으로 돌아갔다. 아들이 가는 모습을 보며 나는 숨을 크게 내쉬었다.

조리대로 돌아가 사과 케이크를 오븐에 넣었다. 몇 분 후면 맛있는 사과와 계피, 설탕 냄새가 온 집안에 가득 찰 것이다. 부활과 재생, 풍년과 인생의 새 출발을 상기시키는 달콤한 냄새가 가득 찰 것이다.

16

원주민

어느 날 밤이었다.

"도저히 못 하겠어."

식탁에 턱을 괴고 앉아, 염두에 둔 몇 군데 대학의 학과를 고르던 조던이 대학 소개서를 한 움큼 집어 들더니 투덜거렸다.

"무슨 과에 지원해야 할지 모르겠어. 전공을 뭘 할지도 모르겠고, 어떤 과목을 수강할지도 모르겠어."

"셀프 디펜스."

그 즉시 나는 그즈음 우리 집에서 유행하던 말을 주문처럼 읊조렸다.

"인문계열에서 실질적인 직업으로 연결되는 과를 집중적으로 찾아볼까? 엄마는 어렸을 때 자기가 어떤 사람이 되고 싶은지 알았어?"

'확실히 알았지.'

싱크대에서 다음 날 아이들이 학교에 가져갈 도시락을 싸던 나는 속으로 이렇게 생각했다. 아이들 점심은 칠면조 고기를 넣은 통밀빵

샌드위치였다. 마요네즈만 뿌리고 겨자 소스는 뺀 거 하나, 겨자 소스만 뿌리고 마요네즈는 뺀 거 하나, 겨자 소스와 마요네즈를 모두 뿌린 거 하나.

"인디언. 엄마는 인디언 원주민이 되고 싶었어."

아주 어린 시절부터 알고 있었다. 자연과 진심으로 깊이 교감하고, 동물에게 변함없이 강한 애정을 느끼고, 혼자 있는 것을 좋아하고, 존재에 대해 성찰하고, 캠프파이어를 즐기는 등, 나는 당연히 원주민으로 태어났어야 한다고 생각했다. 게다가 맨발로 다니는 것도 좋아하고.

내가 머스코카 원주민이 어떤 사람들인지 처음 감을 잡은 것은 잡화점에서 싸게 파는 컬러링북 덕분이었다. 나는 별장 발코니에서 찰랑찰랑 윤이 나는 긴 머리에 깃털 장식이 달린 화관을 쓴 소녀 그림에 색을 칠했다. 수년간 이 소녀의 수십 가지 모습에 색을 칠했다. 화관을 쓴 모습도 있었고, 위풍당당 암말에 올라탄 모습도 있었지만, 소녀는 늘 변함없이 날씬하고 이국적이고 당당하고 독립적이고 우아했다. 절대 어색해하거나 당황하지 않았다. 나는 캐나다 순상지(캐나다 동부 허드슨 만을 둘러싼 'U' 자 모양의 땅)와 깊은 유대감을 가진 그 소녀가 부러웠다. 그 땅에 새로 온 사람은 결코 얻을 수 없는 유대감이었다. 물론 몇 년 뒤에는 나도 캐나다 원주민과 아메리카 원주민에게 가해진 부당한 행위까지 포함해 그들의 슬픈 역사를 이해하게 되었다.

하지만 당시에는 내가 그 소녀이길 바랐다. 캐나다 토착민과 닮은 구석이 하나도 없었지만 말이다. 컬러링북에 등장하는 소녀처럼 곧

은 머리를 허리까지 길게 기르지도 않고, 피부도 빛나는 갈색이 아
니고, 눈도 반짝이는 검은색이 아니었다.

그래도 별장에서는 그 소녀와 조금 더 가까워진 느낌이 들었다.
물에 들어가면 지극히 편안했다. 나는 배에서 잔교로 폴짝 뛰어오
르고, 숲속이나 가파른 제방을 쏜살같이 내달렸다. 깊고 푸른 숲이
나를 환영하고 위로했다. 도시에서는 절대 느낄 수 없는 편안함이었
다. 숲이 내 위안이고 내 안식처였다.

처음 유치원에서 울면서 돌아온 날 어머니는 어리둥절한 표정으
로 내 침대에 앉아 내가 통곡하는 이유를 이해하려고 노력했다.

"애들이 못되게 굴었어."

베개처럼 푹신한 어머니 품으로 뛰어들며 흐느껴 울었다.

"네눈박이라고 놀렸단 말이야!"

어머니는 고개를 가로저었다.

"그게 무슨 소리니?"

"안경이 바보 같대. 내 머리도 놀렸어."

나는 꺽꺽 울음을 집어삼켰다.

어머니의 푸른 눈과 부드러운 입술이 놀라서 동그래졌다.

"말도 안 돼. 네가 제일 예뻐! 선생님께 이르지 그랬어?"

"선생님도 못됐어."

식식거리며 대답했다.

"허리에 손을 올리더니 그러셨어. '고자질은 나쁜 거예요.'"

어머니는 아이들이 시샘이 나서 그런 것으로 결론지었다. 나는 아
이들이 뭐가 시샘이 난다는 건지 도통 알 수 없었다. 그 후로도 나
는 학교에서 울면서 돌아온 적이 수없이 많았고, 그때마다 어머니는

시샘이 나서 생긴 일로 치부했다. 내가 생일 파티에 초대받지 못하거나 학교 미인대회에 나가지 못했을 때는? 그때도 그저 시샘 때문이었다. 나는 어머니가 잘못 생각한 것은 아닌지 의심스러웠다. 내가 집에서 받은 열렬한, 거의 숨 막힐 듯한 사랑과 세상에서 느낀 경멸 비슷한 감정 사이에는 너무나 큰 차이가 도사리고 있었다. 나는 별장 왕국에 홀로 있을 때 세상의 뾰족한 가시로부터 보호받는 느낌이 들었다.

숲속 동물들이 내 가장 친한 친구였다. 애완동물이 생기길 간절히 빌었고, 만나는 모든 동물과 친구가 되길 간절히 소망했다. 수년 간 우리 가족은 딱따구리들이 발코니 바로 앞 속이 텅 빈 나무를 쉼 없이 쪼아대는 짧고 날카로운 소리를 들었다. 나는 창문가에 서서 딱따구리들이 나무를 쪼아 낸 작은 구멍에 빠르게 들락날락하는 모습을 넋을 잃고 바라보았다.

"저것 때문이야."

아버지는 도끼를 손에 들고 으르렁거리곤 했다.

"두통이 생길 지경이야! 잘라버려야겠어."

주말마다 아버지는 그 나무를 잘라버리겠다고 으름장을 놓았고, 그때마다 할머니와 어머니, 나는 아버지에게 생각을 바꾸라고 사정했다. 결국 죽은 나무는 저절로 쓰러졌고, 딱따구리들은 새로운 둥지를 찾아 떠날 수밖에 없었다.

마법 같은 어느 여름, 애완동물을 기르고 싶다는 꿈이 거의 실현된 적이 있었다. 내가 현관 계단에 앉아 "치-피!"라고 외치면, 다람쥐 한 마리가 숲속에서 나타나 잽싸게 내 손 위로 뛰어올라서는 손바닥에 놓인 땅콩을 갉아 먹었다. 지금 생각하면, 치피가 찾아왔을 때 "비쟈즈! 광견병 걸릴라!"라고 소리친 사람이 아무도 없었다는 것이 믿기지 않는다.

또 어느 해 여름, 정화조가 묻힌 잔디밭에서 노란색 등받이 의자에 누워 책을 읽고 있을 때였다. 뭔가 씹는 소리가 어렴풋이 들렸다. 소리는 점점 더 커졌다. 우적우적 느리지만 꾸준히 나뭇잎을 씹어먹는 소리가 의자 바로 밑에서 들렸다. 여기저기 살핀 끝에 잔디 속에 거의 보이지 않게 숨어서 초록색 나뭇잎을 맛있게 씹어 먹는 소시지만 한 애벌레를 발견했다. 엄청나게 큰 애벌레! 나뭇잎을 갉아 먹는 턱이 똑똑히 보일 정도였다. 그 거대한 연녹색 애벌레를 신발 상자에 담아 안으로 가져갔다.

"새로 생긴 애완동물이야."

어머니는 닥터 숄즈 신발이 벗겨질 만큼 허둥지둥 도망쳤고, 나는 어머니를 뒤쫓아가며 크게 외쳤다.

"오스카 마이어라고 이름을 지었어. 엄마, 만져보고 싶지?"

어머니는 만지지 않았다. 오스카 마이어는 그날 해가 지기 전에 자기가 살던 잔디밭으로 돌아갔다.

호수로 나가면 자유로웠다. 곰, 벌, 자동차, 사냥꾼, 유괴범을 조심하라고 하는 사람이 아무도 없었다. 나는 푹신한 오렌지색 구명조끼를 무릎 아래 깔고 카누를 타고 호수 한가운데로 나가 뱃전에 노를 걸쳐놓고 출렁이는 호숫물에 몸을 맡기고 누웠다. 그리고 몇 시간 동안 구름을 바라보았다. 그 카누에서 과거를 돌아보고 내 운명을 결정했다. 가끔은 전축을 가지고 나가 고든 라이트풋의 판을 올리고 스피커를 크게 틀어 자연스러운 드럼 소리가 내 피를 휘젓게 했다. 내 상상은 카누를 타고 흘러 숲속 공터에 천막들이 반원형으로 늘어선 원주민 마을로 들어갔다. 그곳에서는 잘생긴 청년이 기타를 꺼내 고든 라이트풋의 음악과 비슷한 곡을 연주했다. 그렇게 몇 시간 동안 백일몽을 꾼 뒤 마지못해 일어나면, 섬 뒤에서 불붙은 석탄처럼 타오르는 저녁노을이 호숫물을 어른어른 반짝이는 황금빛으로 물들이고 호숫가에 서 있는 나무들을 불타오르듯 비추었다.

나는 자연과 연결된 그런 느낌을 도시에서도 되살려보려고 노력했지만, 환경이 완전히 달랐다. 학교 운동장에서 그네를 타든 자동차 뒷좌석에 앉아 있든 배서스트가를 걷는 중이든 그 어디에 있든 나는 위를 쳐다보곤 했다. 엄지와 검지를 렌즈처럼 동그랗게 모아 그 안에 담기는 하늘을 바라보곤 했다. 하지만 그 렌즈를 통해 지평선을 훑어보면, 벽돌 건물과 전차선, 전신주, 지붕 위에 미로처럼 얽힌 안테나들에 가로막혀 나무 꼭대기와 구름이 파편처럼 겨우 일부만 보였다.

내 눈이 갈망한 것은 아름답게 채색된 풍경, 문명에 오염되지 않은 자연의 그림이었다. 꼬마였을 적에도 내 가슴 한구석은 인간이 자연에 가한 추악함을 가리고 싶은 마음이 정말 간절했다. 내가 아는 한 가장 평화롭고 순한 사람들인 캐나다 원주민 부족이 내 마음속 그 평온한 곳에 살고 있던 것도 어쩌면 우연이 아닐 것이다.

그로부터 수십 년이 지난 후에 비로소 별장 주변 풍경을 향한 나의 사랑이 타고난 것일 수 있다는 생각이 들었다. 고국 이스라엘을 향한 유대인의 갈망처럼 말이다. 기원전 586년 최초의 성전이 파괴되고 뒤이어 바빌론으로 유배된 이후 수천 년이 지나도 조상의 땅에 다시 돌아가고 싶다는 유대인의 열망은 전혀 수그러들지 않았다. 시온으로 돌아가려는 갈망은 수 세기 동안 유대인의 영적인 삶과 기도, 문화, 문학에 스며들었다. 유럽과 북아메리카, 중동 등 세계 곳곳으로 흩어진 후에도 유대인은 성경에 나오는 출생지, 안전한 그곳으로 돌아가겠다는 희망을 잃지 않았다.

"엄마?"

주방 조리대 앞으로 다가온 조던이 한 손으로 내 어깨를 감싸고 다른 손으로 내가 손에 쥐고 있던 칼을 살며시 빼냈다.

"여기서 꼼짝도 하지 않고 서 있은 게 거의 2분 정도야. 뇌졸중 같은 거 걸린 거야?"

"괜찮아, 그냥 생각 좀 하느라고."

"최근에 생각이 너무 많아. 그렇게 멍하니. 갱년기야?"

조던이 내게 물었다.

"아냐, 갱년기 아냐."

나는 만들다 만 샌드위치를 내려다본 후 식빵을 두 장씩 겹쳤다.

"그냥 머리가 복잡해서, 아까 뭐라고 했지?"

"신경 쓰지 마. 대학은 아빠하고 의논할게."

조던은 마요네즈 병에 칼을 꽂은 뒤 주방을 나가려고 돌아섰다.

"잠깐! 가지 마. 너는 똑똑하고 창의적이니까 뭐든 될 수 있어. 대학 소개서에 있는 학과 설명 좀 읽어줄래?"

"나중에 봐서."

조던이 나를 곁눈질했다.

"엄마 정말 이상해."

이렇게 말하고는 성큼성큼 계단을 올라갔다.

한숨이 나왔다. 조던 말이 맞는지도 몰랐다. 최근 들어 내가 남편이나 아이들과 대화를 나누다가 세상 모르게 멍하니 생각에 빠진 적이 얼마나 많았던가? 갱년기 전조 증상인가? 아니면 별장 사건의 여파로 발생한 부수적 피해? 아마 둘 다 조금씩 영향을 미쳤을 것이다.

서둘러 사과를 씻어놓고 미니당근을 봉투에 담은 뒤 2층으로 달려가 미래에 관해 의논 중인 남편과 딸의 대화에 끼어들고, 제이크가 숙제를 끝냈는지 확인하고, 코비를 재웠다.

이틀만 지나면 할로윈 데이였다. 나무들은 크레용을 칠한 듯 온통 가을빛으로 물들었다. 이쪽을 보면 주홍빛 나뭇잎이, 저쪽을 보면 적갈색 나뭇잎이 산뜻한 햇살 속에서 붉게 타올랐다. 우리 아이들은 내가 오래전에 구매한 할로윈 의상을 입어본 적이 없었다. 모카신과 깃털 달린 머리띠, 갈색 스웨이드 조끼는 손도 대지 않은 채 플라스틱 상자에 담겨 선반에 보관되어 있었다. 나는 우리 아이들이 소속감을 느끼기 위해 굳이 그런 의상을 입을 필요가 없는 것을 고맙게 여겨야 한다는 생각이 들었다.

17

유대인의 정체성

2011년 5월 3일, 별장 아래 상자 속에서 사만다 콜린스의 시신이 발견된 지 10개월이 지났을 때 브레이스브리지 경찰이 용의자를 체포했다. 저인망 수사방식으로 차량을 일일이 검문하는 과정에서 체포했지만, 용의자를 체포한 정확한 장소는 현재 진행 중인 사건 수사에 중요한 사항이라 공개되지 않았다. 경찰은 사만다가 시신으로 발견되기 최소한 3년 전에 살해되었을 가능성이 크다고만 발표했다. 수사에 앞장선 폴 맥크리커드 경위에 따르면, 경찰은 사만다가 겨우 스물아홉 살이던 2007년 초쯤에 살해된 것으로 믿고 있었다.

3년? 사만다가 3년 전에 죽었는데 가엾은 그 어머니와 여동생, 아이들은 그런 사실도 모르고 있었다? 우리 별장 아래에 3년간이나 있었다? 용의자가 체포되었다는 소식을 듣자 안도감과 혐오감, 분노가 한꺼번에 몰려왔다. 마침내 범인이 잡혔다는 안도감과 그가 저지른 짓에 대한 혐오감 그리고 우리를 이런 일에 끌어들인 범인이 내가 아는 사람으로 밝혀진 데 따른 분노였다.

남편과 조던, 제이크에게 최근 상황을 차분하게 설명했다. 용의자에게 법의 심판을 내리는 긴 여정이 시작되었다고 이야기했다. 용의자가 내가 알던 사람이라는 말은 하지 않았다.

그날 〈헌츠빌 포레스터〉 지에 실린 기사에 따르면, 맥크리커드 경위는 사만다와 용의자가 모종의 시점에서 관계를 맺은 것은 확인했지만, 용의자가 사만다가 낳은 두 아들 중 한 명의 아버지인지는 긍정도 부정도 하지 않았다. 그는 "증거와 관련된 사항이며 법정에서 다뤄야 할 내용이기 때문에 거기까지는 밝히지 않겠습니다"고 말했다. 그는 머스코카 범죄수사대와 중부 과학수사대의 수사, 시민들의 제보를 토대로 꾸준히 증거를 수집한 끝에 용의자를 체포했다고 발표했다. 사건을 조사한 수사팀의 광범위한 정보 수집 덕분에 별다른 우여곡절 없이 체포할 수 있었다고 한다. 그는 "현재 새롭게 확인된 내용은 없지만, 이 자리에서 밝힐 수 없는 몇 가지 사항에 대해 조사 중입니다. 저희는 지금 올바른 방향으로 가고 있습니다"라며 이렇게 덧붙였다.

"범행 직후 피의자를 체포하고 신속하게 증거를 수집한 사건이 아닌 이상, 용의자를 체포하기에 충분한 증거를 수집하는 수사 기간은 1년 정도까지는 아니어도 수개월이 걸릴 수 있습니다."

맥크리커드 경위는 또한 기사에서 "콜린스의 시신이 발견된 별장의 소유주는 피해자의 죽음과 아무 관련이 없습니다. 수사가 원활하게 진행되도록 적극적으로 협조했습니다"라고 밝혔다. 경찰은 정말 우리 가족을 의심했을까?

그리고 누군가 기사 밑에 이런 댓글을 달아놓았다.

"마침내 범인이 체포되었다는 소식을 듣고 너무 기뻤습니다. 저는 피해자의 어머니 도로시와 20년 넘게 친구로 지낸 사이로 사만다가 어렸을 때부터 알고 있습니다. 이 살인사건과 관련하여 끔찍한 일이 정말 많이 일어났지만, 가장 슬픈 일은 어머니가 딸이 그저 소식을 전하지 않고 전화도 받지 않는 줄로만 생각하다가 그동안 딸이 죽어 있었다는 사실을 알게 된 것입니다. 정말 가슴이 아픕니다."

◆◆◆◆◆◆◆

2011년 9월 22일 아침, 머스코카 별장촌 지역에서 방송하는 무스 FM이 사만다 콜린스 살인사건 피의자의 보석신청이 기각되었다고 발표했다. 라디오 생방송 진행자는 이렇게 보도했다.

"증인 진술과 증거를 토대로 몇 시간에 걸쳐 비공개로 진행된 심리에서 이같이 결정되었습니다. 심리의 자세한 내용은 보도 금지 명령에 따라 밝힐 수 없습니다. 피의자는 브레이스브리지에 거주하던 콜린스를 살해한 2급 살인죄로 기소되었고, 콜린스의 시신은 지난해 별장촌에서 발견되었습니다. 이 사건 심리는 9월 27일 브레이스브리지 소재 주 법원에서 속개될 예정입니다."

피터 오빠는 용의자 체포에 관한 이야기를 나누던 중 데이브 앨런 형사가 재판이 개시되기까지 수개월이나 1년 혹은 그 이상의 시간이 걸릴 수 있다는 말을 했다고 전했다. 경찰관 세 명이 범죄자로 위장해 피의자와 같은 감옥에서 지내며 피의자의 자백을 유도했지만, 피의자가 경찰관들의 유도신문에 넘어가지 않고 입을 꽉 다물었다는 소식을 내가 알게 된 것은 몇 년이 지난 뒤였다. 데이브 형사는 피의자가 자백하면 일이 아주 빨리 진행될 수 있다고 했지만, 피의자는 자백할 기미가 전혀 없었다.

기다리는 수밖에 없었다. 나무의 색이 익어가고, 내가 좋아하는 가을이 다시 찾아왔다. 습하고 뜨거운 여름과 작별하고 에어컨의 코드를 뽑은 뒤 창문을 활짝 열어젖혔다.

하루하루 시간이 지나도 브레이스브리지에서 새로운 소식은 들려오지 않았고, 나는 사건에 관한 이야기를 하고 싶어 점점 더 조바심이 났다. 피의자가 이미 체포되었으니 사건에 관해 이야기할 수 있었다. 하지만 코네티컷의 친구들은 이해하지 못할 거란 생각이 들었다. 별장에 가본 적도 없고, 내 어린 시절도 모르고, 살인사건으로 인한 고통이 얼마나 큰지 짐작도 하지 못할 것이기 때문이었다. 토론토 친구들에게 전화할 생각도 했지만, 전화로 이야기할 내용은 아니었다. 더구나 애석하게도 모린은 벌써 몇 년째 소식이 끊겨 있었다. 구글을 검색하고 페이스북도 계속 뒤졌지만, 모린의 연락처를 찾을 수가 없었다.

머스코카에 다시 가려면 거의 1년이란 시간이 남아 있었다. 어정쩡한 상태로 흘려버리기엔 아주 긴 시간이었다. 결국 나는 일상을 탈출하고 싶을 때마다 하던 일, 독서를 시작했다. 책은 내가 제일 먼저 선택하는 치료제였다. 가을 주말 아침이면 책을 들고 테라스 탁자에 나가 앉아 커피를 몇 잔씩 마시며 책을 읽었다. 찬바람이 두꺼운 스웨터를 뚫고 들어오고 나무잎이 떨어져 바닥에서 소용돌이치기 시작하면 집안 소파로 자리를 옮겨 책을 읽었다. 구미가 당기는 내용은 많았지만, 신간은 읽지 않았다. 새로 나온 책은 없었다. 나는 어렸을 적부터 좋아하는 《꿈에 맞춰 춤추기》, 《오렌지 웬디》, 《빨간 머리 앤》, 《마조리 모닝스타》 등을 몇 년에 한 번씩 다시 읽었다. 이런 책에 등장하는 주인공들은 다시 만나고 싶은 옛친구 같았다. 하나 같이 역경과 격변에 맞서 승리하는 용감한 소녀들이었다.

그런데 《나는 너에게 장미정원을 약속한 적이 없다》라는 책은 달랐다. 책을 읽을 때마다 주인공이 친구 같지 않았다. 언제나 주인공이 바로 나라는 생각이 들었다. 물론, 내가 책의 주인공 데버러 블라우처럼 분열증을 앓고 있다고 생각한 것은 아니다. 나는 환청을 듣지도 않았고 환상의 세계에서 살지도 않았다. 어린 시절 내가 인디언 공주라고 상상하긴 했지만 그건 그저 백일몽에 지나지 않았고, 1950년대 정신병원이 나와 어울린다고 생각하지도 않았다. 하지만 극히 일부 허구적인 내용이 포함되긴 했어도 데버러 블라우의 이야기에는 주인공의 인생 경험과 내 인생 경험을 연결하는 공통점이 아주 많았다. 그래서 나는 혹시 작가가 정신 이상의 임계질량, 다시 말해 한 사람의 정신적 붕괴를 촉진하려면 정확히 어느 정도의 티핑포인트가 필요한지 알고 있는 것은 아닌지 궁금했다.

첫째, 우리는 이름이 같았다. 그리고 데버러 블라우의 부모도 유럽에 뿌리를 둔 유대인이었고(두 번째 공통점), 북아메리카 사회에 동화되려고 노력 중이었다(세 번째 공통점). 어린 소녀였을 때 데버러 블라우는 듣는 사람이 깊은 인상을 받는 동시에 서먹해질 정도로 조숙한 언어를 사용했다(네 번째 공통점). 데버러 블라우는 예술에 재능이 있고, 여름 캠프에서 홍역을 치렀다(다섯 번째와 여섯 번째 공통점). 그리고 결정적인 것은 일곱 번째와 여덟 번째 공통점이었다. 우리 둘 다 아주 어렸을 적에 병원에서 무시무시한 치료를 받았고, 우리 둘 다 공공연한 반유대주의를 몸소 체험했다는 사실이었다.

데버러 블라우는 다섯 살 때 요도에서 암이 발견되어 제거 수술을 받아야 했다. 미국 중서부에서 최고라는 전문의는 너무 바쁜 나머지 어린 소녀에게 수술 과정과 그에 따른 극심한 고통을 설명할 시간이 없었다. 그저 걱정하지 마라, 조금도 아프지 않을 것이라고만 이야기했다. 거짓말이었다.

내 경우, 시작은 기저귀 발진이었다. 슈나이더 박사는 어머니에게 걱정할 것 없으며 베이비 파우더만 바르면 나을 것이라고 말했다. 하지만 발진은 낫지 않았다. 증세가 점점 더 나빠지더니 얼마 지나지 않아 소변이 나오지 않았다. 방광염이 콩팥까지 번져 만성 신우신염이 되어버린 것이다. 콩팥 하나는 완전히 성장을 멈추었다. 그 뒤로 몇 년간 나는 방광을 비울 때마다 타는 듯 끔찍한 통증이 두려워 화장실에서 몇 시간씩 앉아 있었다. 그럴 때면 어머니는 맞은편 욕조에 걸터앉아 소변이 잘 나오도록 욕조 수도꼭지를 틀어 물을 졸졸 흘리고는 울고 있는 내 손을 꼭 잡아주었다.

염증이 너무 심해지자 카테터를 삽입했다. 다섯 살 때 의과대학 부속병원에서 철제 침대에 누워 환자복을 허리까지 끌어올리고 양 발을 등자에 올렸다. 주치의가 처치 방법을 설명했고, 침대 발치로 젊은 의사들이 몰려들었다. 나는 아프고 창피해서 훌쩍거렸다. 카테터를 삽입하는 끔찍한 고통과 데버러 블라우가 느낀 것과 똑같은 깊은 수치심에 흐느꼈다. 신장의과 과장은 그런 나를 쳐다보고 마스크 쓴 얼굴을 찡그리며 말했다.

"아이고, 그렇게 울보처럼 굴면 안 되지."

다음 날 간호사가 퇴원서류에 서명할 때 하얀색 가운을 걸친 의사가 복도를 걸어왔다. 나는 의사를 보자마자 울기 시작했다. 의사는 그런 나를 쳐다보지도 않고 어머니에게 종이를 건넸다.

"처방전입니다. 이 약을 매일 아이에게 먹여야 합니다."

의사가 고갯짓으로 나를 가리키며 일렀다. 그러더니 돌아서 가다 말고 고개만 살짝 돌려 내게 말했다.

"걱정하지마, 아가. 맛좋은 약이야."

거짓말이었다. 맛이 지독했다. 내가 상상하는 그 어떤 것보다 더 끔찍한 맛이었다. 초록색 시럽이었는데, 색깔 때문에 그런지 녹조류, 죽은 애벌레, 고름 맛이 났다. 나는 어머니가 서랍을 열어 티스푼을 꺼내는 모습만 보아도 비명을 질렀다. 어머니는 내가 꾹 참고 약을 먹게 하려고 애를 썼다.

"아가, 꿀꺽 삼켜야 해. 그렇게 입에 물고 있지 말고 약을 삼키면 쓴맛이 없어지도록 피놈finom(헝가리어로 '맛있는')한 거 줄게."

그러면서 헝가리 사람들이 최고의 특혜로 귀하게 여기는 것을 내밀었다. 바로 마지팬(아몬드를 으깨 설탕과 버무린 과자)이었다. 얼마 지나지 않아 마지팬만 봐도 구역질이 났다.

그리고 몇 년 뒤 나도 데버러 블라우처럼 반유대주의에 마음의 상처를 받았다. 블라우가 여름 캠프에 갔을 때, 아이들은 화장실 벽에 유대인을 혐오하는 낙서를 휘갈겼고, 지도 교사는 블라우가 듣는 데서 히틀러를 찬양했다. 나는 공립 초등학교에서 그런 일을 겪었다. 6학년 때 수전이라는 친구가 있었다. 예쁜 금발에 눈이 파란, 전형적인 앵글로색슨 소녀였다. 아이들이 으레 그렇듯 어느 날 수전과 나도 사이가 틀어져서 한참을 서로 말도 하지 않았다. 다음 날 아침이었다. 인도를 따라 학교로 걸어가는데, 다임러인지 패커드인지 아무튼 커다란 그릴이 위협적이고 고풍스러운 검은색 자동차가 다가오더니 모퉁이에 멈춰 섰다. 수전의 어머니가 운전석에서 내려 자동차 문을 쾅 닫고는 성큼성큼 걸어와 내 앞에 섰다. 그러더니 손을 높이 들어 올려 내 뺨을 세차게 후려갈겼다. 짝 소리가 얼굴로 울려 퍼지며 귀가 먹먹하고 뺨이 얼얼했다. 그리고 이렇게 내뱉었다.

"더러운 유대인! 너 우리 수지 건들지 마."

어안이 벙벙했다. 내가 누구에게 맞은 게 그때가 처음이었다. 게다가 수전의 어머니는 나에게 "더럽다"고 했다. 경솔하다거나 잘난 척한다거나 짓궂다는 게 아니라 '더럽다'고 했다. 아니, 수전의 어머니는 그 말 한마디로 내가 아직 이해하지 못하던 종교적 정체성을 날카롭게 찌른 것이다. 우리 부모님이 들으면 몹시 가슴 아파하실 테니 절대 부모님에게 알려선 안 된다고 생각했다. 부모님은 지옥에서 살아남아 온갖 위험을 무릅쓰고 헝가리를 탈출했지만, '그 말'도 부모님을 따라 1940년대 유럽에서 1970년대 캐나다로 건너왔다. 사악한 밀항자처럼. 나는 수십 년이 지나도록 그때 일을 부모님에게 알리지 않았다.

사람들이 "너는 유대인 같지 않은데?"라는 말을 자주 해서 나는 '유대인 티'라는 게 있긴 한 것 같은데 그것이 무엇인지 알지 못했다. 열두 살 무렵, 우리 집 뒷마당에서 철제 그네를 타고 있을 때였다. 토니 조벤코가 동네 사람 중 누가 유대인인지 다 아는 수가 있다고 큰 소리를 치더니, 검은색 긴 코트를 입고 검은색 모자를 쓰고 수염을 기른 남자는 유대인이라고 말했다. 그 말을 듣자 더 헷갈렸다. 나는 유대인처럼 생기지도 않았고, 유대인처럼 옷을 입지도 않았고, 유대인이 되는 법도 모르는데, 수전의 어머니는 왜 뺨을 때릴 만큼 나를 미워할까?

조앤 그린버그는 내가 태어난 해에 《나는 너에게 장미정원을 약속한 적이 없다》를 출간했다. 나는 나이가 들었지만, 데버러 블라우는 영원히 10대로 남았다. 블라우 앞에 영원히 머물 미래는 장미로 가득한 미래일 것이다. 그렇지만 내가 사는 세상의 현실은 온통 가시였다. 팔레스타인과 이스라엘 사이 폭력과 증오가 들끓었다. 폭력이 또다시 유대인을 겨냥했다는 소식에 우리 부모님은 만신창이가 되었다.

2001년 5월, 나를 휘청거리게 만드는 충격적인 살인사건이 발생했다. 테코아라는 동네에 살던 열세 살 소년 야코브 '코비' 맨델과 열네 살 소년 요세프 이쉬란이 학교를 무단결석하고 마을 근처를 걸어가던 중 납치되는 사건이 발생한 것이다. 다음 날 아침 두 아이는 마을 근처 동굴에서 시체로 발견되었다. 모두 손발이 묶이고 결박된 채로 칼에 찔리고 돌에 맞아 죽은 상태였다. 두개골은 처참히 부서지고 동굴 벽에 피가 흥건했다. 발견 당시 코비의 부서진 두개골 위에 빵 상자만큼 큰 돌이 놓여있었고, 두 아이 모두 알아보기 힘들 정도로 얼굴이 훼손되어 치과 기록으로 신원을 확인할 수밖에 없었다. 나는 이해할 수가 없었다. 인간이 아무리 타락해도, 정치적 원한이 아무리 깊어도, 종교적 신념이 아무리 비뚤어졌어도 어떻게 아이들에게 그토록 잔인한 짓을 저지를 수 있단 말인가?

뭐든 해야만 했다. 아이들의 죽음이 헛되지 않다는 것을, 아이들을 기억한다는 사실을 그 부모와 세상에 알려야 했다. 사건이 발생하고 1년이 되기 전, 임신 9개월이던 나는 열세 살 소년 코비의 어머니 쉐리 맨델의 이메일 주소를 찾아냈다. 그리고 우리 부부가 새로 태어날 아들에게 코비라는 이름을 붙이고 싶은데 괜찮은지 물었다. 쉐리 맨델은 편지를 읽는 내내 눈물이 앞을 가렸다며 고맙다는 이메일을 보내왔다. 그러면서 코비가 강하게 자라길, 가족들의 사랑을 받는 사람으로 자라길 빈다는 축복도 덧붙였다.

유대인에 대한 폭력은 이스라엘 밖으로 퍼져나갔다. 유럽에서 유대교 회당이 공격당하고, 유대인 묘지가 훼손되었다. 북아메리카 전역의 대학에서는 팔레스타인을 옹호하는 학생들이 폭력 시위를 벌이며 위협했고, 브뤼셀에서는 어린 유대인 소녀가 구타를 당했다. 인도 뭄바이에서는 세 명의 랍비가 아내들과 함께 학살을 당했다. 그중에서도 가장 소름 끼치는 사건은 프랑스에서 발생한 사건일 것이다. 2006년 초 일란 할리미라는 프랑스 유대인 청년이 자칭 야만인 집단(Les Barbares)이라는 이슬람교도 갱단에게 납치되어 아파트 건물에서 3주 넘게 고문을 당했다. 이 사건에 연루되거나 고문에 적극적으로 가담한 이웃 주민만 대략 36명에 달했다. 이들은 강력 테이프로 청년을 묶은 뒤 염산과 담뱃불로 신체의 80% 이상에 화상을 입히고, 얼굴을 알아볼 수 없을 정도로 구타한 후 벌거벗긴 채 들판에 버렸다. 청년은 병원으로 옮기는 도중에 사망했다.

툴루즈에서는 테러리스트 모하메드 메라가 유대인 학교를 습격해 랍비와 그의 어린 두 자녀를 죽였다. 그 과정에서 메라는 살려고 기어가는 어린 소년에게 총을 쏜 다음 여덟 살 소녀를 운동장까지 뒤쫓아가 머리채를 휘어잡고는 얼굴에 대고 바로 총을 발사했다.

놀랍게도 툴루즈 총격 사건이 발생한 지 10일 만에 유대인을 겨냥한 폭력 사건이 90건이나 발생했다. 1930년대 유럽의 상황이 다시 전개된 것이다. "하일 히틀러Heil Hitler!" 대신에 "알라후 아크바 Allahu Akbar!"(신은 위대하다는 뜻의 아랍어)라고 외치는 것만 달랐다. 이념만 바뀌었을 뿐 증오는 바뀌지 않았다. 그리고 1930년대와 똑같이 세상은 무관심으로 일관하며 침묵을 지켰다.

차고 넘치는 폭력과 증오. 우리 별장 발치에서도 젊은 여성이 살해당했다. 반유대주의에서 비롯된 사건은 아니지만 역시 폭력에 의한 범죄였다. 어머니와 아버지가 증오에서 탈출해 건설한 안식처를 더럽힌 범죄였다.

살인사건 재판에 배석할 배심원 선정 작업은 2013년 1월에 시작되었고, 4주간에 걸쳐 사전심리 절차가 진행될 예정이었다. 나는 배심원들이 증거에 따라 피고인에게 유죄판결을 내려 사만다의 가족과 우리 가족의 고통이 끝나길 바랐다.

데버러 블라우는 정신 질환자가 되었다. 유대인의 실존과 관련해 노이로제에 시달린 정도가 아니라 정신 이상으로 진단을 받은 것이다. 나는 궁금했다. 평범한 사람을 정신 이상자로 혹은 적어도 정신 이상 행동을 하도록 몰아붙이는 것이 무엇일까? 두 아이의 엄마인 스물아홉 살 여성을 죽이는 것 같은 행동을 하도록 몰아붙이는 것은 무엇일까? 내가 읽은 책에서는 이런 질문에 대한 답을 찾을 수 없었다. 하지만 나는 결론에 도달했다. 그때껏 《나는 너에게 장미정원을 약속한 적이 없다》를 여섯 번 넘게 읽고, 그때마다 나는 늘 데버러 블라우와 나의 공통점을 찾아냈다. 그런데 이번에는 뚫어지게 쳐다보고 또 쳐다보면 갑자기 머릿속에서 정반대의 이미지가 떠오르는 착시 현상처럼, 불현듯 새로운 의미를 깨달았다.

유대인에게는 임계질량이 없을지도 모른다, 정신 이상자로 변하는 티핑포인트가 없을지도 모른다. 삶은 무한한 티핑포인트다. 어쩌면 이것이 유대인이 살아남을 수 있었던 이유일지 모른다. 우리는 그저 흡수한다.

18

사건의 전말

피터 오빠는 한겨울에 차를 몰고 브레이스브리지로 가서 사만다 콜린스 살인사건 재판에 증인으로 출석했다. 나는 가지 않았다. 가족도 돌보고, 일도 하고, 집안일도 살펴야 하기 때문이었다. 사실 증인 출석에 대한 내 감정은 양면적이었다. 한편으로는 내 세계를 뒤흔든 사건이기에 재판에 참석해야 한다고 생각했지만, 다른 한편으로는 나까지 증인으로 나설 필요는 없다고 생각했다.

나는 그때껏 어떤 언론에서도 가족의 일원이거나 별장과 관련된 사람으로 신원이 드러난 적이 없었다. 진술 요청이나 증인 출석을 요청받은 적도 없었고, 사실 추가로 증언할 내용도 없었다. 게다가 갑자기 비행기 표를 구하자면 돈이 상당히 많이 들었고, 그렇다고 눈과 빙판길을 뚫고 혼자 장거리 운전을 할 마음도 내키지 않았다. 그래서 망설이고 망설이다 준비해서 떠날 시간을 놓쳐버렸다. 그래도 멀리서나마 재판의 진행 상황을 확인했다.

사건 심리 초기에 보도 금지 명령이 내려졌지만, 재판에 관한 지방 언론사의 기사가 인터넷에 올라오고, 오빠도 당연히 전화를 걸어 법정에 제출된 증거와 피고인이 시인한 내용, 확인된 사실 등에 관해 알려주었다. 오빠는 재판이 끝날 무렵이면 사건의 내막이 모두 밝혀지고, 2011년 5월부터 수감 중인 살인 피고인에게 유죄판결이 내려질 것으로 기대한다고 이야기했다. 그 살인 피고인은 부모님과 오빠, 내가 모두 알고 있는 사람이었다.

이안 찰스 보르베이, 그는 우리 별장 보수 공사에 참여한 36세의 잡역부로 헝가리 이민자 집안 출신이었다. 악수할 때 내 손이 파묻힐 정도로 손이 컸던 그 사람이다. 그는 우리 별장 식탁에서 부모님, 오빠, 오빠네 식구들과 함께 식사도 자주 하고, 어머니가 선물로 준 달콤한 와인도 고맙게 받았다. 토커이 어수라는 귀한 헝가리 와인인데, 나중에 어머니는 그 일을 무척 무척 후회했다. 그는 우리 땅 구석구석에 접근해 발을 디디고 손을 댄 사람이다. 별장 개조 공사에 참여한 사람이다.

우리 별장을 바꾸어 놓은 사람이 그였다.

그는 온순한 거인, 커다란 테디 베어 같은 인상이었다. 우리 가족 모두 그렇게 생각했다. 우리가 어쩌다가 그 남자의 정체를 간파하지 못했을까? 사람이 어쩜 그리 다정하고 싹싹하고 정상적으로 보일 수 있을까? 하지만 평범해 보이는 그 남자 얼굴의 얇은 피부층, 케라틴 생성 세포, 멜라닌 세포, 랑게르한스 세포 아래에 괴물이 숨어 있었다.

악이 우리 담장을 넘어 침입했다. 배신감에 치가 떨렸다. 헝가리 사람, 같은 마을 주민, 동포라고 믿었는데. 한동네 사람이라고 믿고 별장 관리를 맡겼는데 오히려 별장을 더럽히다니.

재판은 2013년 1월 셋째 주에 고등 사법재판소에서 개시되었다.

검사 더글러스 카스코와 피고인 측 변호사 폴 쿠퍼 등 두 명의 소송 대리인이 영국 법원 전통에 따라 목에 하얀 장식을 드리운 검은색 법복을 입고 법정에 나와 변론을 진행했다. 사만다 콜린스의 죽음을 둘러싼 비밀스럽고 소름 끼치는 정황이 드러나기 시작했다. 언론 매체들은 재판 소식을 전하며 독자와 시청자에게 기사 내용이 자극적이라고 연신 경고했다.

나는 죽음으로 내 삶을 바꾼 여성인 사만다에 대해 조금씩 알게 되었다. 사진으로 본 사만다는 길고 검은 직모에 얼굴이 하얗고 갈색 눈이 크며 눈썹을 얇게 민 젊은 여성이었다. 사진 속 그녀는 사각형 체인 목걸이와 이중 고리 귀걸이를 착용한 모습이었다. 사만다가 토론토에서 살던 어린 시절은 개략적으로만 알려졌다. 편모슬하에서 자랐고 친부가 누구인지는 알려지지 않았다. 간질을 앓았고, 고등학생 때 아이를 낳았다. 그 아이는 친부에게 맡겨졌다가 결국 온타리오 남부에 사는 계모의 손에 자랐다. 그 뒤 사만다는 온타리온 브램턴에 있는 밀리언 달러 살롱에서 스트립 댄서로 일했다. 그녀의 삶은 닻을 내리지 못한 배처럼 불안했다.

사만다는 별장촌 출신의 남자를 만났고, 2004년 두 번째로 아들을 낳기 직전에 그곳에서 그 남자와 살림을 차렸다. 그해 사만다는 지역 응급실 폐원에 항의하는 집회를 조직했다. 우리 어머니가 지붕에서 떨어져 발목이 부러졌을 때 입원한 그 응급실이었다. 사만다는 이전보다 더 나은 삶을 살려고 노력하는 것 같았다. 인근에 있는 식당, 우리 부모님이 좋아해서 우리도 자주 가서 식사했던 시내의 퍼플 피그 식당에서 종업원으로 근무하며 육아 강좌도 듣고 그 지역 성인 교육 센터에서 고등학교 2학년 진학 과정 수업도 들었다. 선생님은 사만다가 공부를 다시 시작하고 고등학교 졸업장을 받을 수 있게 되어 행복한 모습이었고 성적도 좋았지만, 2007년 3월부터 아무런 연락도 없이 수업에 나오지 않았다고 증언했다.

사만다는 삶을 다시 시작할 의도에서 브레이스브리지로 이사했다. 사만다의 그런 욕구를 누구보다 잘 이해하는 사람이 바로 나다. 가득 펼쳐진 무한한 가능성과 미지의 기쁨을 얻을 수 있다는 희망을 품고, 백지처럼 깨끗한 상태에서 새롭게 출발하고 싶은 욕구. 사만다는 지난 과거를 묻고 더 나은 사람이 되기 위해 할 수 있는 모든 노력을 다하고 싶었을 것이다. 가슴 설레는 가능성을 제공하는 새로운 환경에서 아이를 키우고 싶었을 것이다. 좁은 의미에서 보면 사만다의 여정과 나의 여정이 나란하다는 생각이 들었다. 사만다는 남자친구의 가족을 위해 그를 따라 브레이스브리지로 왔고, 나는 남편의 일자리를 위해 남편을 따라 미국으로 왔다. 사만다도 그런 결정을 내리며 분명히 나처럼 지극히 행복한 미래를 예상했을 것이다. 사만다도 나만큼 뒤에 남기고 떠나온 사람들을 생각했을까?

아이러니하지만, 사만다가 머스코카에서 새로 뿌리를 내리던 바로 그 시기에 나는 내 뿌리를 찾아 헝가리를 방문했다. 아버지가 두 집안의 맏이인 조던, 제이슨과 함께 나와 오빠를 데리고 고국으로 순례 여행을 떠난 덕분이었다. 어머니는 함께 가지 않았다. 너무 많이 걸을 일도 걱정이었지만, 무엇보다 어머니가 헝가리를 무척 싫어했고 고국이든 아니든 그곳에 다시 발을 들여놓지 않겠다고 맹세했기 때문이었다.

나는 헝가리를 싫어할 이유가 없다는 생각이 들었다. 사실 그런 기회가 생긴 것이 고마웠다. 아버지와 밀접한 관계를 쌓고, 내 딸이 할아버지와 유대감을 키울 평생 단 한 번의 기회였다. 적십자사가 찾아낸 기적을 우리가 실질적으로 체감할 기회였다. 조던에게는 유럽 문화를 흡수하고, 미국식 가정에서 느끼지 못했던 장자의 타고난 권리를 실감할 드문 기회였다. 나 자신은 조상을 찾고, 내 정체성을 확인할 것이다. 타임머신을 타고 시간 여행을 하는 것과 같을 것이다.

암스테르담 스히폴 공항에 도착한 우리는 며칠간 수로를 누비고 다니며 암스테르담 시내를 구경했다. 맛있는 음식도 먹고, 튤립 향도 맡아보고, 렘브란트와 페르메이르의 작품도 감상했다. 그리고 당연히 안네 프랑크 박물관도 방문했다.

비운의 소녀가 익명의 밀고자에게 배신을 당해 베르겐벨젠 강제 수용소로 끌려갈 때까지 그 유명한 일기를 썼던 집을 천천히 구석구석 살펴보았다. 비운의 소녀는 결국 강제 수용소에서 티푸스로 사망했다. 안네가 아버지 오토와 어머니 에디스, 언니 마르고트를 비롯해 다른 네 명의 어른과 함께 나치를 피해 숨어 지냈던 다락방도 보았다. 여덟 명이 숨어 지냈던 74㎡ 크기의 다락방. 낮에는 갈라진 틈마다 절대 침묵이 소리치던 공간. 굶주림과 지루함, 두려움이 구석구석에 밴 74㎡ 크기의 공간.

안네 프랑크의 집을 보니 가슴이 사무쳤지만, 내가 어른이 되어 처음으로 체험한 홀로코스트만큼은 아니었다. 그 몇 년 전인 1980년대 중반 나는 에른스트 준델의 공개 재판을 방청하고 큰 충격을 받았다. 인종 간의 증오를 조장한 죄로 여러 차례 옥살이를 한 에른스트 준델은 홀로코스트를 부인하고 백인 우월주의를 주장하는 인물로 악명이 높았다. 안전모를 트레이드마크처럼 쓰고 다니던 준델은 독일 출신의 토론토 주민으로 가스실의 존재를 부정하고 히틀러를 역사상 가장 큰 오해를 받은 위대한 지도자로 추앙하는 선전지를 시내에 있는 집에서 대량으로 찍어냈다. 나는 두 시간 내내 멍하니 법정에 앉아 독일군이 유대인의 피부로 전등갓을 만들고, 유대인을 태우고 남은 재로 비누를 만들고, 유대인 쌍둥이를 생체 의학실험 대상으로 삼고, 유대인 아기를 축구공 삼아 축구 연습을 하는 등의 증언을 듣다가 갑자기 속이 뒤틀려서 도망치듯 법정을 빠져나왔다.

안네 프랑크의 집에서 나는 홀로코스트가 지옥 깊은 곳에서 떠오를 당시 안네 프랑크의 나이가 우리 어머니보다 겨우 한 살이 많았다는 사실을 확인했다. 두 사람 모두 여자가 되는 문턱에 있었지만 여전히 부모의 손길이 필요한 어린 나이였고, 증오를 뒤집어쓸 이유가 없는 지극히 순박한 아이들이었다. 다만 시간과 공간의 장난으로 암스테르담의 소녀는 죽음을 맞이했고, 부다페스트의 소녀는 목숨을 건졌다.

우리는 렌터카를 타고 조금 달려 네덜란드와 독일의 국경을 지나 보훔시로 들어갔다. 우리가 보았던 다른 독일 도시들처럼 그 작은 도시도 길거리에 쓰레기 하나 떨어져 있지 않았다. 화단에는 꽃이 만발했고, 자동차나 보행자는 제한 속도와 교통 신호를 준수했다. 벽에 낙서도 없이 모든 것이 깨끗하고 단정하고 질서정연했다. 나는 시내를 행진하는 군홧발 소리가 들릴까 긴장했지만, 전혀 들리지 않았다.

아버지와 오빠가 미리 연락한 지역 역사학자가 비멜하우젠 유대인 공동묘지로 우리를 안내했다. 대로에 인접해 울타리를 친 정사각형 모양의 자그마한 녹지였다. 돌보지 않은 것이 분명해 관목과 양치식물이 웃자란 묘지는 시내와 뚜렷하게 대조적인 모습이었다. 입구에서 가까운 구역에 몇 줄로 조성된 묘지들은 겨우 이삼십 년 전에 사망한 사람들의 무덤이었고, 그 구역을 돌아 더 안으로 들어가자 수백 년 전의 출생 일자가 새겨진 비석들이 부서져 있는 더 오래된 묘지들이 나타났다.

나는 긴장한 채 조딘의 손을 잡고 남자들 뒤를 따랐다. 조심조심 무덤을 돌아가며 비석에 새겨진 이름과 비문을 읽었다. 할아버지의 무덤에 점점 더 다가서고 있었다. 사망 일자가 1944년 12월로 새겨진 비석들이 보이고 할아버지와 같은 처지였던 헝가리 해프틀링 포로들의 묘지가 나타났다. 다른 사람들처럼 나치가 운영하는 군수공장에서 사망했지만 600만 명과 달리 기적적으로 최후의 안식처를 얻은 사람들이었다.

그리고 거기, 그중에서도 나중에 조성된 것으로 보이는 묘역 맨 앞줄에 우리 할아버지의 비석이 서 있었다. 작고 둥그스름한 명판에 똑똑히 새겨져 있었다. '헤인리히 베이스, 1888. 5. 6.~1944. 12. 27.' 그리고 할아버지 이름 위에 다윗의 별이 새겨져 있었다.

나는 1944년 12월 27일로 사망 일자가 새겨진 그 작은 비석이 전체 홀로코스트의 축쇄판처럼 보였다. 600만 명의 비극적인 이야기가 모두 그 한 무덤에 묻힌 것 같았다.

초현실적인 느낌이었다. 그때껏 마음 한편으로 그런 일은 불가능하다고 믿고 있었는데, 마침내 적십자사가 찾아낸, 할아버지의 삶과 죽음의 증거를 내 눈으로 직접 보고 내 손으로 직접 만지고 있었다. 묵직하고 단단하게 거기 있었다. 머리 위에서는 새들이 지저귀고, 근처에서는 자동차들이 경적을 울리고, 지나가는 주민들의 목소리가 들렸다. 우리는 말이 없었다. 한참 동안 비석에 새겨진 문구를 말없이 쳐다보았고, 아이들도 불가사의하게 조용히 서 있었다. 우리는 사랑하는 사람들이 모두 비명에 간 것은 아니라는 사실을 기억하도록 아버지에게 힘을 주고, 아버지의 고통을 흡수하려 애쓰며, 아버지를 단단히 붙들었다.

풀과 잡초가 주변에 우거져 비석 밑부분을 휘감고 있었다. 잡초를 모두 뽑아 비석 주변을 깨끗이 정리했다. 화분째 가져간 향기로운 라벤더와 예쁜 청자색 수국을 비석 앞에 가지런히 심었다. 유대인 풍습에 따라 우리는 각자 작은 추모의 돌을 올려 무덤에 다녀갔다는 표식을 남겼다. 조딘이 카디시와 전통적인 추모 기도문을 암송했다. 우리 아이들이 모두 외우고 있는 이었다. 아버지와 오빠는 고대 아람어로 기록된 시를 읽을 줄만 알았지 외우지는 못했다. 나는 아람어는 고사하고 히브리어도 배우지 않았다. 시간을 초월해 신을 찬미하는 기도가 내 딸의 입에서 줄줄 흘러나왔다. 나는 내 딸이 유대인으로서 세상에 자리를 확보했다는 사실에 경외심과 열렬한 자부심으로 가슴이 벅차올랐다.

조딘이 기도를 끝내고, 나는 몸을 숙여 따뜻한 비석에 입을 맞추었다. 그때가 내가 할아버지에게 가장 가깝게 다가선 때였다. 할아버지의 묘지 사진, 그것이 앞으로 내가 보게 될 할아버지의 초상이 되었다.

그 순간 이것이 원대한 역사의 아이러니라는 생각이 들었다. 유대인 전체를 말살하려던 나치에게 살해된 내 할아버지가 여기 땅속에 묻혀있다. 나치는 뼈를 더 묻을 땅이 없을 때까지, 연기가 더 뒤덮을 하늘이 없을 때까지 독가스로 죽이고, 때려죽이고, 총을 쏘아 죽이고, 불에 태워 죽이고, 굶겨 죽이며 사람들을 학살했다. 하지만 그들은 실패했다. 그들이 그토록 증오하며 결의를 다지고, 세상도 그들에게 동조했지만 결국 실패했다. 그 증거가 바로 여기에 서 있다. 낭랑하고 감미로운 목소리로 기도문을 외우는 열한 살짜리 내 딸과 그 옆에 서 있는 키 크고 단단한 내 조카가 그 증거였다. 나치의 박해로 인한 고통 속에서 분명히 내 친척들은 제이슨이나 조던이 존재하는 미래가 있을지 의심했을 것이다.

우리는 무거운 마음으로 보훔에서 부다페스트로 이동했다. 헝가리의 수도와 아버지가 자란 벌러서겨르머트 마을을 둘러볼 것이다. 하지만 내 조상들은 이제 그곳에 살지 않는다. 단 한 사람도. 쭈글쭈글한 손을 내미는 사람도, 키스하라고 주름이 자글자글한 뺨을 내미는 사람도, 호주머니에 깊숙이 감춰둔 사탕을 꺼내 아이들에게 건네는 사람도 없을 것이다.

부다페스트에 도착한 우리는 몇 군데 공동묘지를 방문해 쇼아 이전에 사망한 부모님의 먼 친척들 무덤을 찾았다. 제이슨이 무덤마다 카디시(사망한 근친을 위해 드리는 기도)를 암송했고, 오빠가 제이슨과 함께 무덤 주변의 가시나무와 덩굴을 깨끗이 제거했다.

시내에서는 마차시 템플롬(마태 성당)과 헐라스바슈처(어부의 요새) 주변의 광장들도 둘러보고 고딕 양식의 탑도 올라갔다. 겔레르트 호텔의 터키식 목욕탕에서 여독을 푼 뒤, 보행자 전용도로인 웅장한 바치 거리를 거닐며 호화로운 부티크에 진열된 값비싼 상품들을 눈요기하고 최신식 식당의 내부도 구경했다.

유럽에 마지막으로 남은 대형 커피하우스 중 한 곳인 카페 제르

보에 들어가 화려한 돔형 천장과 으리으리한 샹들리에 아래에서 페이스트리를 맛본 뒤, 유람선을 타고 다뉴브강을 내려가며 제방을 따라 길게 늘어선 국회의사당의 규모에 놀랐다. 시내를 관광하는 내내 나는 아이들과 피터 오빠와 함께 아버지 곁에 꼭 붙어 있었다. 숨이 막힐 듯 아름다운 도시였다. 로마네스크 양식과 고딕 양식, 르네상스 양식, 오스만 양식, 바로크 양식, 신고전주의 양식, 아르누보 양식의 건물들이 즐비한 부다페스트는 두말할 필요 없이 아름다운 도시였다. 그러나 숨 막힐 듯 아름다운 이면에는 엄청난 추악함이 감춰져 있었다.

홀로코스트의 광풍이 몰아친 흔적은 하나도 남아 있지 않았다. 독일이나 네덜란드의 도시와 마찬가지로 이곳도 모든 것이 단정하고 아름답고 세련된 모습이었다. 그리고 그 모든 것이 회피하고 있는 질문이 있었다. 이렇게 단정하게 살던 사람들이, 이렇게 아름답고 세련된 도시에 살던 사람들이 어떻게 그토록 참혹한 짓을 저지를 수 있었단 말인가?

렌터카를 몰고 수도를 떠나 시골로 90㎞를 이동한 우리는 아버지가 태어난 동네에 도착했다. 아버지가 첫 유년을 보낸 집 외부를 둘러보았다. 현재 중산층이 거주하는 집에 비하면 아주 작고 원시적인 규모였다. 아버지가 소년 시절 그곳에서 어떻게 살았을지 상상도 되지 않았다. 아버지는 거의 한마디도 하지 않은 채 1층짜리 작은 집을 묵묵히 바라보았다. 눈썹을 올리고 어깨를 으쓱하는 특유의 몸동작만 한두 번 한 게 전부였다.

'아버지, 우리가 할 수 있는 게 아무것도 없어요.'

나는 어깨를 으쓱하는 아버지에게 속으로 이렇게 대답했다.

'기억하는 수밖에 없어요.'

지붕이 평평한 집과 뒤쪽에 덤불이 우거진 작은 잔디밭을 보니 서러운 마음과 고마운 마음이 동시에 일었다. 아버지가 잃은 것 때문에 서러웠고, 그럼에도 아버지가 이룬 것 때문에 고마웠다.

할아버지의 사진을 확인하려고 근처에 있는 고등학교를 찾아갔다. 사진은 없었다. 하지만 놀랍게도 도서관 서류철에서 아버지의 고등학교 졸업반 성적표를 발견했다. 아버지는 노란색 성적표에 적힌 빛바랜 헝가리 글씨를 들여다보더니 풀이 죽은 모습이었다. 우리도 아버지의 등 뒤에서 성적표를 확인했다. 명민한 아버지를 생각하면 이상하리만치 낮은 성적이었다.

"선생님들이 유대인 학생들을 벌주느라고."

아버지는 고개를 가로저었다.

"나중에는 선생님들이 모두 우리를 미워했지. 기말고사를 전부 안식일에 치른 통에 우리는 시험지에 답을 적을 수 없었단다. 선생님들이 굳이 말 한마디 할 필요도 없이 우리를 모욕하고 아프게 만들 방법을 찾은 셈이지."

고등학교를 나온 우리는 몇 블록 떨어진 옛날 유대교 회당으로 향했다. 요즘에는 찾는 사람이 없어 회당이 텅 비었지만, 박물관으로 운영 중이었다. 나는 제이슨, 조딘과 함께 자그마한 자료보관실 바닥에 앉아 책상 위에서 가져온 먼지투성이 쭈글쭈글한 기도서들을 뒤적거렸다. 혹시라도 그중에 아버지의 부모님인 헤인리히 베이스나 일로너 베이스의 이름이 표지 안쪽에 적힌 기도서가 있으면 하는 마음에서였다. 없었다. 할아버지의 사진 한 장이라도 찾고 싶은 간절한 마음에서 마을 공문서와 학적부, 병적부도 뒤졌다. 나는 할아버지의 사진을 찾으면 아버지에게 얼마나 값진 선물이 될지 수 없이 상상했다. 열일곱 살 이후로 아버지의 얼굴을 보지 못했으니 말이다. 하지만 허사였다. 할아버지의 사진을 한 장도 찾아내지 못 했다. 그날 온종일, 부다페스트로 돌아오는 자동차 안에서도 아버 지는 말이 없었다. 속이 상할 때 으레 그렇듯 아버지는 침묵 속으로 물러나 있었다.

어디를 가건 유대인은 극히 드물었다. 거의 한 명도 없었다. 도하 니가에 웅장하게 서 있는 대회당 도하니 우처 템플롬을 찾아갔을 때도 텅 빈 회당에 메아리만 가득했다. 1층부터 2층까지 반짝반짝 빛나는 나무 의자가 줄줄이 들어차 3만 명이 예배를 드리던 공간에 우리 다섯 식구뿐이었다. 그리고 그 공간을 떠돌며 영원토록 카디시 를 속삭일 수많은 유령뿐이었다.

토론토나 트럼불과는 다른 사람과 장소, 풍경, 냄새를 만끽한 즐 거운 여행이었다. 내가 자랄 때 먹던 헝가리 음식과는 맛이 조금 달 랐다. 어머니가 북아메리카의 양념에 맞춰 건강식으로 조리법을 개 량한 탓이었다. 예전에 어머니가 별장을 장식할 때 사용한 식탁 깔 개나 병에 씌우는 조끼, 미니 실내화, 종 다발, 바늘겨레를 파는 가 게도 없었다. 수놓은 하얀색 페전트 블라우스를 입은 사람도 없었 다. 이제 그런 것은 구시대 유물이었다. 내 모국어였던 헝가리어도 내 귀에는 낯설었다. 헝가리어와 영어를 뒤섞어 사용하는 부모님과 그토록 오랫동안 함께 지냈지만, 헝가리 사람들이 속사포로 쏘아대 는 복잡한 말은 전혀 알아들을 수가 없었다. 그 나라가 낯설게 느껴 졌다. 나는 헝가리 사람이 아니었다. 그곳에 어울리지 않는, 관광객 일 뿐이었다.

나는 내가 헝가리인이지 캐나다인이 아니라고 느끼며 자랐다. 하지만 이제 헝가리인도 아니라는 느낌이 들었다.

◆◆◆◆◆◆◆

사만다 콜린스는 새로운 도시에서 자리를 잡으려고 노력했다. 처음에는 새 남자친구 이안, 헝가리 출신인 이안의 아버지 조지 보르베이와 이안의 어머니 신디와 함께 살았다. 하지만 신뢰 때문인지 성격 때문인지 가족 간에 갈등이 생겼고, 한집에서 같이 살 수가 없었다. 사만다와 이안은 브레이스브리지의 경찰청 모퉁이를 돌아 시더 레인 도로 바로 옆 알렉산드라가에 있는 아파트로 분가한 다음, 시내 반대편 산타 빌리지 도로 건너 웰링턴가에 있는 베이지색 작은 주택으로 이사했다. 루이스 새언니와 내가 여름 캠프를 마친 조던과 탈리아를 태우고 빨래를 하러 갔던 빨래방과 몇 분 거리에 있던 주택이었다.

이웃들의 증언에 따르면, 사만다가 종적을 감추기 전 몇 달 동안 그 집에서 고함과 비명이 들렸다고 한다. 증인으로 출석한 이웃 주민 한 명은 사만다가 남자친구와 다투는 소리를 들은 적이 최소한 세 번이며, 벽을 통해 '시끄럽게 쿵쾅거리는 소리와 비명'이 들렸다고 증언했다.

카스코 검사는 이웃과 택시 기사, 도장공, 학교 지인 등 많은 사람을 증인으로 소환해 신문했고, 증인들 대부분이 이안과 사만다 사이가 불안하고 불행했다고 증언했다. 사만다가 바람을 피웠다고 증언한 사람도 일부 있었다. 택시 기사는 이안의 어머니 신디가 손자의 양육권을 얻으려고 노력했다고 진술했고, 도로시도 그 사실을 확인했다. 재판이 끝난 뒤, 도로시는 이안의 부모로부터 손자를 데려오기 위해 스물여덟 번 이상 법원을 찾았다고 말했다. 하지만 돈이 없어 결국 소송을 포기했다고 고백했다.

도장공은 이안과 사만다가 다투는 모습을 자주 목격했다고 증언했다. 사만다가 사라진 뒤 어느 날 도장공이 사만다의 행적을 물으니, 이안은 언론에 보도된 대로 '심드렁하게' 사만다가 '시내로' 이사했으며 자신과 아이를 '버렸다'라고 대답했다고 한다.

하지만 도로시는 이안의 말이 사실이 아니라는 것을 직감했다. 자신이 알고 있는 사만다는 아들 에이든을 버리고 제 발로 집을 나갈 사람이 아니었다. 사만다가 크리스티안을 빼앗기고 얼마나 가슴 아파했는지 곁에서 지켜보았기 때문이다.

도장공은 이안의 부탁으로 함께 사만다의 옷가지를 쓰레기봉투에 담아 버리고, 사만다의 물건들을 상자에 담아 자신이 임대한 창고로 옮긴 사실도 증언했다. 그리고 창고 임대료가 체납되어 창고 열쇠를 아예 이안에게 넘겼다고 진술했다. 그 뒤 이안은 사만다의 물건을 모두 없애버렸다. 나중에 도로시는 이안이 사만다의 물건이란 물건은 모두 내다 버렸다고 비통한 심정으로 내게 하소연했다. 이안은 심지어 사만다의 사진들도 모두 없애버렸다. 마치 사만다의 존재를 지우려는 듯. 수년 뒤 도로시는 에이든이 엄마 얼굴도 모른다는 사실을 알고 깜짝 놀랐다. 에이든이 여덟 살이던 그때 도로시는 손자에게 처음으로 사만다의 사진을 보여주었고, 그것이 에이든이 엄마가 죽은 뒤 처음으로 본 엄마 사진이었다.

사만다와 이안은 인근 탁아소에 에이든을 등록시켰다. 탁아소 직원은 대개 사만다가 아침에 아이를 맡기고 이안이나 이안의 부모가 오후에 아이를 데려갔다고 증언했다. 그런데 2007년 3월 어느 날 아침 사만다가 탁아소에 전화를 걸어 이안이나 이안의 부모에게 아이를 내주지 말라고 요청했다고 한다. 탁아소 직원은 당시를 회상하며 이렇게 진술했다.

"그게 답니다. 통화가 아주 짧게 끝났죠. '딸깍'하고 바로 전화를 끊었을 뿐 '안녕히 계세요'라던가 뭐 그런 인사도 없었습니다."

아무런 사전 징후도 없이 사만다가 갑자기 일상에서 벗어났을까?

언제부터였는지는 모르겠으나 사만다는 자기보다 어린 남성과 관계를 맺게 되었다. 두 사람이 은밀히 주고받은 연애편지와 이메일이 법정에서 공개되었다.

"완전 엉망진창이야. 너무 무서워."

사만다는 애인에게 보낸 이메일에 이렇게 적었다.

"우리 관계를 이안에게 말할 일이 너무 겁나. 죽을 만큼 네가 보고 싶어."

흔적도 없이 사라지기 직전 사만다는 그 청년과 하룻밤을 같이 지냈다. 청년이 아침에 눈을 뜨니 사만다는 이미 떠난 뒤였고, 그 이후로 청년은 사만다를 만나지도, 목소리를 듣지도 못했다.

청년은 불안한 생각이 들지 않았을까?

사만다가 사라진 뒤 이안은 여러 가지 이야기를 지어내며, 사만다의 행적을 묻는 사람들에게 제각기 다른 대답을 늘어놓았다. 한 증인은 사만다가 헤로인 중독자를 따라 토론토로 이사했다고 이안이 대답한 것으로 증언했다. 또 다른 증인은 사만다가 어린 남자에게 빠져 남편을 버리고 해밀턴이나 윈저로 떠난 것으로 이안이 대답했다고 진술했다. 성인 교육 센터에서 함께 공부하던 친구는 사만다가 스트립 댄스를 하고 마약을 하는 생활로 돌아갔다는 대답을 이안에게 들었다고 증언했다. 학교에서 만난 사만다의 또 다른 지인은 이안이 사만다가 다른 남자가 생겨 떠난 것으로 대답했다고 증언했다. 사실 온타리오 경찰은 이안이 여자친구의 행적에 관해 친구, 이웃, 학교 동기 그리고 짐작건대 자신의 부모에게도 둘러댄 이야기들을 모두 종합해 복잡한 사건 흐름을 수사했다.

젊은 엄마가 어린 아들을 두고 갑자기 사라졌다는 말을 듣고 의심한 사람이 아무도 없었을까? 내 가족이나 오빠네 가족, 코네티컷 친구들의 가족을 아무리 둘러봐도, 젊은 엄마의 실종을 불길한 재앙으로 받아들이지 않을 사람은 단 한 사람도 없었다.

그동안 사만다의 가족은 어떻게 지냈을까? 니콜이 언니와 마지막으로 통화한 때는 2007년 1월이었다. 니콜이 첫아이를 임신했다는 기쁜 소식을 언니에게 알리려고 전화했을 때였다. 사만다도 그 소식을 듣고 크게 기뻐했다. 자매는 엄마의 도리, 그달에 돌아오는 사만다의 생일, 자매끼리만 할 수 있는 이야기 등을 나누었다. 니콜은 언니가 조카를 만나는 순간이 어서 오길 간절히 바랐다. 그러나 사만다는 조카를 보지 못했다.

니콜은 인터넷과 소셜미디어에서 단서를 추적하는 등 2년간 언니의 행방을 수소문했다고 증언했다. 이안의 페이스북을 찾아내, 언니의 행방에 관해 아는 내용이 있는지 묻는 비공개 메시지를 보냈지만 아무 소득이 없었다고 진술했다. 이안은 니콜에게 사만다가 다른 남자와 함께 온타리오 남부로 떠났다고 대답했다. 니콜은 이안과 계속 메시지를 주고받으며 조카 에이든의 생일 선물도 보냈다고 증언했다.

나는 브레이스브리지에서 사만다가 없어진 걸 알게 된 사람 중 경찰서에 실종 신고를 한 사람이 한 명도 없었다는 것이 이상했다. 브레이스브리지는 인구 백만 명이 사는 도시가 아니었다. 100,000명에도 훨씬 못 미치게 겨우 15,000명이 사는 도시였다. 급속히 발전하는 대도시처럼 누군가 실질적으로 종적을 감추는 일이 발생하기 어려운 곳이었다.

그사이 이안은 우리 별장 보수 공사를 맡은 제러미 크리스의 회사 크리스 리노베이션스 앤드 뉴홈 컨스트럭션에서 근무하기 시작했다. 두 사람은 디어허스트 리조트에서 엎어지면 코 닿을 거리에 있는 헌츠빌 인근 메리 호숫가의 콜리 가족 별장 공사를 마무리했고, 사만다가 사라지고 6개월여가 지났을 무렵 우리 별장 개조 공사에 착수했다. 오빠와 새언니 말에 따르면, 이안이 어린 아들을 별장에 데려온 적도 있었다. 그 아이가 우리 별장에 있는 낡은 장난감을 가지고 놀았을까? 푹신푹신한 오렌지색 구명조끼를 입고 보트를 타고 나가 낡은 낚싯대로 낚시를 했을까?

"제가 이안에게 들은 내용은 사만다가 오타와나 멀리 서부로 이사했다는 것이 전부입니다."

제러미가 부드러운 목소리로 증언했다. 불쌍한 제러미. 제러미에게도 가슴 아픈 재판이었다. 가족과 직장에서 멀리 떨어져, 친구이자 직원으로 믿었던 사람의 배신을 증언하는 가슴 아픈 자리였다. 이안은 우리 가족을 속인 것처럼 제러미도 속인 것이다.

이안이 재판을 기다리는 수개월 동안 경찰이 이안의 통화 내용을 몰래 녹음했고, 몇 시간 분량의 녹음 중에 이안이 경찰을 비난하고,

자신이 유죄판결을 받으면 에이든을 보살펴 달라고 부모에게 부탁하는 내용이 있었다. 도청되고 있을지 모른다고 의심하면서도 이안과 그 부모는 오랫동안 통화했다. 통화 내용을 들어보면 이안이 아들에게 엄마가 어디에 갔다고 설명했는지 알 수 있다.

"차를 타고 퍼플 피그 식당을 지날 때면 에이든이 '지금 가면 우리 친구, 엄마를 볼 수 있을 거야'라고 말하곤 했어요."

나중에는 그 어린애가 "우린 사내야, 엄마 없어도 돼"라며 오히려 아빠를 위로했다고 한다. 엄마는 죽고 아빠는 감옥으로 가게 될 아이가 안쓰러웠다. 에이든은 부수적 피해자였다. 의도치 않게 폭력에 희생된 희생자였다.

◆◆◆◆◆◆◆

2013년 2월 초 검찰이 피터 오빠를 증인으로 소환했다. 검사의 질문에 오빠는 이안이 우리 별장 공사에 참여하게 된 경위를 설명했다. 검사가 우리 별장에서 찍은 이안의 사진을 제시했고, 오빠는 2008년 6월이나 7월에 촬영한 사진이라고 확인했다. 오빠는 별장촌의 공사가 줄어 대도시에서 일감을 찾으려고 가족과 함께 토론토로 이사한다는 제러미의 이메일을 받았고, 제러미가 토론토로 이사를 하자 이안이 제러미 대신 준비해 2010년 5월 24일 주말 전에 우리 별장을 열었으며, 이안이 별장 아랫부분에 해충 차단용 보호 철망을 설치하는 등 추가 공사를 마친 것도 그 무렵이었고 증언했다. 오빠는 브레이스브리지의 상징인 철교와 폭포가 내려다보이는 호텔 방에서 밤에 전화를 걸어 이 같은 증언 내용과 재판 진행 상황을 모두 내게 알려 주었다.

그리고 반대신문이 이어졌다. 오빠가 사만다의 시신이 담긴 나무 상자를 처음 발견하게 된 시기와 경위에 관한 질문이 대부분이었다. 피고인 측 변호인인 쿠퍼는 처음부터 오빠 증언의 신빙성을 떨어뜨리려고 노력했다. 그는 "증인은 7월 1일 주말에 상자를 처음 발견했습니다"라는 말로 반대신문을 시작했다.

"변호인은 내가 긴장할 줄 알았지."

나중에 오빠가 내게 이렇게 말했다.

"그래서 간단하게 '아닙니다'라고 대답했어. 법정에서 질문에 대답하는 최고의 전략이 질문받은 내용 이상은 절대 대답하지 않는 것이거든."

오빠가 등을 꼿꼿이 세우고 증인석에 앉아 전문적인 의사의 목소리로 진술하는 모습이 연상되었다. 모든 사람이 오빠가 법정에서 공식적으로 증언하는 노련함에 감탄했다. 북아메리카 전역의 법정에 의료 전문가로 출석해 증언한 덕분이었다.

"'아닙니다'라는 말이 무슨 의미입니까?"

쿠퍼 변호사가 물었다.

오빠는 답했다.

"제가 상자를 처음 본 시기는 이미 분명하게 밝혔습니다. 제가 노먼에게 상자가 있다고 언급한 때는 별장 밑에 있던 폐자재를 치우던 7월 첫 번째 긴 주말이었습니다."

쿠퍼가 비디오 영상을 틀었다.

"버디시 박사님, 경찰관이 카메라를 들고 별장 아래를 촬영하는 장면입니다. 그렇죠?"

당연히 카메라를 든 경찰관은 화면에 보이지 않았다. 경찰관이 카메라를 들고 촬영한 영상이었기 때문이다. 또다시 오빠를 함정에 빠트리려는 변호사의 전략이었다. 오빠는 함정에 걸려들지 않았다.

"경찰관도 보이지 않고, 카메라도 보이지 않지만, 우리 별장의 아래쪽은 보입니다."

쿠퍼가 "장작더미가 어느 것인지 확인하실 수 있겠습니까?"라고 물었다.

오빠가 "제 모니터가 너무 어둡습니다. 비디오 화면을 조정해주실 수 있습니까?"라고 대답하자 쿠퍼는 짐짓 짜증스럽게 두 손을 들어 올렸지만, 소맷동에 정교한 문양이 들어간 검은색 법복을 입은 재판장 브루스 글래스 판사가 끼어들어 "제 모니터도 너무 어둡군요, 쿠퍼 변호사!"라고 맞장구를 쳤다.

오빠는 별장 아래 그 비좁은 공간에 마지막으로 들어간 게 2009년, 그러니까 상자가 발견되기 오래전이었다고 증언했다.

"어둡기도 하고 모기가 너무 많아서 오래 머물고 싶은 곳이 아닙니다."

마지막으로 쿠퍼 변호사는 오빠가 2010년 7월 6일 처음으로 경찰관과 면담할 당시 촬영된 비디오를 틀었다. 그 상자가 그해 봄에 처음으로 별장 아래에서 나타났다고 '확실히' 말할 수는 없다고 오빠가 진술하는 장면이었다. 하지만 오빠는 2010년 5월 21일에서 6월 5일 사이에 그 상자를 처음 발견했다고 분명히 증언했다. 진술이 어긋나는 점에 관해서 오빠는 별장 아래 시신이 숨겨져 있다는 심란한 소식을 듣고 형사들을 처음 면담할 때 쇼크 상태여서 그랬다고 설명했다.

쿠퍼가 거만하고 과장된 표정으로 비웃었다.

"버더시 박사님, 쇼크 상태였다고요?"

그리고 비꼬는 투로 물었다.

"유혈이 낭자한 환자를 다루는 의사인데도 쇼크를 받았다는 말씀이신가요?"

"쿠퍼 변호사님. 솔직히 말하면, 제가 알레르기를 치료할 때 유혈보다는 콧물이 더 많습니다."

쿠퍼가 물고 늘어지자 오빠는 조용한 말로 쿠퍼를 제압했다.

"쿠퍼 변호사님, 제가 의사고 당신은 변호사입니다. 제 앞에서 쇼크 운운하지 마십시오. 쇼크는 의학 용어입니다."

그날 오후 증언을 마치고 복도로 나온 오빠는 경비가 삼엄한 법원 현관에서 도로시를 위로하기 위해 나온 피해자지원단체 회원들과 경찰이 나누는 대화를 들었다. 한 경찰관이 이렇게 이야기하는 소리가 들렸다고 한다. 쿠퍼가 온갖 수를 써도 피터를 이기지 못하더라. 나는 코네티컷에서 링사이드를 지키는 심정으로 피터 오빠에게 박수갈채를 보냈다.

오빠가 쇼크 상태였다는 말은 한 치의 거짓도 없는 사실이었다. 하지만 그 이유가 사만다의 시신이 발견되었기 때문만은 아니었다. 별장 관리인 노먼 린츠가 처음 토론토의 오빠와 새언니 집으로 전화를 걸었을 때 잔뜩 흥분한 상태여서 무슨 말인지 알아듣기 어려웠다. 오빠는 노먼의 말을 이해하기 어려웠지만, 그의 목소리에서 극심한 공포를 감지했다. 단순한 두려움이 아닌 실질적인 공포였다.

오빠는 저녁 6시 30분에 브레이스브리지 경찰서에 전화를 걸었다. 전화를 걸 당시에도 오빠는 반신반의하는 상황이었다. 911에 녹음된 통화 내용을 들어보면, 오빠는 경찰이 나서야 할 일인지 확실치 않으니 조사 여부는 경찰에게 맡기겠다고 말했다. 그런 다음 신고를 받고 경찰이 출동할지 말지 확신이 없는 상태에서 모호하고 결론이 없는 이야기를 장황하게 설명했다. 결론적으로 오빠가 신고한 내용은 '고약한 냄새'였다. 경찰이 현장을 조사하려고 도착한 때는 날이 저물어서였다. 온타리오 경찰청의 형사 데이브 앨런이 새벽 3시에 전화를 걸어 곤히 자는 오빠를 깨웠다. 앨런 형사는 가능한 한 빨리 이야기하자고 했고, 오빠는 "잠이 깼으니 지금 이야기해도 될까요?"라고 물었다.

그러자 앨런 형사가 이렇게 대답했다.

"아뇨. 제가 지금 토론토로 가고 있으니 직접 면담하겠습니다."

오빠는 온종일 환자를 진료해야 한다고 했고, 앨런 형사는 어떻게든 면담할 시간을 내라고 요구했다. 형사의 전화를 받고 정신이 번쩍 든 오빠는 범죄 관련 뉴스가 떴는지 인터넷을 검색했다. 잠을 자다 놀라 깼을 때부터 심장은 이미 방망이질 치고 있었다. 그리고 바로 그 순간 딸 탈리아가 여름 캠프 숙소 입구쪽 도로에서 모리스 콩트의 시신이 발견되었다는 살인사건 기사를 확인하자 오빠의 쇼크가 증폭되었다. 오빠는 우연의 일치라고 생각하지 않았고, 탈리아가 위협받는 상황이 발생하지 않을까 노심초사했다.

다음 날 형사가 오빠와 새언니를 신문했고, 친구와 함께 별장에 다녀온 제이슨도 조사했다. 앨런 형사는 여름 캠프에 있는 탈리아도 면담하려 했지만, 오빠가 허락하지 않았다. 자신이 동석하지 않으면 탈리아를 만날 수 없다고 반대하며, 지난 1년간 별장에 들르지 않은 부모님은 그 사건으로 큰 충격을 받을 수 있으니 그 어떤 상황에서 그 누구도 두 분을 신문할 수 없다고 덧붙였다. 앨런 형사도 공감하듯 고개를 끄덕이며 공손히 대답했다.

"저도 양로원에 계신 연로한 어머님이 있습니다. 부모님 속을 상하게 하지는 않겠습니다."

경찰은 약속대로 어머니나 아버지를 사건에 전혀 개입시키지 않았다.

오빠는 6월 13일 이안에게 별장 열쇠를 돌려받았고, 피자 화덕을 설치하며 2주 정도 현장에 머물 예정인 벽돌공 알렉스와 세르게이에게 열쇠를 전달했다고 증언했다. 오빠가 이안에게 별장 열쇠를 돌려달라고 하자 이안이 "저를 못 믿으세요?"라는 문자를 보냈는데, 오빠가 그 문자를 수사 관계자들에게 보여주었는지 궁금했다. 오빠는 당연히 보여주었지만, 앨런 형사가 법정에서 언급하기에는 너무 정황적인 증거로 판단했다고 한다. 오빠는 그다음에 일어난 일들을 시간순으로 진술했다. 진술 내용은 이랬다. 상자가 너무 꽉 끼어 있는 데다 혼자 끌고 나올 수가 없어 노먼과 힘을 합쳐 상자를 꺼냈다. 정화조가 묻힌 잔디밭 끝까지 상자를 굴려 옮긴 뒤, 나중에 노먼이 혼자 상자 뚜껑을 열었다가 지독한 악취에 흠칫 놀랐다. 노먼은 상자를 그대로 두고 집으로 달려갔고, 토끼 썩는 듯한 냄새가 났다고 더듬더듬 경찰에 진술했다.

노먼은 오후에 토론토로 전화를 걸어 새언니와 통화했고, 퇴근해서 돌아온 오빠와도 통화했다.

"천천히 말해요, 노먼. 무슨 말인지 못 알아듣겠어요. 상자를 열었다고요?"

오빠는 이렇게 묻고 몇 분 동안 노먼의 이야기를 들었다.

"무슨 말이에요? 경찰에 신고해야 할 것 같아요? 내가 신고할까요? 알았어요. 절대 아무것도 건드리지 마세요. 내가 알아서 처리할게요."

전화를 받은 피터 주노 경관이 현장에 도착하고 몇 분 뒤 노먼도 별장으로 다시 왔다. 주노 경관이 직접 시신을 발견할 때까지 노먼은 상자에 무엇이 들어 있는지 알지 못했다. 주노는 수백 미터에 달하는 노란색 출입금지 테이프를 쳐서 범죄 현장의 접근을 차단했고, 어두운 밤 경찰관들이 현장을 보존하며 접근할 수 있도록 진입로에서 들어오는 통로까지 표시했다. 밤이 점점 깊어갔지만, 더 많은 경찰관이 출동해 사건 현장을 조사했다. 한 무리의 경찰관들이 손전등을 비춰가며 정화조가 묻힌 잔디밭, 별장 아래와 주변을 샅샅이 조사했다.

마침내 시신은 토론토로 옮겨졌다. 검시관이 완벽하게 보존된 시신의 지문과 발목에 새긴 검은 표범 문신, 등 아래쪽의 햇살 문신, 한자 글씨 문신을 통해 피해자의 신원이 사만다 콜린스임을 확인했다. 경찰관들이 사만다의 어머니인 도로시 콜린스 파울리의 집을 직접 찾아가 사실을 알렸고, 도로시는 그 즉시 니콜에게 문자로 끔찍한 소식을 전했다. 증인석에 오른 니콜은 증언하는 내내 흐느꼈다. 니콜은 어머니의 문자를 받은 직후 이안에게 전화를 걸어 사만다가 시신으로 발견된 소식을 전했다고 진술했다. 이안은 다짜고짜 전화를 끊었다고 한다. 니콜의 증언에 따르면, 이안은 "제기랄, 지금 일하고 있으니까 내가 나중에 전화할게"라고 말한 뒤 전화를 끊었다. 그리고는 두 번 다시 전화를 걸지 않았다.

니콜은 당시 이미 경찰이 이안을 감시 중이라는 사실을 몰랐다.

일하는 중이 아니라 팀 호튼스 도넛 가게에서 새 여자친구 에이미 르보와 친밀하게 대화를 나누는 이안을 근처에서 경찰관들이 지켜보고 있었다. 니콜의 전화를 받고 벌떡 일어서 밖으로 뛰쳐나간 이안은 화가 치밀어 오르는 듯 쓰레기통을 걷어찼다.

에이미와 이안은 동거 계획을 의논 중이었다. 경찰을 면담하는 자리에서 에이미는 믿을 수 없다고 울부짖었다. 하지만 경찰 면담 직후 에이미는 살인 혐의자로 지목된 이안과 그의 아들을 자기 집으로 맞아들였다.

니콜은 언니가 실종된 소식을 어린 아들에게 알리자, 아이가 "엄마, 걱정하지 마. 헬리콥터 타고 하늘로 올라가서 이모를 만나면 돼"라고 위로했다고 증언했다. 부수적 피해자가 또 있었다. 이 아이는 젊은 이모를 잃은 것이다.

다양한 법의학 전문가들이 증인으로 출석해 상자가 발견된 시점부터 이안 찰스 보르베이가 체포될 때까지 1년여에 걸쳐 진행된 수사 과정을 증언했다. 검찰은 검시 과정에서 사만다의 머리카락 속에 엉킨 나무껍질이 발견되자 법의학 식물학자를 불렀다. 식물학자는 그 작은 껍질을 통해 나무의 종류와 크기, 수령, 나무가 자라는 지리적 위치, 껍질이 피해자의 머리카락에 엉킨 시기 등을 밝혀냈다.

식물학자가 확인한 바에 따르면 그 나무껍질은 솔송나무 껍질이었다. 흥미롭게도 우리 별장이나 사만다의 브레이스브리지 집 근처에는 솔송나무가 없었다. 메리 호숫가 콜리 가족 별장 근처에서 대량으로 자생했다. 배심원들은 과학자들의 증언이 이어지는 내내 흥미진진하게 귀를 기울였다.

형사들이 단서를 찾아 브레이스브리지 매립지를 샅샅이 뒤졌다.

수십 년 전 우리가 곰을 본 바로 그곳이었다. 경찰은 매립지에서 찾아야 할 단서가 무엇인지 분명히 알고 있었다. 매립지에 들어오는 모든 차량의 번호판과 진입 일자가 CCTV에 녹화된 덕분이었다. 누가 언제, 매립지 어느 곳에 쓰레기를 버렸는지 지도에 정확히 기록되어 있었다.

나무상자 자체도 단서였다. 이안은 제러미가 애인 캐리 리덕과 두 딸을 데리고 디즈니월드로 여행을 떠난 그 주에 바로 우리 별장에서 상자를 만들었다.

수사관들이 우리 별장을 일부 해체하며 단서를 수색했다. 한 신문 기사는 "용의자가 일하던 곳에서 사용하고 남은 자재로 상자를 만들었을 가능성이 있다"라고 보도했다. 나는 우리 별장 보수 공사에 사용된 나무로만 이해했다. 그런데 그 이상이었다. 상자를 만든 두께 5cm 폭 10cm 목재에 브리티시 컬럼비아주의 생산업체 도장이 찍혀 있었고, 목재 양쪽 끝에 생산업체 고유의 파란색 페인트가 칠해져 있었다. 그리고 목재에 찍힌 업체 고유의 도장이 우리 별장 새 욕실의 샛기둥으로 쓰인 목재에 찍힌 도장과 일치했다.

나무상자 안쪽에 두른 두껍고 투명한 비닐 방습포도 이안이 습기를 차단하기 위해 우리 별장 아래에 설치한 재료와 일치했다. 이안은 상자 내부에 노란색 발포단열재까지 뿌렸는데, 수사관들이 피자 화덕 정면에 설치된 유리창을 뜯어내자 창틀에서 똑같은 발포단열재가 발견되었다.

상자는 80cm가 조금 안 되는 높이였다. 별장 아래 높이 80cm의 공간에 꼭 맞는 크기였다. 그곳은 아버지가 페인트 붓과 테레빈유, 연장들을 보관하기 위해 계단 아래에 설치한 작은 창고 바로 옆 공간이었다.

나중에 데이브 앨런 형사가 가장 주목한 단서 즉, 결정적 단서를 내게 보여주었는데, 상자 바닥에 깐 타이파Typar 방수 부직포였다. 홈디포 로고 일부와 함께 T자 일부, Y자만 보이는 자투리 천이었다. 데이브는 그 자투리 부직포와 별장 공사에서 남은 자재를 대조했다. 수사 과정에서 압수한 제러미의 컴퓨터에서 별장 보수 공사 현장을 촬영한 600장이 넘는 사진을 찾아내 사진들을 하나하나 확대해서 확인했다. 그리고 놀랍게도 그 자투리 부직포가 2층에 호수를 바라보는 창문을 설치하며 정사각형으로 잘라낸 부분과 정확히 일치한다는 사실을 확인했다.

수사팀이 계속해서 우리 별장을 해체하며 단서를 찾은 결과 상자 제작에 사용된 못과 파스로드 네일건까지 확인했다. 그리고 불길한 용도로 사용한 후 몇 번이나 손잡이를 교환한 그 네일건을 증거로 확보했다. 불행 중 다행은 오렌지색 체인 기계톱과 장작 도끼, 노란색 손잡이가 달린 내 작은 손도끼 등 경찰이 압수한 우리 연장은 상자를 제작하거나 사만다를 해치는 데 사용되지 않았다는 사실이었다.

◆◆◆◆◆◆◆◆

사만다가 바람을 피운다는 사실을 이안이 알아챘는지도 모른다. 사만다가 이안을 영영 떠나겠다고 위협했을 수도 있다. 사만다가 아들 에이든을 데리고 가겠다고 했는지도 모른다. 두 사람이 또다시 격한 언쟁을 벌이고 언쟁이 이내 물리적 충돌로 번졌을 수도 있다.

우리가 확실히 아는 것은, 검찰이 밝힌 대로 최후의 아침 이안이 원통 모양의 뭉툭한 도구로 사만다를 뒤에서 가격했고, 네 차례 치명적인 가격으로 사만다의 두개골이 부서졌으며, 네 번째 가격은 사만다가 바닥에 쓰러진 후 때린 듯 각도가 달랐다는 사실이다. 머리에 가해지는 공격을 막는 과정에서 생긴 듯 사만다의 한 손은 손가락들이 부러져 있었다. 때마침 웰링턴가의 두 사람 집에는 현관문 바로 옆에 야구방망이가 놓여있었다. 마약 거래가 틀어져 일이 생길 경우를 대비해 이안이 마련한 비상용 무기였다.

우리가 죽은 자를 위한 카디시를 암송하며 헝가리에 머무는 동안 사만다는 이승에서 마지막 날들을 보내고 있었다. 나는 이 두 상황이 대칭을 이룬다는 생각이 들었다. 거대한 톱니바퀴들이 우리 별장과 반대 방향으로 천천히 돌아가는 모습이 연상되었다.

증인들의 증언과 밝혀진 사실 그리고 우리 별장에서 끔찍한 시신이 발견된 상황과 관련한 모든 이야기 중에서 내가 가장 섬뜩했던 것은 피터 주노 경관의 증언이었다. 노먼이 상자를 비틀어 연 날 밤에 전화를 받은 사람이 피터 주노였다. 그가 별장터에 도착하고 몇 분 뒤 노먼도 도착했다. 두 사람이 함께 상자로 다가갔다.

상자에서 정말 고약한 냄새가 났다. 주노는 고기 썩는 냄새 같다며 인상을 찌푸렸다. 그는 5cm×10cm 목재와 합판으로 만들고 비닐 방습포를 안에 댄 상자가 가로 1.2m 세로 1.2m 크기라고 기록했다. 노먼이 비집어 열기 전 상자 뚜껑은 수십 개의 못으로 단단히 고정되어 있었다. 두 사람은 무거운 상자를 잔디밭 안쪽으로 조금 더 들어 옮겼다. 내가 어렸을 때 거대한 애벌레를 발견했던 그 지점이었다. 끔찍한 장면을 예상한 주노가 노먼에게 멀찍이 떨어지라고 충고했다. 증인석에 앉은 베테랑 경찰관 주노도 그다음에 벌어진 일을 배심원에게 설명할 때 감정을 쉽사리 통제하지 못했다.

주노 경관이 상자 뚜껑을 열어젖혔다. 상자 안에는 통이 네 개 들어 있었다. 홈디포에서 판매하는 석고 반죽 통이었는데, 진초록색 쓰레기봉투를 삼중으로 씌우고, 속에 든 내용물이 한쪽으로 기울어지거나 출렁거리지 않도록 노란색 발포단열재로 틈을 단단히 채운 상태였다. 주노의 증언에 따르면 상자는 내용물을 무기한 보관할 수 있도록 제작되었다.

주노 경관이 통 하나를 조심스럽게 꺼냈다. 쓰레기봉투를 가르고 뚜껑을 열었다. 시럽 같은 갈색 액체 속에 무언가가 담겨 있었지만, 그것만 보고는 내용물이 무엇인지 알 수 없었다. 주노는 내용물을 확인하기가 께름칙했지만, 경찰관으로서 확인하지 않으면 안 된다는 의무감을 느꼈다고 고백했다.

주노가 통을 발로 차 넘어뜨렸다. 그는 최악의 경우 강아지 사체가 나오길 예상했다고 진술했다. 더글러스 카스코 검사가 무엇이 나왔는지 물었다.

증인석에 앉은 노련한 경찰관의 입술이 파르르 떨렸다. 말없이 고개를 숙이고 숨을 크게 들이쉰 다음 대답했다.

"여자 상반신이 쏟아져 나왔습니다. 왼쪽 팔과 함께. 손목시계를 차고 손가락에 반지도 끼어 있었습니다."

주노는 그 순간 밤하늘을 올려다보며 마음을 가다듬었다고 배심원단에게 진술했다. 별이 아주 많았던 밤으로 기억했다. 그는 심호흡한 뒤 신에게 도움을 빌었다. 그리고 즉시 범죄 현장을 봉쇄했다. 별장 진입로를 가로질러 제방을 따라 호숫가까지 빙 둘러 노란색 출입금지 테이프를 쳤다.

주노가 동요한 것도 당연했다.

이안은 여자친구 사만다 조앤 카렌 콜린스, 자기 아들의 엄마를 토막 냈다.

그리고 사만다의 신체 부위들을 홈디포 통에 담았다. 토막 낸 사만다의 하반신, 두 팔, 내장을 제거한 상반신, 귀에 이중 고리 귀걸이가 달린 채 잘린 머리 부분을 들통에 담았다.

나는 백일하에 드러난 증거, 인간의 사악함을 보여주는 증거 앞에 마음을 다잡고 생각을 가다듬을 시간이 필요했다. 솟구치는 욕지기와 공포를 꿀꺽 삼킨 뒤, 이런 사실이 밝혀질 때 법정은 과연 어떤 모습이었을지 상상했다. 판사는 증언을 들으며 무표정한 얼굴을 유지했을까? 배심원들은 일제히 쯧쯧 혀를 차며 고개를 절레절레 흔들었을까? 뒤편에 서 있던 법정 경위들은 안절부절못했을까?

인간의 신체를 토막 내는 행위는 다름 아닌 바로 홀로코스트의 참상, 나치 의사 멩겔레나 저지를 법한 잔혹 행위를 연상시켰다. 머리를 자르고 시신을 훼손하는 행위, 이것이 나에게는 문명과 타락의 경계를 뛰어넘는 행위로 보였다. 육체를 신성한 것, 인간에 속한 것으로 여기지 않고 썰어야 할 고깃덩어리로 보려면 분명히 야만적인 사고방식이 필요하기 때문이다.

사만다의 시신은 놀라우리만치 잘 보존되어 있었다. 수사관들의 추측에 따르면, 이안은 집에서 사만다를 때려 살해한 다음 날 시신을 자동차 트렁크에 실어 디어허스트 인근 메리 호숫가의 별장 공사 현장으로 옮겼다. 별장 주인이 집을 비우고 멕시코로 떠났다는 사실을 미리 알고 있던 이안은 그곳에서 왕복 기계톱으로 시신을 절단했다. 수사관들은 뼈 단면에 남아 있는 흔적을 검사해 왕복 운동으로 절단한 방식과 더불어 사용된 날의 크기와 모양까지 정확히 확인한 덕분에 이안이 왕복 기계톱을 사용해 시신을 절단했다는 사실을 알게 되었다.

나중에 별장 주인 로버트 콜리는 임시 차고에 피가 고여 있는 것을 발견했지만 동물의 피인 줄 알았다고 진술했다. 그리고 그 직후 다시 말해, 수사가 개시되기 오래전에 제러미와 이안이 임시 차고를 개조했다. 시간이 아주 오래 지나긴 했지만 그래도 경찰은 콜리네 별장 진입로 땅 일부를 파헤쳤다. 혈흔은 발견되지 않았다. 3년이라는 시간 동안 벌레들이 피를 모두 먹어치운 탓이었다.

하지만 경찰은 사만다가 목에 두르고 있던 사각형 체인 목걸이의 일부분을 찾아냈다.

내가 나중에 혈흔이 나왔냐고 묻자, 경찰은 3월에 시신이 이안의 자동차 트렁크에 실려 밤사이 얼었기 때문에 목걸이 조각에서 혈흔이 발견될 가능성이 아주 낮았다고 대답했다. 이안이 콜리 별장의 임시 차고에 방수포를 깔고 시신을 절단할 무렵에는 "막대 아이스크림을 자르는 것"과 비슷했을 것이라고 설명했다.

이안은 홈디포에서 커다란 플라스틱 통 네 개를 구매했다. 경찰은 통 바닥에 표시된 생산년월 식별표시로 이안이 구매한 통이 어떤 것인지 확인했다. 통은 2007년 2월에 생산되어 2007년 3월 22일 브레이스브리지 홈디포로 반입되었다. 신상품을 진열대 뒤쪽에 배치하는 규정과 달리 홈디포 상품진열 담당자는 새로 반입된 통을 진열대 앞줄에 배치했다.

이안은 그 통 네 개를 2007년 3월 23일에 구매했다. 시공업자들은 대부분 석고를 반죽하는 용도로 사용하기에 뚜껑이 없는 통을 구매했지만, 이안은 뚜껑이 있는 제품을 구매했다. 경찰은 이안이 50달러 지폐로 물건값을 계산한 사실까지 확인했다. 크리스 리노베이션 앤드 뉴홈 컨스트럭션 회사의 회계를 담당한 캐리 리덕이 그날 800달러를 출금해 이안에게 지급했고, 경찰은 캐리가 돈을 출금한 현금지급기는 그만한 금액을 한꺼번에 찾는 경우 50달러 지폐로 지급한다는 사실을 파악했다. 경찰은 50달러를 받고 13달러를 거슬러 준 판매영수증도 증거로 확보했다.

홈디포 상점의 CCTV가 작동 중이었다면 이안이 통을 구매하는 장면도 녹화되었을 텐데 불행히도 당시 브레이스브리지의 홈디포가 보안시스템을 교체하는 중이라서 이미 2주 전에 CCTV를 철거한 상태였다.

이안은 사만다의 절단된 신체가 담긴 통 네 개를 도장공 친구에게 인계받은 창고에 계속 보관했으나, 3년 뒤 창고 임대료를 낼 수 없는 형편이 되자 시신을 옮길 수밖에 없었다. 한적하고 어둡고 아무도 들여다볼 생각을 하지 않는 장소가 필요했다. 그는 최종적으로 우리 별장을 선택했다.

◆◆◆◆◆◆◆

피고인 측 변호인 폴 쿠퍼는 오빠에게 그랬던 것처럼 주노가 증인석에서 드러내는 감정을 위선으로 보이게 하려고 애를 쓰며, 경력 28년의 경찰관이 배심원단의 동정심을 끌어내고 있다고 비난했다. 주노는 사만다가 사라지기 전부터 알고 있던 사이여서 자신도 당황스러웠다고 설명했다.

"증인은 온갖 소름 끼치는 현장을 보아온 사람입니다. 더구나 목석같다고 소문난 사람이고요."

"그건 제 겉모습입니다."

"그래도 증인은 이 사건처럼 처참한 장면에 익숙하겠죠."

주노 경관은 여성이나 아이가 살해된 현장은 앞으로도 절대 익숙해질 것 같지 않다고 대답했다.

여자의 시신이 훼손되고 토막나 통 네 개에 담겼다는 등의 섬뜩한 세부사항은 아이들에게 알리지 않았다. 제아무리 TV나 영화를 보고 비디오 게임에 익숙한 아이라도 그런 내용을 들으면 예민한 마음에 상처를 받지 않을 수 없을 것이란 생각이 들었다. 이안이 사만다에게 저지른 행위의 참혹하고 충격적인 내용을 알게 되면 아이들의 천진한 마음에 영원히 씻을 수 없는 얼룩이 남을 것이다. 아이들을 보호하고 싶었다. 그런 이미지들로부터 아이들을 지키고 싶었다. 그것이 부모의 의무가 아닌가?

법정에 홀로 참석한 도로시 콜린스 파울리는 증언을 듣는 내내 흐느껴 울었다.

"듣고 앉아 있기가 힘들었습니다."

도로시는 나중에 이렇게 고백했다.

"하지만 내 딸을 위해 자리를 지켜야만 했습니다."

그렇다. 그것이 도로시의 의무였다.

이안은 자신을 변호하기 위해 증인석에 오르지 않았다. 아무 말 없이, 감정의 동요도 없이 어깨를 숙이고 웅크린 채 피고인석에 앉아 있었다. 우람했던 근육도 지난 몇 달 사이에 줄어든 상태였는데,

피고인을 덜 위협적인 모습으로 보이게 하려는 변호인의 전략인 것 같았다. 증인들의 증언이 모두 끝나고 카스코 검사의 최종 변론이 이어졌다.

"증거로 볼 때, 5월의 긴 주말 이후 그리고 버더시 박사가 별장 밑에서 상자를 발견하기 이전에 별장에 접근한 것으로 알려진 사람은 이안 보르베이가 유일합니다."

카스코는 그 이후 다른 건설업자들과 버더시 가족이 별장을 점유해 결과적으로 이안이 상자를 땅에 묻거나 더 안전한 장소로 옮기려고 현장에 접근할 수도 없었고 그럴 기회도 없었다고 결론지었다.

이안이 사만다의 시신을 3년간이나 보관하며 그사이에도 다른 여자를 사귀고 동거한 이유를 설명할 수 있는 사람은 아무도 없었다. 검찰은 이안이 사만다가 살아있을 때와 마찬가지로 죽어서도 통제하고, 그녀를 항상 곁에 두고, 절대 자신을 떠나지 못하게 할 의도에서 시신을 보관했을 것이라는 의견을 제시했다.

경찰은 고든 라이트풋이 나고 자란 도시인 오릴리아에서 이안과 에이미가 동거하는 집을 수색하던 중 주방에서 발견한 갈색 노트를 압수했다. 그 노트에 섬뜩한 다섯 글자가 휘갈겨져 있었다.

"그녀를 죽여."

❖❖❖❖❖❖❖

10개월에 걸친 수사에서 드러난 많은 증거를 바탕으로 사건의 퍼즐을 맞춘 경찰은 사만다가 사망한 일자를 2007년 3월 22일로 확정했다.

당시 이안과 사만다는 이미 사이가 멀어진 상태였다. 그날 아침 8시 14분에 사만다는 자신의 핸드폰으로 제러미에게 전화를 걸어 자신과 이안이 집세가 밀려 그날 오후 임대차 조정위원회에 출석할 예정이라고 설명했다. 하지만 사만다 친구의 말에 따르면, 사만다는 조정위원회에 출석할 마음이 전혀 없었다.

"이안 말로는 사장님이 이달 집세를 내주기로 했다고 하던데요."

사만다가 흥분한 목소리로 제러미에게 확인했다.

"예? 그런 적 없는데요."

두 사람은 전화상으로 언쟁을 벌였다. 제러미는 사만다가 전화를 끊은 다음 이안이 전화를 걸었다고 증언했다. 전화를 건 이안은 "조금 전에 이 여자에게 나한테 빌붙지 말고 떠나라고 했습니다"라고 제러미에게 이야기했다. 이 말은 이안과 사만다가 제러미에게 전화를 걸 당시 한방에 있었다는 의미였다. 제러미에게 건 전화가 사만다가 생전에 건 마지막 전화였고, 자신을 죽인 사람의 목소리 외에는 제러미의 목소리가 그녀가 생전에 듣는 마지막 목소리였다.

핸드폰 통화 기록을 자세히 보면 사만다는 보통 일주일에 수백 통의 전화를 주고받았는데, 2007년 3월 22일부터 통화량이 현격히 줄었다. 전원이 아예 꺼진 상태였다. 그리고 묘하게도 나흘 뒤 사만다의 핸드폰이 다시 켜졌지만, 모두 이안의 친구나 가족에게 전화를 걸거나 음성메시지를 확인하는 용도로 사용되었다. 사만다의 핸드폰이 요금 미납으로 정지될 때까지 이안이 사용한 것으로 추정된다.

이안은 사만다의 직불 카드도 마음대로 사용했다. 매트리스와 그릴, 잔디깎이를 새로 사는 비용이나 운전면허증 갱신비를 결제하며 계좌잔고를 바닥냈다. 새로 산 매트리스와 그릴, 잔디깎이는 모두 오릴리아 시내 에이미의 집에서 발견되었다. 피의자 신문 과정에서 경찰이 이안에게 사만다가 '갑자기 달아난' 다음에도 사만다의 직불 카드를 계속 사용한 경위를 묻자, 이안은 한 치의 망설임도 없이 자신이 돈이 없는 것을 안 사만다가 카드를 두고 떠났다고 대답했다. 나는 이안이 사만다의 핸드폰을 발견한 경위와 사만다의 신분증을 모두 보관하게 된 경위는 어떻게 해명했는지 궁금했다. 그리고 그 이후 사만다가 처방전을 제시하며 간질약을 구매한 적이 전혀 없었다는 사실은 또 어떻게 해명했는지 궁금했다.

이안은 재판이 끝날 때까지 자신의 무죄를 주장했다. 뉘우치는 기색이 전혀 없이 계속해서 범죄 사실을 부인했다. 그를 살인범으로 입증하는 구체적인 증거는 부족했다. DNA도, 지문도, 목격자도 없었다. 하지만 오랜 논의 끝에 배심원단이 평결을 내렸다. 배심원단은 2급 살인 및 시신 훼손과 관련해 이안 찰스 보르베이를 유죄로 평결했다.

〈오릴리아 패킷〉 신문은 재판 마지막 날인 2013년 3월 23일 법정의 모습을 이렇게 보도했다.

브레이스브리지– 토요일 배심원단이 사실혼 배우자를 2급 살인하고 훼손한 죄로 이안 보르베이를 유죄 평결한 법정에서 서로 맞은 편에 있던 두 어머니가 눈물을 흘렸다.

토론토 출신으로 두 아이의 어머니인 29세의 사만다 콜린스는 2007년 3월에 실종되었다. 3년 뒤 2010년 7월 5일 사만다의 신체 부위들이 발견되었다. 하얀 플라스틱 석고 반죽 통 네 개에 가지런히 담겨, 발포단열재로 단단히 틈을 채우고 방습포를 안에 댄 상자에 보관되어 있었다. 상자는 주인이 집을 비운 사이 보르베이가 개조 공사를 하던, 브레이스브리지 외곽의 한 별장 아래 비좁은 곳에서 발견되었다.

배심원단은 라디오나 TV, 신문을 제한한 상태에서 호텔에 격리된 채 꼬박 삼 일간 평결을 숙의했다. 법정이 다시 열리고 배심원단이 평결을 발표하기 직전, 3개월에 걸친 재판에 모두 참석해 자신의 딸이 톱으로 토막 살해된 소름 끼치는 증언에 귀를 기울인 사만다 콜린스의 어머니 도로시 콜린스 파울리는 가족들을 끌어안으며 눈물을 닦았다.

법정 아래층에서는 보르베이의 어머니가 가족들의 손을 꼭 잡은 채 숨을 깊이 들이쉬며 눈물을 흘렸다.

배심원 한 명이 일어서 유죄 평결을 발표하자, 두 어머니는 어깨를 들썩이며 떨리는 몸으로 조용히 눈물을 흘렸다. 족쇄와 수갑을 차고 법정을 나서는 보르베이도 곧 눈물을 흘릴 듯한 모습이었지만, 어머니를 쳐다보지 않고 법정을 빠져나갔다.

법정 밖으로 나온 사만다의 어머니는 기쁘면서도 괴로운 심정을 반영하듯 미소를 짓는 동시에 눈물을 흘렸다.

"저는 제 딸이 영원히 잊히리라 생각했는데 오늘 보니 아니었습니다."

콜린스 파울리는 이렇게 말했다.

"경찰과 검찰이 저를 실망시키지 않았습니다."

파울리는 보르베이가 딸의 시신을 검찰 표현대로 '지하 묘지'에 그토록 오랫동안 보관한 이유를 알 수 없다고 말했다. 시신은 3년이 지나서도 지문으로 신원을 확인할 수 있을 만큼 잘 보존되어 있었다.

"딸의 시신을 그토록 오래 보관한 이유를 알 수 있는 사람은 보르베이뿐입니다."

콜린스 파울리는 이렇게 말했다.

"저 나름으로 생각하는 바는 있지만, 그 이유를 정확히 아는 사람은 그뿐입니다."

파울리는 이야기하는 내내 죽은 딸의 유해가 담긴 은팔찌를 꼭 쥐고 있었다. 그 옆을 지킨 사만다의 동생도 똑같은 은팔찌를 착용하고 있었다.

"언니를 잃고 제 가슴에 구멍이 뚫렸습니다."

사만다의 동생인 니콜 파울리 스미스는 이렇게 말했다.

배심원단이 들은 대로, 사만다는 보르베이와 함께 브레이스브리지에서 살기 위해 토론토를 떠났다. 두 사람은 아이를 낳았고, 사만다가 사망할 무렵에는 두 사람이 양육권 문제로 다투고 경제적으로도 어려웠다. 사망 직전 사만다는 다른 남자와 관계를 맺고 있었다.

사만다가 자신을 떠나려 한다는 것을 알고 그녀를 통제하려 한 보르베이가 사만다를 죽였다고 검찰은 주장했다. 검시 결과 사만다는 뭉툭한 도구로 가격당해 두개골이 깨진 상태였다.

재판이 진행되는 동안 피고인 측 변호인 폴 쿠퍼는 사만다가 또다른 애인이나 다른 남자들에 의해 사망했을 수도 있다는 점을 입증하려고 노력했다. 쿠퍼는 "사만다는 위험한 생활방식을 선택한 자유로운 영혼이었습니다"라고 주장했다.

하지만 결국 검찰은 사만다 그리고 그녀의 시신이 보관된 브레이스브리지 외곽의 별장과 모두 연관이 있는 유일한 사람이 보르베이라는 사실을 입증했다. 그래도 피고인 측 변호인은 끝까지 보르베이의 무죄를 주장했다.

그리고 사만다의 어머니와 동생을 가까이에서 찍은 사진 아래에 이런 설명이 붙어 있었다.

도로시 콜린스 파울리와 딸 니콜은 살인사건 피해자 사만다 콜린스의 유해가 담긴 은팔찌를 똑같이 손목에 차고 있다. 니콜이 목에 걸고 있는 로켓 목걸이에도 언니의 유해가 담겨 있다. 이 로켓 목걸이는 니콜이 어떻게든 언니를 결혼식에 참석시키려고 마련한 결혼 선물이었다.

오빠와 새언니, 어머니, 아버지, 제러미, 동네 주민 등 우리 모두 그리고 특히 사만다 콜린스는 이안 찰스 보르베이를 믿었다. 친구로, 동료로, 이웃으로.

친절하고 근면하고 예의 바른 남자가 우리 집에 들어와 우리 식탁에서 식사하고 우리에게 자기 아들을 인사시키고 우리의 환대와 우리가 주는 와인을 고맙게 받았다. 1940년대 유럽의 매력적인 작은 도시에서 단정하고 정상적인 삶을 살던 유쾌한 사람들이 모두 그랬던 것처럼.

그러다 갑자기 그들이 우리에게 등을 돌린다. 그리고 눈 깜빡할 사이에 어머니이자 딸이며 언니인 한 사람, 한 젊은 여성이 살해되어 사라진다.

19

풀지 못한 의혹

법원이 선고 공판일을 5월로 잡았다. 시련의 마지막 장이 끝나려면 몇 달이 더 걸린다는 말이었다.

이안의 선고 공판을 앞둔 그 몇 달 동안 나는 생각할 시간이 많았다. 특히 야구 경기장 관중석에서 생각할 시간이 많았다. 고등학교 2학년인 제이크는 상위급 야구대회에 출전해 하버드와 다트머스, 예일 등 최고 대학의 스카우트 담당자들 앞에서 월등한 기량과 속도를 선보였다. 우리 아들은 아이비리그나 최소한 '리틀 아이비리그' 대학에 진학하겠다는 원대한 목표를 세웠다. 우리는 제이크가 고등학교 성적도 우수하고 SAT 점수도 훌륭하니 꿈을 이룰 수 있을 것이라 믿었다. 그 긴 시간 뙤약볕 아래에서 나는 우리가 그때껏 이끌어온 아이들의 삶에 대해 많은 생각을 했다. 아이들이 이룬 성취는 분명히 타고난 머리와 엄청난 노력과 몰입 덕분이었다. 그리고 좋은 시절과 장소에 태어난 행운 덕분이었다.

그해 봄 경기를 관전하는 내내 나는 머스코카에 일어난 일을 곰곰이 생각했다. 사건에 관계된 사람 모두 마찬가지였겠지만, 풀리지 않는 의문이 있었다. 이안이 상자를 우리 별장 밑으로 옮길 때 누가 거들었을까? 이안이 아무리 근육이 우람해도 혼자서는 상자를 들고 나르고 밀어 넣을 수 없었을 텐데 혼자 했을까? 2010년 5월 그날은 이안이나 그의 동생 닉이 일을 나오지 않았고, 그 이후 두 사람 모두 모기에 물어뜯긴 얼굴로 나타났다. 닉이 아니래도 분명 그 일에 가담한 다른 인물이 있었을 텐데 그가 누구인지 재판 과정에서 밝혀지지 않았다. 석고 반죽 통 바깥 면에서 발견된 DNA의 주인도 확인되지 않았다.

여성의 DNA였다.

범죄, 참혹한 행위에는 그에 연루된 익명의 사람들이 있기 마련이다. 부모님에 관한 생각 그리고 부모님이 겪은 잔혹한 행위에 연루된 사람들에 관한 생각이 계속 내 머릿속을 맴돌았다. 부모님이 전쟁통에 겪었을 온갖 일뿐만 아니라 헝가리를 탈출해 북아메리카에 오게 된 경위에 관한 생각이 계속 머릿속을 맴돌았다. 우리가 미국으로 이주할 때처럼 자동차에 올라타 세관에서 잠깐 여권을 보여주는 것으로 끝났을 것 같진 않았다. 두 분이 엄청난 모험을 감수했다는 것은 이미 알고 있었다. 내가 아직 모르는 것은 부모님이 무릅쓴 위험이 어느 정도였는가였다.

부모님은 홀로코스트를 이야기할 때도 헝가리를 탈출한 경위에 대해서는 말하길 꺼리는 눈치였다. 나는 그것이 부모님이 세운, '사실을 숨김으로써 데비를 지키겠다'라는 중대한 계획의 핵심이라고 생각했다. 몇 년 전 토론토에 사는 친한 친구의 아버지가 돌아가셨을 때 어머니 아버지가 내게 그 소식을 일부러 전하지 않은 것도 마찬가지 이유였다. 내가 소식을 들은 것은 장례식에 참석해 빈소에서 밤을 새우고 유족을 위로할 시간이 이미 지나버린 한 달 뒤였다.

솔직히 고백하면, 내 마음속에는 강제 수용소 해방과 게토 철거로 부모님의 헝가리 대하소설도 끝났다고 치부하는 구석이 없지 않았다. 나치가 패배한 이후 부모님의 삶이 정상으로 돌아갔을 것으로 짐작한 것이다. 하지만 그런 내 짐작이 틀릴 수도 있다는 사실을 깨달았다. 아직 듣지 못한 수년간의 고난이 있었다. 이제 진실을 알 때가 되었다고 생각했다.

내가 몇 년에 걸쳐 조금씩 정보를 모아 겨우 알게 된 내용은 어머니와 아버지는 교도소에 수감되었고, 오빠를 배낭에 숨겨 밀입국했고, 아버지는 군대에서 무전병이었는 사실뿐이었다. 나는 위험과 어둠으로부터 달아나야 한다는 느낌을 어렴풋이 받았다. 왜 그런지 그 이유는 나도 알 수 없었다.

어느 날 밤이었다. 어머니와 함께 식탁에 앉아 있었다. 다른 식구들이 저녁 식사를 마치고 일어선 뒤에 어머니와 나만 미적미적 식탁에 앉아 커피를 마시고 있었다. 나는 조딘이 바르 미츠바 시간에 만나 홀딱 반한 남자아이 이야기부터 꺼냈다. 우연히도 그 아이 성이 이름을 바꾸기 전 우리 아버지의 성과 발음이 같은 베이스Weiss였다. 'Weisz'로 표기하던 아버지의 예전 성과 철자 하나만 달랐다. 당시는 조딘이 남자아이들 앞에서 수줍음을 많이 타, 먼저 남자에게 다가가는 경우가 거의 없을 때였다. 나는 10대 때 조딘보다 훨씬 더 서툴고 수줍었다. 나는 어머니에게 그 나이 때 어머니는 어땠는지 물었다.

"나치가 내 청춘을 훔쳤다."

어머니는 후렴구처럼 익숙한 말로 대답했다.

"천진난만한 유년과 아무 근심 없는 10대를 살아야 했는데, 나는 홀로코스트에서 살아남은 15세 소녀였다."

그전까지 나는 어머니의 경우, 부모님 서롤터와 미클로시, 이복오빠 티보르도 살아남았으니 아주 행운이라고 생각했다. 직계 가족을 모두 잃은 우리 아버지보다는 운이 더 좋은 경우라고 여겼다. 그리고 다른 많은 소녀와 달리 군인들에게 겁탈당하지 않은 것도 행운이라고 생각하고 있었다. 그런데 어머니의 이야기를 듣고 내 생각이 틀렸다는 것을 깨달았다. 어머니는 그 소중한 시간을 모두 잃었고, 내 오랜 두려움이 쓸데없었다는 사실을 깨달은 것이다. 내가 늘 걱정한 것은 삶의 끝에 선 부모님의 시간이 점점 줄어드는 것이었다. 부모님이 어렸을 때 이미 잃어버린 시간에 대해서는 정말이지 한 번도 생각해보지 못했다.

어머니는 남자아이들을 사귀기 시작했다고 이야기했다. 그러면서 코를 살짝 찡그리고는 심각한 사이는 아니고, 함께 밖에 나가 커피를 마시거나 산책을 하거나 가끔 음악을 듣는 정도였다고 단서를 달았다.

"엄마가 인기가 아주 많았지. 그저 웃고 재미있게 놀고 싶었다. 남자친구 서너 명을 동시에 만났지."

어머니가? 어머니가 이야기한 '놀기 좋아하는' 소녀는 자기를 희생해 딸을 과보호하며 기른 여자와는 너무나 달랐다. 머리카락은 하얗게 세고, 주름살 가득한 얼굴로 내 앞에 앉아 있는 부인과는 전혀 다른 모습이었다. 그저 파란 눈만 같을 뿐.

"아버지도 그때 만난 친구였어요?"

"아니. 네 아빠는 3년 뒤에 만났어. 내가 열여덟 살 때. 그때 만나던 아이 중에서 미클로시를 제일 좋아했단다. 다른 아이들과도 데이트하긴 했지만 그 애가 제일 좋았어. 그런데 그 아이에게는 문제가 하나 있었지. 수용소에서 얻은 심장병 때문에 병원을 들락거렸거든. 부모님도 미클로시를 좋아했지만 결혼하는 것은 원하지 않으셨어. 그 애의 미래가 너무 불확실하다며. 그러던 어느 날 이웃에서 알고 지내던 유디트라는 소녀가 결혼식을 했어. 그 아버지가 우리 집 건너편에서 식료품점을 운영했어. 그 애가 나를 결혼식에 초대해서 미클로시를 내 짝으로 데려갔어. 하지만 미클로시가 심장이 안 좋아 결혼식 파티에서 춤을 출 수가 없었어. 그래서 미클로시 대신 네 아빠와 춤을 췄지. 하지만 그때부터 바로 네 아빠를 좋아한 건 아니란다."

식탁에 팔을 올리고 두 손으로 턱을 받친 채 어머니 이야기를 듣던 나는 몸을 앞으로 내밀며 물었다.

"왜요?"

"수용소에서 나온 모습 그대로 너무 야위었고, 얼굴도 '키플리' 같았거든."

어머니는 우리가 함께 자주 구워 먹던 초승달 모양의 쿠키 키플리를 말하며 어깨를 으쓱했다.

"그래도 네 아빠 친구들이 좋아서 함께 어울려 다니기 시작했단다. 그리고 얼마 지나자 모두 짝을 짓더구나. 그러자 나라고 못 하겠느냐는 생각이 들더라. 네 아빠에게 결혼하자고 했지. 최후통첩을 했다. '나랑 결혼하는 게 좋을걸. 아니면 미클로시와 결혼하겠어'라고 말이다. 그랬더니 네 아빠가 '그래' 그러더라."

입이 떡 벌어졌다. 어머니가 아버지에게 청혼했다고?

"그다음은요?"

1949년 11월 26일 우리 부모님은 몰래 결혼식을 올렸다. 두 사람은 비좁은 관공서 사무실에서 공무원 앞에 혼인서약을 했다. 당시 어머니가 겨우 열아홉 살로 혼인 승낙을 할 수 있는 나이가 아니어서 아버지는 외할아버지의 서명을 위조할 수밖에 없었다.

"증인 두 명이 필요했다. 그래서 네 아빠가 거리로 나갔지. 쓰레기를 수거하는 날이었는데, 네 아빠가 거리에서 쓰레기를 수거하던 사람 둘을 불러왔고, 그 사람들이 우리 결혼의 증인을 섰다. 결혼식을 올리는데 그 사람들 옷에서 쓰레기 냄새가 풀풀 나더구나. 네 아빠는 그 사람들에게 2포린트씩 수고비를 주었고."

그 이야기를 듣자, 끈질기게 사라지지 않던 죄책감이 다시 내 가슴을 갉아대기 시작했다. 전에도 어머니가 제대로 된 결혼식을 치르지 못했다고 이야기한 적이 있었다. 나는 어머니의 결혼식이 내 결혼식과 비교해 얼마나 초라했을지 생각한 적이 별로 없었다. 크레이그와 내가 결혼할 때 어머니는 반짝이 장식이 달린 드레스와 훤히 비치는 면사포, 향기로운 보랏빛 백합, 섬세한 페이스트리가 가득한 빈 스타일의 디저트 테이블을 보며 얼마나 기뻐했는지 모른다. 하객, 음악, 춤, 멋진 결혼식 앨범. 이 모든 것을 어머니는 누리지 못했다. 어머니는 신부 어머니로 볼이 발갛게 상기되었지만, 자신이 정말 신부가 되어본 적은 없었다. 결혼식 사진 한 장이 없었다.

"나중에서야 든 생각이지만, 우리는 랍비에게 결혼 축복을 받는 게 좋겠다고 생각했다. 엄마가 대학에서 수의학을 전공할 때였지. 하루는 평소 입던 회색 모직 치마와 블라우스보다 조금 더 좋은 흰색 블라우스와 검은색 조끼, 검은색 치마를 입고 그 위에 실험실 가운을 걸쳤단다. 그날 점심시간에 제일 가까운 회당에서 네 아빠를 만났다. 아무도 보는 사람이 없을 때 옆문으로 살짝 회당에 들어가 희미한 불빛 아래 랍비가 빠르게 읊는 몇 마디를 들은 뒤 서둘러 연구실로 돌아갔단다."

대단한 의식도 아니었다. 어머니 아버지 두 사람과 랍비만 참석한 의식이었다. 랍비는 히브리어로 적힌 성혼선언문을 건넸고, 그걸로 끝이었다.

"워낙 휘뚜루마뚜루 치른 결혼식이라 몰래 결혼식을 올렸다는 이야기를 네 외할머니에게 했는지도 기억이 잘 안 난다."

그 뒤로도 몇 년간 어머니는 혼례식 이야기만 나오면 고개를 흔들며 똑같은 말을 중얼거렸다.

"아무것도 없었어. 샌드위치 하나가 없었지."

"그런데 왜 결혼식을 올릴 수 없었어요? 비밀 결혼을 해야 할 이유가 있었어요?"

"데비야, 아가."

어머니는 어릴 때 부르던 식으로 내 이름을 부르며 참을성 있게 대답했다.

"헝가리가 공산국이 되었다는 것을 잊지 말아야지. 회당에 갈 수도 없었고, 그 어떤 종교의식도 치를 수 없었단다. 공산 정권에서는 불법적인 행위였으니까. 누군가를 위험에 빠트릴 수는 없잖니."

오빠가 어렸을 때 할례를 받지 않은 것도 그런 이유 때문이었다. 오빠는 결국 열한 살 때 캐나다에서 할례를 받았다.

"그리고 잊지 말아야 할 것이 돈이 없었다는 것이다. 반지를 살

돈도 없었지. 네 외할머니가 끼고 있던 결혼반지를 용접공에게 가져가 반으로 나눈 뒤 하나는 할머니가 끼고 하나는 내게 주셨다."

나는 식탁에 기대고 있던 손을 슬며시 무릎 위로 내렸다. 남편이 디자인한 진주 모양의 다이아몬드 약혼반지를 낀 손이었다.

어머니는 결혼식을 치르긴 했지만 함께 살 집이 없었다며 이야기를 이었다. 아버지는 여전히 뵈지 네니 이모네 집에서 살았고, 어머니는 부모와 함께 살았기에 30분은 걸어가야 서로 만날 수 있었다. 날씨가 나쁠 때는 1주일 내내 얼굴을 보지 못하는 경우도 가끔 있었다.

어머니는 페스트의 대학에서 2년간 수의학과에 다녔는데, 갑자기 대학 당국이 어머니를 쫓아냈다. 어머니는 다시 한번 상실감을 느꼈다. 또 다른 삶의 부분을 도둑맞은 것이다. 공산 정권은 소작농의 자식들만 대학생이 될 수 있다는 법령을 공포했고, 우리 외할머니와 외할아버지는 소작농이 아니었다. 일자리를 찾아 나선 어머니는 기계장치를 만드는 회사에 다니며 사무실에서 회계 장부를 정리하는 동시에 금고에 보관된 값비싼 백금선을 일정한 분량으로 잘라 분배하는 일을 맡았다. 작업자들이 백금선이 필요하면, 어머니가 금고를 열고 백금선을 잘라 지급했다.

"그사이 네 아빠도 간츠 공장에 취직했다. 디젤 열차와 전차를 만드는 유명한 회사였지. 그런데 헝가리군이 아빠를 징집했고, 아빠는 6개월간 군에 복무할 수밖에 없었다. 대대와 함께 시골로 가서 무수한 훈련을 받고 정처 없이 행군만 했단다."

아버지 발이 얼마나 아팠을까! 대대원들이 무거운 총에 총검까지 착검하고 행군하던 어느 날이었다. 시름시름 아픈 몸을 끌고 아버지

354

옆에서 행군하던 병사가 비틀비틀하더니 거의 기절할 지경이었다. 아버지는 그 동료가 쓰러지며 자신이 총검에 찔리는 사고가 발생하지 않도록 그의 총까지 어깨에 메고 행군했다.

그날 밤 지휘관들이 병사들을 모두 집합시켰다. 규율을 어긴 군인을 훈육할 일이 생기면 종종 있던 일이었다. 어머니 말로는 지휘관들이 항상 다른 동료들 앞에서 군기 위반 병사를 훈육했다고 한다. 아주 엄격한 사람들이었다.

"그렇게 대대원들이 모두 집합하고, 네 아빠는 혹시라도 자기가 벌을 받을까 조마조마하고 있었지. 아니나 다를까, 한 지휘관이 병사들 앞을 왔다 갔다 하더니 정말 네 아빠를 가리키며 앞으로 나오라고 하더란다. 아빠는 천천히 걸어 나가 그 지휘관 앞에 섰다. 그러자 그 지휘관이 큰소리로 이렇게 외치더란다. '병사, 내가 자네를 부른 것은… 용기 때문이다.' 그 지휘관은 네 아빠가 인도적인 차원에서 동료의 총을 대신 메고 행군한 것으로 생각했지 뭐냐!"

어머니가 웃음을 터뜨렸다. 그 보상으로 지휘관은 모국 소련을 행군하는 병사들에 관한 소설책을 아버지에게 선물했다. 몇 달 뒤 아버지는 두 번째 포상으로 똑같은 소설책을 다시 받았다.

어머니가 한숨을 크게 내쉬며 고개를 흔들었다. 그러면서 그때 이해할 수 없는 일이 아주 많이 발생했는데, 그런 일이 일어난 이유가 뜻밖의 행운인지 업보인지 그냥 전쟁통의 혼란인지 모르겠다고 이야기했다.

이런 일이 있었다. 어머니가 다닌 스코틀랜드 선교학교에 학생들이 모두 싫어하는 음악 교사가 있었다. 그 선생님은 학생들에게 노래하는 법이나 악기 연주하는 법을 가르치기보다는 시간만 보내는 것이 유일한 목적인 것 같았다. 음악을 틀어놓고는 오른팔로 허공을 휘저어 박자를 맞추며 학생들에게 똑같이 따라서 하라고 했다. 음악 시간마다, 몇 주일이나 몇 달이 아니라 한 학년이 끝날 때까지 오른팔을 곡괭이처럼 휘두르는 동작이 끝없이 이어졌다.

독일군이 물러가고 몇 달 뒤 어머니는 길거리에서 그 음악 교사를 보았다. 전쟁 뒤에 낯익은 얼굴을 만나다니 그것만으로도 축하할 일이 아닌가! 어머니가 반갑게 인사하려고 달려갔다. 그러다가 그 자리에 얼어붙은 듯 걸음을 멈추었다. 폭격으로 그 선생님의 오른팔이 잘려 나가고 없었다.

이런 일도 있었다. 외할머니가 지역 상인들에게 재봉 일감을 얻을 수 있을까 싶어 노천시장에 나가던 날이었다. 시장에 들어서던 할머니는 같은 아파트 건물에 세 살던 이웃이 노점상을 차린 것을 보았다. 그런데 기가 막히게도 할머니가 손수 뜨개질해서 만든 고운 커튼이 그 노점상에 버젓이 내걸려 있었다. 할머니가 가보로 물려받은 도자기와 은 제품, 비단 식탁보, 상아로 만든 작은 오페라글라스도 매대에 펼쳐져 있었다. 키 152㎝ 체중 43㎏의 몸에 남은 온힘을 끌어모은 할머니는 당당하게 걸어가 물건을 돌려달라고 요구했다. 할머니는 한 아름 물건을 안고 집으로 돌아왔다.

"관련해서."

어머니가 가볍게 한숨을 내쉬었다. 나는 또 무슨 이야기가 나올까 궁금해서 어머니에게 바짝 얼굴을 디밀었다.

"네 아빠가 군대에 가 있는 동안 중절 수술을 받았단다."

어머니는 무덤덤했다. 나는 잠시 눈만 껌뻑였다. 임신 중절? 1950년대 초 동유럽에서? 더럽고 어두운 방과 낙태 도구, 고통, 감염 같은 말들이 머릿속에 떠올랐다. 소독은 했나? 수술은 의사가 했을까? 항생제는 사용했을까? 합법적이었나? 그리고 또 다른 의문이 꼬리를 물었다. 아들이었을까, 딸이었을까? 내가 미처 묻기도 전에 어머니가 말했다.

"우리도 아이를 원했다. 나치 치하에서 살아남은 사람들 모두가 그런 것처럼. 하지만 헝가리에서 고생이 끝난 게 아니었다. 전쟁이 끝났지만, 여전히 허약하고 굶주려 병든 사람이 대부분이었고, 죽는 사람도 많았다. 네 외할머니는 만들 옷이 없어 돈을 벌지 못했고, 네 외할아버지도 나치가 차를 몰수한 바람에 택시 영업을 하지 못했다. 밤에 다른 사람의 차를 대신 몰았지만, 당연히 받는 돈은 많지 않았지. 게토에서 나온 뒤 몇 년 동안 네 외할머니가 나를 고등학교에 보내고 대학에도 보냈지만, 엄마는 가족 생계에 보탬이 될 일자리를 찾으려고 수업을 많이 빠졌단다. 그 미장원도 다시 찾아가 보았지만, 거기도 돈이 없었다. 재건 사업에 일을 나가도 노무자에게 일당을 주지 않았고."

어머니는 계속 말을 이었다.

"돈도 없고 먹을 것도 거의 없었다. 장담컨대, 헝가리를 관리하던 소련 사람들도 유대인을 미워했을 거야. 상황이 그러니 아이를 낳을 수 없었던 거지. 네 아빠가 제대한 후 엄마에게 다시 아기가 생겼다. 이번에는 중절할 필요가 없었지. 유산했거든. 그리고 얼마 있다가 다시 유산했고."

의사들은 어머니가 오랜 굶주림으로 몸이 약해서 산달을 채우지 못한다고 진단했다.

우리는 말없이 커피만 마셨다. 내 시선은 어머니의 손에 고정되었

357

다. 한 손은 커피잔을 들고 다른 손은 티스푼을 들고 커피를 젓고 있었다. 주름살만 빼면 어머니 손이나 내 손이나 똑같았다. 크고 강하고 유능한 손. 힘든 일을 해내고, 애정을 베푸는 손.

"그때는 나치가 물러간 다음이고, 어머니도 붙잡힌 게 아니잖아요."

내가 침묵을 깨고 어머니에게 물었다.

"그런데 왜 떠나지 않았어요?"

"아무도 떠날 수 없었단다. 사실 붙잡힌 거였지. 탈출하는 수밖에 없었다."

우리 부부와는 달랐구나 하는 생각이 들었다. 우리는 자리를 털고 일어나 떠났다. 2막을 보지 않고 나가는 관객처럼 우리는 부모님이 나를 위해 세심하게 준비한 공연을 보지 않고 떠났다.

어머니는 결혼하기 전인 1949년에 처음 탈출을 시도했다고 이야기했다.

"몰래 국경을 넘어 오스트리아로 갈 계획이었다. 어울리던 친구들이 모두 함께 탈출할 생각이었고, 가장 나이가 어린 친구가 겨우 열다섯 살이었다."

그 소년의 이름을 물었지만, 어머니는 공산주의 헝가리를 떠나고 싶은 마음이 굴뚝 같았던 소년이 그토록 어린 나이에 부모를 떠날 각오를 했다는 것만 기억할 뿐 그 이름은 기억하지 못했다. 소년은 부모에게 탈출 계획을 알렸을까? 그 부모는 아이를 만류했을까 아니면 용기를 북돋아 주었을까? 탈출하고 나면 소년을 돌봐줄 사람은 있었을까? 어머니의 다음 이야기가 궁금했다.

"그때 야노시라고 부잣집 아이가 있었다. 문자판이 금으로 된 값비싼 시계가 있었는데 한사코 그 금시계를 가져가겠다고 하더구나. 탈출하기로 한 날 며칠 전에 한 친구가 커다란 비누를 가져와 반으로 자르고 속을 파낸 다음 그 금시계를 넣고 다시 붙였다. 그 비누를 포대에 넣은 친구들은 비누가 째깍거린다며 배꼽을 잡았지."

친구들은 특정한 날 아침에 탈출하기로 계획을 세웠다. 그리고 계획대로 그 전날 밤에 야노시가 부모님 차에 친구들을 태우고 모여서 최종 점검을 했다. 하지만 불행히도 야노시의 집이 헝가리 비밀경찰 AVO의 본부가 있는 언드라시가 60번지 근처였다. 언드라시가 60번지 건물은 전에 화살십자당 본부가 있던 곳으로 이미 고문실이 갖춰져 있어 비밀경찰들이 사용하기에 편리했다. 헝가리 비밀경찰 AVO는 소련 통치에 조금이라도 불만을 품은 시민이 있으면 잡아다가 그곳에서 고문했다.

경찰이 바로 집 앞 도로에서 야노시를 멈춰 세웠다. 야노시가 운전하는 것도 수상했지만, 그 차가 헝가리에서는 거의 이름도 들어보지 못한 값비싼 대형차라는 사실이 더 수상했기 때문이다.

"경찰은 파자마 차림으로 운전석에 앉아 있는 야노시에게 다음 날 아침 8시까지 운전면허증을 제시하지 못하면 부다페스트에서 도망치는 게 나을 거라고 경고했지."

어머니가 고개를 흔들며 빙그레 웃었다.

"그렇지 않아도 탈출할 계획이었는데 말이다. 아무튼 야노시는 운전면허증이 없었다."

째깍거리는 비누, 파자마를 입은 아이, 비밀경찰의 아이러니한 협박. 어머니가 말을 가려 하며 이야기를 가볍게 만들려고 무진 애를 쓰는 모습이 역력했다. 슬프거나 무섭고 심각한 이야기는 제외해 딸을 보호하는 태도로 되돌아간 모습이었다. 어머니는 부모님과 작별한 이야기는 전혀 하지 않았다. 나는 어머니가 그 이야기를 꺼내기만 잠자코 기다렸다.

하지만 어머니는 부모님과 작별한 이야기 대신에 다음 날 아침 일행이 계획대로 기차역에 모였다고 말을 이었다. 일행은 부다페스트에서 북동쪽으로 헝가리 중부 도시 미슈콜츠를 향해 출발하는 기차에 올라탔다. 비밀경찰이 부다페스트부터 미행하는 줄은 까맣게 몰랐다. 비밀경찰은 기차에서 내리자마자 어머니 일행을 체포해 쇠고랑을 채워 미슈콜츠 경찰서로 연행했다.

"경찰이 지시하는 대로 벽을 보고 일렬로 섰는데, 뒤에서 총을 철커덕거리는 소리가 들렸다. 그 소리를 듣자마자 나는 돼지 멱따는 소리를 질렀지. 총이 발사되기만 기다리는 내내 기절할 것 같더라. 나치에게 살아남아 경찰서에서 죽는구나! 하지만 아무 일도 일어나지 않았다. 뒤에서 총을 겨눈 채 우리는 그렇게 여섯 시간 동안 벽을 보고 서 있었지. 그리고 놀이가 되어 버렸다. 경찰이 내 머리에 총을 대고 찰칵거리면 내가 꽥 소리를 지르고 경찰은 낄낄거리고. 찰칵, 꽥, 낄낄. 찰칵, 꽥, 낄낄. 잠시 뒤 소변이 마려웠다. 그런데 화장실까지 따라온 경찰관이 화장실 문을 못 닫게 하는 거야. 경찰관이 총을 겨눈 앞에서 소변을 보려고 했지만, 당연히 오줌은 나오지 않았지."

어머니와 나의 공통점이 또 하나 발견되었다. 수줍은 방광. 하지만 나는 그때껏 총구 앞에서 소변을 본 적은 없었다.

여섯 시간 뒤, 무장 경찰관들이 양쪽에서 호위하는 가운데 경찰서장이 일행을 인솔하고 시내 중심가를 내려가 법원으로 향했다.

일행은 법원에서 재판을 받고 형을 선고받았다. 판사는 두 가지 죄를 물었다. 첫째, 허가증 없이 탈출을 시도한 죄 둘째, 돈과 귀금속을 지니고 출국하려 한 죄.

"왜냐고? 경찰서에 도착했을 때 경찰관이 우리에게 귀금속이 있으면 제출하라고 지시했는데, 열다섯 살짜리가 그만 겁을 먹고 비누가 든 포대를 가리켰지 뭐냐. 경찰관들은 처음에 아이가 무슨 말을 하는지 몰랐지만, 결국 비누에서 째깍거리는 소리가 난다는 것을 발견했다."

귀중품은 모두 법정 경위에게 압수당했다. 아버지는 3개월 징역형을 선고받았고, 어머니는 미성년자임을 참작해 그보다 가벼운 6주 징역형을 선고받았다.

"각자 다른 수감동에 갇혀 4주 정도가 지나고 스탈린 생일이 되자 판사가 스탈린 생일 기념으로 정치범 모두를 일반 사면했다."

어머니는 소련 군인이 일행에게 즉시 부다페스트로 돌아가라고 명령했다고 설명했다. 부다페스트로 돌아가는 기차표는 미국계 유대인 자선 단체가 마련했다.

그리고 몇 달 뒤 평일 아침 8시 어머니가 공장에서 백금선을 자르고 있을 때 외할아버지가 간에 입은 부상이 악화하여 사망했다. 어머니는 할아버지 임종을 지키지 못한 자신을 절대 용서할 수 없었다고 고백했다.

나는 자리에서 일어나 식탁을 치우고 접시를 닦았다. 부모님과 작별하던 일을 물어볼까? 외할아버지 장례식은 어떻게 지냈는지 물어볼까? 어머니를 속상하게 하고 싶지는 않은데. 어머니는 내가 수세미에 세제를 묻혀 접시를 닦고 깨끗이 헹궈 마지막까지 조심스럽게 건조대에 옮기는 것을 지켜본 후 식탁에서 일어나 화장실로 들어갔다. 어머니에게 물어볼 시간을 놓쳐버렸다.

내가 이전에 이미 받아들인 정보 중에 이 이야기와 관련된 내용이 뭐가 있더라? 부모님은 피터 오빠가 세 살이던 1956년 헝가리에서 혁명이 일어난 틈을 타 마침내 탈출했다. 빈에서 얼마간 지냈고, 그 전에 어머니 이복오빠 티보르와 속상한 일이 있었다. 여기까지가 내가 이미 알고 있는 내용이었다. 부다페스트에서 빈으로, 다시 빈에서 토론토로 옮긴 과정은 내가 아직 모르는 이야기의 빈틈이었다. 그 일을 여러 차례 화제로 꺼내고, 여기저기에서 관련 기록을 모으고 방송을 확인하고 오빠의 조언도 받아 마침내 나는 조각들을 맞춰 그림을 완성했다.

오빠는 헝가리에서 공산주의가 기승을 부리던 1953년에 태어났다. 어머니는 자유로운 신분이었지만, 직업이 기술자였던 여덟 살 위 이복오빠 티보르는 좋은 정부 일자리를 놓치지 않으려면 공산당에 가입할 수밖에 없었다. 어느 날 어머니가 피터 오빠를 유모차에 태워 부다페스트의 첨단 유행 거리를 따라 내려가던 중 맞은편에서 성큼성큼 걸어오는 이복오빠를 보았다. 어머니는 이복오빠를 보고 미소 지으며 반갑게 손을 흔들었다. 어머니를 본 이복오빠 티보르는 일부러 고개를 돌리고는 길을 건너가 버렸다. 어머니가 5년 전 탈출을 감행하다 붙잡힌 요시찰 대상이었기 때문이다. 티보르는 그런 어머니를 만나 직장을 잃는 위험을 감수할 마음이 없었다. 어머니는 마음이 아팠고, 두 사람은 두 번 다시 만나지 않았다.

그 일이 계기가 되었는지는 모르나 그 직후 부모님은 또다시 탈출을 시도하기로 마음을 먹었다. 이번에는 돈을 받고 국경을 넘게 도와줄 안내인을 고용했다. 출발하기로 한 날 부모님은 약간의 음식과 오빠에게 입힐 옷가지 그리고 그게 없으면 오빠가 볼일을 못 보는 유아용 변기를 배낭에 담았다. 부모님은 약속대로 부다페스트 기차역에서 안내인을 기다렸지만 안내인은 나타나지 않았다. 아버지는 포기하고 집으로 돌아가자고 했지만 어머니는 꿈쩍도 하지 않았다.

오빠를 품에 안고 정거장에 서 있던 어머니는 선로 위에 똬리를 틀고 있는 육중한 검은색 열차를 뚫어지게 바라보았다. 근처에 있던 차장이 빈정대듯 "서쪽으로 가실 분은 모두 승차하세요"라고 소리쳤다. 차장이 그렇게 소리치는 것은 감옥에 갈 수도 있는 위반 사항이었지만, 정거장에 있던 사람은 모두 서쪽으로 탈출하길 바라는 사람들이었다. 거대한 열차가 삐걱삐걱 신음을 내지르며 역을 빠져나가기 시작하자 오빠를 안고 있던 어머니가 움직이는 기차로 달려가 눈앞에 보이는 객차 계단에 발을 올렸다. 어머니를 따라가는 수밖에 달리 도리가 없던 아버지도 다음 객차 계단으로 뛰어올랐다.

기차는 시골로 들어섰고, 부모님은 오스트리아 국경에서 30㎞쯤 떨어진 도시 쇼프론에서 하차했다. 기차를 타고 오는 동안 부모님은 처음 보는 사람들 무리에 합류했다. 모두 오스트리아로 탈출할 목표를 세운 사람들이었다. 어머니가 그중 유일한 여자였고, 피터 오빠가 유일한 아이였다.

일행이 쇼프론에서 하차하자, 이제 막 걸음마를 시작한 아이를 안고 사람들 속에 섞인 유일한 여자가 역장 눈에 띄었다. 역장이 한 손은 뒷짐을 지고 다른 손은 둥그런 모자에 새겨진 역무원 기장을 만지작거리며 다가왔다. 위로 말려 올라간 콧수염이 살짝 떨렸다. 어머니를 한참 들여다보던 역장의 눈빛이 변했다. 그러더니 기차역 근처에 있는 자기 집으로 함께 가자고 어머니에게 말했다. 아기와 함께 자기 침대 밑에 숨어 있으라면서. 그리고는 아버지와 남자들을 향해 따라오라고 손짓했다. 역장은 자기 집 헛간의 건초를 보관하는 다락에 남자들을 숨겨주었다.

일행이 은신처에 숨은 직후 다음 기차가 쇼프론역에 도착했다. 그리고 그 즉시 소련 군인들이 기차를 포위했다. 군인들이 움직이는 무시무시한 소리가 침대 밑에 숨어 있던 어머니에게까지 들릴 정도였다. 나무가 깔린 승강장 위를 걷는 군홧발 소리, 땅 위를 내달리는 말발굽 소리, 군인들이 외치는 고함, 승객들이 군인들에게 얻어맞고 한 데 몰려 끌려가며 내지르는 비명. 그 소리를 들은 피터 오빠도 칭얼거리기 시작했다. 어머니는 오빠를 달래려고 안간힘을 썼다. 하지만 오빠는 겨우 세 살이었다. 어쩌면 어머니의 두려움을 함께 느꼈을 것이다. 영화에서 본 끔찍한 장면이 떠올랐다. 버스에 타고 있던 피난민 여자가 적군 순찰병에게 들키지 않으려고 닭을 목을 비틀어 죽였는데, 정신을 차리고 보니 그 닭이 자신의 아기였던 장면이었다.

어머니 일행은 꼬박 일주일을 숨어 지내며 국경을 몰래 넘을 기회를 기다렸다. 그리고 마침내 역장이 아버지에게 정보를 주었다. 쇼프론에서 말과 마차를 소유한 농부가 돈을 받고 탈출을 도와준다는 소문을 들었다며, 그 농부의 이름도 알려주었다. 다음 날 아침 그 농부가 건초가 가득 실린 마차를 끌고 왔다. 그는 집에서 가져온 바부슈카(러시아 여성들이 머리에 쓰는 스카프)와 뜨개질로 만든 숄을 어머니에게 건네며, 바부슈카를 머리에 쓰고 숄을 어깨에 두른 뒤 자기 아내인 것처럼 마부석 옆자리에 앉으라고 말했다. 그리고 피터 오빠는 수면제 반 알을 먹여 재웠다. 아버지와 오빠를 포함해 남자 여덟 명은 건초 더미 속에 숨었다. 어머니가 오빠를 안고 앞자리에 앉아도 될 텐데 그 농부가 그렇게 하지 않은 이유는 확인하지 못했다. 어머니도 그 이유를 알지 못했다.

마차는 흙길을 내려가 듬성듬성 숲이 있는 들판을 지났다. 몇 킬로미터만 더 가면 군인 초소가 나온다고 생각하니 어머니는 덜컥 겁이 났다. 소련군이 마차에 뛰어올라 총을 겨눌까 두려웠다. 농부는 초소가 비어있는 때도 있다며 어머니를 안심시켰다. 하지만 초소에 가까워지자 어머니는 목을 타고 넘어오는 비명을 꾹꾹 눌러 참아야만 했다. 초소에 붉은 군대 병사들이 우글거렸기 때문이다. 다행히 소련 군인들은 지나가는 마차를 쳐다만 볼 뿐 멈춰 세울 기미가 없었다. 군인들이 마차를 세웠다면 어땠을까? 어머니는 비명을 질렀을까 아니면 농부가 군인들에게 이야기하도록 조용히 있었을까? 군인들에게 발각되었다면? 어머니는 초소가 보이지 않은 다음에도 오랫동안 마부석에 앉아 덜덜 떨었다고 고백했다.

마침내 마차가 도로 끝에 도착했다. 앞에는 나무뿐이었다. 아무 소리도 없이 조용했다. 농부가 마차에서 내려 마차 뒤를 덮었던 캔버스 천을 풀기 시작했다. 농부는 숲 너머를 가리키며 여기부터는 걸어서 이동해야 한다고 말했다. 그러면서 빠르게 뛰어야 한다고 일렀다.

저 멀리 지평선 위에 보일 듯 말 듯 국경선이 걸려 있었다. 어머니는 남자들이 건초 더미 밑에서 나오길 숨죽여 기다렸다. 그런데 그 즉시 내달리는 대신 여덟 명의 남자가 우두커니 서서 오줌을 누는 모습에 어머니는 기가 막혔다. 한가롭게 서서 소변을 보는 남자들에게 화가 났다. 어머니는 어서 가자고 재촉했다. 그 소란통에 피터 오빠가 깨어 울기 시작했다. 덜컥 겁이 난 남자들이 내달리기 시작했다. 아버지도 재빨리 아들을 품에 안고 출발했다. 달리다가 발목까지 내려오는 뻣뻣한 가죽 코트가 무겁게 느껴진 아버지는 가죽 코트를 벗어 풀숲에 던지고 다시 달렸다.

어머니는 아버지의 그런 행동에 더욱 화가 났다. 코트와 라디오 중 하나만 사야지 두 가지 모두를 살 돈이 없던 형편에서 어렵게 장만한 코트였기 때문이다. 어머니는 뒤로 달려가 그 코트를 찾아왔다. 그리고 나서 어머니와 남자들은 국경을 향해 내달렸다. 숨이 턱에 닿도록 달리고 또 달려, 국경에 점점 더 가까이 접근했지만, 지평선은 점점 더 멀어졌다. 갑자기 뒤쪽에서 고함치는 소리가 들렸다. 거기 서라고 목이 터질 듯 내지르는 소리가 들렸다. 어머니와 남자들은 멈추지 않고, 총알이 귀 옆으로, 머리 위로 스치기라고 하듯 몸을 웅크린 채 내달렸다. 총으로 쏴 죽이려는 소련 군인들이 나무 뒤, 덤불 뒤에 숨어 있을까 두려웠다. 총알은 날아오지 않았다. 기적이었다.

그리고 지평선에 도착했다. 국경에 도착한 일행은 오스트리아로 넘어갔다. 살아서 안전하게. 무릎을 꿇고 엎드린 일행은 땅에 입을 맞추며 눈물을 흘렸다.

부모님이 살아서 안전하게 피난처에 도착했을 때 어떤 기분이었을지 나는 감히 상상할 수도 없었다. 어머니는 환상적인 안도감이었다고 설명했다. 환상적인 안도감.

어머니와 일행은 국경 근처에서 오스트리아 시민들을 만났다. 그들은 국경을 넘어오는 헝가리 피난민을 안내하기 위해 매일 그곳에서 기다리는 마음 따뜻한 사람들이었다. 안전한 곳에 도착한 아버지는 피터 오빠를 배낭 안에 앉히고 큰길이 나올 때까지 오랫동안 산길을 걸었다. 부모님 일행은 마침내 오스트리아 자원봉사자들과 함께 버스를 타고 빈으로 이동해 그곳에서 임시 난민 수용소에 들어갔다.

남편과 내가 국경을 넘어 미국 땅으로 들어갔을 때 우리를 맞이한 사람은 자원봉사자가 아니라 부동산 중개인이었다. 우리가 미국에서 처음 밤을 보낸 곳도 난민 수용소가 아니라 장기 숙박 호텔인 레지던스 인 바이 메리어트였다.

나는 몇 년 전 이스라엘의 에티오피아 난민 수용 센터가 기금을 모금하는 일을 도운 적이 있었다. 에티오피아 곤다르 지방의 유대인들이 이스라엘로 물밀 듯이 넘어오던 시절이었다. 이스라엘 이주를 간절히 원한 이들은 도움을 받을 수 있는 유대인 기구가 있는 수단을 향해 햇볕에 화상을 입고 굶주린 몸으로 한 달 혹은 그 이상씩 사막을 걸었다. 피폐한 몸으로 이스라엘에 도착한 사람들은 가족과 헤어지거나 가족이 도중에 사망한 상실감으로 비통해하는 경우가 많았지만, 절대 용기를 잃지 않았다. 그때 나는 그 에티오피아 난민을 비롯해 모든 것을 걸고 새로운 땅에 도착한 이주민 집단을 보면서도 내 부모님을 생각하지 못했다.

오스트리아에 도착한 부모님과 오빠는 음식과 옷가지를 받았고, 작은 크리스마스 선물도 받았다. 극장에 가서 찰턴 헤스턴이 주연으로 나오는 영화 십계까지 구경했다. 부모님은 오빠에게 가족이 휴가 여행을 왔다고 이야기했다.

지옥에서 휴가로.

힘든 고비를 넘긴 우리 가족은 다음 계획을 실행에 옮기기 시작했다. 아버지에게는 토론토에 정착해 길드 전기라는 회사를 연 육촌형 언드라시가 있었다. 그 육촌형을 찾아가기로 한 어머니와 아버지는 비자를 신청하러 캐나다 영사관으로 갔다. 영사관 건물을 빙 돌아 줄을 서서 차례를 기다리는 사람만 수백 명이었다. 부모님은 맨 뒤에 줄을 서서 몸을 덜덜 떨며 기다렸다. 참다못한 어머니가 피터 오빠를 안고 줄 앞으로 걸어가 정문에 서 있는 공무원의 얼굴을 똑바로 바라보았다. 그리고는 엄동설한에 어린애를 안고 몇 시간씩 밖에서 기다릴 수 없다고 말했다. 곧바로 어머니를 건물 안으로 안내한 영사가 확성기에 대고 아버지도 뒤따라 들어오라고 소리쳤다. 부모님은 즉시 비자를 발급받았다.

부모님이 북아메리카로 타고 올 배는 1955년에 새로 건조되어 엘리자베스 2세 여왕 폐하께 이름을 하사받은 대서양 횡단 여객선 '엠프러스 오브 브리튼'호였다. 1등 선실에 160명이 타고, 2등 선실에 1,000명 가까운 승객이 탈 수 있는 배였다. 그 외에도 난민 600명이 탈 수 있는 자리가 따로 마련되어 있었다. 다음 출항 일자는 며칠 뒤였다. 출항 일자를 기다리던 중 임신한 사실을 알게 된 어머니는 아버지와 함께 환호성을 질렀다. 다른 땅, 다른 시절, 다른 세상에서 태어날 아기이기 때문이었다. 아기의 탄생이 부모님의 재탄생이 될 것이기 때문이었다. 하지만 익숙한 복통이 다시 찾아오고, 무서운 하혈이 시작되어, 어머니는 빈의 병원으로 실려 갔다.

어머니에게 그 이야기를 듣던 나는 할 말이 없었다. 내가 자랄 때 우리 가족은 외딴 섬이었다. 아버지와 어머니, 할머니, 오빠, 나 이렇게 다섯 식구가 전부였다. 사망한 친척 모두의 무게, 세상을 떠난 사람들 몫까지 살아야 한다는 의무가 고스란히 오빠와 내 어깨에 얹혔다. 그 짐을 함께 나눌 수도 있었을 형제가 네 명이 더 있었다는 사실을 그제야 알았다. 부모님의 상처를 치유하는 데 도움이 되었을 네 명의 아이. 자라서 파괴된 세상을 복구하는 데 힘이 될 세대를 낳았을 네 명의 아이. 우리 가계도의 잘린 나뭇가지를 대신해 새 가지의 싹을 틔웠을 존재들. 내 조부모와 고모, 삼촌, 오빠, 언니를 빼앗아간 상황에 파도처럼 분노가 밀려왔고 화가 나서 숨이 막힐 지경이었다. 그런 상황을 초래한 정부에 대한 분노가 치밀었다.

어머니가 며칠째 빈의 병원에서 요양하던 중 배가 곧 출항할 예정이며 이미 승선한 승객들도 있다는 소식이 들려왔다. 어머니와 아버지는 피터 오빠를 안고 다시 달려야 했다. 이번에는 병원에서 부두로, 제시간에 배를 타기 위해.

'엠프러스'호는 신년 벽두에 출항했다. 어머니 말로는, 출항 첫날 모두 새해를 축하하며 신나게 먹고 마시고 미래를 위해 건배했다. 하지만 곧 돈을 내고 배를 탄 승객들이 난민들을 주목했고, 그들이 저렇게 음식을 먹어치우면 정작 진짜 승객들은 먹을 것이 없겠다고 항의했다. 그러자 승무원이 한쪽 눈을 찡긋하더니 이렇게 대답했다.

"걱정하지 마세요. 조금 있으면 음식이 남아돌 테니까!"

승무원의 말은 사실이었다. 출항 이틀째 배가 큰바다에 나서며 좌우로 심하게 요동치자 돈을 내고 배를 탄 승객이건 난민이건 가릴 것 없이 배에 탄 거의 모든 사람이 극심한 뱃멀미에 시달렸다. 난간을 붙들고 바다에 토하거나 바닥에 누워 끙끙 앓았다. 뱃멀미를 앓지 않은 사람은 어머니를 포함해 네 명뿐이었다. 나는 어머니의 튼튼한 위장을 축하하며 마음속으로 하이파이브를 했다. 승객들이 모두 괴로워하는 동안 어머니는 요동치는 배 안에서 다른 세 명의 승객과 함께 탁구를 하며 탁구공이 제멋대로 휘어져 나가는 모습에 박장대소했다. 어머니만큼 운이 좋지 않았던 아버지와 오빠는 딱하게도 나머지 승객들과 함께 뱃멀미를 앓았다. 배에서 그나마 덜 흔들리는 맨 위층 야외 갑판이 아버지와 피터 오빠 그리고 아래층 선실에서 견디다 못해 올라온 승객들의 침실이 되었다. 맨 위층 갑판은 승객이 가득 누워 콩나물시루 같았다.

대서양을 건너는 데 일주일이 걸렸다. 드디어 1월 중순 '엠프러스' 호가 뉴브런즈윅 세인트존 항구에 닻을 내렸다. 어머니와 아버지, 오빠는 그곳에서 다시 기차를 타고 토론토로 이동했다. 그리고 새로운 삶이 시작되었다.

◆◆◆◆◆◆◆◆

새로운 삶. 나는 몇 달 동안이나 그 생각을 곱씹었다. 어머니와 아버지, 오빠는 새로운 삶으로 출발해 안정과 공동체, 자유 등 원하는 거의 모든 것을 성취했다. 세 사람은 기초를 다지고 차곡차곡 위로 쌓아 올렸다. 어느 쪽으로도 기울거나 흔들리지 않는 튼튼한 기초였다.

나는 뭘 했던가? 캐나다에 살 때 나는 내 부모처럼 살지 않겠다고 결심했다. 이방인이 되지 않겠다고 다짐했지만 나는 내 부모처럼 살게 되었다. 미국으로 이주하며 낯선 땅에서 경제적 안정과 소속될 공동체를 찾는 이방인이 된 것이다. 자유? 어린 시절에 느끼던 소외감으로부터 자유롭길 바랐다. 그리고 안정과 공동체, 자유를 찾았다. 하지만 나는 내 부모와 똑같은 모습이 되었다. 마치 거울에 비춘 것처럼.

내가 찾은 것이 하나 더 있다. 정체성이다. 나는 내가 정체성을 확립하지 못했다는 사실조차 몰랐다. 나는 헝가리 사람인가? 캐나다 사람인가? 미국 사람인가? 그 대답은 이것이다. 나는 헝가리인이고 캐나다인이며 미국인이지만, 무엇보다 유대인이다. 내가 그걸 항상 느끼지 못했다 해도 말이다. 언젠가 이스라엘 대사가 내게 이런 말을 했다. "나치가 그렇다고 하면 당신은 유대인입니다." 그러면서 스스로 무엇이라고 부르건 그건 중요하지 않다, 유대교를 믿거나 두꺼운 경전을 연구하거나 전통을 따르거나 휴일을 지키는 게 중요한 것이 아니라 유대인 피가 혈관에 한 방울이라도 흐르면 유대인이라고 말했다.

남편은 스위치를 켜듯 간단히 캐나다인에서 미국인으로 바뀌었다. 나처럼 한쪽 발을 캐나다에 담그지 않았다. 이곳 미국에서 마음 편히 지냈다. 남편은 그 어느 곳 어느 순간에도 현재를 즐겼다. 나는 맹목적으로 과거를 더듬었다. 나에게 별장은 과거와 현재가 하나로 합쳐지는 곳이었다.

죽음이 내 소중한 그곳에 다가와 문을 두드렸다. 내가 너무 현실에 안주한 것일까? 나는 목가적인 코네티컷 트럼불에서 모든 것을 누리며 멋진 삶을 살았다. 큰 집과 수영장, 넓은 잔디밭. 건강하고 똑똑하고 예쁜 아이들과 헌신적인 남편, 내가 늘 바라던 애완동물. 많은 친구. 내가 좋아하는 일. 그 외에도 우리 가족을 받아들여 공동체 한가운데에 넣고 꿰맨 회당까지. 어쩌면 우리가 이곳으로 이주한 뒤 내 머릿속에서 이런 속삭임이 들렸을지도 모른다.

"이봐, 과거는 잊어. 이제 별장은 필요 없어."

하지만 나는 잊을 수 없었다. 나는 정말 별장이 필요했다. 안식처가 필요했다. 세상은 폭력이 끊이지 않았다. 늘면 늘었지 줄지 않았다. 테러와 무차별 폭력. 인간은 서로를 해치는 놀라운 방법들을 새롭게 찾아냈다. 증오가 세상 곳곳으로 침투했다. 그리고 마침내 작고 쾌적한 동네 트럼불까지 스며들었고, 나는 그 증오를 맛보았다.

2000년 나는 코네티컷주 일간지 편집자에게 편지를 보내 이스라엘에 대해 위선적인 태도를 보이는 국제 언론을 질책했다. 유대인은 폭력의 희생자가 되었을 때도 여전히 비난받았다는 내용의 편지였다. 하루 이틀 뒤 내 편지가 신문에 실리고, 우리 집 우편함에서 익명의 편지가 발견되었다. 우표도 없고 발신인 주소도 없이 반유대주의 독설만 잔뜩 휘갈긴 편지 봉투뿐이었다. 누군가 나를 알고, 내가 사는 곳을 아는 사람이 직접 우편함에 밀어 넣은 것이다. 누구일까? 우리 아이들이 다니는 학교의 선생님? 주민 파티에 참석한 이웃? 가게 점원? 코치? 회사 동료? 나하고 친밀하게 대화를 나누며 남몰래 앙심을 품은 사람? 그런 사람들이 저 밖에 얼마나 많을지 궁금했다. 그러자 갑자기 목가적인 트럼불도 더는 안전하지 않다는 생각이 들었다. 어쩌면 그것이 세상 이치라는, 증오는 늘 존재할지 모른다는 생각이 들었다.

하지만 나는 또한 알고 있었다. 증오와 광기 너머에는 생존과 따뜻한 인정 그리고 승리도 있다는 사실을. 그리고 선한 사람들이 있다는 사실도. 나는 내 할아버지에게 무덤을 만들어주고 비석까지 세운 공동묘지 관리인 같은 사람들을 떠올렸다. 자신들도 배고픈 형편에 얼마 되지 않는 음식을 굶주린 내 아버지에게 나누어준 포로들, 쇼프론의 역장, 중국행 배표를 양보했던 노부부, 라울, 제인 헤이닝. 스코틀랜드 국교의 선교사였던 제인 헤이닝은 부다페스트에서 전쟁이 일어날 당시 휴가 중이었다. 헤이닝은 그 즉시 위험을 무릅쓰고 어머니가 다니던 학교로 돌아가 유대인 학생들을 보호했다. 스코틀랜드 국교는 모든 선교사에게 본국으로 철수하라고 지시했지만 헤이닝은 돌아가지 않았다. 나치는 헤이닝을 동조자로 비난하고 수많은 학생과 함께 아우슈비츠로 강제 추방했다. 헤이닝은 죽음의 수용소에서 사망한 유일한 스코틀랜드 사람이었다. 그리고 졸탄 쿠비니라는 헝가리 육군 중위, 참담한 노예 노동을 책임진 부대의 지휘관이었던 쿠비니는 대단히 사려 깊었고 인간적으로 유대인을 대했으며 목숨을 걸고 유대인을 풀어주었다. 부대를 이끌고 강제 수용소로 행군하라는 상부의 명령을 거부한 쿠비니는 독한 술을 먹여 경비병들을 재운 뒤 유대인들을 아버지의 고향 벌러서져르머트로 조용히 탈출시켰다. 그곳에서 유대인들은 소련군에 의해 해방되었지만, 정작 쿠비니 자신은 전쟁 포로로 추방되었다. 그는 포로 신분으로 시베리아에서 사망했다.

평범하지만 비범한 시민 수천 명이 아무것도 하지 않는 것이 훨씬 편한 시기에 옳은 일을 하기 위해 용감하게 목숨을 걸었다. 이처럼 용감한 영혼 중에는 보스니아와 터키, 구소련, 이집트 출신의 이슬람교도들도 많았지만, 그중에서도 가장 감동적인 것은 그리스 북동쪽 작은 이슬람 국가인 알바니아의 국민일 것이다. 알바니아의 문화적 계율인 '베사(Besa)'에 따라 이웃을 따뜻하게 돌보던 알바니아 전체 국민은 나치 점령기 동안 유대인 공동체를 보호하기로 뜻을 모았다. 알바니아 공무원들은 유대인 명부를 넘기라는 나치의 명령을 거부했고 그리스와 이탈리아, 불가리아, 세르비아에서 도망쳐온 유대인 가족들이 알바니아의 이슬람교도 집안으로 피신했다. 유대인 수천 명이 목숨을 구했다. 홀로코스트 이후 유대인 비중이 그 전보다 늘어난 국가는 알바니아가 유일했다.

이스라엘이 열방의 의인으로 인정하고 명예를 기리는 이 용감한 사람들은 무관심과 적개심이라는 세상의 주류와 극명하게 대조를 이룬 사람들이고, 가슴이 사랑으로 가득 찬 사람들이었다. 우리에게 갚을 수 없는 은혜를 베푼 사람들이다.

♦♦♦♦♦♦♦

이안 찰스 보르베이가 빨간 벽돌로 지은 브레이스브리지 법원으로 돌아온 때는 이제 곧 여름을 맞아 그곳으로 내려올 별장 주민들을 위해 매니토바가를 따라 인도와 상점 입구에 예쁘게 매달고 설치한 화분과 나무 상자 안에서 세심하게 가꾼 꽃들이 다시 꽃망울을 터트리던 시기였다. 이안은 유죄로 확정된 2급 살인죄에 대해 당연히 종신형을 선고받았다.

"그는 인간 본성의 어두운 면을 보여주었습니다. 인간이 인간의 육체를 해체하는 것은 생각만 해도 끔찍한 일입니다. 지극히 악랄한 행위입니다."

브루스 글래스 판사는 보르베이에게 17년간 가석방 없는 종신형을 선고하며 이렇게 말했다.

"한 사람이 살인으로 목숨을 잃는 것은 슬픈 일입니다. 종신형을 선고받는 것도 슬픈 일입니다. 이 법정 안에 승자는 아무도 없습니다."

판사의 말은 진정성이 있었지만, 판사는 그 슬픔의 파도가 어디까지 밀려갔는지는 미처 언급하지 못했다. 그 파도는 사만다 콜린스의 어머니와 동생을 집어삼키고, 이안 보르베이의 부모까지 삼켜버렸다. 두 번 다시 어머니를 볼 수 없는 아이들을 덮치고, 소중한 사람을 잃은 사랑하는 이들과 친구들을 휩쓸었다. 한복판에서 벌어진 그런 범죄의 공포로 휘청거린 작은 공동체를 덮쳤다. 그리고 최종적으로 그 파도의 파문이 우리 가족에게 미쳤다. 연못에 던진 돌멩이처럼 이 단 하나의 폭력 행위가 수년간 여러 사람들에게 영향을 끼쳤다.

나무 상자 안에서 발견된 사만다 콜린스로 인해 폭로된 이안의 악랄한 범죄, 인간 본성의 어두운 면은 내가 또 다른 기억의 거센 물꼬를 트게 만들었다. 나는 이전 세대의 기억을 파고들지 않을 수 없었다.

부모님은 우리 호숫가에 우리의 피난처가 위험을 극복한 것을 기념하는 승전비를 세웠다. 피터 오빠를 위해, 나를 위해 그리고 미래 세대를 위해. 별장은 내 유년 시절 동화의 나라이자 요새였다. 그리고 부모님에게 별장은 추악함과 극명한 대조를 이루는 순결하고 아름다운 곳이었다. 그렇지만 우리가 아무리 조심하고 주의했어도 어찌 되었든 추악함이 우리 담을 넘어 침입했다. 폭력이 아름다움을 더럽혔다. 살인적인 헝가리 정권을 피해 도망친 피슈터와 베러가 결국 지금 헝가리 사람이 저지른 살인에 정신적인 충격을 받다니, 아이러니가 아닐 수 없었다.

부모님은 나를 안전하게 지키는 일을 해냈다. 모든 고통과 아픔을 감추고, 내가 걱정 근심 없이 걸을 수 있는 길을 세심하게 닦았다. 그리고 내가 그 길을 걷는 데 필요한 자양분을 제공했다.

사만다 콜린스의 죽음은 나를 속속들이 흔들었다. 나는 상자를 열어 그 안에 든 충격적인 내용물을 살폈다. 지금 여기에서 벌어지는 폭력의 증거뿐만 아니라 부모님의 과거에 벌어진 폭력의 증거도 보았다. 사만다의 때 이른 죽음은 내 해묵은 두려움을 일깨웠다. 우리의 앞날은 어떨까?

별장 사건으로 우리 가족의 삶과 사만다의 삶이 서로 뒤얽혔다. 분명히 그럴 만한 이유가 있었을 것이다. 우리에게는 우연히 일치하는 일이 많았다. 우리 가족과 사만다의 삶은 달랐다. 하지만 우리는 운명과 폭력의 교차로에서 우연히 마주쳤다. 내 부모님은 이루다 말할 수 없는 폭력에서 살아남았지만 사만다는 그러지 못했다.

◆◆◆◆◆◆◆

수년 전 나는 우리 존재의 모든 순간이 빛의 조각들 속에 저장되고, 공간을 떠도는 그 조각을 우연히 마주치면 영화 필름처럼 재생된다는 이론을 읽었다. 태초부터 역사의 모든 사건이 여과되거나 편집되지 않은 채로 평행한 차원을 영원히 맴돈다는 이론이었다. 나는 그 이론에 공감이 갔다. 비명에 스러져 사라진 사람이 여전히 빛 속에서 살아 있고 홀로코스트처럼 경천동지할 악행을 부인하거나 변호할 수 없다고 생각하기 때문이다. 이 이론에 따르면 증거는 사라지지 않고 하늘에 있다. 그래서 사람들의 악행을 신화, 홀로혹스(새빨간 거짓말)라고 주장하는 에른스트 준델 같은 세상 사람들의 입을 막을 수 있다.

그런데 그들은 기억할까? 이 모든 폭력의 가해자들. 다른 사람을 해치고 그토록 큰 고통을 안긴 사람들. 이 땅 위에 있는 그 남자와 여자들, 한때 친구이자 이웃이었던 그 평범한 사람들은 1940년대 유럽에서 자신들이 저지른 짓을 기억할까? 그들은 그런 짓을 하는 데 꼭 필요한 제복을 착용하고, 자발적으로 명령을 따르며 천박한 짐승이 되었다. 건초 더미 속에 숨어 있던 아버지의 머리를 때린 나치 지휘관과 페렌츠를 총으로 쏜 장교도 이제는 늙었을 것이다. 히틀러 유겐트 캠프의 소년들도 이제 칠팔십 살이 되었을 것이다. 그들은 자신들이 신나게 휘두른 야만성을 기억할까? 그들은 조용하고 굶주린 열일곱 살 소년이 비틀비틀 지나갈 때 몽둥이로 때린 일을 기억할까? 혹시 그들은 자신들의 죄를 떠올리며 무릎 꿇고 엎드려 용서를 구한 적이 있을까? 나는 그들의 눈을 들여다보며 이렇게 말하고 싶다. 기억하라. 당신이 할 수 있는 최소한의 일은 기억하는 것이다.

생존자들은 기억한다. 나는 그 사실을 믿어 의심치 않는다. 그들을 괴롭히던 사람들의 목소리와 얼굴, 무자비한 사악함은 빛의 조각 속에 살아있을 필요가 없다. 이미 희생자의 기억 속에 대낮처럼 환하게 새겨져 있기 때문이다.

그리고 그 얼굴과 목소리 옆에 단단히 박혀 유기체처럼 살아 숨쉬고 재생하는 것이 있다. 슬픔과 고통, 공포이다. 이것들이 달갑진 않지만 집안 가보처럼 아버지와 어머니에게서 아들과 딸에게 대물림된다.

신경 과학자와 연구자들은 심각한 심리적 트라우마가 대물림으로 영향을 미치는 과정을 밝히기 위해 오래전부터 홀로코스트 생존자와 그 자녀, 손자녀들을 연구하고 있다. 다시 말해 홀로코스트 생존자들의 트라우마가 후손들의 유전적 변화로 이어지는지 확인하는 작업이다. 그리고 놀랍게도 홀로코스트 생존자의 트라우마로 인한 유전적 손상이 실제로 후손들에게 유전되는 것으로 확인되었다.

사실일까? 부모님의 체험이 우리의 생물학적 윤곽의 일부가 되었다는 것이? 그러고 보니 많은 일이 설명되긴 한다. 피터 오빠나 내가 아이들이 다치거나 죽을까 끊임없이 걱정하는 것. 일상적인 스트레스 요인에 강렬하게 반응하는 것. 사랑하는 사람들에게 화를 내거나 말로 상처를 주지 않았을까 걱정하는 것. 행복할 권리가 없다고 느끼는 것 등. 히틀러 유겐트 불한당들이 우리를 직접 때리는 거나 다름없다는 말이 아닌가! 나치 독일에서 악마 같은 나비가 일으킨 날갯짓이 50년 뒤 북아메리카에서 쓰나미를 일으킨 격이다.

사만다 콜린스의 가족에게도 분명히 똑같은 논리가 적용될 것이다. 크리스티안과 에이든, 도로시와 니콜, 그들의 배우자와 아이들 모두 이안 보르베이가 저지른 단 한 번의 가정폭력에 의해 완전히 변화할 것이다. 도로시를 생각해보자. 도로시는 33kg밖에 남지 않은 딸의 시신을 화장했다. 그리고 도로시의 손자 에이든. 자기 엄마가 어떻게 생겼는지도 모르고 '엄마' 대신 '우리 친구'라고 부르던 그 아이는 나중에 자라서 자기 아빠처럼 될까 아니면 아빠를 경멸할까?

자기 아빠가 자기 엄마에게 한 짓, 그것이 에이든을 변화시킬 것이다. 이미 변화시킨 게 분명하다. 어디까지가 예정된 것일까? 그렇게 어린 나이에 엄마를 잃는 것이 가련한 에이든의 운명이었을까? 나중에 커서 자기 아빠가 살인자로 감옥에서 늙어가고 있다는 사실을 알게 되는 것이? 사만다의 운명은 거듭해서 폭력에 시달리다가 이안 보르베이의 손에 죽는 것으로 예정되어 있었을까?

니콜은 아주 어린 시절 사만다가 어머니의 남자친구에게 학대당한 이야기를 내게 들려주었다. 1988년 사만다가 겨우 열 살일 때였다. 로널드 캐러건이라는 남자가 아파트 건물 엘리베이터 안에서 사만다를 성추행했다. 사만다가 성추행범에 대해 자세히 진술한 덕분에 경찰이 범인을 신속히 찾아내 체포했다. 그리고 얼마 지나지 않아 캐러건이 수차례 성폭행을 저지른 것으로 유죄판결을 받았다는 신문 기사가 실렸다. 그 성추행 범죄는 사만다뿐만 아니라 사만다의 동생에게도 계속해서 여파를 미쳤다. 그 뒤로 평생 니콜은 엘리베이터 타기가 두려웠다고 한다.

몇 년 뒤 사만다가 브레이스브리지로 이사해 건실하게 살려고 노력할 때, 또 다른 폭행 사건이 사만다를 덮쳤다. 사만다는 퍼플 피그 식당에서 일하던 중에도 성폭행을 당했다. 젊은 시절 세 번째로 겪는 성폭행이었다. 사만다가 남자 화장실을 청소하고 있을 때 한 남자가 들어와 폭행했다. 사만다가 고소했지만, 그 남자는 꽉 막힌 사법 체계 덕분에 재판을 받지 않았다.

그리고 네 번째이자 마지막으로 덮친 끔찍한 폭행이 사만다의 목숨을 앗아갔다.

고통을 받도록 선택되는 사람들은 이유가 있을까? 거듭해서 괴롭힘을 당하는 것이 사만다의 운명이었을까? 사만다가 태어나기도 전에 추악한 운명의 여신 세 자매가 사만다 운명의 실을 잣고, 실의 길이를 재고, 실을 잘랐을까?

이 모든 것, 우리 삶과 죽음의 모든 순간이 이디시어로 바세트 즉, 운명으로 정해진 것일까?

◆◆◆◆◆◆◆

이안이 선고를 받고 난 뒤 8월은 우리 가족이 특별히 기념하는 달이었다. 피터 오빠는 예순 살이 되고, 그 하루 전에 나는 마흔아홉 살이 되는 생일이 있는 달이었다. 하루 차이로 생일이 이어지는 우리는 어머니 아버지를 살짝 놀리곤 했다. 공교롭게도 부모님의 결혼기념일은 우리 생일보다 겨우 9개월 앞선 11월이었다.

"그런데 열한 살 터울이야! 이게 말이 돼?"

하지만 이제 나는 생일 때마다 우리가 꺼내던 농담이 잘못된 생각이었음을 깨달았다. 상황만 달랐다면, 오빠와 나 외에도 네 명의 형제가 더 있었을 것이기 때문이다.

늘 그렇듯 우리는 가족의 오랜 전통에 따라 머스코카 별장에 함께 모여 하루 차이인 오빠와 내 생일을 축하하기로 했다. 예전과 다를 게 없었다. 아이들이 조금 더 자라고, 남편이 새로운 일을 시작하고, 모두 따로따로 캐나다에 도착한 것 외에는 다를 게 없었다. 그리고 내가 일요일 오후 일찍 호수로 출발한 것 외에는.

토론토 시내에서 출발해 두 시간 동안 운전하는 내내 하늘을 날 듯한 기분이었다. 아침 일찍 걸려온 전화 때문이었다.

"생일 축하해, 엄마."

핸드폰으로 전화를 건 제이크가 굵고 낮은 목소리로 내 생일을 축하했다. 이제 키가 190㎝를 넘는 제이크는 제 아빠와 목소리가 똑같았다.

"엄마한테 줄 선물이 있어. 헤드 코치님이 나를 뽑았어. 내가 꿈에 그리던 학교야, 엄마. 내년부터 아이비리그에서 야구해."

너무 웃어 뺨이 아플 정도였다. 몇 년 동안 장거리 운전을 하며 야구장을 오간 그 많은 세월, 관중석 땡볕에 앉아 땀을 뺀 그 많은 주말, 방망이와 야구화, 글러브를 사느라 써버린 그 많은 돈. 모두 그럴 만한 가치가 있었다.

별장 진입로를 따라 내려간 나는 차를 세우고 내려 잠시 차에 기대어 섰다. 숲은 1년 전 내가 마지막으로 보았던 모습 그대로였다. 숨을 크게 들이쉬자 달콤한 향기가 익숙하게 가슴에 가득 찼다. 나무에서 새들이 지저귀는 소리, 모터보트가 호수를 가르며 물살에 부딪히는 소리가 귀에 가득 찼다. 이곳, 부모님이 애정과 수고로 세운 곳. 내 유년이 꽃을 피운 곳이며 내가 소중히 여기는 곳. 내 추억이 깃든 마법의 나라이며 내 아이들과 그 아이들의 아이들도 추억을 쌓길 바라는 마법의 장소.

그때 안식일 예배 시간에 들었던 기도문이 떠올랐다.

이 시간이 우리에게 얼마나 큰 축복입니까!
이 공간에 모였으니 얼마나 큰 행운입니까

태양의 입맞춤으로 당신의 따뜻함을 느끼고
바다의 파도 소리에서 당신의 힘을 듣나이다

낮이 지나고 밤이 오고, 해가 가고 해가 오고
변함없는 시간의 흐름에 감탄하나이다

우리가 아름다움을 넘어 장엄함을 보게 도우시고

현관에 들어서자 오빠가 생일축하 노래를 불렀다. 음이 다 틀려서 웃음이 터져 나왔다. 뒤쪽에 오빠가 임시변통으로 마련한 생일축하 장식이 보였다. 풍선 대신에 빨간색 피망과 초록색 피망을 이어 붙인 장식이었다. 오빠도 어쩔 수 없는 헝가리 사람이었다.

일요일 저녁은 별장에서 조용하게 지냈다. 다음 날 저녁에 별장에 모인 가족들이 모두 외식을 나가고, 다음 주말에 가족, 친구들과 함께 성대한 생일 파티를 벌일 예정이었다.

월요일에 남편이 아이들과 함께 별장에 도착했다. 그날 저녁 롤라와 라피키를 집안에 들여놓은 다음 차를 타고 헌츠빌로 가서 우리 가족이 즐겨 찾는 머스코카 식당으로 들어갔다. 쿠스쿠스와 무화과, 양고기, 갓 잡은 생선 등 모로코 스타일과 캐나다 스타일이 섞인 음식에 군침이 살살 돌았다. 밤늦게까지 식사하고 생일 축하주를 마시며 멀리 떨어져 사느라 한동안 만나지 못한 회포를 풀었다.

시골 밤이 칠흑같이 어두울 때 별장으로 돌아왔다. 앞뒤로 나란히 차를 세우고 별장 옆문으로 걸음을 옮겼다.

"저게 무슨 빛이죠?"

새언니가 별장 지붕 쪽을 가리켰다. 화장실 창문 위 공간에서 밤하늘을 배경으로 은은하게 빛나는 빛이 보였다. 서까래 밑에서 나오는 불빛 같았다. 우리는 모두 달빛이 반사된 모양이라며 어깨만 으쓱하고 말았다.

다음 날 아침 우리 딸이 갑자기 복통을 호소했다. 피터 오빠가 시내에 있는 사우스 머스코카 메모리얼 응급실로 데려가는 것이 좋겠다고 판단할 만큼 통증이 심했다. 맹장염인지 걱정했지만, 다행히 상태가 더 나빠지지는 않았다. 그래도 의사 말에 따라 그날 하루 병원에 입원시켜 경과를 지켜보기로 했다. 나는 자정이 지나 브레이스 브리지에서 별장으로 출발했다.

진입로에서 시동을 끄고 운전석에 가만히 앉아 별장을 바라보는데 갑자기 등골이 오싹했다. 하늘에 달도 없이 칠흑같이 어두운데 화장실 창문 위쪽에서 반짝이는 노란색 빛이 보였기 때문이다. 그 빛은 처마 끝, 판재에 덮이지 않은 타이파 방수 부직포 뒤쪽에서 스며 나왔다. 그 빛을 제외하면 별장 전체가 조용하고 캄캄했다.

몇 시간 뒤 아침 식사 중 조단에게서 상태가 괜찮아 퇴원 준비 중이라는 문자가 왔고, 나는 정오까지 병원으로 가겠다고 답신을 보냈다. 한시름 덜자 전날 밤에 본 빛이 생각났다. 그 근처로 다시 이사 온 제러미에게 오빠가 전화를 걸어 혹시 지붕 공사 중에 켜놓고 그냥 놔둔 전등이 있는지 물었다.

"피터, 무슨 말이에요?"

제러미가 반문했다.

"생일에 마티니를 너무 과하게 드신 거 아니에요? 거기에 전등이 있을 리 없죠. 전기도 들어오지 않는데요."

오빠는 알 수 없다는 듯 미간을 좁히며 낡은 플란넬 셔츠 주머니에 핸드폰을 집어넣었다. 한 시간 뒤 제러미가 별장으로 찾아왔다.

"궁금해서 참을 수가 있어야죠."

제러미가 장난꾸러기 같은 표정으로 씩 웃었다. 그리고는 트럭에서 가져온 사다리를 세우고, 한 손에는 담배를 들고 다른 손에는 커터칼을 들고 사다리를 올라갔다. 그는 커터칼로 타이파 방수 부직

383

포에 어깨가 들어갈 만큼 네모난 구멍을 뚫고는 조금씩 몸을 꿈틀거려 안으로 들어갔다.

몇 분 뒤 다시 나온 제러미는 이상한 표정을 지으며 사다리를 내려왔다.

"어때요?"

우리는 조바심이 났다.

"이상하네요."

제러미는 담배꽁초를 발로 비벼 끄며 잔디밭을 내려다본 채 천천히 대답했다.

"보수 공사를 처음 시작할 때 다락으로 올라가는 작은 문부터 단단히 막았거든요. 천장에서 낡은 판자를 떼어내고 껍질 벗긴 소나무 판재를 붙일 때였죠. 지금으로부터 6년 전, 그러니까 2007년이네요. 그때부터 지금까지 저곳에 들어간 사람은 아무도 없고요."

제러미는 여기서 말을 멈추고 우리 등 뒤에 있는 호수로 눈길을 옮겼다. 고요한 호수가 햇빛에 반짝거렸다.

"그런데 전구가 하나 있네요. 철망에 싸인 이동식 전구 하나가 고리에 걸려 있어요."

그 말을 듣자 숨이 턱 막혔다. 나는 제러미가 말한 전구가 어떤 것인지 바로 알았다. 어릴 적 아버지와 함께 별장 밑을 기어갈 때 아버지가 어두운 곳을 비추던, 아주 긴 검은색 전선에 연결된 전구가 떠올랐다. 녹이 다 슨 그 다목적 전구가 40년이 지난 지금까지 남아 있었다니. 목 뒤의 머리털이 쭈뼛 서는 기분이었다.

"전구에 불이 켜져 있어요. 알 수가 없네요. 2007년부터 켜져 있었던 것이 아니면 어떻게…."

제러미가 말꼬리를 흐렸고, 우리는 아무 말 없이 그 자리에 서서 한참 동안 별장을 올려다보았다.

잠시 뒤 나는 나뭇잎이 그늘을 드리우고 그 사이로 햇빛이 부드럽게 어룽거리는 시골길을 운전해 병원으로 가는 내내 그 다락 생각뿐이었다.

'사만다, 다락에 있던 사람이 당신이라면 우리가 당신에게 일어난 끔찍한 일에 대해 얼마나 얼마나 많이 미안해하는지 알아주었으면 해요. 당신의 인생은 너무 빨리 끝났어요. 어쩌면 당신이 우리에게 뭔가 이야기하려고 한 것인지도 모르겠어요. 내가 여기 있다고, 나를 잊지 말라고 말이죠. 당신을 잊지 않겠다고 약속할게요. 약속해요. 그리고 만일 당신이 계속해서 여행하는 동안 쉴 곳, 멈춰 서서 생각할 장소가 필요하다면 여기가 초월적인 곳이에요. 시간을 초월한. 어쩌면 당신이 평화를 찾을 수 있는 곳이에요.'

◆◆◆◆◆◆◆◆

도로시의 미시소가 아파트 거실에는 유리로 된 추모 상자가 있다. 사만다를 기억하기 위해 마련한 유리 상자에는 선반마다 사진 액자가 가득하고, 돌고래 인형과 양귀비 등 사만다가 좋아하던 물건들이 보관되어 있다. 맨 위쪽 선반에 딸의 유해가 담긴 항아리가 올려져 있고, 유리 상자 꼭대기에 달린 작은 스포트라이트가 항아리를 비추고 있다.

도로시는 매일 아침 일어나자마자 상자 안에 달린 스포트라이트를 켜고, 매일 밤 잠자리에 들기 전 스포트라이트를 끈다.

20

영원히 기억하며

이안이 선고를 받고 피터 오빠가 예순 살이 되던 그 여름, 우리는 미처 알지 못했다. 아버지가 이제 호수로 돌아오지 못하리라는 것을. 약속의 땅. 아버지가 그토록 세심하게 짓고 크나큰 사랑과 희망을 쏟아부은 그곳으로 돌아오지 못하리라는 것을 미처 몰랐다.

그해 가을 심장전문의가 아버지에게 울혈성 심부전 진단을 내렸다. 아버지의 산소포화도가 위험할 정도로 낮게 떨어졌고, 암세포의 증식을 억제하기 위해 7년 동안 실시한 화학치료가 주요 요인으로 지목되었다. 종양 전문의는 연합군이 강제 수용소를 해방하며 아버지에게 뿌린 DDT가 암을 유발했을 가능성이 크다고 추측했다. 아버지는 어느 날 저녁 어지럽다며 쓰러진 뒤 병원에 입원했다. 나는 비행기를 타고 캐나다로 가서 며칠간 어머니와 함께 지냈다. 어머니가 지난 63년간 혼자서 잠을 잔 적이 없기에 내가 침대 아버지 자리에 누워 잠을 잤다. 아버지가 집을 비워 이상하리만치 조용한 어느 밤, 나는 어머니 쪽으로 돌아누웠다.

"헝가리를 떠날 때, 그러니까 엄마하고 아버지, 오빠가 탈출할 때 외할아버지는 이미 세상을 떠난 다음이죠?"

"그렇지."

어머니가 고개를 끄덕였다.

"할머니만 혼자 두고 떠난 거예요?"

말을 꺼내기가 힘들었다.

"응."

"어떻게…."

말을 끝까지 하려고 했지만 그럴 수 없었다. 나는 나머지 질문을 목 안으로 삼켜버렸다. 어머니가 한쪽 팔을 짚고 몸을 일으켜 관자놀이를 타고 눈물이 흐르는 내 얼굴을 바라보았다.

묻지 않을 수 없었다.

"어떻게, 할머니를 두고 떠날 수 있었어요? 작별인사는 뭐라고 했어요?"

어머니는 베개를 베고 누워있는 내 쪽으로 몸을 기울여 관절염으로 마디가 굵어진 손으로 아이 머리를 만지듯 내 머리를 매만졌다.

"나도 슬펐단다. 하지만 들뜨기도 했어. 모험을 떠난다는 생각에 흥분했지. 할머니에게는 언젠가 다시 만날 것이라고 약속했다."

"할머니는 엄마가 떠나지 않길 바라지 않았어요?"

"당연히 그러셨지."

어머니가 내 뺨을 어루만졌다.

"하지만 할머니는 내가 그 어디든 가서 최고로 잘 살길 바라셨다. 어디든 가서 행복을 찾길. 어머니들이 바라는 건 그게 전부란다."

어머니의 그 말에 나는 울음을 터뜨렸다. 어머니가 보지 못한 손자들의 첫걸음, 듣지 못한 첫 마디, 참석하지 못한 명절 음악회와 피아노 연주회, 야구 시합 때문에 울었다. 부다페스트에 홀로 남겨진 외할머니 생각에, 내가 한 번도 만나지 못한 또 다른 할머니 할아버지들 생각에 엉엉 울었다. 도로시 생각에 울었다. 딸이 모험을 떠나며 남겨진 모든 어머니, 엄마 없이 남겨진 아이들, 지금도 탈출이 필요한 세상 모든 곳을 생각하며 울었다. 점점 줄어드는 시간을 생각하며 울었다. 그리고 내가 바로 지금과 같은 삶을 살 수 있는 것은 부모님이 줄곧 죽음의 얼굴에 침을 뱉은 덕분이었다는 것을 생각하며 엉엉 울었다. 어머니와 나는 어머니와 아버지가 평생 매일 밤 그랬던 것처럼 손을 꼭 잡고 잠이 들었다.

◆◆◆◆◆◆◆

2006년 10월 31일은 도로시가 딸과 대화를 나눈 마지막 날이었다. 사만다가 도로시의 생일을 축하하기 위해 전화를 건 날이었다. 약에 취한 듯한 딸의 목소리를 듣자마자 도로시는 사만다가 이안을 이용하거나 이안과 다투고 있다는 의심이 들었다. 사만다는 몹시 화가 난 목소리였다. 이성을 잃은 목소리였다. 사만다의 말도 거칠어지기 시작했다. 도로시는 제발 엄마에게 그렇게 못되게 굴지 말라며 계속 그러면 전화를 끊겠다고 나무랐다. 그리고 전화를 끊었다.

도로시는 딸의 목소리를 마지막으로 듣던 순간, 이승에서 딸과 마지막으로 대화를 나누던 순간 자신이 먼저 전화를 끊었다는 생각에 혼자만의 고통을 안고 남은 삶을 살 수밖에 없을 것이다.

어쩌면 그것은 도로시가 평생 겪은 상처 중에서 가장 잔인한 상처일 것이다.

◆◆◆◆◆◆◆◆

　다행히 아버지 건강이 곧 회복되어 퇴원한 덕분에 나는 코네티컷 집으로 돌아왔다. 하지만 불과 며칠 뒤 12월의 추운 어느 월요일 아침 아버지는 다시 쓰러졌고, 곧바로 다시 오라는 전화가 새언니에게 걸려왔다.

　나는 그날 저녁 일찍 토론토의 병원에 도착했고, 남편과 아이들은 다음날 병원으로 왔다. 아버지를 구급차를 태워 병원으로 옮기는 동안 구급대원이 두 번이나 인공호흡을 실시했다고 한다. 내가 병원에 도착했을 때는 아버지가 이미 의식을 잃은 지 몇 시간이 지난 후로 온갖 의료장치를 달고 숨만 쉬는 상태였다.

　일주일 내내 어머니는 남편이, 자식들은 아버지가, 손자들은 할아버지가 의식을 회복하길 빌며 모두 함께 병상을 지켰다. 매일 아침 9시부터 밤 9시까지 아버지 곁을 지켰다. 의사들은 필요 없는 장치를 하나씩 제거했고, 주말이 되자 아버지 눈이 약간 뜨였다. 이겨내실 거야, 우리 가족은 서로 이렇게 위로했다. 이겨내실 거야.

　다음 월요일이 되자 일주일째 입원한 아버지도 위기를 넘긴 것 같았다. 나는 비스킷과 올리브, 각종 잼, 초콜릿, 쿠키 등을 담아 셀로판 포장지로 감싼 뒤 격자무늬가 새겨진 초록색과 빨간색 리본으로 장식한 크리스마스 바구니를 들고 토론토 응급 의료 서비스 본부를 찾아갔다. 텅 빈 로비로 들어갔다. 무거운 바구니를 의자에 올려놓고 접수대에서 기다렸다. 잠시 뒤 여직원이 나와 컴퓨터 앞에 앉았다.

　"지난주 응급 전화를 받고 출동한 구급대원 두 분의 이름을 알 수 있을까 해서 왔습니다."

여직원이 흘긋 쳐다보며 물었다.

"소송 때문입니까?"

나는 여직원의 얼굴을 멍하니 바라보았다.

"고소하시려고 오신 거예요?"

여직원이 다시 물었다.

나는 고개를 가로저으며 바구니가 놓인 의자를 가리켰다.

"고맙다는 인사를 드리려고요. 그분들이 아니었으면 제 아버지께서는 아마…."

더는 말이 나오지 않았다. 낯선 사람의 생명을 구한 두 사람의 선한 행동이 내게 얼마나 큰 의미를 주는지 여직원에게 설명할 방법이 있을까? 그 여직원에게 이렇게 말하고 싶었다. 한 생명을 구하는 것은 세상을 구하는 것이라고.

그날 밤 눈보라가 도시를 완전히 뒤덮었다. 다음 날 아침에도 어머니와 나는 매일 아침 그랬듯 일어나자마자 서니브룩 병원으로 출발했다. 하지만 차량 이동 속도가 굼벵이 걸음이었다. 날씨와 교통이 우리를 병원에 못 가게 하려고 공모라도 한 듯했다. 도로는 군데군데 질척거리고 미끄러웠으며, 여기저기 눈이 쌓여있었다. 자동차들이 꼬리에 꼬리를 물고 거북이걸음을 했다. 예정보다 45분 늦게 겨우 병원에 도착해 어머니를 정문 앞에 내려주고는 빈자리를 찾아 15분 동안이나 주차장을 빙빙 돌았다. 왠지 불안하고 시간에 쫓기는 느낌이었다. 늦고 싶지 않았다. 아버지를 기다리게 하고 싶지 않았다. 마침내 건물 안으로 들어가 자동문을 밀어 재끼며 로비로 달려 들어갔다. 오빠가 나를 향해 걸어왔다. 그리고 한 손으로 내 팔을 붙잡았다.

"데비야."

내 이름을 부르는 오빠의 얼굴이 일그러졌다.

나는 바로 돌아서서 엘리베이터를 향해 로비를 달려갔다. 가슴에서 북받쳐 올라 목을 찢고 터져 나오는 거친 소리가 마치 다른 사람이 내지르는 소리처럼 들렸다. 발걸음을 옮길 때마다 아버지와 나 사이의 거리가 줄어들기는커녕 점점 더 멀어지는 느낌이었지만, 그래도 달렸다. 심장 중환자실까지 긴 복도를 내달렸다. 간호사가 문을 열고 기다리는 보호자 대기실을 통과해 달렸다. 커튼이 쳐진 다른 환자들의 병상을 지나 아버지가 누워있는 침대로 달려갔다. 어머니가 눈물을 흘리며 앉아 있는 곳으로.

"아버지?"

간신히 아버지를 불렀지만, 이미 늦었다. 이번에 떠나는 사람은 아버지였다. 나는 아버지께 작별인사도 하지 못했다.

◆◆◆◆◆◆◆

우리는 여든일곱 생일 전날 아버지를 토론토 북쪽 아름다운 공원 묘지 할머니와 가까운 나무 그늘에 모셨다. 아버지 곁에는 클레이먼스 레이크 하우스로 휴가를 다니던 시절부터 절친하게 지낸 롤리 아저씨가 누워있었다.

아버지 비석의 덮개는 유대인 전통에 따라 몇 달 뒤에 벗기겠지만, 비석 뒷면에 이런 문구가 새겨져 있었다.

홀로코스트로 비명에 스러진 아버지 헤인리히와 어머니 일로너,

391

누이 엘리에를 영원히 기억하며.

이제 그곳이 내가 아버지를 만나러 올 장소, 돌을 올려 추모할 장소, 카디시를 읊을 장소였다. 상복을 입는 7일간의 시바 기간 그리고 그 뒤 11개월간 나는 매일 아람어로 된 성경 구절을 낭송했다. 내가 어리석게도 사용할 일이 없길 바랐던 구절이었다. 덕분에 한 번도 사용하고 싶지 않았던 언어로 쓰인 고대의 말씀을 제대로 배웠다.

우리 별장에서 시신이 발견된 이후 3년간 나는 죽음에 관한 생각에 빠져 살았지만, 이처럼 깊은 슬픔 앞에서는 아무 소용이 없었다. 나는 여성들이 비통한 슬픔을 서로 위로하는 모임에 가입했다. 그리고 도로시와 니콜의 아픈 마음을 더 잘 이해하게 되었다.

나는 아버지가 사랑하는 사람들 품으로 돌아가길, 평생을 헤어져 산 가족들과 천국에서 다시 만나기를 기도했다. 그 가족들이 자신들이 절대 잊히지 않았음을, 아버지의 머리와 가슴 속에 늘 살아있었음을 알게 되길 기원했다. 이제 아버지도 언제나 우리의 머리와 가슴 속에 살아있을 것을 알게 되길 기원했다. 우리에게 희망을 가르쳐 준 아버지, 그 어느 곳에서건 사탕무를 찾아내 움켜쥐는 법을 가르쳐 준 아버지, 우리가 여행하는 혹독한 길에서 흔치 않은 사탕무를 구하는 방법을 가르쳐 준 아버지. 사탕무를 움켜쥐고 그 달콤한 즙을 마지막 한 방울까지 짜내는 법을 가르쳐 준 아버지.

그 많은 세월 그 먼 거리에서 집을 떠나 산 지금 나는 그 시간과 거리도 우리 사이에 있는 공간에 비하면 아무것도 아니라는 사실을 깨달았다. 우리가 사랑했지만 잃어버린 사람과 우리 사이의 공간.

이 공간은 편지나 전화, 방문으로 메울 수 있는 공간이 아니다. 오직 기억으로만 메울 수 있는 공간이다.

내가 기억을 지키는 사람이 될 것이다. 콩을 고르듯 좋은 기억과 상한 기억을 구분하고 돌보는 기억의 관리인이 될 것이다. 기억이 영원히 살아남도록 뚜껑을 열고 이야기를 나누어줄 것이다. 내 이야기 그리고 사만다의 이야기를. 기억과 희망, 사탕무. 이것들이 나를 지탱할 것이다.

내가 이렇게 생각하게 된 이유는 소중한 것을 배웠기 때문이다. 내가 모든 것을 가졌다는 사실, 내 조부모와 부모의 누적된 경험이 내게도 스며들었다는 사실, 내 살과 뼈 깊숙이 이들의 노래가 깃들어 있다는 사실 말이다.

남편과 내가 캐나다에서 미국으로 이주한다는 소식을 알리던 밤 내가 했던 말이 종종 떠오른다. 부모님은 뭔가에 세게 얻어맞은 표정이었다. 나는 자리에서 일어나 방을 나서는 아버지를 바라보았다.

"겨우 쾨페시, 아버지."

나는 조용히 말했다.

"겨우 쾨페시."

지은이 후기

2014년 초겨울이었다. 책을 쓰기 시작해 서너 장이 완성되었을 무렵 사만다의 어머니 도로시와 동생 니콜에게 연락해 사만다가 살해된 사건을 이야기로 쓰겠다는 말을 전하고 싶었다. 사만다 가족이 내 책을 보고 놀라는 일은 절대 없길 바랐고, 더욱이 그들의 축복도 받고 싶었다.

하지만 사만다의 가족과 연락하는 일은 생각처럼 쉽지 않았다. 브레이스브리지 경찰서에도 문의했지만, 전화번호도 집 주소도 이메일 주소도 확인할 수 없었다. 브레이스브리지 법원 서기와 피해자 지원단체까지 접촉해 보았지만, 아무 연락도 받지 못했다.

그때 우리 아이들이 소셜미디어는 확인했느냐고 물었다. 아차! 2014년 12월 27일, 나는 페이스북에서 도로시와 니콜로 예상되는 두 여성의 계정을 찾아냈다. 두 사람에게 장문의 비공개 메시지를 보내 나를 소개했다. 답장이 도착했는지 주기적으로 확인했지만 답장은 오지 않았다. 그렇게 한동안 답장을 기다리다 결국 포기했다.

2016년 9월, 출판사에 넘긴 원고는 최종 편집만 앞둔 상태였다. 그 당시 사건 수사나 재판과 관련해 내가 모은 정보들은 대부분 온라인에 게시된 신문 기사처럼 대중에게 공개된 자료였다. 사만다에 관한 자세한 내용이 부족했다. 편집인은 사만다에 관한 사항을 더 깊이 파라고 요구했다. 하지만 사만다의 가족과 연락할 방법이 없는 상황이라 나는 어찌해야 좋을지 갈피를 잡지 못했다.

그리고 2016년 9월 12일, 편집인을 만나고 겨우 며칠이 지난 그날 나는 페이스북을 열어보고 깜짝 놀랐다. 메시지 두 통이 도착해 있었다. 도로시와 니콜이 보낸 메시지였다. 두 사람의 메시지는 섬뜩할 정도로 내용이 비슷했다. '당신이 보낸 메시지를 지금에야 확인했다. 이유는 모르겠지만, 어제까지도 보이지 않던 메시지였다. 이야기하자'는 취지의 답장이었다.

내가 보낸 전자 메시지를 두 사람이 정확히 같은 시간에 그것도 거의 2년이나 지나서 받았다고? 게다가 사만다의 이야기가 정확히 전달되었는지 확인하기 위해 내가 그들과 이야기를 나누어야 할 바로 그 순간에?

우리 삶을 뒤돌아보면 그런 순간이 많다. 나는 가끔 단순히 우연의 일치라고 할 수 없는 일이 벌어진다는 느낌을 받는다. 쉽게 설명할 수 없는 방식으로 사건들을 조율하는 어떤 힘이 있다는 느낌. 운명이 개입하는 느낌.

아니면 이번에는 운명과 전혀 관계가 없을 수도 있다. 어쩌면 사만다 자신이 손을 내밀어, 마침내 자신의 목소리를 들려주기 위해 도로시, 니콜과 나를 만나게 한 것인지도 모른다.

머스코카 별장의
시체상자

지은이 데버러 버더시 레비슨
옮긴이 김희주

1판 1쇄 인쇄 2020년 11월 30일
1판 1쇄 발행 2020년 12월 15일

발행처 (주)옥당북스
발행인 신은영

등록번호 제2018-000080호
등록일자 2018년 5월 4일

주소 경기도 고양시 덕양구 화신로 105, 2319-2003
전화 (070)8224-5900 **팩스** (031)8010-1066

블로그 blog.naver.com/coolsey2
포스트 post.naver.com/coolsey2
이메일 coolsey2@naver.com

값은 표지에 있습니다.
ISBN 979-11-89936-23-5 (03840)